No robarás

LA TRAMA

No robarás

Blas Ruiz Grau

Primera edición: febrero de 2020

© 2020, Blas Ruiz Grau
Autor representado por Editabundo Agencia Literaria, S. L.
© 2020, Penguin Random House Grupo Editorial, S. A. U.
Travessera de Gràcia, 47-49. 08021 Barcelona

Printed in Spain – Impreso en España

Compuesto en Infillibres, S. L.

ISBN: 978-84-666-6725-8
Depósito legal: B-27.547-2019

Impreso en Romanyà Valls, S. A.
Capellades (Barcelona)

BS 6 7 2 5 8

Penguin
Random House
Grupo Editorial

A Mari y a Leo, como no podía ser de otra forma.
Seguid enseñándome a vivir

Hay personas que no buscan algo lógico, como por ejemplo el dinero. No se las puede comprar ni amenazar, ni se puede razonar o negociar con ellas. Algunas personas solo quieren ver arder el mundo.

Alfred a Bruce Wayne
El caballero oscuro

Nota del autor

Querido lector, antes de comenzar esta lectura tienes que dejarme hacerte una recomendación o, más bien, una pregunta: ¿has leído *No mentirás*? Si no es así, corre a hacerlo. La razón de que te apremie es que el libro que tienes en las manos es el segundo de una trilogía. Si bien puedes leerlo de manera independiente, estoy seguro de que disfrutarás más si lo haces conociendo lo que sucedió en Mors.

Por otro lado, déjame contarte que todas las localizaciones del libro son reales. Los personajes, en cambio, son mera ficción: si encuentras cualquier parecido con la realidad, quizá convendría que te hicieras mirar esa cabecita.

Y ahora, disfruta.

1

Miércoles, 14 de septiembre de 2016. 9.04 horas.
Hospital Psiquiátrico Penitenciario de Fontcalent (Alicante)

«Para que triunfe el mal, solo es necesario que los buenos no hagan nada.»

No sabía muy bien por qué esa frase le venía a la mente a diario, cuando abría la puerta de seguridad que daba acceso a ese no tan largo pasillo. Lo curioso era que su hermano la tenía tatuada en la espalda con unas letras horrorosas. Cuando le preguntó, ni siquiera sabía quién la había dicho, pues reconoció que el tatuador se la había propuesto justo antes de empezar a decorar su cuerpo. Él no dudó en buscarla en internet y encontró que había pasado a los anales de la historia tras pronunciarla un tal Edmund Burke que, al parecer, era un político y escritor irlandés. A él tanto le daba. Tenía claro que la recordaba por dos cosas: una, por lo irónico de que una persona tan buena como su hermano hubiera perdido la vida faenando en las Rías Baixas: el mal había triunfado sobre el bien, en ese caso; y dos, por lo que se escondía tras esas puertas.

Juanjo empujaba el carro, malhumorado, agarrando con fuerza el asa metálica.

Hacía mucho tiempo que había dejado de hacerle gracia el sobrenombre de «carrito de los helados». Algo raro, teniendo en cuenta que él mismo y aquel guardia de pelo gris habían sido los artífices de la gracia. ¿Cómo se llamaba aquel vigilante graciosete? Era extraño, porque no era malo del todo para recordar los nombres, pero aunque le había repetido en infinidad de ocasiones cómo se llamaba, no conseguía retenerlo.

¿Podía ser Jonás? ¿O era José? Aunque también le sonaba Ginés... Todos se parecían y de ninguno de ellos estaba seguro. Bueno, no importaba. Esa broma se había extendido incluso por los demás módulos y ahora todo el mundo conocía así el carro que se usaba para transportar —y después administrar— los medicamentos de los internos.

Resopló airadamente mientras seguía caminando. Pondría una queja ante Andrés, el supervisor. O Terminator, como a escondidas lo llamaban para reírse de él. Sabía que acabaría limpiándose el culo con ella, pero no podía quedarse callado. Mucho menos tras ver que siempre acababan pringando los mismos.

¿Qué narices era aquello de trabajar dieciséis horas seguidas?

Luego se quejaban de que no rendían al nivel que se les exigía.

Sí, vale que, sobre el papel, disponía de un descanso de una hora para comer y relajarse. Aunque, por lo general, este se quedaba en cuarenta minutos reales entre unas cosas y otras. No, no pasaría por el aro tan fácilmente esta vez. Trabajar tantas horas seguidas era inhumano y hasta un todoterreno como él iba a acabar exhausto.

Estaba claro que si el imbécil de Gonzalo no se había presentado aquella mañana, alguien tendría que cubrir su puesto. Esto no admitía discusión. Pero es que siempre le tocaba a él y ya empezaba a estar hasta los mismísimos.

Lo que más le molestaba era que ese patán estaría, seguro,

durmiendo la mona encima de alguna pechugona que hubiera conocido esa misma noche y cuyo nombre ni siquiera recordaría. Siempre igual. A Gonzalo no le importaba el día de la semana que marcara el calendario, qué va, para él todas las noches eran una oportunidad única de zumbarse a cualquier incauta o de sortear la posibilidad de acabar con la nariz rota tras una paliza. Puede que en verdad lo que le fastidiaba era que su compañero viviera su vida de una manera tan intensa... mucho más que el hecho de no haber aparecido por allí para cumplir con sus obligaciones.

Él, en cambio, no hacía otra cosa que no fuera trabajar y descansar. Cuando finalizaba su jornada en ese lugar, lo último que le apetecía era irse a un antro de esos con música infernal e idiotas a cada flanco. Recordó con ironía el momento en el que anunció que abandonaba su Galicia natal para intentar opositar en la provincia de Alicante. Todos le dijeron que menudas fiestas se iba a pegar todos los días. «Sí, unos fiestones increíbles», pensó: dos veces había salido y había acabado asqueado por la cantidad de niñatos con los que se había topado. No, la fiesta ya no era para él. Puede que hace diez años sí, pero ahora ya no tenía tiempo para esas tonterías. Sea como fuere ahí estaba, sin diversión y comiéndose un nuevo turno que no le tocaba, como ya era costumbre.

La única conclusión que sacaba de todo aquello era que ese listillo de Gonzalo le debía ahora una bien grande y se la pensaba cobrar.

Vaya si lo haría.

Detuvo el carro. Hizo el ritual de siempre —obligatorio en ese módulo, pero que solo unos pocos cumplían—, metió las llaves en la cerradura y procedió.

—Buenos días, señor —saludó con su tono más amable.

Los cursos sobre psicología que les impartían cada dos por tres insistían en que nunca debía llamar a los internos por su nombre o apellido. Ese tipo de gente era tan impredecible que algunos incluso podían sentirse ofendidos si se referían a ellos por su nombre, pensaban que se tomaban demasiadas confianzas... Era mejor el trato impersonal.

Además, la manera de emitir cada palabra, el tono empleado, la modulación de la voz, el no alargar las sílabas más de lo necesario... Cada detalle podía ser determinante cuando se trataba con gente así.

El susodicho no contestó. Los internos casi nunca lo hacían debido a la fuerte medicación que tomaban. Puede que fuera esto último lo que hacía que Juanjo entrara con relativa tranquilidad en sus celdas. Eso y que estuvieran, habitualmente, atados a la cama, como era el caso del señor Hardy, el inglés al que estaba visitando. Un angelito este Hardy: se cargó a toda su familia porque unas voces le incitaron a hacerlo. También había otros reclusos ingresados a los que se les permitía estar, asimismo atados, en una silla, como su siguiente visita.

Esta, en concreto, hacía que se le pusiera el vello de punta.

Aunque ahora no quería pensar en eso.

Sabía que en su trabajo un descuido podía ser fatal y no podía permitírselo. Lo principal era su propia seguridad.

Mientras seguía el protocolo para asegurarse de que Hardy se tomaba toda la medicación, recordó los buenos tiempos en los que había el doble de personal y tenían guardias de seguridad para casi todo. Antes era impensable una visita a cualquiera de los internos de ese módulo sin un segurata preparado para actuar al lado de cada uno de los enfermeros y celadores. Era necesario, por mucho que ahora trataran de convencerlos de que no.

Numerosos habían sido los incidentes en aquella institución desde que se inauguró a principios de los años ochenta: suicidios, ataques a celadores, incendios provocados por pirómanos que se las apañaban para conseguir un encendedor... Y ahora había cincuenta y cinco trabajadores menos.

Cincuenta y cinco personas menos para atender a doscientos noventa y un reclusos. Además de eso, los directivos pensaban que sus empleados, por llevar una minitáser en la parte trasera de su cinturón, ya podían realizar su labor sin miedo a un posible ataque. Como si diera tiempo a reaccionar cuando uno se veía en una situación así.

Lo mejor —o peor— era que nada de esto había transcendido a los medios de comunicación. De cara a la galería necesitaban transmitir una imagen que distaba, y mucho, de lo que en realidad sucedía dentro de esas paredes.

Aunque también era verdad que aquel pabellón, el de Agudos —un eufemismo que usaban los propios trabajadores—, solía ser un remanso de paz debido a las fuertes medidas tomadas con los internos y sus fortísimos tratamientos. A pesar de ello, nada conseguía que Juanjo dejara de añorar su anterior puesto. Y es que lo que se conocía como el Submódulo Terapéutico era, quizá, el puesto soñado por todos los funcionarios que trabajaban en el centro. En él se trataba la patología dual —generalmente toxicología y enfermedad mental—. Juanjo recordaba con cariño a esa veintena de hombres cuya única aspiración en la vida era recuperar la capacidad de valerse por ellos mismos y, así, tener la oportunidad de poder reinsertarse en la sociedad. Estos internos solían tener una plena confianza por parte del centro, ya que todos ellos eran conscientes de que debían tomarse la medicación para su recuperación. Por lo demás, las puertas de sus celdas estaban abiertas y hasta tenían una barbacoa en el patio para su disfrute.

Sí, fuego y enfermedad mental no eran dos conceptos que comúnmente casaran bien, pero en este caso jamás hubo un incidente. Juanjo adoraba ese puesto de trabajo. Esa confianza, esa tranquilidad. ¡Qué recuerdos!

Lo que más le fastidiaba era que el cambio no había sido voluntario. Los malditos recortes habían obligado a sus superiores a hacer una reestructuración en la que él, claramente, había salido perdiendo.

Ojalá, dentro de lo malo, al menos le hubiera tocado el Módulo 2.

Era otro cantar. Las enfermedades mentales de los internos eran de mayor consideración y sus delitos, en casi todos los casos, mucho mayores —aunque quizá no llegaban al extremo de la sección en la que se encontraba ahora, la de Agudos—. El trato con los reclusos era más complicado, ya que muchos de ellos se mostraban violentos ante el simple hecho de tomar la medicación y los incidentes se sucedían semana tras semana. Las quejas de los compañeros de que algunos presos eran imposibles de tratar en esas condiciones estaban más que justificadas. Pero, a pesar de eso, el tribunal no consideraba que tuvieran que pasar a Agudos, por lo que debían permanecer internos ahí, haciendo muy difícil el trabajo a los funcionarios. Aun así lo prefería. Algunos de sus compañeros pensaban que el loco era él y que una de esas celdas estaba destinada a que lo encerraran en ella y tiraran la llave al mar. A Juanjo no le importaba lo que dijeran. Él sabía muy bien el terror que le producían las personas recluidas detrás de esas puertas. Si ellos no lo querían entender, pues que les dieran.

Dejó atrás todos esos pensamientos.

Se aseguró de que la puerta estuviera bien cerrada antes de volver al pasillo pintado en un tono azul pastel que respondía en la fe de los responsables del centro en la cromoterapia. Las puertas blancas con el número en el centro no desentonaban demasiado en el conjunto.

Volvió a mirar por la minúscula ventana situada sobre la mitad superior de la puerta. Hardy había cerrado los ojos, resignado a su nuevo día a día.

Empujó de nuevo el carrito y avanzó apenas unos metros.

Se detuvo frente a la puerta número 21. «La puerta», para él.

Tomó aire antes de mirar el vasito de plástico con el nombre del interno.

Fernando Lorenzo.

Como muchas veces ocurría, las historias de los reclusos se inflaban entre los mismos funcionarios. Esto hacía que hechos ya de por sí espeluznantes pudieran considerarse propios de una película gore. En el caso de Fernando, no había sido necesario.

Psicópata más que probado, narcisista hasta decir basta y, quizá, el tipo más peligroso que había pisado jamás aquella institución, superando incluso a unos de sus modelos de referencia: Francisco García Escalero, el Matamendigos —quien, por cierto, había fallecido hacía un par de años en el Módulo 2, supuestamente atragantado con una ciruela—. Fernando apenas hablaba con el doctor Pérez en sus visitas y, cuando lo hacía, era para soltar burradas de dimensiones descomunales —como que su obra aún estaba inconclusa y que tenía nuevos retos que pronto llevaría a cabo—. Otras veces únicamente se dedicaba a divagar en monólogos carentes en absoluto de sentido.

Juanjo solo le había oído hablar en dos ocasiones y los pelos se le habían puesto como escarpias. No sabía qué era, si su voz, su tono, la determinación con la que hablaba o, simplemente, el inexistente movimiento de sus globos oculares. Pero había algo aterrador en él. No creía en esas cosas, pero a veces parecía que el Mal viviera en su interior y hablara a través de su boca.

Además, estaba la cuestión de que, al parecer, la medicación no le hacía efecto. Tenía diagnosticado un trastorno de identidad disociativo, lo que comúnmente se conoce como doble personalidad; aunque la primera personalidad, la que supuestamente era buena, la dominante, había desaparecido por completo. El psiquiatra había tratado de acceder a ella mediante hipnosis, pero sus esfuerzos habían sido en vano.

Carlos, su verdadero nombre, el del abogado trabajador, luchador y maniático compulsivo se había marchado para siempre. Como si se lo hubiera tragado la tierra. O más bien, como si Fernando lo hubiera hecho prisionero de sí mismo, dentro de su cuerpo.

Y eso no era nada bueno.

Como siempre, antes de entrar en la habitación para hacer que aquel monstruo se tomara la medicación, miró por la ventanilla. El hecho de que estuviera siempre sentado de espaldas a la puerta ayudaba. Los ojos de ese tipo le provocaban pavor: tal cual.

Comprobó que sus manos estaban atadas por detrás del respaldo del asiento. Sus pies también lo estaban, pero por separado, cada uno a una pata de la silla metálica.

Podría dar la impresión de que las medidas de seguridad eran exageradas, un tanto extremas, incluso inhumanas, pero teniendo en cuenta el historial del bueno de Fernando todo era poco.

Los internos, a veces, presentaban algunas rarezas con las que los jefes intentaban ser indulgentes. El fin estaba claro, tenerlos lo más tranquilos posible, y, si algo lo conseguía, pues se les concedía y punto. La de Fernando no era mala del todo comparada con otras, pero desde luego, como extraña, se llevaba la palma: el muy tarado pedía pasar todo el día sentado en una silla mirando hacia una pared, sin más. Una pared, además, completamente blanca y sin decoración alguna. Sin embargo, esta no era la parte más extraña de su petición, ya que muchas veces exigía pasar las noches allí sentado. Juanjo recordó cómo al principio al director le costó acceder a esta petición. No por nada, pues no era específicamente malo, pero es que era algo tan peculiar que no entendía en qué podía beneficiar al interno; al revés, más bien podía perjudicarle: a ver quién tras pasar una noche así es capaz de moverse por la mañana. Parecía más un castigo que otra cosa. Al final acabó claudicando porque entendió que si el recluso era feliz no había motivos reales para seguir negándose, al margen de que no parecía entrañar peligro alguno. Si era lo que quería, allá él. Lo verdaderamente extraño del asunto era que esta petición de dormir sentado la hacía de vez en cuando. Ahora llevaba semanas completas pasando las noches allí, en la silla. Juanjo sabía que sí dormía porque le había tocado hacer comprobaciones rutinarias de madrugada para verificarlo; si no, hubiera jurado que ni cerraba los ojos.

Los bulos en torno a ese interno no tardaron en circular por el hospital, inventados y propalados por los propios trabajadores. A alguien le dio por afirmar que había notado cómo, en las últimas semanas, la personalidad de Carlos había pugnado por salir de nuevo a la superficie y Fernando, manteniéndose en aquella postura, podía contenerla dentro de él. Como si la posición le permitiera estar alerta a pesar de dormirse. La primera vez que escuchó eso, Juanjo rio ante semejante gilipollez.

Pero no podía evitar que hubiera una parte de él que pensara que quizá sí era posible, lo que hacía que un escalofrío le recorriera la columna vertebral: con este tipo, uno se podía esperar cualquier cosa.

Había visto demasiados casos desde que accedió a la penitenciaría psiquiátrica, pero nunca uno con una doble personalidad tan marcada. Es más, hasta pensaba que era imposible que pudiera existir algo tan extremo. En otros casos, vistos con sus propios ojos, sí era cierto que la segunda personalidad poseía ciertos matices que la hacían ligeramente diferente a la principal. Estas diferencias solían limitarse a lanzar insultos sin control y a algún acto de violencia leve. Lo que nunca imaginó fue toparse con un paciente en el que la segunda manifestaba una psicopatía tan marcada. ¿Cómo era posible que esto no influyera en la primera? ¿O acaso sí lo hacía? No haber tenido la oportunidad de conocerlo mostrando su otro «yo» le daba mucha rabia. Sin duda, ese recluso era el más apasionante de todos los que allí estaban privados de libertad, aunque también el más terrorífico de todos. Y eso, teniendo en cuenta que él mismo había proporcionado la medicación en varias ocasiones a Escalero, era mucho decir.

Abandonó sus pensamientos y procedió a hacer su tarea.

Abrió la celda con parsimonia, no quería alterar a su huésped, solo faltaba eso.

Fernando no movió la cabeza ni siquiera un milímetro, seguía mirando hacia la pared. Lejos de tranquilizar a Juanjo, aquello lo ponía aún más nervioso.

Tomó el vaso de plástico que contenía los tranquilizantes con la mano izquierda y, con la derecha, el vaso con agua templada para ayudar a su ingesta.

Pasó al interior con decisión.

Olía raro, pero no prestó atención pues en muchas ocasiones el recluso se lo hacía encima. Algunos de ellos llevaban pañal, pero a ver quién era el valiente que se lo colocaba a Fernando... Él desde luego no. Aunque, en verdad, lo de mearse encima era algo que nunca le había pasado. Solía aguantar bien hasta que el celador de turno lo colocaba a hacer sus necesidades.

Anduvo despacio con ambos vasos en la mano hasta que llegó al centro de la celda, justo al lado de donde estaba colocada la silla. Se paró a su lado y, sin mirarlo directamente, decidió saludarlo.

Había días en los que lo hacía y días en los que no.

—Buenos días, señor.

Como era habitual, no contestó.

Dejó el vaso con el agua sobre una estantería de madera pulida y cantos redondeados que había cerca de una de las esquinas y se dispuso a agarrar la mandíbula del interno tal como le habían enseñado. Gracias a esto, conseguía que abriera la boca y a la vez evitaba un más que posible mordisco.

Cuando miró la cara de Fernando, dejó caer el vaso de plástico al suelo y quedó paralizado por el horror.

Pasaron unos segundos —eternos, a su parecer— hasta que sus piernas, de manera involuntaria, comenzaron a retroceder.

Sin poder creer lo que veían sus ojos, comenzó a mirar hacia a un lado y a otro sintiendo un intenso escozor en la boca del estómago. Su respiración se estaba acelerando como un motor cuando se pisa el acelerador a fondo, pero hubo un momento en el que todo se detuvo, de golpe. Justo cuando se dio cuenta de dónde venía el olor. Encima del lavabo, dos toallas completamente empapadas en sangre habían servido, al parecer, para limpiar el suelo y la pared tras seccionar la yugular a su compañero ausente esa mañana, Gonzalo. Dentro del lavabo también se veía lo que parecía un pijama de interno empapado casi por completo de sangre.

No comprendía cómo podía haber sucedido algo así, pero, al parecer, todo había sido dispuesto para hacer creer que Fernando seguía sentado en la misma silla en la que solía estar la mayor parte del día.

Juanjo dio varios pasos hacia atrás mientras se pasaba la mano por el pelo, no sabía qué hacer. Supuso que lo más lógico era salir corriendo para dar la voz de alarma ante el desastre que acababa de ocurrir, pero sus piernas no reaccionaban como su cerebro quería. Quizá el shock también le impedía ser consciente de la gravedad de lo sucedido, quizá lo peor que podía haber pasado en aquel centro.

Entender cómo o de qué manera había pasado aquello ya carecía de sentido. Nada de eso importaba lo más mínimo.

Fernando Lorenzo se había escapado de la cárcel.

El monstruo estaba de nuevo libre.

2

Miércoles, 14 de septiembre de 2016. 6.28 horas.
Campus de la Academia del FBI en Quantico (Virginia)

—Si te lo vuelvo a repetir, no será con palabras. —A pesar de la evidente amenaza, su voz sonaba tranquila, sosegada, apacible.

Su tono era el idóneo para lidiar con una situación como aquella, pero sabía que ese psicópata estaba tan empeñado en seguir cumpliendo su objetivo que las palabras no servían para nada. O más bien para poco. Había instantes en los que lo veía dudar mínimamente, se le notaba en que dejaba de hacer tanta presión sobre la víctima en determinados momentos, aunque apenas eran unas décimas de segundo. El aplomo que tenía ese demonio era sobrecogedor. Se preguntó si toda la instrucción que estaba recibiendo, en verdad, servía para algo. El hombre que tenía enfrente no tenía ya nada que perder y eso lo hacía mucho más peligroso.

—Estás contra las cuerdas. No tienes escapatoria. ¿Por qué no tratamos de resolver este entuerto de una forma civilizada?

Él lo miró sin pestañear, no parecía nervioso. Su pecho se movía lento. Eso no podía ser bueno porque ahora ni siquiera parecía dudar esas décimas. La calma que demostraba era impropia para alguien que estaba viviendo una situación así. Sin duda tenía la sartén por el mango. Nada bueno. Quizá ahí residía la explicación de por qué había costado tanto llegar hasta él. Le dolía admitirlo, pero ese maníaco le sacaba siglos de ventaja.

—Está bien. Hagamos una cosa. —Hizo un gesto soltando la empuñadura del arma y luego levantando su mano izquierda en señal de rendición. Después levantó la derecha imitando el mismo gesto, pero sosteniendo el arma del revés con el índice metido en el guardamonte—. Creo que eres consciente de que si haces una tontería saldrás de aquí con los pies por delante. Vale, puede que tu lista de víctimas aumente, lo tengo claro, pero ¿te compensa? Dime, ¿no quieres saber qué dirá la prensa de ti? ¿Prefieres morir y que todo lo que has hecho hasta ahora no haya servido para nada? Bueno, si quieres podemos empezar con eso tan manido de que tu obra perdurará. Sí, quizá dos o tres días en las noticias y en algún especial sobre tus crímenes cuando se cumplan cinco o diez años, pero ya está. Porque cuando mueres, todo este legado de sangre muere contigo. Solo las familias de las víctimas te recordarán para rogar a Dios que te tenga para siempre en el infierno. Pero poco más. Respóndeme: ¿quieres eso? ¿Quieres perderte el qué dirán? ¿Que se hable de ti? ¿Que salgas en todos los telediarios porque llega tu juicio? ¿Que las cadenas se peguen por conseguir una entrevista contigo y puedas contar a todos por qué lo hiciste?

Aguardó unos segundos para ver la reacción del psicópata. Jugar la carta del ego era la última flecha en su carcaj. En todos los manuales de psicología criminal se insistía mucho en que era una característica común en todos los psicópatas: un ego desmesurado. Justamente era esa vanidad la que muchas veces les jugaba una mala pasada y les hacía cometer un error que los acercaba a la justicia. Lo malo es que él seguía impasible. Conocía su gesto inquebrantable, casi carente de emoción alguna, pero aquello empezaba a causarle una gran inquietud.

Su desventaja seguía aumentando.

¿Qué podía intentar ahora?

El hombre lo miraba a los ojos. No pestañeaba. Él tampoco le apartaba la mirada. No podía hacerlo. Seguía sin mover ni un solo músculo, preparado por si llegaba una reacción inesperada. Tenía que estar preparado. Atento a cualquier indicio.

Aunque no le dio tiempo.

En un rapidísimo movimiento, el asesino deslizó la parte afilada del cuchillo por debajo de la garganta de su víctima, a quien tenía aferrada con su antebrazo por el cuello, sin que el policía pudiera hacer nada. Acto seguido, sin apartar la mirada de sus ojos, repitió la operación, pero esta vez con su propia garganta, liberando tal cantidad de sangre que hizo que se desplomara al instante. Cayó al lado de su víctima.

Alarmado, Nicolás echó a correr hacia el punto del fatídico desenlace y, desesperado, comenzó a gritar. Había fracasado, había fracasado una vez más.

Con la frente empapada de sudor se incorporó de golpe en la cama. Lo hizo como si tuviera un muelle pegado a su espalda. Aquello parecía una escena sacada de una mala película rodada en Hollywood. Solo que era muy real. Miró a su derecha, desorientado, vio que en esta ocasión no había despertado a su compañero de habitación. Paolo dormía a pierna suelta y ese era su único consuelo. No haber emitido un grito desgarrador como en otras ocasiones ya era un paso importante en sus constantes pesadillas.

Respiró hondo sin moverse del sitio y trató de serenarse. Los latidos de su corazón retumbaban en su oído como un doble bombo infernal interpretado por su batería favorito: Aquiles Priester.

Miró su mesilla de noche y vio los dos únicos objetos que había sobre ella. En ese momento, eran justo lo que necesitaba.

Del primero bebió un largo trago. Tenía la garganta seca y el agua le devolvió parte de la vida arrancada durante aquel sueño. Miró la hora con el segundo. Su iPhone le indicaba que todavía quedaba un cuarto de hora para que sonase la alarma. Tras eso, les esperaba una nueva jornada de clases intensivas en el curso al que tanto Paolo como él habían sido invitados por el FBI.

Cuando recibió la convocatoria por parte de la agencia estatal americana, no dudó ni un instante en aceptarla. ¿Quién, en su sano juicio, hubiera dicho que no a cuatro semanas de adiestramiento intensivo en Quantico sobre ciencias del comportamiento criminal? Además, en cuanto supo que su amigo Paolo Salvano, ahora *assistente capo* de la *Direzione Centrale della Polizia Criminale della Polizia di Stato* de Roma, también la había recibido, sus ganas de asistir a esas clases habían aumentado el triple.

Aunque tenía que reconocer que aquel curso tenía tantos pros como contras.

La parte positiva era lógica: abarcaba desde comprender mejor la mente de un psicópata hasta aprender a manejar situaciones límite con rehenes. Pero había una parte negativa que no esperaba. No al menos de la forma en la que había llegado. Desde el primer día que había pisado suelo americano y había empezado con la instrucción, las pesadillas habían vuelto.

Hacía demasiado tiempo que no las había tenido y ahora era como si le hubieran pillado a traición.

Ya habían pasado siete años desde el, quizá, peor episodio en su carrera profesional como inspector de la Policía Nacional. Necesitó de muchas semanas para comprender que todo aquello le había servido para crecer, de manera brutal, en experiencia y en aplomo. Aunque muy pocos sabían que todas las noches, en sueños, se le aparecían las víctimas de aquel loco sanguinario recriminándole no haberlo detenido antes y que no hubiera podido evitar sus muertes.

En el fondo sabía que no se podía echar sobre su espalda todo el peso de la responsabilidad por lo ocurrido, desde luego que no. No era justo que ese fuera su lastre, pues poco se pudo hacer por ellas. Pero no podía evitar cargar con todo aquello.

El tiempo fue pasando y Nicolás Valdés fue logrando apartar todo aquello de su cabeza. Sin llegar a olvidar nunca lo vivido, su mente consiguió liberar algo de espacio para centrarse en otras cosas. Entre ellas, Carolina. Sus altibajos marcaron una relación preciosa por un lado, pero tormentosa por el otro. Rechazó el ascenso a inspector jefe de la Unidad de Homicidios y Desaparecidos del complejo policial de Canillas, en Madrid, para no verse agobiado con tanto trabajo como acarreaba el puesto, pero la jugada le salió fatal. El comisario jefe lo quería al frente de todas las investigaciones peliagudas (que venían a ser todas, ya que solo se requería a la unidad para estas situaciones) y eso terminó pasando factura a la relación. Tras varias idas y venidas, todo acabó para siempre entre los dos.

La ruptura no fue, ni mucho menos, como la primera vez que lo dejaron. En esa ocasión, dos adultos decidieron que su manera de querer era distinta a la necesaria para formar un proyecto en común. O, al menos, como ellos pensaban que debía ser. Estaba claro que el cariño que sentían el uno por el otro no era suficiente para superar los constantes baches por los que atravesaba la relación. Ni Nicolás estaba dispuesto a dejar su cada día más exigente puesto en el cuerpo, ni Carolina quería dejar de crecer en su profesión como historiadora, donde los que la conocían ya no hablaban de un prometedor futuro: estaba desarrollando una carrera brillante, algo que se podía palpar. De hecho, ahora era jefa de una expedición en Israel encargada de encontrar vestigios bíblicos reales que pudieran demostrar que ciertos pasajes contados por el libro sagrado habían sucedido en realidad, esquivando toda la parte mística y divina que se había formado alrededor de ellos con el paso de los años.

Los dos se seguían escribiendo y, aunque Nicolás no había tenido nada serio —ni no serio— con nadie, sabía que Carolina sí estaba conociendo a alguien del entorno de su trabajo que parecía gustarle de verdad. Nicolás deseaba de corazón que aquel chico pudiera darle lo que él no había podido. Aunque no sería del todo sincero si no admitiera que, en el fondo, aquello no dejaba de tocarle los cojones. Supuso que eso era inevitable después de lo vivido junto a ella. O puede que fuera su parte orgullosa, la que sabía que tenía pero que muy pocas veces se manifestaba en él.

El tiempo fue pasando y los casos en los que participaba se fueron intensificando debido al incremento de experiencia en su trabajo. Eso sirvió para que en su cabeza cada día hubiera menos espacio para pensar en ella, pero sobre todo para dejar arrinconado el caso que lo atormentó hacía ya siete años. Ese mismo que casi acabó con su cordura.

Hasta que tuvo la primera clase en Quantico.

Algo se removió en su interior. Algo que le trajo de vuelta todo aquello. Algo que le hizo soñar noche tras noche con situaciones diferentes, pero con los mismos protagonistas principales. Lo único que cambiaba en ellos era la víctima, que, casualmente, era gente a la que conocía. Por ese rol habían pasado Paolo, Alfonso, Carolina, dos subinspectores que trabajaban en su equipo en Madrid y hasta la mismísima profesora que impartía las clases en el FBI. Todos terminaban igual: sin vida, en el suelo. En algunos casos conseguía acabar con el psicópata, siempre interpretado por el que un día fuera su mayor pesadilla: Fernando Lorenzo; en otros, como el sueño que acababa de tener, se acababa suicidando; en otros escapaba y en otros, simplemente, el que fallecía desangrándose en el suelo era el propio Nicolás.

La visión era tan recurrente que lo verdaderamente raro en aquellos días era soñar con otra cosa.

Miró de nuevo el teléfono móvil. Faltaban todavía diez minutos para el toque de la alarma.

Alargó el brazo, extrajo del cajón de la mesilla de noche sus EarPods y los conectó al MP3. Los introdujo después en sus orejas y buscó la canción que siempre lo calmaba. Las primeras notas de «Carrie», de Europe, comenzaron a sonar.

Cerró los ojos y se dejó llevar.

No había pasado ni un minuto de canción y la voz de Joey Tempest había conseguido que su ritmo cardíaco decelerara hasta alcanzar unas cotas normales para un ser humano. Estaba muy metido en las notas de la balada, pero eso no le impidió sentir que una llamada le estaba entrando en el teléfono móvil, así que paró la canción.

A pesar de tenerlo en silencio, la vibración despertó también a Paolo, que abrió los ojos sin moverse de la posición en la que estaba.

La llamada provenía de España. Era su buen amigo Alfonso. Descolgó sin desprenderse de los auriculares.

—Entiendo que me eches de menos, que tus llamadas las pague el Ministerio del Interior y todo lo demás, pero te tengo dicho que mires el reloj antes de darle al botoncito verde y le restes seis horas, que aquí no son las siete todavía, Alfonsito.

Nicolás esperaba cualquier burrada de las que su mejor amigo solía soltar sin pensar, pero en cambio solo obtuvo un incómodo silencio.

—¿Alfonso? —preguntó Valdés extrañado a la vez que miraba la pantalla del aparato por si la llamada se había cortado.

—Nicolás —carraspeó y se aclaró la voz antes de seguir hablando—, buenos días. Verás, he pensado que debía llamarte yo porque no quiero que te enteres por otros antes que por mí de lo que te voy a decir.

Otra vez aumentó la frecuencia de los latidos del corazón. A la mierda «Carrie». A la mierda todo.

—Me cago en la puta, Alfonso, ¿qué coño dices? ¿Qué está pasando?

—Hemos recibido una llamada desde Fontcalent.

Nicolás se quedó sin respiración. Necesitó unos segundos antes de poder aspirar aire hacia sus pulmones. Cuando por fin lo hizo, preguntó:

—¿Y qué me quieres decir con eso? Vamos, ¡habla!

Paolo se había incorporado ya viendo la reacción de su amigo. No entendía qué estaba sucediendo, pero el tono blanquecino que había adquirido el rostro de Nicolás no podía presagiar nada bueno.

—Todavía no sabemos cómo, pero se ha escapado. Sé que suena increíble y créeme, yo soy el primero que no se lo puede explicar, pero se ha escapado. Está libre.

A Nicolás no le salían las palabras. Sudaba. Sudaba mucho y notaba cómo frías gotas se deslizaban por su espalda. No podía moverse. No podía reaccionar. Esto tenía que seguir formando parte de ese siniestro sueño. No podía ser real.

—Nicolás, ¿qué pasa? —El acento italiano de Paolo cuando hablaba castellano casi había desaparecido tras las largas conversaciones que los dos habían mantenido. Parecía castellanohablante de toda la vida.

El inspector seguía sin articular palabra. Ante su estado de shock, Paolo decidió intervenir y le arrebató el teléfono. Nicolás ni se inmutó.

—¿Hola? Al habla Paolo Salvano, ¿Alfonso?

—Hola, Paolo. —Ambos ya se conocían en persona y habían congeniado bastante bien, a pesar de los chistes horribles sobre italianos que Alfonso contaba en bucle—. ¿Está bien Nicolás?

—Está en shock, ¿qué ha pasado?

—Fernando ha escapado de la cárcel.

Paolo digirió la información sin mover ni una pestaña. Tragó saliva antes de seguir hablando. Ahora entendía el estado de su amigo.

—Pero ¿cómo es eso posible? —preguntó incrédulo.

—Las informaciones que tenemos son confusas. Todavía no se sabe nada. Me he puesto muy nervioso cuando me he enterado y he decidido llamar yo mismo a Nicolás. No sé en qué momento, pero mi jefe va a hacerlo también y no me perdonará que me haya adelantado, pero estoy seguro de que yo tengo algo más de tacto que él. Nadie sabe lo que ha pasado Nicolás con ese cabronazo. Yo también sueño con este hijo de la gran puta.

—Está bien, Alfonso. Gracias por hacerlo así.

—Escúchame, Paolo. Sé lo que va a querer hacer y Nicolás no puede volver a Madrid ya. Que no haga esa gilipollez. Mi jefe lo llamará y ambos tendrán que valorar la situación. Si se entera de que se lo he soplado yo primero, me pegará un tiro porque me ha pedido que cierre la boca hasta que él lo llame. Sé que entiendes de lo que te hablo.

—Perfectamente. Ahora, si no te importa, voy a ocuparme de que recupere el aliento. Gracias por tu llamada.

—Cuéntame novedades. Yo haré lo mismo. Cuida de él, por favor.

Colgó.

Paolo dejó el teléfono sobre la cama y acudió de inmediato a por la botella de agua. Sin perder tiempo se la ofreció a Nicolás.

—Toma, amigo, bebe. Te sentará bien.

Este obedeció y, aunque solo se mojó los labios, pareció volver en sí.

—¿Estás bien? —inquirió el italiano.

—Tengo que volver a España —contestó mientras se levantaba de un bote de la cama y empezaba a dar tumbos por la habitación.

—Escúchame, Nicolás. Alfonso me ha dicho que no puedes dar ningún paso hasta que tu superior te llame oficialmente. Él nunca te ha llamado, ¿me entiendes? Tú mejor que nadie sabes cómo funciona esto, que todo tiene un procedimiento. Si te lo saltas, el perjudicado será tu amigo.

—Que le den a mi amigo, a mi superior y a ti. Que os den a todos. Me vuelvo a España —dijo fuera de sí, con los ojos a punto de salírsele de las órbitas.

Paolo tragó saliva y trató de manejar la situación lo mejor que pudo.

—Nicolás, estás muy alterado, no hagas ninguna tontería. No sabemos nada, ¿entiendes? Nada. Deja que el río siga su cauce. Está claro que volverás a España, pero todavía nos queda una semana aquí y nada nos dice que tengas que regresar urgentemente. Utiliza la cabeza.

—¿Que utilice la cabeza? Ese hijo de la gran puta campa ahora mismo a sus anchas. Tú no sabes de lo que es capaz.

Paolo lo miró sorprendido.

—¿Que no lo sé? Te recuerdo lo que viví en mis propias carnes con un hijo de perra similar. ¿De verdad hace falta que te recuerde por lo que pasé? Pero intento no perder la poca cordura que me queda.

—Lo tuyo no fue ni parecido. Esto es muy distinto.

El *assistente capo* Salvano tomó aire. Dio gracias en su interior por ser una persona con mucha paciencia. Con Nicolás la estaba necesitando. Estaba tan alterado que ni siquiera pensaba en las tonterías que decía. Y tanto que el caso que vivió él en Roma se parecía al de Nicolás. Y este era consciente de ello. Un asesino en serie con un grado máximo de psicopatía que, además, también compartía situación con el suyo, ya que estaba entre rejas, o como lo estaba Fernando hacía un día. Pero dejando todo eso de lado, entendía el momento de nerviosismo que estaba atravesando su amigo y debía tener mucha mano izquierda. Tomó una larga bocanada de aire antes de hablar.

—Solo te pido que esperes un poco —dijo empleando un tono suave—. Tu jefe te llamará en breve. No le busques un problema a un amigo. Sacar información de una comisaría, aunque sea para transmitírsela a un compañero, es una falta muy castigada. ¡Joder, haz las cosas bien!

Nicolás sopesó las palabras de Paolo. Tenía razón. Le fastidiaba profundamente, pero tenía razón. Aunque también le resultaba extraño que, ante una situación como aquella, alguien pensara en esas estupideces.

Con las piernas temblorosas aún, tomó asiento en la cama.

La alarma de su móvil comenzó a sonar: era la supuesta hora de levantarse.

—Apaga eso, hoy no pienso ir a ningún lado —ordenó.

—Está bien, lo entiendo. Yo tampoco iré, no tienes tú la cabeza ahora como para dejarte solo.

Nicolás no le dijo nada, pero agradeció aquel gesto.

Sabía que no podía hacer nada hasta que se lo comunicaran oficialmente.

«Malditos códigos internos», pensó.

Solo esperaba que esa llamada no tardara demasiado en llegar. Por su bien. Por el bien de los demás.

3

Miércoles, 14 de septiembre de 2016. 13.12 horas.
Autovía A-31

Sin duda, lo más inteligente que había hecho tras escapar de ese maldito lugar era parar a descansar. Sus pensamientos ya no eran demasiado lúcidos, por lo que comprendió que necesitaría un par de horas de sueño para poder continuar sin sobresaltos. El cansancio extremo que notaba en su cuerpo estaba más que justificado: las últimas noches en vela no podían traer consigo otra cosa. También sabía que esa vigilia era causada por un estómago que le estaba advirtiendo de que sus días de cautiverio estaban llegando a su fin. Lo hacía en forma de incesante cosquilleo.

Y su estómago no lo engañó. Ahí estaba. Libre.

Sus sentidos estaban en un estado de alerta constante. Era consciente de que no se iba a movilizar a todo un país para encontrarlo, pero, aun así, le tocaba ser prudente dado que tratarían de echarse sobre él al menor descuido. Un solo fallo y todo aquel tinglado que había montado no habría servido para nada. Y una vez había podido escapar; dos, sería difícil, por no decir imposible.

También era cierto que ese pensamiento se lo aplicaba a sí

mismo en cuanto a su captura: una vez pudo tener un descuido que lo llevó entre rejas; dos, no.

Pensar en esto último le hizo apretar sus puños con fuerza hasta que los nudillos adquirieron un tono blanquecino. Habían pasado siete años y la rabia por haber sido tan descuidado lo seguía consumiendo por dentro. Trataba de canalizarla para ejecutar mejor su venganza, pues reconocía que podía jugarle una mala pasada.

Una de sus mayores suertes había sido no haberse cruzado en todos esos años con el malnacido que acabó con la vida de Gala. De haberlo hecho, todo se hubiera ido al traste: no hubiera podido contenerse y se hubiera lanzado contra él sin que nada, ni nadie, lo hubiera podido detener. Sin importarle las consecuencias. Daba gracias por que no hubiera sido así. Esperaba haber conseguido dominar ese sentimiento para cuando lo tuviera delante. Ya tendría su momento con él. Ya ajustaría cuentas. Aunque, para qué engañarse, no era verdaderamente a él a quien quería tener delante, no era a quien veía cuando cerraba los ojos.

Salió a estirar las piernas. Apenas llevaba conduciendo un par de horas, pero el letargo en el que se habían sumido sus músculos tras siete años entre cuatro paredes le estaba pasando factura. Supo enseguida que antes de comenzar a seguir los pasos de su plan tenía que recuperar algo de forma física. No le costaría demasiado, pero, aun así, tocaba ser cauto y volver en óptimas condiciones. Era un requisito fundamental.

Miró a su alrededor. Soledad. Justo lo que necesitaba. El área de servicio estaba prácticamente desierta en aquellos momentos y, la verdad, no podía sentirse más afortunado. Giró sobre sus talones y vio los arbustos de hojas marrones salpicadas de verde. Un justiciero sol que abrasaba desde el cielo le daba la sensación, junto con el paisaje, de que se encontraba en medio de la nada. Y quizá fuera así.

Colocó sus brazos en jarra, con las manos por debajo de

los riñones, y echó la cadera hacia delante. Un crujido placentero sonó en la base de espalda tras el estiramiento. Estaba más oxidado de lo que creía.

A continuación, miró hacia el maletero del vehículo. Era un Renault Megane de color champán con varios años a sus espaldas, a juzgar por la matrícula. El coche estaba impecable. Limpio, sin un solo rasguño. Además, no llevaba tantos kilómetros en el marcador como cabría esperar de un coche con su antigüedad. Le hubiera dado las gracias a su dueño por su magnífico estado —además de por haber tenido el depósito de combustible casi lleno cuando él lo había tomado prestado, por llamarlo de algún modo—, de no ser porque su cuerpo sin vida estaba dentro del maletero.

Tenía que deshacerse del cuerpo cuanto antes y, dejando de lado el descanso, ese era el principal menester de aquella parada. La temperatura dentro del portaequipajes debía de ser muy elevada y el efecto que provocaba en un cadáver era la aceleración de la deshidratación y, por tanto, la consiguiente putrefacción. Aunque en verdad eso no era lo que más le preocupaba, ya que esas condiciones también precipitaban el rigor mortis y todo se complicaba. Si ocurría, arrastrar el cadáver iba a ser harto difícil. Suponía que ya habría empezado a manifestarse, aunque tenía la esperanza de que solo fuera en la zona de la mandíbula y el cuello, de manera que no complicara en exceso el traslado.

Reconocía que esa muerte no había calmado el ansia que sentía. Lo notaba en esa cierta intranquilidad que se agitaba en su interior. Analizándola, tenía claro que no era absolutamente necesaria, por lo que podría considerarse que había matado por matar. Trataba de huir de aquello. Toda muerte tenía que estar justificada y, aunque necesitaba el coche, sabía que lo podía haber conseguido sin haberle arrancado la vida a ese hombre. Pero el golpe que le dio por detrás al propietario del vehículo cuando este se disponía a montar en él se le había ido de las manos. Quizá la rabia acumulada, quizá la falta de práctica durante todo ese tiempo... Fuera lo que fuese, en el maletero del coche había un cadáver y eso podría acarrearle algún que otro problema —por si ya no tenía suficientes—. Tendría que practicar de nuevo sus propias técnicas para persuadir cuando necesitara algo.

No tenía interés alguno en que relacionaran esa muerte con él. Sabía que no encontrarían el cuerpo rápidamente. Tardarían un tiempo, puede que días o incluso semanas, pero por si acaso, decidió que la mejor solución era cargarle el muerto a otros, nunca mejor dicho. Nada más echarlo dentro del coche le había practicado una corbata colombiana. Cuando dieran con él, pensarían que estaría metido en algún tipo de lío con algún peligroso sudamericano. Seguramente la investigación no iría a mayores: un cadáver más en una larga lista.

Pensó también que la muerte del enfermero tampoco entraba dentro de sus planes, pero al no encontrar otra vía de escape no le había quedado alternativa. Aunque admitía que con aquel no sentía la misma compasión que con el Señor X, ya que era un fantasma de cuidado y un bocazas. Todo el día soltando paridas sin sentido y bravuconadas dignas de cualquier machito de camisa abierta hasta casi el ombligo. En el momento en el que había sesgado la nuez de Adán del enfermero, había sentido algo de placer. Además, qué narices, si no hubiera muerto no habría podido escapar. Debía disfrutar del buen sabor de boca que le había dejado haberle arrebatado la vida. Sí, lo haría.

Tuvo que respirar hondo hasta en tres ocasiones para evitar la incipiente erección que le llegaba. No era el momento ni el lugar.

Palpó su bolsillo derecho y sintió la forma del bisturí. Resiguió hasta en un par de ocasiones su filo con el dedo índice. Lo hizo con los ojos cerrados, disfrutando de esa cortante línea de un arma tan pequeña como peligrosa. Sonrió al pensar en la cara que tendría ahora el médico cirujano del módulo que había conseguido, tras insistentes peticiones, que lo dotaran de instrumental quirúrgico para intervenciones de urgencia. Se lo habían denegado en varias ocasiones, siempre con el argumento de que no era prudente disponer de objetos tan peligrosos que podrían ser utilizados como arma por los internos. Tras el incidente, las reticencias estaban más que justificadas. Haber fingido aquel amago de infarto hacía dos semanas —con desvanecimiento incluido y pérdida de conocimiento durante varios minutos—, había sido una jugada tan infantil como efectiva. Los cortes en su ano y recto carecían de importancia frente al preciado trofeo que se trajo consigo de esa sala. Y por partida doble, si sumaba que su libertad había llegado gracias a toda aquella pantomima.

Salió de todos aquellos pensamientos y se centró en lo que le importaba en ese momento. Abrió el maletero y el hedor a sangre golpeó de lleno en sus fosas nasales. A él no le molestaba, en absoluto, pero se dijo que debía disimularlo. Ese coche era un cebo con ruedas y se maldijo por haber sido tan impulsivo y despistado. Pensó en entrar en la tienda a comprar un ambientador de esos con olor a pino, pero enseguida descartó la idea. Ni quería que las cámaras de vídeo dejaran constancia de su presencia ni tampoco volver a oler esa rancia fragancia. El recuerdo del coche de su abuelo le vino a la mente. Era curioso porque, por circunstancias obvias, apenas albergaba recuerdos de su pasado. Supuso que era algo heredado del simplón de Carlos. Sintió una profunda repulsión ante ese pensamiento. Odiaba cualquier tipo de recuerdo que tuviera que ver con él, más aún, siendo el espejo en el que su padre se miraba sin él siquiera ser consciente.

Cerró los ojos, meneó la cabeza y respiró hondo. No comprendía por qué no cesaban de venirle imágenes a la mente cuando lo que tenía que hacer era actuar. Los siete años en la sombra le habían provocado tal efecto; al fin y al cabo, su mente era lo único que tenía junto a su cuerpo durante la larga estancia.

Miró al hombre antes de agarrarlo. No iba mal vestido, desde luego. Tenía el pelo engominado y su propia sangre le daba un extraño tono difícil de identificar. Observó de nuevo a su alrededor. Seguía sin haber ni un alma.

Agarró los hombros del Señor X y trató de sacarlo con el mayor cuidado para no pringarse de sangre. Como esperaba, la rigidez cadavérica había comenzado a aparecer por la parte superior del cuerpo, pero el tronco todavía era flexible. Una vez lo hubo bajado al suelo, lo arrastró un par de metros hasta que pudo arrojarlo por el terraplén de los matojos. El cuerpo dio varias vueltas mientras descendía hasta que se detuvo junto a un gran pedrusco. Ahora también presentaba algunos arañazos. Era algo que ya carecía de importancia.

Antes de marcharse metió la mano en el bolsillo izquierdo de su pantalón y extrajo la cartera del extraño. No quería saber su identidad. No es que no quisiera ponerle nombre, es que no le importaba. Rebuscó en ella y encontró ciento veinte euros. Para una emergencia no vendrían mal. Tiró la cartera sin el dinero encima del cadáver y dio media vuelta. Les pondría fácil la identificación.

Miró su propio cuerpo para cerciorarse de no haberse manchado de sangre. Así era. La ropa que llevaba no era muy de su estilo, fuera cual fuese este. Ni siquiera era de su talla, ya que le venía algo grande. Pero para pasar desapercibido le valía. Suponía que el dueño del tendedero de donde había tomado prestadas las prendas, en un barrio muy cercano al Castillo de Santa Bárbara, se sorprendería al comprobar que le faltaban y que en su lugar había un traje de enfermero.

Sin tentar más a la suerte, se montó en el vehículo y reemprendió el camino. El siguiente paso del plan era dejar el coche en el extremo opuesto de su verdadero destino, al que llegaría utilizando el metro. En ese lugar sí que no le importaba que lo grabaran las cámaras pues, si todo iba bien, llegaría en hora punta y solo sería una aguja dentro del inmenso pajar. En realidad ese era su plan principal: pasar desapercibido mientras pudiera.

Recordaba haber leído una novela —de las raras veces que le dejaron hacerlo— de un tal Roberto López Herrero en la que su protagonista era un asesino «normal» —y ahora que lo recordaba, creía que también ese era su título: *Normal*—. Le encantó la idea de que no destacara por encima de nadie: ahí radicaba el que fuera tan letal, la peor arma mortífera. Esa era su idea: ser como él. Un tipo vulgar, un tipo como otro, un tipo normal.

A pesar de ello, era consciente del cuidado extremo que debía tener. Puede que su imagen fuera divulgada por los medios y ya sabía que la gente, por miedo, era capaz de reconocer a un pájaro en el cielo entre mil. Esperaba que eso no le diera problemas. Ojalá no tuviera que incrementar el número de víctimas innecesarias.

Los kilómetros seguían sumándose en el cuentakilómetros del coche y, al contrario de lo que había imaginado, él se iba serenando a medida que los recorría. Había fantaseado demasiadas noches con ese momento y pensaba que estaría algo más nervioso. La calma le hacía pensar con algo más de claridad y se sentía satisfecho por ello. Por otro lado, las preocupaciones que apartaba de su mente dejaban paso a otras, de modo que un remolino de pensamientos se agolpó en ella e hizo que se sintiera levemente mareado. Aminoró la marcha mientras las imágenes se sucedían.

Pensó en lo que le llevó a Mors. En lo que pasó, en lo que pasa, en lo que pasará. Pensó en Gala, no podía dejar de pensar en ella. Pensó en cómo murió. Pensó en la de veces que había apretado los dientes imaginando que entre ellos tenía la yugular de ese maldito bastardo que le disparó. Pensó en el inspector Valdés. En qué sería de él. En si estaría preparado para lo que se le venía encima. En que ojalá lo estuviera. No quería medirse en desigualdad: lo necesitaba en plenas facultades.

Pensó en ella. No podía dejar de pensar en ella.

Casi sin darse cuenta y, sin poder quitarse esos insistentes pensamientos de su cabeza, llegó a su destino. Al final, no hubo sobresaltos. Claro que no tenía por qué haberlos, pero agradeció el constante estado de alerta que haría que no volviera a cometer errores. No. Esa vez no.

Dejó aparcado el coche en el primer lugar disponible que encontró. Se quitó los guantes y se los guardó en el bolsillo. Era increíble la facilidad con la que los había robado en aquel hipermercado. Si lo hubiera sabido, se hubiera llevado también algo de comida, pues su estómago le avisaba de la falta de alimento.

La parada de metro estaba a unos cinco minutos andando. Andar le gustaba. Encontraba en ello un modo de relajación muy efectivo.

Con las manos en los bolsillos comenzó a hacerlo. No había recorrido ni veinte metros cuando, sin querer, una señora se topó contra su hombro. La mujer se giró y se disculpó, para posteriormente reanudar su marcha. Su rostro no varió al mirarlo a la cara. Quizá no parecía un monstruo, como no paraban de repetirle los médicos que lo visitaban. Quizá su aspecto solo era el de una persona más entre la multitud. Uno más. Justo lo que deseaba ser.

Llegó a la parada de metro y entró. Pagó con el dinero del Señor X.

No tuvo que esperar demasiado.

Sonrió al pensar que, en realidad, no tendría que esperar demasiado para todo lo que estaba por llegar.

Montó en el vagón. La puerta se cerró y él aún sonreía.

Nadie lo miraba.

Perfecto.

Ya estaba de nuevo en casa.

«Hola, Madrid.»

4

Miércoles, 14 de septiembre de 2016. 15.02 horas.
Comisaría de Madrid

Alfonso agarró el auricular del teléfono casi con miedo. Era raro, hacía mucho que no sentía algo así en el cuerpo. Una sensación que, además, antes de conocer en persona al perturbado de Fernando Lorenzo ni siquiera sabía que pudiera existir. Y es que, aunque todo lo que estaba sucediendo tuviera que ver con él, era extraño porque simplemente se trataba de una llamada telefónica. Nada más. Puede que a ello hubiera contribuido el escuchar a su amigo Nicolás fuera de sí a unos cuantos miles de kilómetros de distancia. O quizá fuera su deseo de recibir otra llamada desmintiendo la información, asegurando que el monstruo seguía en Fontcalent, que todo había sido un error. O también que, a pesar de haber pasado unos años movidos con ciertos temas en comisaría, nada le llegara a los talones a lo que iba a ocurrir —casi con toda seguridad— a partir de ese momento.

Se dejó de tonterías y marcó el número. Lo sabía de memoria por las veces que había llamado ya. La comisaría provincial de la calle Reyes Católicos, en Alicante, lo había visto crecer como inspector de policía. Más de lo que él hubiera esperado. El caso de Fernando Lorenzo contaba como unos cincuenta casos normales, por llamarlos de alguna manera. Tenía mucho cariño a los que allí trabajaban —en realidad a los que quedaban desde que él había estado hacía siete años— y parecía que era mutuo. Pero ahora no llamaba para preguntar cómo les iba, ni para que le contaran algún chismorreo del personal, como hacían algunas veces. Ahora era bien distinto.

—Comisaría de Policía Nacional.

—¿Patricia?

—Hombre, Alfonso, ¡cuánto tiempo!

—Sí, la verdad es que hacía ya bastante que no hablábamos.

—Supongo que querrás hablar con Méndez —dijo la mujer dejándose de rodeos. Sabía por qué llamaba.

—Sí, si puede ser.

—Está bien, te paso. Y... Alfonso... Aquí estamos todos igual, no creas.

—Lo sé, no es para menos. Gracias.

No se despidieron, sonó una musiquita que duró apenas unos quince segundos, los que tardó el inspector jefe de la Unidad de Homicidios de la UDEV, Juan Méndez, en responder.

—Diga —contestó con su habitual sequedad.

—Inspector jefe, soy Gutiérrez, de Madrid. ¿Qué tenemos?

—Una mala hostia de órdago. No puedes imaginar lo que hay montado aquí. Parece que se nos ha escapado el puto Bin Laden.

—Mejor no comparar, que cada uno tiene lo suyo.

—Sí. Es cierto. En fin, aún no tenemos mucho. Los chicos de Científica todavía no han llegado. He asignado el caso al inspector Moreno, creo que lo conoces. Me ha llamado hace un rato desde la prisión y me ha contado lo poco que se sabe hasta ahora. Habrá que remover mucha mierda para saber cómo coño ha logrado escapar de ese lugar.

Alfonso no quiso decir nada, pero no era el primero ni sería el último que lo hacía.

—¿Hay alguna víctima más, aparte del enfermero?

—No, que sepamos. En un primer vistazo parece ser que el corte es muy limpio, podría estar hecho con un bisturí o algo muy afilado. Los reos a veces consiguen fabricar pinchos y armas con lo que encuentran por ahí, pero Fernando no tenía acceso a estos objetos, por lo que es muy complicado de entender. Supongo que tendremos que dejar que los indicios vayan hablando poco a poco.

—¿Y han conseguido averiguar cómo ha burlado los sistemas de seguridad?

—Al parecer le cambió la ropa al enfermero y tomó su identificación. A ver, Fontcalent no es Guantánamo y la tarjeta abre de manera automática muchas de las puertas. Los enfermeros no necesitan ir identificándose a cada paso que dan, por lo que no sería muy descabellado que se hubiera podido marchar como si tal cosa. Solo con que haya sabido guardarse de que los funcionarios no se toparan de cara con él, es suficiente para salir sin levantar la menor sospecha. Además, he visto la foto del tal Gonzalo, el fallecido, y Fernando podría llegar a pasar por él si no te fijas con detalle.

—Lo siento mucho, inspector jefe, pero todo esto me suena a cuentos chinos. Me parece increíble que hayan podido permitir que un asesino jodidamente pirado haya conseguido largarse así como así.

—Tendremos las grabaciones pronto, inspector —repuso Méndez tratando de entender el grado de crispación y evitando entrar en una disputa sin sentido—. De momento, no puedo contarte más. Supongo que tendremos más datos a lo largo de la tarde. Te prometo que te mantendré informado. Ahora estamos esperando a que llegue el juez para el levantamiento del cadáver. No te lo vas a creer, pero parece que hoy todos están ocupados con tonterías. Como si esto no fuera motivo suficiente para que lo dejaran todo y perdieran el culo para atender este caso.

—Gracias —dijo Alfonso tratando de serenarse—. ¿Han montado algún dispositivo en la ciudad?

—Aparte del normal ante un fugado, he mandado a dos unidades en moto solo para localizar a Fernando. Ya imaginarás que va a ser inútil. No creo que esté en Alicante, al menos en la ciudad.

—Yo tampoco lo creo. Por favor, moviliza una unidad a Mors; lo veo improbable, pero puede que vuelva.

—Lo pediré, tranquilo. Y hagamos algo: no nos dejemos llevar por el pánico. Puede que esté fuera de sí y cometa un error pronto. Son siete años encerrado, nadie es el mismo después de una larga temporada a la sombra.

—Precisamente eso es lo que me temo. Gracias, inspector jefe, seguiremos hablando.

Colgó y cerró los ojos sin despegar la mano del auricular. Respiró hondo e intentó convencerse de que todo aquello formaba parte de una pesadilla. De esas que tenía a veces. Recordaba cuando llamaba cariñosamente «pirado» a Nicolás cuando él las sufría y ahora las experimentaba en sus propias carnes. Los pensamientos inútiles que él mismo se obligaba a tener no le servían para nada. Todo eso de que él podía con lo que fuera, de que valía para todo, de que no había nada lo suficientemente grande para él, era una patraña. Y lo peor de todo era que ahora no solo temía por su integridad mental, también lo hacía por la física.

Tenía claro que Fernando iría a por él. Le arrebató lo que más quería. La mirada que le dedicó cuando se lo llevaban esposado lo decía todo. No descansaría hasta verlo muerto.

No quiso ir al juicio, temía que esa mirada se acabara convirtiendo en un tema recurrente de sus sueños. Y a pesar de ello, así fue. No se sentía avergonzado al reconocer que tenía miedo. No paraba de pensar en que podía considerarse una suerte que no tuviera mujer ni hijos. «Soltero empedernido», le decían sus compañeros. Lo que ninguno de ellos sabía es que la razón real de no haber formado una familia era el miedo a ponerla en peligro. Nunca había sido consciente de ello hasta hacía siete años, cuando comprendió que en el mundo había seres carentes de alma, capaces de todo por lograr su objetivo. Cuando Fernando acabó entre rejas y con una condena firme, se preguntó si se sentiría preparado para dar ese paso. Pero no, Fernando solo era una gota de agua en un mar de locura. ¿Quién podría asegurarle que un simple yonqui al que tocara la moral más de la cuenta no lo seguiría un día hasta su domicilio y se tomaría su particular venganza contra los suyos?

Recordó algo que podría parecer muy tonto a muchos, pero que ahora tenía todo el sentido. Batman era el superhéroe por excelencia para Nicolás. Si no había visto sus películas mil veces, no las había visto ninguna. En muchas de esas ocasiones, como compañeros de piso, él también las había visto. Hubo una frase que se le quedó grabada porque la escuchó poco después de haber pasado todo el embrollo de Fernando en Mors. Decía algo así como que Batman llevaba máscara, para proteger, precisamente, a los suyos, no para protegerse a él mismo. A partir de ese momento, el hombre murciélago subió un peldaño para él.

Luego había otros momentos de lucidez en los que se daba cuenta de que todo eran divagaciones paranoicas, pero por más que lo intentaba no lograba arrancárselas del pensamiento.

Salió fuera a fumar un cigarro. Se había enganchado otra vez tras el incidente. Quizá lo buscó como excusa. Fumar no lo calmaba, no lo relajaba, no, en absoluto. Pero le gustaba. Punto. Nicolás, que solía regañarle como si de un hermano mayor se tratara —y eso que él le sacaba tres años—, no le había dicho ni una sola palabra desde que retomara el vicio. Y él mismo reconocía que había vuelto a engancharse a lo grande, pues solía caer un paquete y medio al día. Quizá debiera contenerse algo y no por temor a una muerte por cáncer. Precisamente, eso era lo que menos le preocupaba en aquellos momentos. Era para no acusar la fatiga cuando en un momento dado le pudiera hacer falta toda su capacidad pulmonar.

Soltó el humo lentamente mientras se daba cuenta de lo estúpido de sus divagaciones. Tenía claro que toda esa sarta de pensamientos era fruto de un nerviosismo creciente. Se miró la mano que sostenía el cigarro. Le temblaba. ¿Cuándo había temblado él? Odiaba reconocer que tener lejos al que durante tanto tiempo había sido su compañero lo hacía sentirse desprotegido. Era algo extraño, como si él mismo no fuera capaz de protegerse.

¿Tan inútil era que necesitaba a su amigo para sentirse seguro?

Puede que sí. Fuera como fuese tenía claro que Nicolás no iba a durar ni un día más en Yanquilandia e iba a regresar aunque fuera nadando.

Dio otra calada, apurando lo poco que quedaba del cigarro. Casi estaba ya en el filtro. Cerró los ojos y, de nuevo, soltó el humo despacio, dejando que ascendiera rodeando su rostro.

Tiró la colilla al suelo ante la mirada reprobatoria de uno de los trabajadores que había visto varias veces en el laboratorio. No tenía ni idea de cuál era su función dentro del complejo, pero tampoco le importaba. Pisó el resto del cigarro, le dio una patada para apartarlo de él y volvió dentro del edificio con la única intención de que los hechos fueran sucediendo y todo acabara llegando.

Porque llegaría.

De eso no tenía dudas.

5

Miércoles, 14 de septiembre de 2016. 16.00 horas. Madrid

Respiró profundamente antes de entrar.

Hacía demasiado tiempo que debía haber estado frente a esa puerta. Demasiado. Tanto, que su subconsciente le había mostrado esa misma escena ya unas cuantas veces, en sueños. El acto en sí era simple, aparentemente intranscendente, pero él sentía un cosquilleo especial en su abdomen debido a la emoción. Eso no era nada sorprendente, pero dada la insistencia de los psiquiatras en que era un ser sin sentimientos, no pudo evitar advertirlo. No paraban de repetirle que era incapaz de experimentar nada en su interior.

Que era un monstruo.

Si él les hubiera contado lo que de verdad sentía, hubieran dejado de decir idioteces.

Temía que las dos llaves que tenía ocultas y preparadas hubieran desaparecido, pero no: ahí estaban, en el mismo lugar en el que un día las dejó. La primera seguía dentro del cuarto de contadores, detrás de aquella maraña de aparatos sujetos a tuberías viejas. La segunda, dentro del aplique que servía para iluminar el rellano en el que se encontraba. O la bombilla había salido realmente buena o la persona que la hubiera cambiado había tenido el cuidado suficiente para que la llave no cayese al suelo —o la había vuelto a poner ahí, algo poco probable—. Fuera como fuese, ahí estaba, llave en mano, así que podía entrar sin problemas en la vivienda.

La introdujo en la cerradura y su estado de alerta se activó al comprobar que el pestillo no estaba echado. Hacía ya siete años que no aparecía por allí, pero creía recordar que sí lo había hecho. Más que nada porque siempre lo hacía. Además, con doble vuelta, para mayor seguridad.

Entrecerró los ojos y arrugó la nariz cuando la puerta se abrió. Olía a polvo. Normal. Lo que ya hubiera puesto la guinda al pastel es que oliera a limpio y desinfectado. Aun así, no dejó que sus sentidos se relajaran y palpó con dos dedos su bolsillo. Sabía que tenía el bisturí dentro, pero sentirlo lo tranquilizó. Comenzó a andar por la vivienda sigilosamente, colocando con cuidado un pie delante del otro, preparado para actuar si se diera el caso. Volvió a controlar su respiración como había aprendido —a base de esfuerzo— hacía unos cuantos años. Sus pulmones recogían la cantidad exacta de aire para el ejercicio de la respiración, pero su nariz apenas exhalaba dióxido de carbono. A la vista era como si no pasara aire por su cuerpo.

Seguía sin entender cómo podía estar el pestillo quitado. No sabía si le preocupaba más el hecho de que alguien lo hubiera descorrido o que él mismo hubiera cometido ese grave error. En caso de ser la última opción, ya sería la segunda vez que protagonizaba un acto impropio de alguien con sus pretensiones. Eso le disgustaba.

Continuó andando sin hacer ni una pizca de ruido. Entretanto, se preguntó si la policía habría descubierto aquel lugar. Desechó ese pensamiento enseguida. Era imposible. Los cabos estaban muy bien atados. No había nada de su antigua vida que lo relacionara con aquel sitio.

Según dejaba atrás las habitaciones, comprobaba que no

había un solo signo de que nadie hubiera estado dentro en los últimos años. Todo parecía seguir sumido en la semipenumbra en la que lo dejó. El diferencial de la luz todavía estaba bajado. Puede que sí debiera preocuparse por ser tan descuidado.

Una vez revisadas todas las habitaciones, una a una, notó que estaba sometido a un estado de tensión máxima. Necesitaba relajarse. Así era imposible conseguir sus objetivos. Lo sabía, tenía que serenarse.

El hambre no ayudaba. Sería un monstruo, pero hasta los monstruos tenían que comer de vez en cuando. No era de grandes comilonas, cualquier cosa podía saciarlo, pero en el piso no había nada —y si lo hubiera, ¿quién tendría el valor de ingerirlo?—. El dinero en efectivo que había robado al Señor X no le había hecho falta para nada más que pagar el billete del metro. Sin pensarlo un instante, se dirigió al salón. Agarró una silla y la colocó bajo el lugar en el que sabía que estaba lo que necesitaba. Se subió a ella, no sin esfuerzo; todavía no se sentía en condiciones físicas óptimas para realizar casi ningún esfuerzo físico. Palpó la placa de escayola con cuidado para comprobar su estado y la levantó con delicadeza, colocándola encima de una de las otras. Introdujo la mano por el hueco abierto y comenzó a tocar a ciegas. No tuvo que hacerlo durante mucho tiempo, pues pronto encontró lo que buscaba. Tomó la caja de zapatos con ambas manos y la sacó de su escondrijo.

Sonrió como un idiota. No sabía por qué lo hizo, pero sonrió como un idiota.

Con cuidado se bajó de la silla, limpió la pisada y tomó asiento en ella mientras colocaba la caja encima de la mesa. La abrió y volvió a sonreír al comprobar que todo estaba en su sitio. A pesar de tener confianza en que era imposible que algo hubiera salido mal en esa parte del plan, siempre quedaba ese rescoldo de dudas que hacían que su corazón se acelerara hasta cierto punto. Necesitaba saber a ciencia cierta que todo iba sobre ruedas. Y, sí, así iba.

El dinero —unos tres mil euros en efectivo repartidos en billetes de diez, de veinte, de cincuenta y muy pocos de cien—, el carnet de identidad falso con su nuevo nombre —Pascual Andreu—, el pasaporte —por si acaso— homónimo y un cuaderno con las anotaciones necesarias para seguir llevando a cabo su plan.

La cantidad de efectivo no era demasiado grande, pero por el momento podría bastar para ir tirando y subsistir. Suponía que la luz y el agua se seguían cobrando en la cuenta que abrió con la falsa identidad —con una cantidad de dinero más que suficiente para ir haciendo los pagos—, hacía ocho años. Fue directo hacia la caja del diferencial y lo encendió, comprobando que así debía de ser, pues había suministro eléctrico.

Volvió al salón y tomó el DNI. Lo introdujo en su bolsillo. Decidió que debía comprar una billetera para llevar la documentación y algo de dinero. Volvió a colocar la caja en su lugar, poniendo la escayola en su posición original. Había pensado que una buena idea sería repasar los apuntes de la libreta —aunque se los sabía ya casi todos de memoria— para ir refrescando el plan, pero sería más inteligente comer algo. No podía más. Tanta hambre lo estaba poniendo de muy mal humor.

Le había parecido ver un negocio chino de alimentación cerca del portal de la vivienda. Antes había allí una tienda de discos, pero estaba claro que ese no era negocio para los tiempos que se vivían.

Antes de caer preso, no dejaba de escuchar en boca de muchos que los chinos se iban a acabar haciendo con todo el planeta, que no teniendo suficiente con haber ganado fortunas en su país, ahora venían al nuestro a quitarnos los negocios y reventar los precios con artículos de baja calidad. A él, en realidad, nunca le había molestado nada de eso. Tenía asuntos más importantes en los que concentrarse. Además, no robaban ni nada. Trabajaban y punto. Sin más. Siempre había pensado que vivía en una sociedad de animales antropomorfos, en la que regía la propia ley de la jungla. Era simple: comes o te comen. En vez de buscar la queja fácil porque otros hacen las cosas de otra forma y se quedan con el mercado, haz tú algo. ¿No les gustaba que vendieran más que ellos? Deberían dejar de llorar todo el día y hacer algo al respecto. Tenía claro que le molestaba más esa sociedad inconformista de sillón que ver que otros venían de fuera a hacerse con lo que supuestamente era nuestro.

Ellos sí sabían ser depredadores.

Quizá ni él mismo era un ejemplo de todo aquello. Se había dejado atrapar como una indefensa cría de ciervo frente al león que, impávido, buscaba clavarle las garras. Pero, por suerte, la vida le había dado una segunda oportunidad. Y decía la vida por decir algo. Sabía que él mismo se la había ganado.

Esta vez no pensaba desaprovecharla.

Se disponía a salir del piso cuando de repente oyó algo que lo perturbó. Era algo tan leve como el simple aliento contenido de una persona, pero su oído lo había captado: había alguien detrás de él.

No era capaz de reconocer la distancia real a la que se encontraba. Ni siquiera era capaz de discernir si lo estaba apuntando o no con un arma. Como le había pillado distraído, sus manos estaban lo suficientemente alejadas del bisturí como para que un balazo se alojara en su cuello mientras intentaba hacer algo para defenderse.

Por primera vez desde que el inspector Valdés lo había apresado se sentía completamente indefenso.

Pensó durante unos segundos que si la persona lo hubiera querido matar ya lo habría hecho, por lo que intuyó que quizá la última opción era darle motivos para que lo hiciera. Decidió levantar las manos en señal de rendición, para que su atacante viera claras sus intenciones. Así tendría algo de margen. Ya hecho, pensó que era el momento idóneo para empezar a volverse despacio. Esperó que entendiera que no representaba una amenaza inmediata. Al menos de momento.

Cuando pudo ver el rostro de la persona que lo amenazaba por la espalda, fue consciente de lo rápido que le latía el corazón, porque notó enseguida cómo comenzaba a decelerar su pulso.

—Me has dado un susto de muerte —dijo resoplando—. ¿Cómo has entrado?

Lo miró y sonrió. Hacía tiempo que no veía esa sonrisa y tuvo que admitir que la echaba de menos. No se abrazaron. No hacía falta.

Fernando repitió la misma pregunta.

—¿Cómo has entrado?

—Te conozco demasiado. Sabía que dejarías una llave escondida donde la tenías.

La respuesta lo descolocó. ¿De verdad era tan previsible? Eso era muy negativo. Aunque, bueno, lo conocía más que nadie en el mundo. Para bien y para mal.

—Quizá no es esta la pregunta que debería hacerte en primer lugar —añadió Fernando.

—Imagino. Querrás saber por qué estoy aquí. Cómo sabía que ibas a aparecer.

Asintió. Su capacidad de deducción lo asombró. Y era extraño que lo siguiera haciendo.

—Lo intuí. Supongo que todavía tengo intacto ese instinto.

No se tragó la explicación, como era lógico. Se preguntó si en realidad habría estado yendo allí todos los días esperando su regreso. No le pareció tan descabellado que lo hubiera hecho. Era así. Tampoco quiso darle más vueltas. Lo importante era que estuviera allí, donde debía estar.

—Tengo que bajar un segundo a la tienda del chino que he visto cerca. Puedes esperar aquí si quieres. Necesito comer algo o no respondo de mis actos.

No dijo nada. Le extrañó que no protestara alegando que era peligroso salir a la calle por si alguien lo acababa reconociendo. Había veces que no había quien le cerrara la boca y otras tantas en las que los silencios incómodos se apoderaban del ambiente. Supuso que era algún tipo de bipolaridad o algo así. En fin, lo que le importaba en ese momento era poder comer algo. Acto seguido salió del piso y fue directo a hacer la compra.

Tras unos minutos salió de la tienda profundamente asqueado. Llevaba una barra de pan y una lata de atún individual dentro de la bolsa. Era lo único medianamente decente que había encontrado. Eso sí, bebidas energéticas, patatas de bolsa, alcohol y librillos de papel de fumar, así como mecheros horteras con la bandera rastafari o el símbolo de la marihuana, había todos los que quisiera. Subió maldiciendo en su fuero interno. Tenía la sensación de que iba a vomitar tras un primer bocado. Ahora empezaba a entender algo más las quejas de la gente acerca de esos lugares.

No volvería a pisar un sitio así en toda su vida.

Volvió a entrar en la vivienda. Atravesó el pequeño pasillo que solo daba acceso a la habitación principal y se metió directo en la cocina. Oía a su acompañante respirar con total claridad. Ahora sí. La larga estancia dentro de las cuatro paredes de su celda de Fontcalent había servido para que su sentido auditivo se desarrollara de manera sorprendente. Eso le gustaba; no podía despreciar ninguna virtud por pequeña que fuera. Preparó el bocadillo y se sirvió un vaso de agua del grifo. La dejó previamente correr para que adquiriera un grado mayor de pureza: era una de las pocas manías que había heredado del débil de Carlos.

Desde que había salido, era la primera vez que se daba cuenta de lo mucho que necesitaba leer un libro. Era curioso ese pensamiento en ese preciso momento. Su ansia lectora se había despertado de nuevo, de repente; quizá necesitaba de esa libertad para poder pensar como él mismo y no como otros querían que lo hiciera. Cuando pudiera, se acercaría a cualquier librería para comprar algo de la única metadona capaz de calmar esa ansia. Demasiados años de abstinencia tenían la culpa.

Abandonó ese pensamiento y se dirigió hacia el salón. Le dio el primer bocado al pan y comprobó que no estaba tan mal. Aunque supo que, con esa hambre, habría disfrutado hasta comiéndose un corazón crudo. Esa reflexión hubiera hecho mucha gracia al psiquiatra. O lo mismo no.

—¿Cuándo vas a empezar? —le dijo su acompañante sin ni siquiera mirarlo.

—No creo que haya prisa. He estado siete años encerrado.

—Precisamente por eso. Ha pasado demasiado tiempo. Esto debería estar ya finiquitado, ¿sabes?

Él no contestó de inmediato. Tenía la boca llena y era de mala educación.

—Las cosas, mejor hacerlas bien —replicó al fin. Bebió agua. Sabía rara.

—Sé que las harás bien. No me cabe la menor duda. Pero tienes que ponerte manos a la obra cuanto antes. Quizá tú no lo veas así, pero el tiempo corre en nuestra contra. Cada segundo que pasa los aleja más de ti. Tenemos una suerte tremenda de que todavía estén vivos. Todos. Dime: ¿no quieres ser su juez?

—No me corresponde a mí ese papel.

—Está bien, lo he planteado mal. Ya han sido juzgados, no puedes negarme eso. ¿No quieres ser su verdugo?

—Sí...

—¿No quieres acabar con ellos? —inquirió cortándolo de golpe.

—Sí, per...

—¿No quieres que se haga justicia de una vez?

—¡Ya basta! —Golpeó la mesa con el puño y el vaso de agua se derramó.

Su acompañante no dijo nada. Se levantó y se dirigió a la cocina. Volvió con un paño limpio en la mano. No recordaba haberlo comprado, no sabía qué hacía allí. Seguía sin hablar. Recogió el agua con él, cogió el vaso y regresó a la cocina. A los pocos segundos volvió otra vez con el recipiente lleno de agua.

—Lo siento —dijo al fin.

—No te preocupes —respondió Fernando—. Te prometí algo y ese algo se cumplirá. Déjame un poco de tiempo. No es mi estilo lanzarme de cabeza. Las cosas se piensan. Se tienen que pensar bien. Si quieres que esto llegue a buen puerto, tendrás que confiar en mí.

Se colocó delante de él y se agachó, poniendo su cara a su altura.

—Lo hago. ¿Lo sabes?

—Sí, claro.

—Y tú, ¿confías tú en mí?

No vaciló con la respuesta:

—Por supuesto. Creo que te lo estoy demostrando.

Sonrió. Él supo que esa sonrisa era totalmente sincera.

—Todo saldrá bien —aseguró sin dejar de sonreír.

Asintió.

6

Miércoles, 14 de septiembre de 2016. 23.33 horas. Madrid

Tiró el paquete vacío de chicles Nicorette al suelo. Era un gesto que ella muy probablemente reprobaría a cualquier persona a la que viera hacerlo, pero no tenía la cabeza para pensar en tonterías ahora.

Necesitaba sentir el humo recorriendo sus vías respiratorias, necesitaba sentirlo una vez más, aunque solo fuera una calada. Trató de serenarse y desechó esa idea. Tenía que seguir manteniéndose firme. Se había propuesto no hacerlo nunca más y le tocaba ser fiel a sí misma. Aunque solo fuera en eso.

Seguía pensando en el mensaje que había recibido en el contestador de su teléfono móvil. Todavía notaba ese pinchazo en el estómago al recordarlo. Habían pasado ya tres horas desde que lo había escuchado y no conseguía apartarlo de su mente. Sacó su terminal y, con los dedos temblorosos, dibujó el patrón necesario de movimientos sobre la pantalla para oírlo otra vez. Colocó el aparato junto a su oído y se preparó para recibir de nuevo el mazazo.

Parecía masoquista, disfrutando con su propio dolor.

«Sara, sé que esta no es la manera correcta de hacer las cosas, pero es que últimamente solo conseguimos hablar a través de este maldito aparato. Me duele tener que hacerlo así, pero no podemos seguir en esta situación. Es algo que ya sabíamos y que veníamos evitando desde hacía mucho tiempo. Ya no hablamos, y cuando lo hacemos, solo discutimos.

»No es sano. Estamos metidos en una relación tóxica para ambos por el mero cariño que nos tenemos. Creo que hice bien en no mudarme a tu casa, eso no hubiera salido bien nunca. Te deseo lo mejor. No me guardes rencor por hacer las cosas de esta manera y no a la cara. Así, ninguno de los dos podría decir lo que realmente piensa, además de que no sabía cuándo sería la próxima vez que te iba a ver. Perdóname. Te querré siempre. Adiós, Sara. Sé feliz. O inténtalo al menos.»

Su voz se fue apagando con las últimas cuatro palabras, como si no las hubiera pronunciado convencido. ¿Cómo podía ser tan cínico y tan mentiroso? ¿Que la quería? ¿Que fuera feliz? Si de verdad la quisiera habría intentado arreglar las cosas, no hubiera desaparecido de su vida así, sin más. ¿Eso era querer a alguien? ¿Eso era desearle felicidad? Si para él eso era su idea de sentir afecto por alguien, casi que no quería imaginar cómo lo haría contra alguien a quien odiara.

Apretó fuerte el teléfono con la mano mientras se lo ponía delante del rostro. Respiró muy fuerte sobre él, en repetidas ocasiones. Apretó los dientes y deseó morderlo para destrozarlo con la boca. Se lo separó unos centímetros de la cara.

—¿Me quieres? —le preguntó al móvil—. ¿Me quieres? —Lo apretó más fuerte, sus nudillos estaban blancos—. ¡Hijo de puta! ¡Mentiroso!

Arrojó el teléfono con fuerza contra el suelo. El aparato quedó dividido en tres piezas: por un lado, la batería; por otro, la tapa que la cubría y, por último, el resto del terminal.

Se echó las manos a la cara y lloró. Hacía mucho, demasiado tiempo, que no lloraba. Ni siquiera lo hacía en las ocasiones en las que, lo que estaba destrozando a su madre, se ponía especialmente tozuda. Pero es que la situación podía con ella. ¿Cómo no se había dado cuenta antes de que acabaría pasando esto? ¿Acaso él tenía razón y apenas hablaban? ¿Tan cegada estaba con sus propias historias que no había sido capaz de verlo?

Hasta cierto punto se había dado cuenta de que la relación se había enfriado algo. La comunicación entre ambos se limitaba, en efecto, a mensajes por WhatsApp en los que solo les faltaba hablar sobre el tiempo para que la conversación fuera más estúpida y forzada. Era cierto que ya apenas hacían el amor porque, cuando quedaban para cenar, por una cosa o por otra, acababan enfadados. Aunque, bueno, todas las parejas pasaban rachas malas, ¿no? Ella no podía echarse a la espalda toda la culpa del fracaso de la relación y de que las cosas ya no fueran como al principio. ¿Cómo podía pretender él que, tras su ascenso, todo fuera como antes? Los turnos ya no eran iguales, ya no había posibilidad de rechazar los viajes que tenía que hacer constantemente por toda la geografía española. No, ahora ella era la jefa y tenía que estar siempre al pie del cañón. Para todo. Si no daba la cara, ¿para qué estaba allí? Sobre todo, teniendo en cuenta lo reducido de su grupo de trabajo. Con solo cinco personas para ocuparse de todo el terreno nacional, demasiado es que todavía pisara Madrid.

Se secó las lágrimas y, tras la momentánea enajenación, se incorporó y fue a recoger los pedazos de su móvil. Lo recompuso con la esperanza de que no hubiera pasado a mejor vida. Tras unos segundos de incertidumbre comprobó que, aparte de una importante abolladura en el lateral que había golpeado contra el suelo, el teléfono seguía funcionando como antes. La suerte no se había desvanecido del todo, ya que la pantalla no había sufrido daño alguno. Lo guardó en su bolso y comenzó a caminar. Una de las cosas que sí solía echarle él en cara eran sus constantes cambios de parecer. En eso puede que tuviera un poco de razón. Había salido de casa con el único propósito de caminar, de reorganizar sus ideas, pero ahora le apetecía un copazo bien cargado de lo que fuera. Algo con lo que poder mitigar sus penas.

No le costó encontrar un pub en pleno funcionamiento a esas horas de la noche. Daba igual que fuera miércoles, la vida nocturna de Madrid no descansaba, aunque ella la hubiera dejado olvidada hacía ya muchos años. El antro estaba lleno de niñatos con vasos de tubo en la mano. Le repugnó el cambio radical que, para ella, había sufrido la juventud española. Ahora, lo más importante era llevar piercings en lugares estratégicos, tatuajes que seguro ni a ellos mismos les gustaban y tupés peinados con una paciencia infinita. Por no hablar ya de sus ropas. Lo primordial era que quedaran ceñidas hasta el extremo y con unos escotes —en el caso de ellos— que ni ella misma se pondría. Había oído varias veces que ahora se conocía —en tono de burla— a esta generación como «viceversos», debido a un conocido programa de televisión. Sintió un escalofrío solo de pensarlo y deseó que ninguno de ellos se le acercara para no tener que vomitarles encima. Pidió un whisky doble con hielo al camarero. No era la primera vez que lo bebía de esta forma, pero sí era cierto que había perdido algo de costumbre con el paso de los años. No tenía ni idea de si lo que le había servido el sonriente camarero era o no una buena marca, ya que pidió un Jack Daniel's y no tenía. Ese parecía del barato. Tampoco sabía si podría bebérselo de un solo trago por la pérdida de entreno, pero lo intentó. Cuando dejó el vaso encima de la barra sintió que la garganta le ardía. No pudo disimular el gesto de abrasión, que se unía a un repugnante sabor que lo único que conseguía era una sensación de arcada inminente. Eso pareció divertir a un hombre que la miraba desde la otra punta de la barra. No le había quitado ojo desde el mismo instante en que se había acercado a pedir la bebida. Era guapo. Tendría más o menos su edad —ella tenía treinta y cinco—. Vestía de manera dispar a la del resto de los ocupantes del tugurio. Hasta tenía una cierta clase. No entendía qué hacía alguien como él en un sitio así, pero, puestos a pensar, tampoco entendía muy bien qué hacía ella allí.

Puede que él también estuviera despechado, intentando encontrarle sentido a su vida de una forma tan errónea como lo estaba haciendo ella.

Trató de disimular pidiendo que le sirvieran otra copa igual. Quizá fuera que hacía una barbaridad de años que no bebía nada más que un par de cervezas diarias —y no todos los días—. Quizá fuera que el whisky era tan malo que no se debía tomar de un solo trago. Puede que fuera tan de garrafón que ni la graduación se correspondiera con lo que marcaba la botella. Fuera lo que fuese, ya empezaba a notar cierto mareo en la zona que iba desde los ojos hacia atrás, hasta el cogote. La siguiente copa la tomó con algo más de calma. A sorbos concienzudos. El resultado no fue mejor.

El desconocido no dejaba de mirarla. Ella, de manera furtiva, le dedicaba de vez en cuando alguna que otra sonrisa. No sabía si estaba haciendo bien, si parecía una chica fácil —algo que no era en absoluto—. Ni siquiera sabía si la que estaba actuando era ella o el whisky. Pero se sentía bien. O, al menos, mejor que una hora antes. Tras acabar la tercera copa y con un más que evidente mareo, se acercó a él. Le gustaba tomar la iniciativa. O eso creía.

Él la miró divertido. Le dedicó una mirada que, por unos instantes, hizo que su libido decayese algo, pues le resultó algo rancia, como sacada de una película antigua de las que veía su abuela cuando ella la visitaba. Apartó eso de su cabeza. No sabía por qué, pero se sentía decidida a acercarse más a él, a dejarse llevar.

Con su mano derecha le acarició el hombro. El juego con los dedos le indicaba a él que no se iba a andar con tonterías. Quería lo que quería. Sus intenciones eran claras.

Algo aturdida, se abalanzó sobre sus labios. Él no los rechazó. Era bastante torpe besando, pero no le importó. En esos momentos no sabía qué buscaba exactamente, pero lo que no necesitaba era un experto en artes amatorias. Con pasar un buen rato y olvidar sus pesares le bastaba. Él le agarró los glúteos de manera brusca. Ella entendió que el alcohol le impedía arrearle el puñetazo en la nariz que le hubiera dado en circunstancias normales. Se dejó llevar. Lo notó excitado. Él se acercó a su oído. Creyó entender que le sugería ir a un lugar con menos ruido. Aceptó. El desconocido —no sabía si él le había dicho cómo se llamaba— pagó las consumiciones de ambos y la tomó de la mano, tirando de ella hacia la puerta.

Salieron. Sus oídos agradecieron dejar de escuchar la infernal música —por llamarla de algún modo—. Él la siguió guiando por la calle, ella andaba algo descontrolada debido al alcohol que llevaba en la sangre. No podía creer que se sintiera tan borracha a pesar de haber bebido tan poco. ¿En realidad lo estaba o era su cerebro jugándole una mala pasada? No supo distinguir la distancia que recorrieron, pero él se detuvo delante de un Mercedes de color blanco, impecable. Parecía recién sacado del concesionario. Con algo más de luz, Sara pudo verle mejor la cara. No era tan guapo como le había parecido en el antro. ¿No decían que el alcohol hacía guapos a los feos? ¿Por qué estaba siendo al revés? Él, como un cazador orgulloso de su trofeo, le mostró las llaves del vehículo. Fue algo casi como una declaración sin complejos de que aquel coche era una prolongación de su falo. Ella trató de sonreír, pero fue una arcada lo que le sobrevino. Intentó correr hacia un oscuro callejón, pero el vómito salió de su boca antes de tiempo, a mitad de camino.

¿De verdad ya había vomitado? ¿Esa era su tolerancia al alcohol en esos momentos? ¿O le habían dado tal mierda que su estómago no lo había sabido asimilar?

Él, preocupado, se acercó a ella. Le zumbaban los oídos, no escuchaba lo que el desconocido le decía mientras la agarraba por los hombros. Quizá fuera el vomitar, quizá que su conciencia despertó en ese preciso momento, pero se zafó de las varoniles manos del hombre y se apartó unos centímetros de él.

—¿Qué te pasa? —Logró por fin escuchar.

—N... nada. —Las palabras le salían casi como el vómito.

—Vente conmigo a casa, no estás para ir a ningún lado.

Dio dos pasos y se acercó a ella.

Volvió a separarse de él.

—Pero ¿qué cojones? ¿Primero me calientas y ahora esto? ¿De qué coño vas?

—No des un paso más —dijo ella.

—No des un paso más, no. Joder, que hace dos minutos te querías acostar conmigo. Eres una calientapollas.

Dio un nuevo paso hacia ella. La mujer reaccionó de inmediato y lo agarró de un brazo. Echó su cuerpo para adelante y le clavó el codo en las costillas. Apoyó el cuerpo del hombre en su hombro y lo volteó, tirándolo al suelo. Sin soltarle el brazo, le clavó el pie en el pecho, impidiendo que pudiera levantarse del suelo.

—Pero ¿qué cojones te pasa? —preguntó con evidente dificultad a la hora de respirar—. ¿Quién eres, Wonderwoman?

Ella metió la mano en su bolsillo trasero y extrajo una especie de billetera pequeña. La abrió y se la mostró al dolorido desconocido.

—Soy Sara Garmendia. Inspectora jefe de la Sección de Análisis de la Conducta del Cuerpo Nacional de Policía.

7

Jueves, 15 de septiembre de 2016. 9.14 horas. Madrid

Volvió a mirar su reloj. Otra vez. Había perdido la cuenta de las veces que había repetido el mismo gesto en los últimos minutos. Era natural que, entre que bajaba del avión y recogía las maletas, el tiempo pasara y la hora del reencuentro se retrasara. Esto lo tenía claro, pero es que hacía casi tres cuartos de hora que tendría que haber aparecido por esa puerta ya y, de momento, nada. Además, para que la situación empeorara considerablemente, su teléfono no tenía nada de cobertura, por lo que le era imposible preguntarle cuánto le quedaba para salir. Mientras Alfonso pensaba en el cambio inminente de compañía telefónica, la doble puerta automática acristalada con el logotipo serigrafiado del aeropuerto se abrió y apareció él. Lo hizo tras un numeroso grupo de personas de pelo blanco y cara de estar en el paraíso. Seguramente, turistas.

No esperaba siquiera una triste sonrisa por su parte, las cosas no estaban como para sonreír. Además, a él tampoco es que le apeteciera demasiado. Esperó a que fuera el propio Nicolás el que se acercara hasta donde él estaba y, sin mediar palabra, le cogió una de las dos maletas para a continuación comenzar a andar. Nicolás se limitó a seguir a su amigo en silencio. Traía un dolor de cabeza horrible, producto de no haber podido descansar ni un solo minuto desde que Alfonso lo había telefoneado. La llamada del comisario general no tardó en llegar. Este le ofreció la opción de quedarse en Quantico hasta acabar el curso, pero su tono de voz delataba un grito desesperado para que el inspector regresara cuanto antes. Quizá eso último se lo había inventado él al querer justificar de alguna forma su temprano regreso, pero daba igual, ya estaba en Madrid. Pensar en otras cosas era una estupidez.

Entre los dos colocaron el equipaje en el portamaletas del vehículo de Alfonso.

Los años pasaban y su coche seguía siendo el mismo trasto destartalado de siempre. Alfonso se empeñaba en disimularlo manteniéndolo en un estado de limpieza extraordinario, pero que pasara más horas en el taller que en manos del propio inspector delataba su verdadero estado. Nicolás solía hacerle bromas sobre él, pero en ese momento no estaba el horno para bollos. Los dos seguían callados cuando se montaron.

Después de introducir la tarjeta del estacionamiento pagado en la máquina y de que la valla se levantara, Alfonso preguntó con desgana:

—¿Paolo se ha quedado?

Nicolás, que estaba con la cabeza en otra parte, tardó unos instantes en contestar:

—No tenía sentido que él también volviera. Tenía muchas ganas de hacer el curso y, aunque ha insistido mucho en acompañarme, sé que en el fondo prefería quedarse allí. Además, yo también creo que no tenía sentido que se viniera conmigo.

—Pues yo creo que nos hubiera venido muy bien su ayuda, pero bueno. No veo demasiado complicado el papeleo para que viniera a echarnos una mano. El tío controla bastante sobre asesinos en serie y, bueno, tú ya le ayudaste una vez en algo parecido. Se podría decir que te debe una.

El inspector sopesó por unos instantes las palabras de su

amigo. Sabía que tenía razón, no en lo de que le debía una, ni de coña se la debía, pero sí en que podría venirles bastante bien su ayuda. Aunque, si no era estrictamente necesario, no metería a Paolo en todo aquello. Era una carga demasiado pesada para los que se implicaban. No podía hacerle eso. Precisamente por los hechos a los que se refería Alfonso, que habían ocurrido hacía tres años. Su caso fue bastante similar. Fue entonces cuando los dos se conocieron y dio comienzo una gran amistad que todavía perduraba. Gracias a ella y al nivel de confianza generado, sabía de primera mano que al italiano también le seguía pasando factura emocional todo lo que vivió. Tal como le había sucedido a él, le había marcado para siempre. Implicarlo ahora en algo de esa magnitud podría acabar con su salud mental debido a toda la carga que venía arrastrando. De todos modos, no descartaba solicitar su ayuda más adelante.

—El tiempo dirá si necesitamos a Paolo o no. ¿Sabemos algo nuevo?

—¿No puedes esperar ni siquiera a llegar? Sabes de sobra que el jefe te pondrá al corriente de todo. Yo solo soy tu puto chófer. Luego me dicen que me salto los procedimientos... Tócate los huevos...

Nicolás, sorprendido por la reacción de su amigo, lo miró fijamente antes de hablar.

—No me jodas, ¿desde cuándo te tomas todo tan en serio?

—Siempre me lo he tomado —repuso este sin dejar de mirar al frente.

—No, Alfonso, y precisamente esta es tu mejor virtud. Recuerda, tú eres el chistoso y yo el amargado. No me cambies los papeles ahora porque me jodes vivo. Yo no sé hacer el capullo como tú.

Alfonso sonrió.

—Supongo que estoy algo tenso —dijo relajando su expresión—. Te juro que no he pensado tanto durante estos siete años en toda esta mierda como lo estoy haciendo en estos dos últimos días.

—Lo sé, te entiendo. Todo irá bien. Y ahora, cuéntame.

—No.

—¡Coño, Alfonso!

—No, no lo haré sin una cerveza de por medio. ¿Vamos donde la Paqui?

Nicolás sonrió al reconocer a su amigo en aquellas palabras. Ese sí era Alfonso. Antes de contestar miró su reloj y dudó.

—No sé, debería estar ya en el despacho, con el jefe. Entre lo que he tardado en poder bajar del avión y lo de las maletas...

—Que le jodan al jefe.

No había duda. Sí, ese era Alfonso.

Después de aparcar muy cerca de la puerta, entraron en el bar que conocían cariñosamente como «donde la Paqui». El nombre real del local era bar La Madrileña II, pero tanto Alfonso como Nicolás habían cogido tanto cariño a su dueña que no sabían referirse a él de otra manera. Tomaron asiento, como casi siempre, en la punta de la barra, cerca de los aseos y de un cuarto más o menos grande que ella utilizaba como almacén. Paqui era una mujer menuda, de aspecto amable y un pelo que por mucho que se tintara con el rubio chillón que parecía gustarle no disimulaba los años que seguramente tendría. No tardó en atenderlos con su habitual sonrisa y su rostro de haber escuchado más de mil historias al otro lado de la barra.

—Bueno, bueno, ¿a quién tenemos aquí?

—Buenos días, Paqui —saludó Alfonso; Nicolás, por su parte, le dedicó una sonrisa a la mujer—. Pues sí, hace tiempo que no nos pasamos por aquí, pero es que hemos estado liados.

—No me extraña. Este país está lleno de sinvergüenzas. Esto ya no es lo que era. Antes dormíamos con ventanas y puertas abiertas. ¡Atrévete a hacer eso ahora! En fin, con jóvenes como vosotros una se siente mucho más tranquila. —Sonrió—. No me digáis: una Estrella Galicia y un Nestea, ¿verdad?

Alfonso asintió, divertido. A los dos les gustaba ir allí, precisamente, por ese trato.

Esperaron a que Paqui les sirviera las bebidas y, cuando la mujer se hubo alejado lo suficiente para retomar sus quehaceres, comenzaron a hablar de lo que realmente les importaba.

—No sabemos nada todavía, tío —comentó Alfonso—. Es una calma tensa que, al menos a mí, me está jodiendo enormemente. El jefe no sabe qué hacer. Parecemos pollos sin cabeza. No sabemos dónde está ni qué planes tiene.

—Lo único que está claro es que no ha escapado solo para sentir el aire en su cara. Fernando no hace nada sin un fin concreto. Tiene un plan y lo que más me toca los huevos es que no vamos a tardar en saberlo.

—Si eso te toca los huevos, imagínate a mí.

Paqui se acercó con otra cerveza para Alfonso y un par de pinchos de tortilla de patatas con cebolla. Aunque llamarlos «pinchos» era menospreciar el inmenso tamaño de aquellos dos trozos. Paqui era así, sobre todo con ellos dos.

Tras un nuevo sorbo a sus bebidas y con Paqui lejos de nuevo, continuaron hablando.

—¿Habrá vuelto a Mors?

—Fue lo primero que pensé. En cuanto nos dieron el aviso, no sé por qué, la primera imagen que me vino a la cabeza fue que estaría rajando cuellos en el pueblo. Pero no sé —respondió Alfonso—. Aunque, bueno, en realidad no sé qué le queda allí.

—Le queda Alicia, su hermana...

—Sí, bueno. Ayer lo hablé con el jefe para que mandara

un zeta para vigilar la casa. Sobre todo queríamos que se viera el coche y así alejarlo lo máximo posible de la zona, pero ¿sabes? Alicia ya no vive allí. Ni ella, ni la tía, al parecer. Según vecinos del pueblo, Alicia dejó la UNED y se matriculó en la Universidad de Alicante. Dicen que por comodidad se fue a vivir cerca de la facultad y que apenas se le ve el pelo por el pueblo ya. Su tía vendió la casa y se fue a vivir con una hermana al norte. Eso sí lo sé de primera mano porque una pareja de peruanos vive ahora allí y se lo han contado a los agentes del zeta.

—Bueno, que Alicia no esté en el pueblo no me tranquiliza. Habría que encontrarla y protegerla. Ese imbécil ya ha demostrado que le importa tres cojones desplazarse a otro lugar con tal de continuar con su plan. Tengo un mal presentimiento y algo me dice que irá a por ella.

—Lo sé, se está encargando Pacheco de localizarla y de ponerle protección. No será difícil.

—De todos modos, aunque tengamos que estar atentos por si vuelve al pueblo, no es la única opción que deberíamos trabajar. Hay otra.

Alfonso miró a su amigo y, sin decir una palabra, agarró el botellín de cerveza. Bebió más de la mitad de lo que quedaba de un trago. Tras saborear la cerveza, contestó:

—Sí, la otra hipótesis es que haya vuelto a Madrid. Su vida anterior estaba aquí. Caben otras posibilidades, claro, pero las dos más fuertes para mí son esas. ¿Tú qué opinas?

Tras formular la pregunta, Alfonso levantó la mirada de la barra y fijó los ojos en los de Nicolás. Este vio reflejado en su iris algo muy parecido a una llamada de socorro. Entendía su miedo, pues él también lo compartía. Su posible vuelta a la capital traía consigo otro abanico de teorías entre las cuales estaba la venganza personal contra ellos dos. Contra Nicolás por atraparlo y contra Alfonso por haber acabado con la vida de Gala, su compañera sentimental. Intentó reaccionar, pero no sabía cómo brindar ese auxilio que su amigo parecía pedirle. No tenía ni idea de cómo hacerlo.

Al final, optó por hablar.

—Da igual lo que pensemos, Alfonso. Las vueltas que le demos ahora aquí no van a servir para nada. Más no podemos hacer. Al menos por ahora. Hablaré con el jefe para que envíen vigilancia tanto a su antiguo domicilio como a las Cuatro Torres, donde estaba su bufete de abogados. Dudo que vuelva por allí... No es imbécil, pero por si acaso. Incluso deberíamos averiguar quiénes trabajaban a su lado, saber qué hacen ahora y vigilarlos también, por si las moscas. Aquí no se mueve ni Dios sin que nosotros lo sepamos.

Alfonso comenzó a reír al tiempo que sacaba un billete de diez euros de la cartera y lo dejaba sobre la barra. Avisó a Paqui y salieron del bar sin esperar el cambio. Siempre dejaban generosas propinas.

—¿De qué te ríes? —quiso saber Nicolás.

—De que cada día te pareces más al jefazo. Ese «aquí no se mueve ni Dios» me ha hecho gracia. Ya hablas como un poli y todo.

—Que te den.

Se montaron de nuevo en el coche.

—¿Te puedo hacer una pregunta? —soltó Alfonso antes de poner las llaves en el contacto.

—Si va a ser una gilipollez, no.

—No, en serio. ¿Por qué estás tan tranquilo ahora? Cuando estabas donde los yanquis parecía que te había dado un telele. Y ahora, mírate. Estoy más cagado yo que tú.

Nicolás miró al frente y tomó una enorme cantidad de aire. Lo soltó despacio. Parecía pensarse la respuesta.

—Porque no merece la pena otra cosa. ¿Qué coño ganamos llorando? Él, seguramente, no sea el mismo que hace siete años. Pero nosotros tampoco. Y en cierto modo le llevamos ventaja. Él ha estado encerrado en ese puto manicomio, nosotros no. Nosotros nos hemos enfrentado a mil cosas en este tiempo. Ya no somos los mismos mierdas. No pienso cagarme de miedo por él. Y tú tampoco deberías. Lo vamos a pillar.

Su amigo lo miró sin saber qué decirle. Lo malo de Nicolás era que nunca se sabía si lo que decía lo pensaba de verdad o era una pose para no demostrar que por dentro estaba hecho pedazos. ¿Se creía sus palabras o lo había dicho para que él estuviera algo más tranquilo? Ya se acabaría enterando.

—Bueno, vamos a comisaría —resolvió el inspector Gutiérrez.

—No —negó tajante Nicolás—. Voy a tomarme al pie de la letra lo que has dicho antes: que le den al jefe. Yo hoy no pienso aparecer por allí. Voy a decir que estoy cansado por el viaje. Es que cuando me vea me va a empezar a atosigar con todo esto y todavía tengo que pensar en muchas cosas. Si voy, me va a volver loco y solo me falta eso. Mañana será otro día, hoy necesito pensar. Llévame a casa.

Alfonso no dijo nada. Si era lo que Nicolás quería, él no pensaba replicarle.

Condujo hasta la calle de Balaguer, donde ahora vivían los dos. Por discrepancias con su anterior arrendatario, Nicolás y Alfonso se habían mudado a esa nueva casa hacía casi dos años. El alquiler era algo más alto que el anterior, pero también les pillaba más cerca del complejo de Canillas y merecía la pena. Además, la propietaria, una amabilísima señora de edad misteriosa —ya que o estaba muy bien cuidada para ser tan mayor o algo demacrada para ser tan joven— era muy atenta con ellos y hasta les llevaba algunas comidas de vez en cuando.

Alfonso dejó a Nicolás con las maletas —tras insistir en ayudarle y recibir una negativa— en la puerta del número 7 de dicha calle. El edificio podía parecer algo viejo por fuera. Revestido de ladrillo rojo en su planta baja y con un tono amarillo algo apagado en el resto de la fachada, engañaba bastante. Por dentro estaba completamente reformado y esa era una de las principales razones por las que habían optado por vivir allí y no en otro sitio. Bueno, eso y que el ascensor también era nuevo, algo fundamental, pues lo último que querían después de estar todo el día hasta las narices era subir varias plantas a pie.

Nicolás subió en el ascensor nuevo hasta la tercera planta. Trataba de no pensar en nada, aunque le era muy complicado mantener la mente en blanco. Quería ordenar todas las ideas que se agolpaban en su cabeza para comenzar a trabajarlas una vez estuviera instalado y algo más relajado. La puerta del ascensor se abrió y empujó las maletas hasta el portón de madera que daba paso a su vivienda.

Metió la mano en su bolsillo derecho y extrajo el pequeño manojo de llaves. Solo llevaba las indispensables, pero aun así se le antojaban demasiadas. Buscó la que necesitaba y se dispuso a meterla en la cerradura cuando oyó un ruido que le hizo quedarse paralizado unos segundos.

Escuchar un sonido en esa escalera no era algo raro, pero sabiendo que Fernando estaba libre, la sensación de desconfianza permanente se había apoderado de todo su interior.

Trató de recuperar el control sobre su cuerpo y se giró para mirar hacia donde creía que había surgido el ruido: el tramo de escalera que conducía a la cuarta planta. No vio nada. El pensamiento prudente hubiera sido el de que estaba algo paranoico por los acontecimientos, pero decidió desoír a la lógica y se acercó un poco más para ver con claridad.

Lo hizo con la certeza absoluta de que no iba a encontrar nada, pero no fue así, ni mucho menos.

Unos ojos lo miraban fijo. Los últimos ojos que hubiera esperado ver en ese lugar.

No supo muy bien qué hacer ni qué decir. Tardó unos segundos en articular la siguiente palabra.

—Alicia...

8

Jueves, 15 de septiembre de 2016. 11.58 horas. Madrid

Nicolás removía el contenido del vaso tratando de disimular el agobio que sentía. Había calentado agua en el microondas para después meter en ella una bolsita de tila. No tenía ni idea de si la infusión estaría o no caducada, o incluso si caducaban. Hacía demasiado tiempo que la tenía guardada en el armario «por si acaso». No es que creyera demasiado en las propiedades de esa planta, pero sabía que en la mayoría de los casos actuaba más el efecto placebo que la hierba en sí. Confió en que, fuera una cosa o la otra, no le dejara tirado en aquellos momentos.

Giró sobre sus talones después de soplar varias veces dentro del recipiente y salió de la diminuta cocina. Acto seguido, entró en el salón comedor.

Era curioso que, tras dos años viviendo en aquella casa, el lugar no perdiera esa magia que sentía cada vez que cruzaba el umbral de la puerta. Alfonso bromeaba —aunque nunca se sabía si en relación a ese tema hablaba en serio o no— con que todo parecía sacado del set de rodaje de la serie *Cuéntame*. Nicolás no le quitaba la razón porque, la verdad, daba la impresión de que el salón —y casi toda la vivienda— no había cambiado desde los años sesenta. Y eso precisamente era lo que tanto le gustaba y lo que le impulsó a pedirle a su amigo que no tocara nada de la decoración, a pesar de que tenían el permiso de la dueña para hacer los cambios que quisieran siempre y cuando ella pudiera llevarse los muebles antiguos. Pero no: a Nicolás le confería cierta sensación de paz ese conjunto tan alejado de la época en la que vivían. Era como si el tiempo se ralentizara al entrar en la casa.

Cuando miró a Alicia comprobó que seguía bastante alterada. Estaba sentada sobre una de las cuatro sillas que componían el quinteto que bordeaba la amplia mesa de madera. Tenía los codos apoyados sobre ella y parecía que no podía parar de acariciarse el pelo y las sienes sin seguir un patrón aparente.

—No sabía cómo te gustaba la tila. No suelo preparar muchas, por lo que si no está a tu gusto, me lo dices y hago lo que esté en mi mano —comentó el inspector mientras le ofrecía el vaso a la muchacha.

Ella lo tomó y bebió un sorbo sin pensarlo.

—Está perfecta —dijo tratando de sonreír—, gracias.

—Puedo ponerle azúcar si quieres, es que no sabía...

—De verdad que no. Está bien.

Nicolás asintió al tiempo que tomaba asiento en una de las otras sillas. Esperó paciente a que la joven fuera tomando sorbitos de la infusión. Eran tantas las preguntas que se agolpaban en su cabeza que tenía miedo de no encontrar el tacto necesario para formularlas. Trató de cambiar el chip de policía que siempre llevaba activo en su cerebro por uno más cordial y amistoso.

Al acabar la bebida, Alicia le entregó el vaso al inspector. Él lo dejó sobre el tapete bordado que cubría la parte central de la mesa, justo al lado de un cuenco de cristal que contenía fruta de plástico.

—¿Mejor?

La muchacha asintió.

—Alicia, no quiero sonar descortés, pero necesito que me cuentes qué haces aquí.

—Tengo miedo, mucho miedo.

Comenzó a llorar.

Nicolás le tendió la mano. Ella se la dio.

—Está de más preguntarte si te has enterado de lo que ha pasado. ¿Alguien se ha puesto en contacto contigo?

Ella levantó la mirada y clavó sus ojos en los de Nicolás. Parecía que quería contarle algo pero no se atrevía.

—Alicia —dijo él al darse cuenta de ello—, tienes que tratar de confiar en mí si quieres que te ayude. Si te lo guardas, no voy a poder hacerlo. Tranquila. Háblame.

—No, oficialmente nadie se ha puesto en contacto conmigo —comenzó a hablar la joven—. Hace dos años que comencé a estudiar DECRIM en la Universidad de Alicante y...

—Perdona —la interrumpió Nicolás—, ¿DECRIM?

—Es una doble especialidad: Derecho y Criminología. Necesitaba comprender ciertas cosas y, aunque parezca increíble, la psicología no me hacía entender lo que buscaba. No del modo que yo quería.

—Y piensas que sí lo puedes encontrar aprendiendo sobre leyes y criminalidad, por decirlo de algún modo.

—Así es.

—Vale, creo que te entiendo. Perdona y continúa, por favor.

—A raíz de mis estudios he hecho algunos contactos en el Hospital Psiquiátrico Penitenciario de Fontcalent, donde estaba encerrado mi hermano.

A Nicolás le sorprendieron dos cosas de aquella afirmación. La primera, que esperara que él diera por sentado que el simple hecho de estudiar Criminología le iba a aportar contactos dentro de un centro penitenciario. Tenía claro que ella era la que los había buscado, quizá para estar más tranquila sabiendo que el psicópata seguía allí, encerrado. La segunda, que la muchacha utilizara el término «hermano» para referirse a Fernando. Si bien lo eran, ya que compartían padre, no hubiera sido nada raro que los actos cometidos por el monstruo le hubiesen generado rechazo. Era curioso, cuando menos.

—¿Preguntabas habitualmente por él?

—Constantemente, más de lo que quisiera. No sé muy bien cómo explicarlo, pero a veces sentía un pinchazo de ansiedad justo aquí —señaló con su dedo—, en el pecho. Supongo que la persona que tengo de contacto allí estaría un poco hasta las narices de mis llamadas, pero cuando escuchaba que seguía encerrado, y que no se movería durante muchos años, me tranquilizaba. La opresión se iba. Era como tomar un tranquilizante.

—¿Y has llamado o te han llamado?

—Me han llamado. Supongo que es lo lógico, aunque te repito que esa persona se ha jugado un poco el cuello al hacerlo. Después no sabía qué hacer, dónde meterme.

—Y has optado por venir hasta aquí. Me da miedo preguntarte cómo sabías dónde vivo. Entiende que esto no me deja en muy buen lugar a la hora de que se me presente un psicópata de los que persigo en la puerta de mi casa.

Alicia sonrió por primera vez desde que se había encontrado con Nicolás.

—A ver, supongo que te gustaría escuchar que ha sido muy difícil encontrarte, pero siento decirte que no. Aunque también es verdad que creo que he tenido bastante suerte. Como te he contado, he conseguido una serie de contactos interesantes, pero no solo en Fontcalent. Algunos de ellos están en la Comisaría Provincial de Alicante, donde trabajaste hace siete años. No te asustes, no me han dado esta dirección, no creo que la sepan, pero sí que me han dicho que ahora trabajas en el complejo de Canillas, aunque yo ya me intuía algo. Así que ayer, cuando llegué a Madrid, cogí el metro y me planté en la puerta de donde trabajas ahora. Mi plan no es que fuera muy brillante, ya que esperaba en algún momento veros aparecer a ti o a Alfonso. Y créeme que casi desisto cuando vi salir a cientos de policías y ninguno erais vosotros dos. ¿Cuántos trabajáis allí?

—Más o menos unas seis mil personas.

—Madre mía... Bueno, pues ya pensaba que había sido una estupidez cuando vi salir a Alfonso. Reconocí ese coche tan viejo que tenía en Mors. Como comprenderás, no iba a echar a correr detrás de él. Pero al menos ya tenía algo. Así que comencé a andar por la zona para buscar un hotel o pensión donde poder quedarme hasta que supiera qué hacer. Y, paseando, me topé de cara otra vez con el coche de Alfonso, pero ahora aparcado en la calle. Y lo mejor fue cuando a lo lejos lo vi a él. Llegaba con una barra de pan en la mano, así que me escondí detrás de unos coches. No sabía qué decirle en ese momento ni si se acordaría de mí. Me limité a observar en qué portal entraba. Cuando pensé que era seguro, me acerqué a comprobar los timbres y no veas lo que me alegré al ver que en los del tercer piso había cuatro iniciales, de dos personas: A. G. y N. V. Yo creo que ya, blanco y en botella. Ya sabiéndolo sí que me busqué un alojamiento para la noche. Me había envalentonado tanto, lanzándome tan a lo loco, que ni sabía cómo os lo iba a explicar todo. Y hoy llevo aquí dos horas sentada. No sabía en qué momento llegaríais, así que mejor pasar aquí la mañana. Ya digo, un poco de suerte.

Nicolás no habló inmediatamente. Necesitó de unos segundos para procesar lo que Alicia le acababa de contar. La historia era tan inverosímil que, al contrario de lo que pudiera parecer, no le quedaba otro remedio que creerla. Aunque, visto desde otra perspectiva, eso abría en él una nueva vía de preocupación.

—¿Qué piensas? Dime algo, por favor —dijo Alicia.

—No me malinterpretes, pero si tú has podido encontrar

con esa facilidad nuestra casa, no me puedo imaginar lo que podría hacer tu hermano. No sé ni qué decir.

—A ver, supongo que ya contabas con que mi hermano pudiera encontrar esto si le sale de las narices. Yo creo que ya ha demostrado de sobra de lo que es capaz.

—Ya lo sé, pero es que eso no me tranquiliza, ni mucho menos. ¿Cómo has podido llegar a pensar que aquí, en la boca del lobo, estarías segura?

Nicolás se maldijo por dentro nada más formular la pregunta. No se había dado cuenta de la falta de tacto al hacerla. La joven, que vio enseguida la reacción del inspector, quiso quitarle importancia al asunto.

—Qué va. En ningún lugar del mundo podría estar a salvo de ese puto monstruo, créeme que lo sé. Pero si tengo alguna posibilidad de salir con vida, será gracias a tu protección.

Según iba avanzando la conversación, Nicolás sentía que se agobiaba más y más por esa presión a la que lo estaba sometiendo la joven.

—Pero Alicia, a ver, entiende que yo tengo que trabajar y, según creo, más que en toda mi vida por lo que ha pasado. No te puedo llevar siempre conmigo. ¿Qué clase de protección es dejarte aquí encerrada mientras Alfonso y yo trabajamos?

—Sea cual sea, será mejor que estar en mi piso de estudiante en Alicante. Soy consciente de que si quiere venir a por mí, nada lo va a detener, pero al menos no se lo habré puesto tan fácil. Además, allí tengo compañeras a las que expondré a un peligro innecesario. Ya no es que solo esté en peligro yo, es que hay más gente.

El inspector dudó unos instantes. No es que no quisiera que se quedara con ellos, ese no era el problema, es que si le pasaba algo allí dentro, él mismo no se lo podría perdonar en la vida.

—Nicolás, no puedo decir que conozca a Fernando, solo tuve el dudoso placer de estar con él en el momento que ya sabes, pero sí conocí a Carlos bastante a fondo, a pesar del relativo poco tiempo que pasó en Mors. Quiero creer que una parte de él sigue viviendo dentro de Fernando. Me he documentado mucho durante estos años sobre su trastorno y bastantes expertos afirman que, a veces, una personalidad bebe de la otra sin que esta se dé cuenta. Quiere decir que una parte del metódico, analítico y concienzudo Carlos puede seguir latiendo. Significa que podría refrenar al impulsivo Fernando, decirle que actúe con calma y con cabeza. Una parte de él querrá matarme, la otra no. Espero que sea la última la que se imponga, pero para ello necesitará tiempo. Este tiempo es el que puedo ganar aquí. Quizá hasta ya haya ido a buscarme para acabar conmigo en un arrebato. Además, piensa una cosa: ¿qué haríais para protegerme en Alicante? ¿Poner una escolta en la puerta de mi piso? Y como te he dicho antes, ¿qué pasa con mis compañeras? Fernando puede ir a por ellas por el mero hecho de hacer daño, no podemos tener a la policía detrás de nosotras las veinticuatro horas. Es una locura.

Nicolás respiró hondo sin dejar de mirar a los ojos de la muchacha. El grado de madurez que había alcanzado desde la última vez que la vio daba hasta miedo. A raíz de lo que sucedió, él también se había informado acerca del trastorno que padecía. Necesitaba comprender lo que había sucedido en Mors. Había leído lo que la joven le contaba y tenía razón. Aunque era improbable que fuera así, puede que algo de Carlos quedara dentro de Fernando. Lo malo de aquello era que daba la impresión de que esa personalidad había desaparecido por completo, ya que no había habido ninguna manifestación en los últimos siete años. Lo pensó y comprendió que quizá tuviera razón: puede que fuera la única oportunidad de la muchacha de no acabar tal como Fernando pretendía que lo hiciera en Mors. Ya pensaría en cómo la protegería bien cuando él no estuviera en casa.

—Está bien, Alicia. Sabes que mi mayor preocupación es

que te sucediera algo que yo pudiera haber evitado. No podré estar tranquilo sabiendo que estás aquí sola y que podría sucederte cualquier cosa. Piensa que si tú has averiguado dónde vivo, ¿qué no podría hacer él? Solo te pido que no salgas de esta casa, que no des señales de que estás aquí, escondida. No me quiero imaginar lo que podría pasar.

La muchacha negó con la cabeza.

—No puedes pedirme que me quede aquí como si fuera la princesa de un cuento, Nicolás. No puedo quedarme aquí encerrada o me voy a volver loca. Piensa que si estuviera en Alicante también saldría, pero sería peor porque no estarías allí para protegerme en determinados momentos. Sé que te estoy pidiendo mucho, pero imagina cómo acabaría mi cabeza si me recluyo aquí. Trataré de llevar cuidado, te lo prometo. Trataré de que, cuando salga para lo que necesite, haya siempre gente alrededor.

—Pero ¿tú te estás escuchando?

—Ya te digo, aún no estoy loca.

—¿Me quieres matar de un disgusto? ¿Sabes que se me va a salir el corazón por la boca?

Ella volvió a sonreír. Él pareció pensar bien lo que iba a decir.

—Vale, tú ganas. Tienes razón, no puedo dejarte aquí dentro, encerrada. Espero que no tenga que arrepentirme de no haber tomado la decisión correcta.

—Deja de castigarte con pensamientos de ese tipo. Si acaso llegara a pasarme cualquier cosa, no quiero que te martirices por ello. Te repito que no hablamos de una persona normal. Al final, será lo que él quiera. Y punto. Lo que sí necesito es sentirme libre para hacer lo que a mí me salga de los ovarios.

Al inspector le dolió admitir que tenía razón. Parecía que Fernando tuviera un guion escrito y que todo estuviera sucediendo conforme a este. Llegó hasta a dudar de si su detención no formaría también parte de su plan. ¿Quién sabía?

—¿Y tu tía? ¿Sabes si está a salvo o le pido protección? —preguntó Nicolás cambiando radicalmente de tema.

—No creo que Fernando tenga las narices de ir a por ella. Mi tía es indestructible. Después de lo ocurrido quiso seguir con su vida como si nada. Supongo que lo que pasó hace unos años con mi madre, cuando murió, la hizo ser fuerte. Y te juro que no es que se haya construido una coraza, es que se ha hecho de puro hierro. No sabes lo que me costó convencerla para que abandonara el pueblo y rehiciera su vida lejos de todo aquello. Al final aceptó irse a Santander, a casa de una hermana suya que vive allí. ¿Y sabes qué? Se ha reinventado, vaya que sí. Nada más llegar se lanzó de cabeza y abrió una tienda de alimentación y productos de primera necesidad, algo diferente a lo que tenía en Mors. Le ha ido fenomenal, tanto que se ha comprado una casa allí y vive muy desahogada. Ella es la que me paga el piso compartido, además de los gastos que pueda tener. No quiere que trabaje, solo que estudie y me convierta, según dice, en alguien de provecho, no como ella. Aunque si te digo la verdad, ya quisiera yo parecerme a mi tía.

—Vaya, me dejas de piedra. Es una mujer valiente, desde luego.

—La admiro muchísimo. Supongo que lo lógico sería que estuviera enfadada con ella por haberme ocultado tantos años la verdad sobre lo que le ocurrió a mi madre. Pero sé que todo lo que hace lo hace por mi bien, para protegerme. Solo quiere que yo no sufra. No le puedo reprochar nada. Me quiere como a una hija. Al fin y al cabo, me crio como si así lo fuera. Para mí no hay otra madre que ella.

Nicolás asintió. Entendía a la perfección a la joven.

—¿Sabe que estás aquí?

—Qué va, tomé el primer AVE de la mañana y me vine sin decir nada a nadie, ni siquiera a mis compañeras. Primero se lo contaré a mi tía, a ella le explicaré la verdad, porque la entenderá. A mis compañeras les contaré cualquier cosa. Cuanta menos gente sepa que estoy aquí, mejor. Pero a mi tía le alegrará conocer la decisión que he tomado. Sé que dormirá tranquila .

Nicolás esperó que así fuera.

—Perfecto, llama a quien necesites. Te instalarás en mi habitación. Yo dormiré aquí, en el sofá.

Alicia intentó protestar, pero Nicolás se puso el dedo índice rápidamente en la boca para silenciarla.

—Te haré un hueco en mi armario para que metas tus cosas y llamaré a Alfonso para explicarle la situación. La casa es tuya, no me pidas permiso para nada. Simplemente, haz uso de ella a tu antojo. ¿Entendido?

La joven asintió.

Nicolás se levantó de su asiento y fue a buscar su teléfono móvil. Estaba a punto de salir del salón cuando Alicia le comentó:

—Por cierto, bonita decoración.

El inspector sonrió sin volver la cabeza y salió de la habitación.

9

Viernes, 16 de septiembre de 2016. 7.35 horas. Madrid

Sara salió al exterior con el rostro desencajado. Se aseguró de que el portón metálico de la entrada del bloque de viviendas quedara bien cerrado y, después, apoyó su espalda contra él. Que alguien abriera de pronto la puerta y ella cayera hacia atrás no le importaba lo más mínimo. Si ocurriera, sería el menor de sus problemas.

Tomó una enorme bocanada de aire y trató de contener las lágrimas que pugnaban por salir. Cerró los ojos y dejó que la brisa le acariciara la cara. Aún era temprano y ese suave viento era fresco. No demasiado, pero lo suficiente para que su piel se pusiera de gallina debajo de su ceñida camiseta de manga corta. Era esa época del año en la que, si sales a primera hora de casa tienes que ir abrigado para, poco después, tener que quitártelo todo para no abrasarte de calor. Recordó con cariño que su madre siempre se refería a esta como la «época de los resfriados garantizados». Normalmente, cualquier recuerdo en el que apareciera su madre le hubiera hecho sonreír, pero ahora no. No podía.

La situación se había vuelto insoportable. No pudo contener más el llanto. Sacó rápido un pañuelo del bolsillo de su pantalón. Estaba ya empapado de las veces en que se había enjugado los ojos durante la última noche. Volvió a repetir la operación y decidió tirarlo al suelo saltándose una vez más su propio código ético. Respiró hondo de nuevo sin cambiar de posición. No podía más. No.

Daba igual lo maravillosa que fuera la cuidadora que desde hacía dos meses se ocupaba de ella, las veinticuatro horas del día. Nada importaba cuando todo se veía ennegrecido por el paupérrimo estado mental en el que estaba su madre. Ya no la reconocía ni a ella misma y esa era la situación más dura a la que se había enfrentado jamás. En los últimos días había empeorado. Ya no recordaba a nadie, no identificaba nada de lo que tenía a su alrededor. Ni siquiera era capaz de reconocer los objetos más cotidianos. Cuando el día anterior, sobre las ocho de la tarde, vio que no tenía ni idea de para qué servía esa cuchara de plástico que le colocaron junto al plato, Sara se dio cuenta de que el problema ya estaba en un punto demasiado doloroso como para poder afrontarlo. Y no solamente era eso. Estaba muy violenta. Demasiado. Todavía le escocía el antebrazo debido a los arañazos que le había hecho. ¿La razón? Intentar asearla entre Johanna, que así se llamaba la asistenta, y ella. Comenzó a pegar gritos, a mover todo el tronco con una fuerza increíble y hasta a escupir. La peor parte se la llevó su hija, que acabó con el antebrazo sangrando solo por intentar que se calmara un poco. Era lo único que quería. Solo eso. Calmarla. Un fuerte dolor sacudió su estómago al acordarse de cómo su madre casi tenía los ojos en blanco mientras chillaba como una posesa. También al visualizar claramente la imagen de cómo los vecinos de la vivienda de al lado acudieron enseguida para saber si todo estaba bien, alertados por el escándalo. Pero a Sara que hubiera follón y que la gente se enterara no le importaba lo más mínimo. Lo único que quería era que algo así no volviera a suceder, aunque por desgracia, estaba segura de que volvería a pasar, pues la cosa no mejoraba. En absoluto. Iba a peor.

Los médicos cambiaban de soluciones cada dos por tres, pero solo eran parches. El alzhéimer era claro. Además, ya demasiado avanzado. Que le hubiera llegado tan pronto era, quizá, lo que más dolor le provocaba a la inspectora jefe de la SAC. No hacía ni seis meses que su madre se había jubilado, después de toda una vida trabajando en aquella conservera en la que estaba casi diez horas, todos los días, de pie, cuando empezó a manifestar los primeros síntomas de la enfermedad. Primero fueron pequeños despistes de cosas sin importancia. Ella misma se reía de lo que le pasaba alegando que eran cosas de la edad, que su cabeza ya no era la de antes y que era normal. Pronto comenzó la afasia. Cada día le costaba más encontrar palabras para referirse a cosas cotidianas. La alerta de Sara se disparó y no dudó en proponer una visita al médico a su madre. Maldita la hora en la que fueron a ese desgraciado que no prestó la menor atención a unos síntomas que ya empezaban a dar la cara y a los que él se refirió como una simple «bajada de guardia de su cerebro al relajarse tras la jubilación».

Aunque era cierto que no toda la culpa era de ese matasanos. Ellas también quisieron creer que las palabras de ese supuesto profesional eran ciertas. Las dos temían a la horrorosa enfermedad y necesitaban aferrarse a ello. Puede que fuera esa actitud la que les hizo cegarse ante los siguientes síntomas que fueron llegando, como los cambios constantes de humor, la merma de algunas facultades como abrocharse un simple abrigo... No, no lo quisieron ver, o no fueron capaces, no lo tenía muy claro. Fuera como fuese, la posibilidad de enfrentarse a la enfermedad en estado precoz desapareció y la de luchar contra sus efectos devastadores se desvaneció para siempre. Fue entonces cuando, de manera fulminante, hizo acto de presencia de una forma brutal. Entonces sí se le diagnosticó, gracias en parte al dinero que empleó Sara en una conocida clínica privada madrileña. La enfermedad se encontraba en lo que los médicos conocían como «estadio grave», el peor de todos. Ello trajo consigo que, de la noche a la mañana, olvidara prácticamente todo y no fuera capaz ni de reconocer a su propia hija, a su querida hija. Y ahí no se quedó la cosa, pues, además, la mayoría de las veces no era capaz de valerse por sí misma ni siquiera para peinarse. Otros especialistas, alertados por lo severo de su enfermedad, también afirmaban que incluso podría tener demencia senil. Sara ni lo entendía ni se lo creía. ¿Cómo iba a tener demencia senil una persona de sesenta y cinco años recién cumplidos? ¿No era propia de los abuelitos mayores de noventa? De todos modos, la tuviera o no, en verdad nada importaba porque su estado de salud era lamentable.

Sara se vio en aquellos momentos inmersa en uno de los episodios más difíciles de toda su vida. Su madre requería su exclusiva atención y el puesto que desempeñaba en la Policía Nacional le impedía poder hacerlo como era debido. Se negaba en rotundo a ingresarla en una clínica, al menos hasta agotar todas las vías posibles. Por eso se la llevó consigo, a su casa. Ambas vivían solas —su padre había muerto hacía casi veinte años a causa de un tumor cerebral— y optó por pagar a una cuidadora que, aunque estuviera veinticuatro horas con ella, sobre todo serviría para no dejarla sola durante la jornada laboral de Sara. Pasaron tres empleadas del hogar sin éxito. Ninguna de ellas soportaba la presión que suponía cargar con una mujer que requería de tantos cuidados y, sobre todo, paciencia ante los episodios de ira incontrolada. Era lo que peor llevaban. Que su madre se dedicara a insultarlas la mayor parte del día y a atacarlas físicamente cada vez que podía no ayudaba demasiado, la verdad. Era curioso que a veces no supiera qué era o para qué servía un plato y, a pesar de ello, no olvidara ni un solo insulto de los que había aprendido a lo largo de su vida. Pero entonces llegó Johanna.

Dominicana de origen, aunque afincada en España desde hacía más de quince años, era lo que se podría definir como un amor de mujer. Paciente, atenta, decidida, organizada, con iniciativa... cualquier adjetivo se quedaba corto cuando Sara pensaba en sus cualidades. Su madre seguía teniendo brotes violentos como el de hacía un rato, pero Johanna sabía cómo llevarla bien y minimizar el impacto de una situación así. La inspectora jefe no entendía la vida sin ella ahora mismo, le debía mucho y no dudaba en compensarlo con dinero extra todos los meses. Además, tenía la casa limpia como una patena, era una excelente cocinera y una mejor confidente cuando Sara necesitaba un oído que escuchara sus inquietudes.

La explicación de que a Johanna se le diera tan bien tratar con una persona así residía en que ella lo había vivido en sus propias carnes con su madre, en su país. Sabía perfectamente lo que era pasar por lo que estaba pasando Sara y su paciencia ya era a prueba de bombas. La inspectora jefe no se alegraba de que hubiera pasado por ello, pero admitía que era una suerte que tuviera su experiencia porque, si no, sería imposible llevarlo todo para adelante.

Aunque al fin y al cabo solo era un espejismo frente a lo delicado de la situación.

A pesar de lo buena que era la dominicana y de sus excelentes cuidados, Sara ya no podía más y rozaba la extenuación con lo que estaba viviendo en casa con su madre. Para ella no había dolor mayor que ver cómo poco a poco el pequeño rastro que quedaba de lo que la mujer un día fue iba desapareciendo del todo, haciendo que la imagen que tenía enfrente fuera la de una persona a la que ya no reconocía. Casi la misma sensación que debía de sentir su madre cuando la miraba a ella y no veía a la hija que tanto había querido y por la que hubiera dado la vida en caso de ser necesario.

¿Dónde estaba esa mujer incapaz de ser tumbada por nada ni por nadie? ¿Dónde quedaba la que le enseñó a no arrugarse ante nada ni ante nadie? ¿Dónde estaba la que le instó a entrar en un cuerpo dominado históricamente por hombres y a pelear para hacerse valer? Ya no quedaba nada de ella. Ni rastro. Todo había sido tan rápido que ni siquiera había podido asimilarlo. Era como si, de un día para otro, su madre hubiera tomado un avión para no volver y en su lugar hubiera dejado a esa mujer que ahora solo sabía chillar y pegar golpes sin un objetivo concreto.

Sara despegó la espalda del portón. No tenía ni idea de cuánto tiempo llevaba en esa misma posición, pensando en sus penurias. Tampoco se dio cuenta de que volvía a tener el rostro anegado en lágrimas. Llevaba mil años sin llorar y, desde hacía cuarenta y ocho horas, parecía no saber hacer otra cosa. Antes de dirigirse a su vehículo se preguntó muy en serio si no influiría en su ánimo que Óscar la hubiera dejado como lo hizo o si realmente la había dejado porque lo de su madre había influido en su manera de llevar la relación.

¿Otra pregunta sin respuesta?

Se dio cuenta de lo estúpido de su pensamiento y siguió andando hacia su coche, aparcado un par de manzanas hacia el norte de su casa. Por el camino no pudo evitar pensar de nuevo en él. Otra vez le daba vueltas a que lo de su madre había influido negativamente en su relación. Era cierto que ella se había apoderado de todo, de repente. Sí. No lo podía negar. Su trabajo absorbía la mayor parte de su día a día y, cuando no, necesitaba permanecer junto a ella y no sentir que la estaba dejando desatendida. Si fuera al revés, ella nunca lo habría hecho, eso seguro. No, no la podía abandonar.

Puede que sí hubiera actuado mal en no contarle a él la verdad. Puede que el miedo a espantarlo fuera lo que realmente acabó haciéndolo. Quizá si él hubiera sabido cómo estaban las cosas desde un principio todo hubiera sido diferente. Quizá, hasta podría haber tenido su ayuda. ¿Quién sabe? Reconoció que su decisión no fue la más acertada. Ni siquiera la forma en la que tenía pensado contárselo todo tenía sentido. Esperaba a que él aceptara vivir con ella para, una vez no hubiera marcha atrás, al menos, no fuera tan fácil darle la desagradable sorpresa de que tenía una suegra con un alzhéimer bastante avanzado.

¿Por qué no hacía nada bien?

Metida en sus pensamientos llegó hasta su vehículo. Un Volkswagen Beetle de color azul metalizado y con el techo descapotable la esperaba. Metió la mano en su bolso y abrió un nuevo paquete de chicles Nicorette, el ansia por fumarse un pitillo había vuelto. Al menos esto sí lo estaba consiguiendo. Su propósito de no volver a fumar iba viento en popa, no había vuelto a dar una calada, aunque reconocía que sería capaz hasta de fumarse los dedos si pudiera. Se echó el chicle a la boca y lo saboreó. No sintió que sus ansias se refrenaran de golpe, pero sí era cierto que con su boca ocupada mascando el chicle, al menos, ya estaba haciendo algo distinto a aspirar el humo del tabaco. Abrió la puerta de su coche y se montó en él.

Encendió el motor y echó la cabeza atrás antes de poner rumbo al Complejo Policial de Canillas. Tenía que dejar a Sara aparcada en esa misma calle. Al menos hasta que acabara su jornada laboral. Ahora se dirigía a su trabajo una persona bien distinta: la inspectora jefe de la Sección de Análisis de la Conducta de la Policía Nacional.

10

Viernes, 16 de septiembre de 2016. 8.15 horas. Madrid

La sesión en la que se repartían las tareas diarias había sido corta. El turno, a pesar de la noticia que había hecho volver al inspector, se las prometía de lo más tranquilo, nada fuera de lo habitual. La cabeza de Nicolás era un campo de contradicciones. Por un lado estaba su parte ansiosa, que deseaba tener cualquier tipo de indicio que lo llevara a ponerse tras la pista del asesino, pero, por otro, su parte cauta, la que sabía que la única forma que tenía Fernando de manifestarse era a través de la muerte. Mejor que las aguas siguieran mansas.

Tras la reunión, Nicolás fue directo al despacho del comisario general de la Policía Judicial. Félix Brotons era un hombre de aspecto tosco, de sonrisa escasa y mirada penetrante. A pesar de su rudeza, Nicolás reconocía en su figura la de uno de los mejores policías con los que se había topado en toda su vida. La admiración que sentía por aquel hombre era tan real que a veces él mismo se contenía para no parecer un fan enloquecido cada vez que hablaban cara a cara. Lo curioso era que Nicolás se había convertido —a pulso, eso sí, por la complejidad de los casos que había resuelto— en su hombre de confianza y casi tenían reuniones a diario. No era un secreto que, en la unidad, el que cortaba el bacalao realmente era el inspector Valdés y no el inspector jefe Miguel Núñez, que ejercía el cargo justamente por el rechazo constante del mismísimo Nicolás. Una mera figura administrativa.

Brotons aceptaba a regañadientes esta negativa, que el inspector justificaba diciendo que el cargo solo le supondría reuniones, trabajo innecesario, papeleo y quebraderos de cabeza le valía. También tenía en cuenta que, de haber aceptado el puesto, no lo tendría al pie del cañón en lo que verdaderamente se lo necesitaba: resolviendo casos de homicidios.

Además, Nicolás conocía demasiado bien lo que aquel nombramiento acarreaba gracias a Alfonso, que aceptó el cargo de inspector jefe en un momento de mucho movimiento y reestructuración importante en la unidad, justo cuando se produjo aquel embrollo que le llevó a conocer a Carolina. Que Alfonso acabara escaldado de todo aquello con la única satisfacción de un casi inexistente aumento de sueldo no le salía a cuenta. Su amigo había vuelto a su puesto anterior y su felicidad no es que hubiera aumentado, pero al menos ya no estaba tan de mal humor como cuando tenía más responsabilidades.

El inspector jefe Núñez sabía lo del paripé de su rango y lo aceptaba con resignación. Llevaba bien eso de que, por mucho orden jerárquico que hubiera establecido, las decisiones tomadas por el inspector Nicolás Valdés iban a misa. Aunque también era cierto que el último trataba de inmiscuirse lo menos posible en el verdadero trabajo del inspector jefe y solo lo hacía en casos en los que sabía que tenía que hacerlo. No era tirar de prepotencia, sino más bien usar el sentido común.

Lo de los dos era algo así como un acuerdo mutuo para no pisarse la manguera entre bomberos.

Sentado frente a Brotons, Nicolás notó que su rostro estaba más relajado de lo que debería frente a una situación como aquella.

—Ante todo gracias por haber decidido volver tan pronto, Valdés —dijo a modo de saludo—. No sé ni siquiera si ha hecho lo correcto, si hacía falta, pero, en cualquier caso, gracias.

Nicolás asintió.

—Bien. Tanto usted como Gutiérrez son los que más conocen la magnitud real de la situación. Supongo que entenderá que no podamos dar ningún paso, que no podamos avanzar, pues no tenemos ni idea de dónde puede esconderse ese puto loco.

—No hay ningún indicio, supongo.

—Nada. Tal como hablé con el inspector Gutiérrez, hemos montado varios operativos especiales en las carreteras de salida de la provincia de Alicante. La Guardia Civil nos ha prestado colaboración con algunas patrullas y también se ha encargado de montar vigilancia en las de acceso a Valencia.

—El problema, supongo, es el tiempo transcurrido desde que se han podido montar los operativos.

—Sí, no nos podemos engañar. El primero fue montado justo una hora después del aviso de su huida. He estado hablando con Alicante... Es complicado llevar las cosas desde aquí y tenemos que confiar en que ellos lo estén haciendo bien. Son los que han visto las grabaciones de las cámaras de seguridad y parece ser que Fernando pasó por uno de los pasillos un par de horas antes de que el otro enfermero se encontrara con todo el berenjenal. Si huyó de la ciudad nada más salir, hay muy pocas posibilidades de dar con él.

—Quiero ver esas grabaciones, si puede ser.

—Claro, ya las he pedido, me han dicho que las enviarán por WeTransfer a lo largo de la mañana. Aunque sabiendo cómo están las cosas por allí, yo no contaría de inmediato con ellas. De hecho, ya las tendríamos que tener desde hace dos días, desde el mismísimo momento en el que todo se fue a tomar por el culo. En fin, nos va a costar, pero debemos tener paciencia.

—Está bien, gracias. En cuanto a Mors...

—Hay dos zetas recorriendo el pueblo sin cesar. No sé de qué manera, pero parece ser que las noticias vuelan y allí ya saben que ese cabrón se ha escapado. Los han parado ya varias veces para preguntar. Están nerviosos. Es normal. La prensa no tardará en hacerse eco, hemos hecho lo posible por mantenerlo en secreto hasta ahora, pero pronto va a estallar todo.

Nicolás pensó bien en lo último.

—Puede que no sea algo malo —dijo—. Si la prensa escrita, la televisión e internet distribuyen la foto de Fernando, tendrá que estar más escondido de lo que está. La meta es atraparlo, no hay duda, pero si necesita permanecer metido en un agujero por miedo a que alguien pueda identificarlo, podría no llevar a cabo lo que tenga planeado.

El comisario valoró la idea.

—Podría funcionar —comentó—. Llamaré al Departamento de Prensa para que se lo faciliten todo a los periodistas. Diremos que deben darle prioridad. Siempre tratamos de no crear alarma, pero en este caso eso podría jugar a nuestro favor. Respecto a lo último que ha dicho, ¿cree que tiene algo pensado, algún plan?

Nicolás sonrió, aunque forzado.

—Ojalá me equivocara, pero estoy seguro de que sí. Fernando no hubiera escapado si no. No desea la libertad, no es lo que quiere, lo que desea es cumplir el cometido que él cree que tiene.

—¿Y cuál es ese cometido?

Nicolás se encogió de hombros. No tenía ni idea. Lo único que le venía a la cabeza era una parte de la surrealista conversación que los dos mantuvieron en el peñasco, en Mors. Su plan estaba todavía incompleto. ¿Qué le quedaba por hacer? No tenía ni idea.

—Vale —continuó hablando el comisario—. Supongo

que la pregunta ha sido estúpida. Su labor será averiguarlo. Y atraparlo, claro. ¿Cómo tiene pensado empezar?

—Lo más lógico sería que me desplazara a Alicante. Necesito ver con mis propios ojos cómo escapó, de qué manera. Podría darme alguna pista de cómo comenzará a recorrer el camino. Me iría ya mismo, si no es inconveniente.

—¿Es necesario? ¿No será una pérdida de tiempo?

—Creo que no. Es empezar a verlo todo desde el principio. Si nos saltamos ese paso, podríamos perdernos algo.

—Perfecto. ¿Irá en coche? Es por avisar de su llegada...

—Sí, me llevo a Gutiérrez.

El comisario asintió. Le gustaba la determinación de Valdés.

—Otra cosa —Nicolás carraspeó antes de hablar, el comisario percibió cierto nerviosismo en sus gestos, por lo que duplicó su atención—: no quiero que esto salga de aquí, si puede ser.

—Dispare.

—Ayer apareció por mi casa la hermana de Fernando Lorenzo, Alicia, no sé si la recuerda. Estaba muy asustada, ha huido de Alicante por miedo a represalias.

Su jefe no pudo disimular el gesto de asombro ante las palabras del inspector.

—¿En su casa? Pero ¿cómo?

—Eso es lo de menos, no importa. Necesita sentirse segura y, como comprenderá, con el trabajo no puedo darle ninguna protección. ¿Podría montar un operativo de vigilancia preventiva en mi edificio? Sé que podría ser bastante tedioso y que probablemente no haya peligro porque nadie sabe que está ahí, pero... ya me entiende.

—Joder, Valdés, no puede ocultarla en su casa. ¿Usted no ha valorado los riesgos que entraña?

—Y tanto que lo he hecho. Y lo he discutido con ella, pero no hay manera. Como no le voy a hacer cambiar de opinión, al menos, intentemos que esté segura.

—Sí, sí, claro. Por Dios, lleve cuidado con todo esto, nos puede acabar explotando en toda la cara.

—Tranquilo, jefe. Yo también espero que no se nos vuelva en contra, pero no puedo negarle estar en mi casa. Ojalá no ocurra nada.

—Bien... mandaré una unidad que irá rotando con ocho agentes. Es un trabajo cansado y no quiero crisparlos con tanto tiempo muerto.

—Pues si no ordena nada más, me voy a Alicante. Supongo que estaremos de vuelta esta tarde.

—Por favor, tráigame algún resultado, el que sea.

Nicolás asintió y salió del despacho. Fue a por Alfonso para partir hacia *la millor terreta del món*.

Viernes, 16 de septiembre de 2016. 12.18 horas. Alicante

Nicolás y Alfonso habían pasado dos controles de seguridad y permanecían a la espera en un hall no demasiado grande de baldosas picadas por el paso de los años. Nicolás no podía dejar de mirar hacia un lado y hacia el otro. La explicación de cómo Fernando podía haber escapado de un centro penitenciario tan seguro no le entraba en la cabeza. No podía entenderlo.

Tras un par de minutos más de tensa espera apareció por la puerta un señor de mediana estatura, delgado y vestido con un elegante traje oscuro. En su cara, perfectamente afeitada, se vislumbraba un cierto aire de nerviosismo. Comprensible, desde luego, ya que esa huida ponía en entredicho la seguridad del centro.

—Luis Sanz —dijo tendiendo la mano—, director del Área Psiquiátrica.

—Inspector Valdés —respondió tendiendo la suya—. Este es el inspector Gutiérrez —presentó a su colega, que también le estrechó la mano

—Supongo que quieren pasar.

Nicolás asintió. El inspector hizo un gesto al funcionario que cuidaba la puerta enrejada y les permitió el paso. Comenzaron a andar por un largo pasillo. Nicolás no pudo aguantar más la pregunta.

—¿Cómo es posible que saliera de aquí, como si tal cosa?

—Es muy difícil de explicar, inspector. Me refiero a que ni yo mismo lo entiendo. En los vídeos de seguridad se lo ve saliendo tranquilo, con paso decidido, pero sin prisa, como si tuviera estudiados cada uno de sus movimientos. Supongo que eso ayudó a que los guardias no sospecharan de él, aunque no puedo justificarlos.

—Como comprenderá, me cuesta entender la explicación. No tiene sentido que los guardias no vieran que no era el enfermero en cuestión. Supongo que tendría que llevar una tarjeta identificativa. No tiene sentido.

—Créame que estoy tan perplejo como usted. Es cierto que el preso y el enfermero asesinado guardan un cierto parecido, por decirlo de alguna manera. Pero a pesar de ello ya le he dicho que no es una razón para que eso haya ocurrido. No puedo justificar nada. Trato, como ustedes, de buscar una explicación racional. Aunque sigo sin encontrarla. Hay una investigación interna abierta. Los guardias responsables de ese turno están suspendidos de empleo y sueldo por el momento. Sé que el Ministerio del Interior también hará una investigación a través de Instituciones Penitenciarias. Supongo que todo se acabará sabiendo. Es por aquí.

Siguieron al director pasando por varios módulos, hasta que llegaron al que les interesaba. El módulo de Agudos.

—Esta es la celda en la que ocurrió todo —dijo—. Sus compañeros de Científica la tienen todavía precintada, aunque me parece que ya han acabado con el trabajo que tenían que hacer dentro.

Tras esas palabras, Nicolás recordó sacar su iPhone 6S del

bolsillo. Estaba enamorado de la marca californiana de dispositivos electrónicos y muy contento con su terminal. En una semana saldría a la venta el nuevo modelo, el 7, y por supuesto se haría con él, como hacía con cada uno de ellos desde que salió el primero, allá por 2007, cuando lo compró de importación desde Estados Unidos. Pero ahora lo que le interesaba era el correo electrónico que los de Científica de Alicante le tendrían que haber enviado. Y sí, lo tenía. Lo abrió y dejó el teléfono bloqueado con el informe abierto. Primero quería ver el escenario.

—El cuerpo fue encontrado en esta posición —le indicó el director—, estaba sentado, justo como solía estarlo el preso casi siempre. Las toallas llenas de sangre estaban dentro de ese lavabo —agregó señalando con el dedo.

Ni Alfonso ni Nicolás necesitaban la explicación del hombre, pues ambos habían repasado las fotografías tomadas en la inspección ocular decenas de veces, pero en ocasiones era bueno dejar que ciertas personas se creyeran importantes para obtener una mayor colaboración. Así que Nicolás le siguió el juego.

—¿Dónde había más sangre?

—Al parecer la limpió con las toallas nada más derramarla. Eso despistó en un primer momento al enfermero que lo encontró, ya que la sangre solo era visible en las juntas de los azulejos.

—Ya, la textura de los azulejos ayuda a que la sangre se limpie con cierta facilidad —añadió Alfonso.

—Los de Científica, con sus técnicas, averiguaron que había salpicaduras de sangre en toda la pared, que llegaban casi al techo.

—Algo típico en una sección de yugular —comentó Nicolás.

—De todas formas, supongo que la ropa que llevaba puesta el enfermero también se mancharía de sangre —apuntó Alfonso.

—Sí, en un primer momento no se encontró, pero sus compañeros se dieron cuenta de que entró en el cuarto de lavandería y tomó un nuevo uniforme de enfermero. Dejó el sucio escondido allí. El que llevaba puesto Fernando se encontró en el lavabo.

—¿Lavan la ropa de trabajo aquí mismo?

—Sí, así es. Bueno, en realidad es opcional, hay quien prefiere hacerlo en casa. Tratamos de facilitar lo máximo posible el trabajo a nuestros empleados. Desempeñan un trabajo muy duro, agota psicológicamente. Cualquier ayuda es poca.

—Entiendo. Entonces entró y se cambió de ropa. Sinceramente no entiendo cómo cojones sabía él dónde estaba todo, porque no debería saberlo, ¿no?

—Desde luego que no. Ya digo, hay una investigación abierta. Todo se sabrá, seguro.

—Ahora pasemos a lo que nos importa. ¿Cómo consiguió un arma?

El director tragó saliva.

—En un principio no teníamos ni idea, pero haciendo revisión de inventario, por si acaso, supimos que se había llevado un bisturí del quirófano de urgencias.

Nicolás no daba crédito a lo que estaba oyendo.

—¿Cómo pudo hacer eso? ¿No lo cacheaban cada vez que entraba o salía de su celda?

—Claro, y en la única ocasión que pudo haberlo robado, por supuesto que se le cacheó. Pero a sus compañeros solo se les ocurre un sitio donde podría haberlo escondido, lo que explicaría que después pensáramos que sufría de hemorroides.

Nicolás y Alfonso pusieron los ojos en blanco al unísono y torcieron el gesto.

—Joder... —exclamó Valdés sin variar la expresión.

—Sí... lo llevaba ahí. No le importaron los cortes con tal de conseguirlo.

—Muy propio de ese jodido lunático —aseveró Alfonso.

Nicolás suspiró en varias ocasiones. Volvió a desbloquear su iPhone y echó un vistazo al informe de la inspección ocular. Nada nuevo, justo lo que pensaban y lo que les estaba contando el director. Volvió a bloquearlo y lo guardó en su bolsillo.

—Supongo que la pregunta es estúpida, pero ¿tenía algún objeto personal aquí? Sé que en los módulos carceleros se les permite algo, pero no sé muy bien cómo es el protocolo de los módulos psiquiátricos.

—No, bueno, no y sí. Depende del módulo... Como habrá visto, también está separado según la gravedad de su trastorno mental. En el Módulo 1, el que llamamos terapéutico, sí se les permiten ciertas cosas, pero en este no, ni por asomo. Cualquier objeto los puede alterar. Es increíble los pies de plomo con los que hay que andar por aquí. Aunque...

—¿Qué?

—No sé si es relevante o no. No es un objeto que fuera suyo en sí, pero...

—Explíquese, por favor.

—Hay una terapia que consiste en mostrar al paciente, en determinadas situaciones, un objeto que les produce cierta sensación de calma. Para llegar a saber qué objeto es, se necesitan muchas horas de estudio y charla con el interno. Con Fernando era muy complicado hablar. Pero sí es cierto que no fue difícil hallar el objeto en cuestión. Las pocas veces que conseguíamos arrancarle unas palabras, casi siempre hablaba de lo mismo y se le relajaba la expresión. Cuando probamos a mostrárselo de vez en cuando, comprobamos cómo sus ojos perdían cierto... no sé cómo llamarlo... ¿Fuego? ¿Odio? Algo así. Si quieren, se lo enseño. Lo guardamos nosotros para decidir cómo y cuándo lo usamos.

Nicolás asintió. Sentía una gran curiosidad por saber de qué hablaba el director.

No tardó más de dos minutos en regresar a la celda con un objeto en la mano. Se lo mostró a los dos inspectores.

Alfonso miró a Nicolás, cuya expresión era de auténtico pánico. El inspector Valdés agarró la postal que el director sostenía y la miró de cerca, aunque no hacía falta. Reconocía perfectamente por dónde estaban navegando esas barcas cargadas de turistas.

—¡Me cago en la puta. Confirmado: ha vuelto a Madrid.

11

Sábado, 17 de septiembre de 2016. 11.10 horas. Madrid

El descanso le había sentado de maravilla.

La teoría de que necesitaba bajar la guardia y dejarse llevar, simplemente, por la nada, estaba muy bien planteada. Tenía su parte de lógica. Otra cosa bien distinta había sido la práctica. Es verdad que le costó encontrar ese punto en el que sus músculos dejaran de estar tan tensos, pero una vez lo hizo, todo fluyó. Sus energías se habían renovado. Si no al cien por cien, al menos a un noventa por ciento, que ya era bastante.

No había salido de la casa más que para lo estrictamente necesario. Un par de visitas a dos locutorios distintos para disfrutar de una conexión a internet anónima y una visita obligada a la FNAC de Parquesur, en Leganés —ataviado con una gorra, aunque no lo camuflaba demasiado...—, para hacerse con una buena cantidad de libros, era lo único —aparte de comprar algo de comida para ir tirando— que había hecho. Había tenido mucho tiempo para pensar, eso sí. Cualquiera podía presuponer que en su largo encierro había disfrutado de tiempo de sobra para hacerlo, pero nada más lejos de la realidad. Negar que sí lo había hecho era una estupidez, pero la mayor parte de sus jornadas las había pasado con el cerebro en *stand by*, como si las neuronas se le fueran agotando y quisiera reservarlas para cuando en verdad le hicieran falta. Además, planificar la fuga no había sido moco de pavo. Aunque reconocía que el proceso había consistido más en observar que en pensar. Observar, mirarlo todo, hacerse el imbécil y dejar que todos creyeran que estaba sumido en un estado de semiinconsciencia inducido por una medicación que no le hacía ningún efecto. Al menos que él lo notase. Observar, todo, a todos. Conocer el medio en el que se movía —o lo movían— durante los últimos siete años. Saber el lugar exacto de la ubicación de cada baldosa del suelo, conocer cada mota de polvo que se movía por aquel minúsculo habitáculo. Y esperar, eso sí, ser paciente y esperar a que llegara el momento idóneo para largarse por la puerta como si tal cosa. Lo mejor de todo era que parte de su libertad se la debía a ciertos enfermeros bocazas que no se cortaban relatando los turnos y puntos débiles de cada uno de los trabajadores de la prisión, como si los internos fueran sordos. O gilipollas. Sin eso, no hubiera sido posible escapar de allí con tanta facilidad.

Aprender y memorizar los turnos lo había ayudado a saber cuándo era el momento idóneo. No era lo mismo que estuviera ese tarado de Frutos, un militar retirado que preguntaba hasta la talla de calzoncillos a todos los que querían entrar o salir, a que estuviera Clemente. Este pasaba las horas del trabajo jugando a un juego de colorines adictivo en el teléfono móvil. Con Clemente solo se tenía que ir vestido de enfermero para salir. Como mucho, mostrar la identificación de la tarjeta, aunque ni miraba si la foto coincidía con quien la portaba. Era tan inútil que, después de muchos meses trabajando en el mismo puesto, no se había aprendido ni los nombres, ni las caras, de todos los celadores, médicos, funcionarios y enfermeros que allí trabajaban. No, no era lo mismo. Además estaba el bocazas del enfermero que no se cortaba un pelo a la hora de hablar de todo delante de los reclusos, sobre todo de sus conquistas. Era cierto que, en un primer momento, se había planteado si era necesaria su muerte para poder salir de allí, pero ahora tenía el convencimiento de que había hecho un favor a la humanidad quitando de en medio a ese energúmeno.

Lo único que tenía claro era que debía aprovechar esa coyuntura en la que los dos estaban trabajando juntos y así lo había hecho.

Coser y cantar.

En esos momentos pasaba la escoba por el piso. Previamente, había limpiado las estanterías con un paño y un producto para muebles. No se le daba demasiado bien la limpieza del hogar. Toda su vida había habido alguien que se había encargado de ese cometido. Pero ahora estaba solo, al menos la mayor parte del día, por lo que tenía que aprender a sacarse él mismo las castañas del fuego si quería llevar una vida más o menos normal. No distinguía demasiado bien entre si un producto era para una cosa o para otra, pero si había aprendido a abrir cerraduras imposibles casi con un mínimo esfuerzo, aprendería también eso, sin duda. Lo que peor llevaba de todo era fregar el suelo, todavía no lo había hecho y tenía la seguridad de que las primeras veces la cosa no iba a acabar demasiado bien. Solo lo había intentado una vez en toda su vida y el resultado no fue, digamos, el que cabría esperar.

Para comer tenía preparada una barra de pan. No es que ahora estuviera comiendo como un marqués precisamente, pero lo único claro era que aquello era todo un manjar comparado con la porquería que le hacían tragar cada día en el tugurio en el que había estado encerrado.

Terminó de barrer el suelo y se dirigió hacia el salón. Tener tanto tiempo libre le había permitido retomar con avidez su sana costumbre de leer. En su visita a la FNAC se había dejado una buena cantidad de euros en libros de autores españoles. En el momento de su encierro se dio cuenta —por los comentarios que escuchaba de enfermeros y celadores cuando hablaban entre ellos— de que había una importante y creciente calidad en los autores españoles y quería darles una oportunidad. Entre los libros que había comprado había una mezcla entre el thriller y novela negra, que estaba también, al parecer, en pleno auge. Recomendado por el personal de la propia tienda se había hecho con una trilogía completa de un tal César Pérez Gellida. Ya leía el tercer libro de esta, titulado *Consummatum est*. Quizá fuera por la empatía que mostraba con el antagonista del libro, el sin igual Augusto Ledesma. El susodicho era un asesino en serie narcisista, melómano y extremadamente cruel. No paraba de sonreír al pensar que se identificaba tanto con un personaje de novela. Lo curioso era que la gente siempre tendía a hacerlo con el bueno, casi nunca con el malo. Sea como fuere, había devorado los dos libros anteriores en apenas dos tardes. Hasta le daba pena tener que despedirse del bueno de Ledesma, suponiendo que al final tuviera que hacerlo...

Se oyeron unos leves golpes de nudillos, nada escandaloso, en la puerta principal. Sabía perfectamente quién llamaba así.

Dejó las cosas de limpieza a un lado y fue hacia la entrada. Observó por la mirilla para certificar que era quien creía. Abrió.

—¿Tu televisión funciona? —preguntó nada más traspasar el umbral. Ni siquiera le dijo hola.

—Supongo, no sé, la casa ya incluía televisor cuando la compré. Nunca lo he encendido. Sabes que no soy de...

—Pues hazlo —lo interrumpió—, rápido.

Fernando, sin entender muy bien qué pasaba, fue directo al salón y obedeció. La televisión se encendió, tenía todos los canales desordenados.

—¿Y ahora?

—Pon Cuatro.

Presionó el botón Ch. List en el mando a distancia para, seguidamente, buscar el canal hasta que lo encontró. Una mesa de tertulianos apareció en pantalla. Parecían discutir acaloradamente sobre algo mientras uno de ellos, que estaba sentado en el centro, trataba de moderar para que respetaran sus turnos de palabra. Intentó pillar el hilo de la conversación, algo que no era fácil porque unos pisaban a otros y era casi imposible entender de qué hablaban... hasta que un faldón que apareció de pronto debajo hizo que toda su atención se centrara en la caja tonta.

El Mutilador de Mors se fuga del psiquiátrico de Alicante.

Justo debajo del titular aparecía un número de teléfono que animaba a la ciudadanía a colaborar. Era un número facilitado, al parecer, por la Policía Nacional. Ahora, sabiendo de lo que hablaban, le fue más fácil entender la posición de cada uno. Uno de ellos, de pelo blanco, discutía sobre la eficiencia de los funcionarios que trabajaban en los centros penitenciarios del país. Ponía en duda su capacidad para poder tenerlo todo controlado debido al volumen de presos y a la escasez de personal a causa de los recortes presupuestarios. Otro, sin embargo, defendía el derecho a que los presos fueran tratados como personas y no como ganado. Los otros dos no intervenían, parecían maniquís que observaban expectantes cómo los otros se atacaban directos a la yugular... iban a cobrar igual sin aportar nada. El moderador parecía estar desquiciado al no poder poner paz entre los dos contertulianos más activos, que ahora parecían relacionar todo lo ocurrido con la política. Bajó el volumen del televisor. Aquella discusión lo estaba sacando de quicio.

—¿Qué coño...?

—Han decidido joderte, pero a base de bien.

—¿Qué es eso del Mutilador de Mors?

—¿No lo sabías?

—¿Debería saberlo?

—Hombre, es así como te llaman desde el principio. Daba por hecho que sí.

Fernando no dijo nada. Pensaba.

—No me vengas con temas de ego y que no te gusta tu apodo.

—Es que me parece una soberana estupidez. Entiendo lo de Mors, vale, pero es que parece que no han entendido nada. ¿El Mutilador? ¿En serio?

—No me puedo creer que la policía haya decidido poner en alerta a la población y tú solo te preocupes por esa tontería.

—No me gusta eso de Mutilador.

—Pues es lo que hay. No sé ni cómo ni de dónde salió. Solo sé que, de un día para otro, la prensa empezó a llamarte así. No es tan raro. Supongo que si pudiéramos preguntarle al Mataviejas, al Asesino de la Baraja o a otros si les gusta el nombre que les pusieron, dirían que no. Es así. No sé qué te piensas, Fernando, pero no necesitabas salir en el programa para que tu cara pudiera ser reconocida por la calle. Desde que pasó todo, te convertiste en una figura de culto para pirados. Ya formas parte activa de la crónica negra del país. Sé de gente que ha ido a Mors a hacer una ruta por los lugares de los asesinatos. ¿No te llegaban cartas de admiradores a la cárcel? Sé que te las mandaban.

—Ahora la pregunta te la hago yo: ¿de verdad crees que me iban a dejar leerlas?

—Yo qué sé. Yo no estaba allí.

—Bueno, alguna sí que leía —sonrió—, pero no tenía ni idea de todo el circo que se había formado. Tampoco es tan extraño, supongo —dijo Fernando con cierto hastío.

—De todos modos, por muy conocido que fueras en pequeños círculos, ahora lo eres para la mayor parte de la ciudadanía. ¿Es que no te preocupa? —Dio un paso adelante y se colocó frente al televisor sin dejar de mirarlo a la cara.

Por unos instantes Fernando no supo qué contestar. Tenía bien presente que debería andar con pies de plomo cada vez que saliera a la calle. Incluso cuando había ido a Parquesur, lo había hecho tratando de pasar desapercibido, sin detenerse en zonas en las que intuyera que podría haber cámaras de seguridad para no dar la oportunidad de ser reconocido. Suponía que distribuirían su fotografía, pero que lo harían en comisarías locales y provinciales, no que pondrían una foto suya en primer plano en una cadena de ámbito nacional un sábado a media mañana, cuando todo el mundo tenía la televisión de casa encendida. Eso hacía que salir a la calle de nuevo le fuera prácticamente imposible, complicando todavía más la tarea que quería empezar a desempeñar. ¿Cómo iba a hacerlo si todo el mundo iba a estar paranoico por si se lo cruzaba por la calle?

Reconoció la maestría de la jugada de la Policía Nacional. No tuvo más remedio que hacerlo.

La idea debía de provenir de la cabeza del inspector Valdés. ¿De quién si no?

Luego estaba lo otro. Si bien era cierto que lo macabro producía un morbo más que evidente en el ser humano, no esperaba que su figura hubiera sido reconocida hasta el punto de que le otorgaran un nombre de guerra. Un nombre estúpido, eso sí, pero un nombre al fin y al cabo. Aquello tenía cierto sentido teniendo en cuenta la magnitud de sus actos. Quizá había sido el peor asesino en serie de la historia reciente de España. Había leído mucho sobre ellos antes de ponerse manos a la obra y, aunque quería huir de los tópicos que, como losas, caían sobre la espalda de un psicópata, admitía que su historia concreta generaba un interés que estaba ahí y no podía reprochárselo a la gente. ¿Admiradores? ¿En serio? La gente estaba muy mal de la cabeza para admirar a una persona que había cometido actos como los suyos. A pesar de ello, sentía una fuerte excitación a causa de su gran ego, un ego que hizo que lo capturaran y era lo que de verdad le preocupaba de todo el asunto.

Respiró hondo y valoró la nueva situación.

Tenía pocas ganas de hablar, pero su acompañante no parecía entenderlo.

—¿Ves? —insistió—. Te dije que debías comenzar cuanto antes. Ahora, todo lo que no has adelantado lo has perdido. ¿Cómo piensas hacerlo?

Fernando no respondió, seguía mirando la pantalla del televisor con la atención fija en su propio rostro, que aparecía cada dos por tres en primer plano. La foto parecía sacada del semanario *El Caso*, que tanto revuelo causó en España en el pasado. No por nada, sino porque parecía antigua y él salía con cara de demonio serio. No tenía ni idea de dónde la habían sacado, puede que se la hicieran cuando la detención. En cuanto a lo que hablaban los tertulianos, no hacía falta ni escucharlo. No le importaba nada de lo que pudieran decir de él, solo que su rostro se estuviera difundiendo de aquella manera. Ahora ya no solo era conocido por unos cuantos friquis de internet.

Su acompañante se dio la vuelta y comenzó a mirar hacia la ventana.

—No sé cuándo vas a empezar a hacerme caso. Dijiste que no importaban unos días más. Ya ves si han importado.

Fernando apretaba el mando a distancia con fuerza. Sentía unas ansias irrefrenables de lanzarlo contra la pantalla, pero prefería que el aparato siguiera funcionando para ir controlando cómo se trataba su tema en los programas. Ahora tocaba ver si se le daba mucha importancia o acababa cayendo en el olvido. Quizá no todo estuviera perdido. Dejó el mando sobre la mesa redonda de madera que había en centro del salón. Inspiró hondo en varias ocasiones para encontrar la calma. Aquello era un contratiempo, sí, pero nada más. No podía dejar que aquella ridiculez hiciera que todo se fuera al garete. No había escapado de toda una penitenciaría psiquiátrica para dejarse amedrentar tan fácilmente.

—Tenías razón. Parece ser que el tiempo es oro —comentó Fernando volviéndose.

—Menos mal. Claro que la tengo. ¿Cuándo no la he tenido? —Él no dijo nada. No hacía falta—. ¿Te ha visto alguno de los vecinos del edificio? ¿Te has cruzado con alguno? —inquirió.

—No, todavía no —respondió Fernando, recuperando la calma—. Pero aunque no hubiera salido toda la mierda en televisión, no me iba a dejar ver así como así. Ya me conoces, no soy un simple imbécil.

—Joder, te dije que me hicieras caso —volvió a repetir mientras negaba con la cabeza y caminaba dando vueltas por el minúsculo salón—. Siempre tengo razón.

Fernando sonrió forzado y le puso las manos sobre los hombros.

—No te preocupes, no va a cambiar nada. No pensaba ir por ahí dando tumbos, joder. Ya te he dicho que no soy imbécil. Ahora solo tendré que extremar más la seguridad. Puede que hasta sea bueno que no me lo pongan tan fácil, así andaré con más cuidado. Me gusta que piensen que me voy a esconder tras esa maniobra estúpida. Pero no, no será así.

Su acompañante se volvió hacia él. Lo miró a los ojos. Siguió viendo esa determinación viva en ellos.

—No lo harás, ¿verdad? Ya sabes que...

—Claro que lo sé. No te preocupes. No, no me voy a esconder. Ya verás cómo el tiro les va a salir por la culata, porque estaré oculto en la sombra y no se me verá venir. Les caerán piedras desde el cielo y no podrán ver desde qué punto exacto, pero les golpearán. Ya te lo dije. Todo saldrá bien.

—Entonces ¿lo harás ya?

Fernando apretó los labios y sopesó la situación por unos instantes. Antes de proceder necesitaba preparar el terreno, saber en qué punto estaba todo para no errar en ninguno de los importantes pasos que tenía que dar. Pero para eso iba a necesitar un par de días más, como mucho. Quizá uno. Puede que las cosas estuvieran igual que hacía siete años, sería lo más probable en vista de las cuentas que él mismo había sacado. Solo había una que era absolutamente necesaria y sabía que sí se daba. Lo mejor de todo es que algunos podrían pensar que había sido algo improvisado en el último momento, que lo llamarían «casualidad». Pero él no dejaba nada en manos del destino: no creía en la suerte y jamás se encomendaría a ella. Todo estaba bien definido, hasta el último detalle. Eso sí, tenía que reconocer que el plan había virado tras conocer al inspector Nicolás Valdés. Él lo había cambiado todo, aunque, mirándolo en perspectiva, había sido a mejor.

Sin decir nada, colocó la silla en la misma posición que hacía unos días, cuando llegó a la vivienda. Retiró la placa de escayola y volvió a bajar la caja.

Rebuscó en ella hasta dar con lo que buscaba. Lo miró, era un papel, además de la llave de un local que, con gran previsión, también había alquilado bajo una identidad falsa. Se lo mostró.

—Aquí lo tengo todo —anunció sereno—. Sí. Ha llegado la hora.

Su acompañante esbozó una sonrisa tan macabra que hasta erizó el vello del propio Fernando.

12

Lunes, 19 de septiembre de 2016. 11.05 horas. Madrid

Nicolás había mandado a buscar el mapa más grande de la ciudad de Madrid del que se pudiera disponer. Como no encontró uno de una sola pieza que fuera tan amplio como él quería, optó por comprar en una tienda de cartografía online el archivo multimedia para poder imprimirlo por partes y luego pegarlo en un gran panel. Necesitaba tener un control de los puntos en los que se podría haber visto rondando a Fernando. Habían recibido ya unas cuantas llamadas, pero las que no eran de algún gracioso queriendo sus dos minutos de caso, eran de algún paranoico que creía haber visto al criminal incluso sirviéndole la comida en un restaurante de comida rápida. Por suerte, los encargados de contestar el teléfono que se había dado en televisión ya eran expertos en ese tipo de menesteres y sabían distinguir muy bien un aviso real de una mamarrachada. Y, de momento, solo habían tenido de estas últimas. Nada que pudiera sostenerse en pie.

De todos modos, ya tenía señalados en el mapa un par de puntos que tener en cuenta, los lógicos, por llamarlos de alguna manera. Estos eran la antigua residencia de Carlos, su alter ego, ubicada en el flamante barrio de La Moraleja, y su antiguo trabajo. El despacho de abogados estaba en el Cuatro Torres Business Area, la actual zona de negocios por excelencia de la capital española. La casa permanecía vacía desde que sucedió todo. Puede que fuera descabellado pensar que podría haber vuelto para alojarse en ella, pero con Fernando todo era posible. De momento, no tenían indicios. Tampoco es que tuviera demasiadas esperanzas de encontrarlo cerca de su despacho. Como era lógico, el bufete había cerrado tras el incidente y ahora, en su lugar, había unas oficinas de un holding chino que se había hecho con la mitad del edificio en el que estaba emplazado. Dudaba que apareciera por allí cerca, aunque quizá ese ego desmedido lo empujara a intentar recuperar lo que un día fue suyo. Ojalá pudiera saber en qué punto se encontraba la cabeza de ese psicópata.

El inspector resoplaba sin dejar de mirar el mapa. Aparte de lo que ya tenía, no sabía muy bien qué buscar, pues en ningún momento todo aquello iba a tomar vida y le iba a mostrar, con una flecha luminosa, dónde se estaba escondido el huido.

Estaba tan metido en sus propios pensamientos que no oyó la voz que requirió su atención hasta en un par de ocasiones. Su dueño tuvo que ponerle la mano en el hombro para que volviera de golpe al mundo de los vivos.

—¿Me has oído, Nicolás? —preguntó un extrañado Alfonso al ver a su amigo tan embobado con el mapa.

—¿Eh? —contestó este al girarse—. No, perdona, pensaba cosas.

—Pues deja de hacerlo, tengo malas noticias. Puede que ya tengamos a la primera víctima.

El corazón de Nicolás comenzó a bombear sangre con más frecuencia. Notó que las palmas de sus manos se tornaban frías de repente y que el sudor hacía acto de presencia en su zona lumbar. Todo eso en apenas una fracción de segundo. Una sensación muy desagradable.

—¡Joder! —exclamó cuando pudo reaccionar—. ¿Dónde?

—En un piso de la calle Fernando el Santo.

—¿Y cómo sabes que puede haber sido él?

—Se ha cargado a uno de los nuestros.

Nicolás sintió que su tráquea se cerraba de golpe.

Durante el trayecto apenas se escuchó la voz del inspector. Solo habló para intentar por teléfono que los de Científica llevaran a unas personas concretas al escenario. No es que considerara que hubiera buenos y malos en la sección, pero sí era cierto que los había buenos y mejores. Y, aunque no tenía poder alguno para mandar sobre la unidad, quería a unos determinados policías allí. En el otro coche que había salido con ellos desde Canillas viajaban Ramírez y Fonts. Esta última era en la que más esperanzas tenían puestas los pesos pesados del complejo policial. Con una intuición fuera de serie, la inspectora Carme Fonts había salido hacía apenas dos meses de la academia de Ávila, pero ya había demostrado con creces su valía como investigadora en ese tiempo. Nicolás tenía mucha fe en ella pues, salvando algunos errores típicos que puede cometer cualquier novato, sus dotes eran —o al menos se habían dejado ver de manera evidente— mejores que las de inspectores que ya tenían el trasero pelado de tanto caso a sus espaldas.

Llegaron al destino y los cuatro se apearon de vehículo.

Pasaron el cordón policial que la Policía Municipal había puesto. Nicolás se identificó frente a los agentes que custodiaban la puerta y entró en el edificio, seguido de los otros tres inspectores.

—Es en el primero —indicó Alfonso.

Nicolás no dijo nada y comenzó a subir. En ese tipo de situaciones, el protocolo dictaba que ni siquiera ellos debían pisar las escaleras sin estar debidamente ataviados por si había algún indicio que hubiera podido dejar el agresor en su entrada o en su fuga. La realidad era bien distinta. En un edificio con varias personas viviendo, las escaleras eran uno de los lugares más contaminados del mundo. Imposible hallar cualquier rastro. O casi imposible.

Perdido en esos pensamientos llegó al descansillo. Hubo algo que llamó su atención nada más identificarse frente a los dos agentes plantados frente a la entrada de la vivienda. De forma sutil, había sido reventada. Podía sonar contradictorio, pero era así. Seguramente con el uso de un destornillador de acero usado a modo de palanca tratando de no romper demasiado, pero sí lo justo como para permitir entrar al agresor.

Los dos pasaron poniéndose unas calzas sobre sus zapatos. Antes, Nicolás había dado indicaciones a Ramírez y Fonts para que se encargaran de tomar el mayor número de declaraciones posibles. La vivienda estaba decorada con un gusto exquisito para Nicolás. No pudo evitar echar la vista atrás y recordar la casa de Carolina, ubicada en la plaza Vázquez de Mella —ahora llamada de Pedro Zerolo, en honor al político fallecido por una fatal enfermedad—. El tipo de decoración se la recordaba, ya que utilizaba objetos modernos entremezclados con algunos antiguos, pero con cierto gusto. El gris vibrante predominaba como color en el pasillo que atravesaban. No tardaron en llegar hasta el salón, donde supuestamente había ocurrido la desgracia.

Alfonso miró a Nicolás. Pensó que él mismo estaría más tenso tras volverse a enfrentar a aquella pesadilla, pues ya creía que formaba parte del pasado. Pero no, una extraña tranquilidad dominaba su interior. En cambio, Nicolás sí parecía ser un manojo de nervios. Así pues optó por callar y dejar a Valdés a su aire. Que fuera él quien, en todo momento, dictaminara qué hacer y cuándo hacerlo. El juez y el forense no habían llegado todavía y aquello iba a convertirse muy pronto en una fiesta llena de invitados.

Nicolás carraspeó desde el umbral de la puerta. Era consciente de que sin el permiso de los de Científica no podía ni debía acceder al interior. El inspector Rico, de la Policía Científica, lo vio enseguida y le instó a pasar, señalando claramente la zona libre que podía pisar. Su equipo seguía trabajando en busca de indicios.

—Buenos días, inspector.

—Buenos días, ¿qué ha pasado?

—Gabriel Lluch, treinta y dos años. Agente del cuerpo que trabajaba en la Comisaría de Distrito Centro. Posición de decúbito dorsal. Todavía es pronto para hablar pero, como ve, todo apunta a que murió degollado.

Nicolás miró el cadáver desde la distancia. Aparentaba menos de los treinta y dos años que tenía. Parecía que se cuidaba, a juzgar por su musculatura. En efecto, en su cuello se podía ver un tajo de lado a lado por el que parecía que se había desangrado. Nicolás miró el charco de sangre que se había formado en el suelo para después levantar la vista y observar las paredes.

—¿Quién lo ha encontrado?

—Su mujer. Está histérica, como comprenderá. Ha sido extraño y confuso y no hemos podido arrancarle una explicación coherente por los gritos que está dando. Hemos entendido que él subió la compra mientras ella buscaba aparcamiento. Intuyo que por la zona no debe de ser fácil, por lo que pasó algo de tiempo entre que él subió y lo hizo ella. Se lo encontró así.

Nicolás no dijo nada. Así que lo esperaba. Se giró sobre sus talones para observar la habitación. Todo en orden salvo una silla que parecía haber sido desplazada de su emplazamiento normal, al lado de una mesa de cristal negro.

—¿Le han preguntado por esto? —dijo señalando el mueble.

—Claro. Dice que no ha tocado nada, que ni siquiera ha llegado a pasar al salón. Cuando ha visto la escena le ha entrado un ataque de histeria y ha ido corriendo a casa de una vecina para buscar ayuda. El marido de esa vecina ha sido el que ha llamado al 112.

—¿Y le han preguntado a él si ha tocado algo?

—Sí, entró para ver la escena con sus propios ojos. Pensó en la posibilidad de que todavía viviera y ella, presa del pánico, no se hubiera dado cuenta. Pero no, no estaba vivo, como puede observar.

—Entonces sí ha tocado el cuerpo.

—Sí. Pero solo la muñeca para tratar de tomarle el pulso. Ya tenemos sus huellas dactilares y hemos recogido una impresión de la de su pie.

El inspector volvió a mirar el cuerpo, para enseguida levantar la vista y observar otra vez a su alrededor. Apretó los labios y mordió una pequeña piel que notó que sobresalía de su labio inferior. El inspector Rico lo miraba expectante, parecía que su rostro se había relajado un poco respecto a hacía unos minutos, cuando había entrado.

—No hay salpicaduras de sangre a distancia del cuerpo.

—¿Eh?

—Que parece ser que el cuello fue sesgado con el agente tirado en el suelo. Si hubiera estado de pie, la sangre hubiera salido en varias direcciones. No hubiera sido descabellado que hubiera incluso llegado a esa estantería blanca de ahí —expuso señalando con el dedo—, pero no. Está limpia.

—Sí, claro, eso mismo he anotado en el informe preliminar. Que muy probablemente se le degolló en el suelo —comentó molesto Rico, como haciendo ver que sabía hacer bien su trabajo.

—Puede que incluso estuviera peleando con su agresor en el momento en el que ocurrió. Podría tener restos de piel bajo las uñas.

—Eso ya no lo sé. Hasta que no llegue el forense, no he querido tocar nada.

—Sí, pelear ha peleado. Esa silla fue golpeada en el force-jeo, demasiada pulcritud en el salón para que cualquier objeto esté fuera de lugar.

—Bueno... podría ser... —convino Rico sin saber muy bien a dónde quería llegar el inspector Valdés.

Nicolás se volvió y se dirigió a Alfonso, que esperaba en la puerta escuchando todo lo que decía su amigo.

—Llama a Fonts, quiero que suba.

Alfonso enarcó una ceja y obedeció sin pensarlo demasia-do. No sabía qué pretendía Nicolás, pero prefirió hacerle caso.

Al cabo de un par de minutos regresó acompañado de la inspectora.

—Pasa, Fonts —le ordenó.

Esta, perpleja, obedeció. Nada más hacerlo, Nicolás le habló:

—Como puedes ver, inspectora, el agente ha sido degolla-do. ¿Cómo crees que ocurrió?

La mujer, sorprendida ante la actitud de su compañero, se aclaró la voz antes de responder.

—Supongo que tras un forcejeo, la víctima cayó al suelo y su agresor aprovechó para acabar con su vida. No hay salpi-caduras que sugieran que se hizo en posición vertical. Puede que incluso tenga restos, entre las uñas, de células epiteliales del asesino. Si en los lavabos no hay sangre, puede que deba-mos buscar en fuentes cercanas, porque el asesino se ha debi-do de llevar gran parte de esas salpicaduras por la posición del degollamiento y se habrá querido limpiar.

—Bien visto, inspectora. Hablaré con el inspector jefe, el caso es tuyo.

Tanto Rico como Alfonso y la propia inspectora se que-daron sin habla.

—Pero... —replicó ella.

—Nada de peros, lo resolverás. Si quieres una pista, busca

en qué casos ha estado implicado el agente en los últimos tiempos. Mira si ha participado en alguna detención con cierta polémica en alguna de las barriadas o puntos calientes de venta de droga. Investiga a los familiares de esos detenidos. Siento darte el caso, correspondería a la UDEV de Madrid-Tetuán, no a nuestra unidad, pero servirá para que sigas creciendo. Nosotros nos volvemos a Canillas.

Alfonso, sin saber muy bien qué decir, comenzó a seguir a Nicolás cuando salió del salón y se dirigió hacia el exterior por el pasillo. Rico seguía de pie, mirándolo. No daba crédito.

—Pero ¿se te ha ido la puta cabeza? —le increpó sin dejar de andar.

—No ha sido Fernando, Alfonso. Creía que conocías más a nuestro hombre.

—¿A qué cojones te refieres? Se ha cargado a un puto poli, tío.

—¿Y qué? ¿Ya está? No es él. ¿Dónde está la teatralidad? ¿Dónde está su sello para que sepamos que es él? Es un vanidoso, Alfonso, no quiere dejar lugar a dudas de que un acto lo ha cometido él. Seguramente esto ha sido una venganza. El asesino ha esperado a que se fuera de la vivienda para esperarlo dentro. Cuando ha llegado la víctima, no demasiado acertadamente porque no debería, siendo policía como es, haber entrado en la casa si ha visto la cerradura forzada, lo ha atacado. Ha intentado defenderse y ha ocurrido lo que hemos visto. Quizá ni siquiera pretendía matarlo desde un primer momento. Puede que se le haya ido la cabeza mientras peleaban y aprovechó que lo había reducido para acabar con él.

—Ya, tío, pero le ha rebanado el pescuezo. Una cosa es que le haya dado una puñalada. ¿Tú sabes la sangre fría que hay que tener para matar a alguien así?

—No, si no es la primera vez que matas. De ahí que piense que está metido en círculos peligrosos, pero no es Fernando. En serio, mira qué escenario tan poco trabajado. ¿Siete años encerrado y sales para matar a un poli simplemente cortándole el cuello? ¿Dónde está su firma? ¿Y por qué coño iba a cargarse al pobre agente?

—¡Y yo qué cojones sé! ¿Es que tú entiendes su lógica? Pues porque le habrá salido de las pelotas, que eso sí que es mucho de él. ¿En serio me estás diciendo que te basas en que no ha sido teatral ni hay un mensajito para ti ni nada de eso para saber que no ha sido él? ¿Esta mierda es la que te han enseñado en Quantico? Ahora pareces un puto poli de Hollywood.

—Y en la puerta.

Alfonso se detuvo en seco.

—¿Qué le pasa a la puerta?

—Fernando nos demostró ser un experto abriendo cerraduras. Quien lo haya hecho, ha entrado como un vulgar ratero, con menos violencia a la hora de romper la cerradura que otros, sí, pero no deja de utilizar un método burdo. No es elegante; Fernando actúa con elegancia, es elegante.

—Eres raro de la hostia. Elegante... ¿qué coño querrá decir elegante? En fin... ¿Sabes a quién te pareces hablando?

Nicolás sonrió a la vez que pasaban el cordón de nuevo para volver al coche. Claro que sabía a quién se refería su amigo. Lo más curioso de todo era que pronto acabaría necesitando a esa persona a su lado para poder seguir adelante con el caso. Pensó que, en realidad, no debía haber sonreído ante un caso así, pero le pudo el ánimo de saber que el monstruo todavía seguía hibernando.

Al menos, de momento.

13

Miércoles, 21 de septiembre de 2016. 8.15 horas. Madrid

Sara miró a Zumárragui sin pestañear. De sobra sabía que eso ponía nervioso al joven inspector, pero necesitaba una respuesta y no quería que la pensara demasiado.

—Puede que fuera en su adolescencia —afirmó.

—Razónamelo —le presionó ella.

—La niñez y la adolescencia son las etapas en las que más se aferra lo que uno vive. También sirve para moldear el carácter, para forjarlo y determinar sus futuras pautas de reacción frente a diversas situaciones. Si hubiera vivido malos tratos desde pequeña, su *modus operandi* sería ahora mucho más cruel, no conocería otra forma de resolver sus trabas que mediante la violencia. Recuerdo casos como los del Arropiero o el Mataviejas. Ella ha demostrado saber contenerse a veces. Es como si tuviera que llegar a cierto punto para actuar como actúa. Demuestra que su carácter se moldeó primero de una manera más o menos normal y que los problemas llegaron más tarde. Cuando esa violencia aparece en la edad adulta, trae consigo el sentimiento de culpa, de que todo pasa por algo. El razonamiento erróneo me indica que su forma de proceder no es la de una mujer maltratada ya con cierta edad. Fue en la adolescencia.

Sara no sonrió, pero la mueca que su rostro dibujó fue suficiente para que Julen supiera que había dado en el clavo. Al menos en lo que ella creía también.

La inspectora jefe se puso en pie y se dirigió hacia la pizarra blanca. Cogió el rotulador de color negro y apuntó el dato que el inspector acababa de proporcionar. Acto seguido se volvió y miró a su equipo. Sus rostros mostraban expectación. Era como si ya supieran de antemano que Garmendia estaba a punto de resolver el caso. Al menos la parte que a ellos les tocaba.

La Sección de Análisis de la Conducta —SAC— era una unidad de reciente creación dentro del Cuerpo Nacional de Policía. Apenas contaba con los cinco miembros que en esos momentos asistían a la reunión. El equipo estaba compuesto por la agente María Soldevilla, una catalana de pro de fuerte carácter; la subinspectora Irene Marcos, madrileña de Chamberí, que se definía como una rosa con demasiadas espinas; el inspector Julen Zumárragui, vasco con siete apellidos; la inspectora Fátima Vigil, de Alcalá de Henares, la más veterana de todos, encargada de la parte de análisis de la comunicación no verbal y la inspectora jefe Sara Garmendia, también de Madrid. Sara había llegado tras coger el relevo del anterior inspector jefe, el mismo que, tras las pertinentes presiones sobre la necesidad de tener una unidad así dentro de la policía al Ministerio del Interior, había conseguido fundar la SAC en el año 2011. Asegurándose de dejarla en buenas manos, las de Sara, ahora ocupaba un importante puesto donde seguía peleando para dotar al cuerpo de las infraestructuras necesarias para la lucha contra el crimen. Todos los integrantes de la SAC eran psicólogos; era un requisito necesario, pues la unidad se dedicaba a elaborar perfiles criminales en casos muy determinados. Algo fundamental para que ellos intervinieran en una investigación era que se lo pidieran, pues solo lo hacían por petición de algún grupo dentro del cuerpo. Poca gente sabía que casos que no iban a ningún lado debido a su complejidad se habían resuelto gracias a la ayuda de la unidad. La mayoría de las veces su trabajo quedaba en la sombra, algo harto injusto ya que, sin su aportación, aún habría más casos no resueltos. Uno de los casos más sonados que habían ayudado a resolver era el de José Bretón, el padre que mató a sus dos hijos pequeños en una especie de venganza personal contra su esposa. Él alegaba que habían desaparecido en el transcurso de una visita a un parque de atracciones. La realidad fue bien distinta y muy dolorosa, pues trascendió a los medios, causando una gran conmoción en España. Este, quizá, era el que más ruido había hecho, pero sus intervenciones en la sombra eran más frecuentes de lo que se pensaba.

—Como bien ha apuntado Julen —una norma fundamental de la inspectora jefe era que todos se llamaran por su nombre y que se tutearan, para crear un vínculo de equipo—, la forma de proceder en este crimen ha sido, dentro de la brutalidad de cualquier asesinato, un tanto más comedida. Si nos fijamos —se volvió y señaló las fotos que tenía colocadas en el lado izquierdo de la pizarra—, la otra muerte fue más burda, más impulsiva. Cuesta diferenciar si no ponemos toda nuestra atención en ella, pero ambas muertes no son iguales. La primera tiene ese pequeño componente que ha recalcado Julen: ha sido cometida por alguien que ya, desde pequeño, sufría vejaciones, a causa de las cuales responde a todo con violencia. La segunda, aun siendo parecida, no es igual, por lo que su instinto violento pudo despertar más tarde. No es la misma persona. En ambos casos sabemos que es una mujer por los testigos de la zona y eso es lo que está confundiendo a los investigadores. Si se centran en buscar a dos personas diferentes, darán con la clave. Es una... —notó que su teléfono móvil vibraba e hizo caso omiso. Recibía mil llamadas al día, prefería acabar con la reunión y dejar definido el trabajo de cada miembro. Siguió hablando tras la leve pausa—... casualidad que ambos crímenes hayan ocurrido en una zona tan reducida. Nuestro trabajo, ahora, es elaborar el perfil de las dos mujeres para que los chicos de Almería puedan darles caza. Está en nuestras manos que acaben o no entre rejas.

—Sara —intervino la inspectora Vigil—, propongo echar un vistazo por los expedientes de centros de menores de la zona. Es muy probable que nuestra primera mujer haya pisado alguno de ellos dado su carácter conflictivo. Sería un comienzo.

—Me parece buena idea, si quieres...

El teléfono fijo que había encima de uno de los muebles comenzó a sonar, interrumpiendo de nuevo a Sara.

La agente Soldevilla se levantó de un salto y fue directa a contestar.

—Sara, es de la centralita. Una tal Johanna pregunta por ti, dice que es urgente.

La inspectora jefe se puso blanca ante la atenta mirada de los allí presentes. Solo Julen y Fátima sabían quién era en realidad esa Johanna, por lo que la miraron con gesto preocupado.

—Cuelga —balbuceó—, yo la llamaré desde fuera con mi móvil.

María obedeció y Sara salió de la sala. Sacó su teléfono del bolsillo y miró entre sus llamadas perdidas, que no eran pocas —aunque ella ni las había sentido—. Entre ellas había tres de Johanna. Nerviosa, pulsó sobre la pantalla y esperó a que la mujer descolgara.

—¡Sara, por fin la localizo! —dijo nada más descolgar, su voz denotaba desesperación.

—Por favor, Johanna, tranquilízate y cuéntame qué ha pasado.

—Es su madre, Sara, no sé dónde está, se ha escapado de casa.

—¡¿Cómo que se ha escapado?! —preguntó gritando.

Julen y Fátima se levantaron de su asiento. Salieron sin pensarlo de la sala.

—No sé cómo ha pasado, Sara. Se puso muy violenta y me empujó. Supongo que perdí el equilibrio... No consigo recordarlo. Me di un fuerte golpe en la cabeza y me quedé sin conocimiento. Tengo sangre seca en la cara. He salido corriendo a buscarla y estoy dando vueltas por la calle, pero no consigo encontrarla. Sara, ¡lo siento!

—Johanna —dijo con la respiración entrecortada. Sintió la mano de Fátima tocarle el hombro, como para consolarla—, no te preocupes porque no es culpa tuya. ¿Estaban los pestillos puestos y la llave echada y guardada?

—Sí, Sara, como siempre. Pero parece que ella sabía que estaba en el cajón, donde usted me dijo que la guardara. No sé qué hacer...

—Sube a casa, no te preocupes. Puede que vuelva. Mandaré una ambulancia para que te curen la herida. Seguramente tengan que llevarte a hacerte una radiografía. Yo iré a buscarla. De verdad, no te preocupes, es importante que veamos que no te ha pasado nada grave. ¿De acuerdo?

—Pero, Sara...

—¿De acuerdo?

—Como quiera. Pero, por favor, encuéntrela.

Sara colgó y miró a su alrededor desesperada. Se topó con la mirada de los dos inspectores, con gesto preocupado.

—¿Tu madre se ha escapado? —preguntó Julen.

La inspectora jefe se limitó a asentir.

—Tranquila, vamos contigo. La encontraremos.

—No, no puedo...

—Sara, no rechistes. Vamos. Fátima, ve con ella, conduce tú. Yo iré en otro coche. Bordearemos el barrio y nos iremos alejando de él en espiral con los coches en sentido negativo. Pondremos de punto central la casa de Sara. ¿Te parece?

—Claro, vamos.

Fátima tuvo que empujar a la inspectora jefe para que comenzara a andar. Parecía estar en shock. Es curioso cómo, en determinadas situaciones, hasta una roca como la jefa de la SAC podía volverse algodón de repente.

Tardaron un suspiro en llegar a la calle en la que vivía Sara. Sin mediar palabra y, sabiendo de sobra lo que cada uno tenía que hacer, emprendieron la búsqueda con los coches. La inspectora jefe apenas había hablado. Pensaba que si lo hacía se derrumbaría del todo y no quería que pasara. Tan solo miraba por la ventanilla del vehículo, atenta a cada movimiento, a cada cara con la que se cruzaban, a cada objeto que dejaban atrás. La inspectora Vigil hacía lo propio sin descuidar la vista de la carretera. No conocía el rostro de la madre de Sara, pero no sería difícil reconocerla si veía a una señora perdida por la calle.

—Tranquila —dijo tratando de serenarla—, aparecerá.

Sara la miró y sonrió de forma algo forzada. Quería creer que fuera verdad, pero no podía evitar que el pesimismo hiciera mella en ella. Le dolió estar, supuestamente, preparada para dar caza a asesinos invisibles, para encontrar a personas desaparecidas e incluso secuestradas y no poder utilizar todo aquello para dar con su madre. Se había bloqueado. La mente analítica de la que tan orgullosa se sentía no le valía para nada en aquellos momentos. Se sentía pequeña, muy pequeña. Era la primera vez en su vida que tenía la sensación de que soportaba el mundo encima de sus hombros. Y pesaba, vaya que si pesaba. Y lo peor de todo era que cada vez lo hacía más ante la realidad que le estaba golpeando con fuerza en la cara.

No sabía qué hacer. No tenía ni idea de cómo pensar.

Notaba cómo su corazón latía con fuerza dentro del pecho. Parecía querer intentar escapar y ella no estaba segura de querer que siguiera ahí dentro. Quizá todo fuera mejor si cerrara de pronto los ojos para siempre. Si pudiera correr sin rumbo fijo, solo con la intención de no parar nunca y, sobre todo, no mirar atrás. Sería lo más cobarde, sí, pero era tal el nivel de desesperación que ya estaba dispuesta a aceptar cualquier cosa.

Continuaron dando vueltas según el plan trazado por el inspector Zumárragui. Lo hicieron durante un buen rato. La desesperación que desprendía Sara se le fue contagiando a Fátima, que cada vez resoplaba con mayor frecuencia al no encontrar a la mujer. Quería disimularlo, pues veía a Sara fuera de juego y lo que menos le apetecía era aumentar su sufrimiento, pero los minutos seguían pasando y tenía muy claro que el tiempo no corría precisamente a su favor.

Como no la encontraran pronto, sana y a salvo, la cosa podría tener un desenlace fatal.

Pasaron varios minutos más. La tensión, aunque creían que era imposible, había crecido todavía más. Los límites humanos ya se habían superado con creces cuando el teléfono de Sara comenzó a sonar: era Julen.

Ella contestó, temblorosa, temiéndose lo peor.

—La he encontrado, Sara, está bien —anunció él en cuanto descolgó la inspectora jefe.

Sara no pudo ni hablar, se echó la mano derecha a la cara y comenzó a llorar, tiritando. Ante la situación, Fátima optó por parar en doble fila con los cuatro intermitentes y le arrebató el teléfono de la mano.

—Soy Fátima, cuéntame.

—Digo que la he encontrado. Estoy con ella. Está bien y tranquila. No sé muy bien dónde estamos, es una especie de parque. Mira, te mando la ubicación por WhatsApp y venís, ¿vale?

—¿Podrás tú solo con ella?

—Sí, sí, ya te digo, está tranquila. Desorientada, pero tranquila.

—Vamos para allá.

Fátima condujo veloz hasta el punto que su móvil marcaba en la ubicación que le había mandado Julen. No pensó en los límites de velocidad, tan solo en llegar cuanto antes para que Sara pudiera respirar tranquila. Había vivido muy de cerca un caso similar, con su exsuegra, así que sabía muy bien lo que debía de estar pasando la pobre. Salvaron la distancia en un periquete y, cuando llegaron al parque, las dos salieron a toda prisa del coche.

Sara corrió tan rápido como sus piernas podían en dirección a su madre. En efecto, estaba desorientada, perdida, sin saber muy bien por qué un joven de media melena, peinado con la raya en medio y barba de tres días la abrazaba y no la dejaba moverse de allí. Julen se apartó cuando Sara llegó y contempló emocionado el abrazo que esta le dio a su madre. La mujer seguía sin saber muy bien qué sucedía, pero se dejó abrazar.

—Cuando he llegado estaba sentada en el borde de esa fuente. Tocaba el agua, sin más. No sabía si era ella, pero cuando me he acercado y he visto que no miraba a ningún lado en concreto, lo he supuesto. Le he preguntado y su actitud me lo ha confirmado.

—Gracias, Julen —dijo Sara al fin, que parecía recuperar el aliento—, no sé cómo...

—Eh, eh, echa el freno, Sara. No me tienes que dar las gracias. Somos amigos, ¿no? Ahora vayamos a tu casa.

Sara no supo qué responder a eso. Nunca había visto a Julen ni a Fátima como a sus amigos. Eran miembros de su equipo y su estima por ellos era más que evidente, pero jamás se había planteado esa posibilidad porque no tenía demasiado claro qué era la amistad entre personas. Puede que tuviera razón y ellos dos sí lo fueran. Ya lo pensaría con más calma, ahora tocaba volver a casa.

Acordaron dejar el coche del inspector vasco aparcado para que él acompañara a Sara en la parte trasera del de Fátima por si pasaba algo raro durante el trayecto. Ayudaron a la madre de la inspectora jefe a subir a su casa. Una vez allí, Sara llamó para interesarse por el estado de su empleada. Como era de esperar, la ambulancia se había llevado a Johanna para hacerle unas pruebas en el centro de salud, más que nada por seguridad, ya que no pensaban que tuviera nada grave. Le confirmaron que tenía solo una contusión y una pequeña brecha. Se quedaría unas horas más en observación para comprobar que todo estaba bien.

—Tómate el día libre, Sara —le dijo Fátima—. Es raro que yo le diga esto a una jefa y no al revés —rio.

—No sé qué hacer, tenemos lo de los informes...

—Bobadas —intervino Julen—, ya tenemos tus indicaciones de por dónde tirar. Nos apañaremos. Y si no, ten el móvil cerca y no silenciado, por si acaso. Eso sí, ya que hoy no estás, déjame trabajar en tu despacho. Así hasta podría estirar las piernas mientras estoy sentado.

Sara no sonrió, pero la verdad es que le hizo gracia. Julen se pasaba el día quejándose del reducido espacio en el que tenía que trabajar junto a sus tres compañeras. Un despacho que debería ser de un solo ocupante en el que cuatro de los mejores y más preparados policías del país estaban apretados como sardinas en lata. Lo de que no podía estirar las piernas era literal. Julen medía casi dos metros y, si lo hacía, se golpeaba con la mesa de Fátima, donde tenía el gigantesco iMac en el que analizaba los vídeos en busca de gestos anormales en un sospechoso. Ellos llamaban a ese despachito el Tetris. Si la gente tuviera idea de dónde y en qué condiciones trabajaba la unidad de élite, no creería que fueran capaces de resolver un caso.

—Claro, cierra la sesión en mi portátil e inicia con la tuya, sin problema. De verdad, gracias, lo de hoy...

—Tranquila, en serio. Somos un equipo, ¿no? —dijo Julen con sorna al ser una coletilla que siempre estaba repitiendo la inspectora jefe.

Sara ahora sí sonrió y se despidió de los dos. Cerró la puerta de su casa sin saber muy bien qué hacer en aquellos momentos. No podía seguir así.

Jueves, 22 de septiembre de 2016. 1.38 horas. Madrid

Nicolás jugueteaba con el cable de los auriculares.

Sentado en una de las cuatro sillas de la cocina, con el codo apoyado sobre la mesa y con la palma de la mano bajo su frente, su cabeza era un hervidero de pensamientos difusos. Hacía tiempo que no se encontraba así, inquieto, con un no sé qué en el estómago que se encargaba de recordarle cada dos por tres que algo no andaba bien. O más bien, que algo iba a dejar de andar bien. La sensación de desasosiego le impedía permanecer un minuto más en la cama. El truco que siempre le funcionaba, el de dejarse llevar por la música almacenada en su viejo iPod de color rojo, no surtía efecto aquella noche. El efecto de «Carrie», de Europe, había desaparecido por completo.

Decidió intentarlo con otra canción con la que solía evadirse. La voz de Ramón Lage, cantante por aquel entonces de Avalanch, comenzó a cantar las primeras estrofas de «Alborada», una balada que en ciertos pasajes emocionaba al inspector por su significado. Sobre todo cuando llegaba a la frase en la que Ramón decía que él solo era un soñador. No sabía explicar por qué, pero siempre sentía un nudo en la garganta que enseguida se iba y traía consigo una calma para él indescriptible.

Pero esa noche nada funcionaba.

Se quitó los EarPods de la oreja y dejó el aparato sobre la mesa.

Resopló una vez más al tiempo que masajeaba sus sienes. Un leve ruido lo sobresaltó.

—Perdona, no quería asustarte —dijo Alicia mientras dejaba la botella de agua de la que acababa de beber.

—No te preocupes, ¿tú tampoco puedes dormir?

La muchacha asintió.

—Siéntate si quieres —la invitó Nicolás.

Alicia obedeció y tomó asiento a su lado.

—La pregunta es: ¿has dormido desde que llegaste?

—Apenas —contestó la joven—. Doy cabezadas, pero nada de sueños reparadores. ¿Tú duermes?

—Es la primera noche que me cuesta, si te soy sincero.

—¿Me debe preocupar?

—No —respondió el inspector levemente al tiempo que esbozaba una sonrisa—. Si te preguntas si ha pasado algo nuevo, no. Al menos que yo sepa. Es que hoy ha tocado que sea así.

—¿Y los que están ahí abajo duermen?

Nicolás tardó unos instantes en comprender a lo que se refería Alicia. Cuando lo hizo, se ruborizó.

—Así que los has visto...

—Para no verlos. Macho, yo no sé dónde o quién os enseña a montar guardias, pero deberían darle un premio por inepto. Se nota demasiado. Además, sus cambios de turno son escandalosos. Siempre a la misma hora. Siempre entran dos y salen dos del mismo coche que apenas cambia de lugar... no sé... un poquito de imaginación. Además, he salido un par de veces de aquí para airearme y me han seguido casi pegados al culo... Ha habido momentos en los que he pensado darme la vuelta y pegarles un buen susto. Así, al menos, me hubiera reído.

Nicolás negó con la cabeza mientras sonreía.

—Lo siento, Alicia, yo...

—Ya lo sé, Nicolás. Agradezco que te preocupes así por mí. Y no te pediré que quites esa vigilancia. Lo que sí te pediría es que hablaras con ellos y les dijeras que fueran más discretos a la hora de hacer su trabajo. Es una cantada. Creo que perjudica más que favorece. Falta un cartel luminoso en el balcón con mi nombre.

—Lo haré, tranquila.

—¿Qué música tienes ahí?

Nicolás dirigió la mirada hacia su reproductor portátil de música.

—¿Aquí? No sé si te gustará...

—Sorpréndeme.

—Sobre todo metal en castellano, aunque también tengo algo en inglés, pero no mucho.

—Bueno, no soy muy aficionada al metal, la verdad, pero sí he escuchado rock en castellano... Fito, Marea y otros por el estilo.

Nicolás ahora sí sonrió abiertamente.

—¿Qué?

—Me has recordado a alguien.

—¿Y me vas a dejar así?

—Es alguien de mi pasado. Una chica con la que estuve hasta no hace mucho. Se llama Carolina. La primera vez que escuchó mi música me dijo una frase muy parecida.

—No quiero meterme donde no me llaman ni crear una situación incómoda, así que cambiaré de tema —sonrió. Nicolás también lo hizo—. ¿Es duro trabajar en tu unidad? Me refiero en comparación con otras unidades de homicidios como las de la UDEV, por ejemplo.

—Supongo que igual de duro. Estar cada día cara a cara con la muerte no se puede medir en grados. No estuve demasiado tiempo en la UDEV, en Alicante, pero como verás el caso que me tocó investigar no se ha parecido a ninguno de los que he tratado aquí. Además, muchos piensan que Alicante es una ciudad tranquila. Mucho sol, mucha fiesta y esas cosas, pero no tienen ni idea de la violencia que esconde esa provincia. Sin ir más lejos, está en el número tres de las más violentas de España. El sol es, precisamente, lo que atrae a decenas de mafiosos a establecerse allí. Es, ¿cómo decirlo? Otra cosa, no sé. Esto también es diferente al resto del país. Supuestamente, en Canillas tratamos los casos más complicados. Nos movemos por todo el territorio en función de dónde se nos requiere, pero, la verdad, no sé qué diferencia puede haber frente a otras muertes que se consideran más sencillas de resolver. Como digo, la muerte es igual de hija de puta siempre.

—Entiendo. No sé. Me llama mucho tu trabajo. Por eso estoy estudiando lo que te conté el otro día. Pero a veces no sé si valdré. No me da miedo enfrentarme a un cadáver, ni mucho menos, lo que me da miedo es todo lo que hay detrás de él. No sé si estaré preparada para plantarle cara a un asesino de este tipo.

—No debes pensar cosas así. Te preparan. Es cierto que es duro, es algo que ni yo mismo podría contar con palabras. Aunque también tienes que tener en cuenta que lo que estás viviendo es un caso excepcional. Y, bueno, como te he dicho antes, una muerte es una muerte, siempre es así, pero con seres como Fernando rara vez te encontrarás en tu vida. Hemos tenido la mala suerte de hacerlo ahora, pero ¿tú sabes la de inspectores de homicidios que en su vida se han topado con un asesino en serie? Hablamos de un 99 por ciento de los inspectores. Las películas y literatura nos quieren hacer creer que hay más asesinos en serie de lo que parece. Hay mucha gente que está mal de la cabeza, no puedo negarlo, pero de ahí a toparnos con un caso como este media un abismo. Y te encontrarás con gente de lo más deleznable, con sicarios, con maltratadores que llegan hasta el final, con gente que pierde la cabeza y los papeles en un momento dado, pero psicópatas así solo suelen aparecer en los manuales. Además, dentro de los psicópatas hay grados y tipos. Este se lleva la palma. Y sí, yo he ido a dar con uno, pero es cuestión de mi propia suerte, que ya ves por dónde anda.

—Supongo que tienes razón. Seguro que todos los miedos son infundados por la situación que me ha tocado vivir. Y, como te dije, eso es en parte lo que me ha empujado a tener el interés en, algún día, detenerlos. Pero es inevitable que sienta lo que siento. Es probable que no deje de sentirlo hasta que toda la pesadilla acabe. Porque acabará, ¿verdad?

Nicolás la miró con ojos paternales. No quiso mentir y a punto estuvo de no decir convencido lo que dijo, pero algo se apoderó de él y las palabras salieron de su boca con total certeza.

—Claro que sí. Te prometo que acabará.

La muchacha sonrió, pero su expresión se volvió a tornar seria apenas pasados unos segundos. Nicolás, que se percató, no dudó en preguntar.

—Me quieres contar alguna cosa más, ¿verdad?

—Pues sí. No hace mucho que lo he pensado y quiero que me cuentes si es una locura o no.

—Dale.

—Quiero entrar en vuestra unidad.

Nicolás no respondió. ¿La muchacha era consciente de lo que le estaba pidiendo?

—A ver —puntualizó ella—, creo que me he expresado mal. No quiero que mañana vayas y digas allí que me metan, que no soy gilipollas. Digo que quiero seguir los pasos necesarios para entrar en tu unidad. Oposición incluida y Academia de Ávila también.

—Ah, vale, te juro que me habías asustado.

Ambos rieron.

—Bueno —continuó hablando Nicolás—, por una parte no lo veo tan disparatado. Yo quería hacerlo y mírame. ¿Qué te puedo decir? Prepárate, estudia, preséntate cuando creas que estés lista y a por ello. No se sabe la fecha exacta, pero supongo que en abril o mayo se sabrá. Olvídate de estas y prepárate para las que vienen porque no creo que te dé...

—¿Esperar? Ni de coña. Si yo digo que este año que viene me da tiempo, me da. Pienso aprobarlas, pero no me corto en pedirte el favor de que, cuando lo haga y cumpla todos los requisitos, muevas lo que sea para que entre de agente en Homicidios y Desaparecidos de Canillas.

Nicolás se quedó mirándola. Al cabo de unos segundos sonrió. Alicia era una caja de sorpresas.

—Cuenta con ello. Ahora estudia mucho y aprueba. Dale caña también a lo físico, que ya sabes que es importante.

—Ya, claro, porque cuando vas a atrapar a un psicópata tienes que hacerlo con dominadas...

El inspector no lo pudo evitar y emitió una sonora carcajada.

Alicia también rio. Después se levantó y, de forma inesperada, besó al inspector en la frente. Él agradeció el gesto con una amplia sonrisa. Entonces la joven comenzó a andar hacia la puerta y sin darse la vuelta dijo:

—Eres un tío de puta madre. Gracias.

14

La hora de testar su verdadero estado había llegado. Y de qué manera.

No solo iba a tener que actuar con la cautela habitual, sino que debería hacerlo en un tiempo récord y sin dejar rastro. Al menos, en su primer paso. Una tarea hercúlea al alcance de unos pocos. Una verdadera prueba de fuego con la que poder ver si de verdad estaba preparado para todo lo que vendría después.

Como había imaginado, no solo todo seguía en su lugar sino que, además, el plus estaba allí, en Madrid. Muchos, los que no conocieran los detalles de su plan, pensarían que había tenido suerte porque, si hubiera decidido actuar hacía dos semanas, ese extra no hubiera estado ahí. Quizá, precisamente, había decidido que era el momento exacto de escapar de Fontcalent por ese detalle. Porque sabía de primera mano que ahí estaría. Todo en su debido lugar.

Lo que sí era cierto es que había llegado allí por una mera casualidad. O, mirado desde un cierto ángulo, quizá no tan casual. El caso es que le habían proporcionado esa ayuda que necesitaba y ahora se estaba aprovechando de ella. Y no solo en el extra que ya tenía resuelto, sino que se había encargado de comprobar, como regalo, que todas las direcciones que necesitaba para llevar a cabo su obra eran las mismas que hacía siete años. Todas excepto una, una que, por cierto, ya tenía ubicada gracias también a esa persona. Y no, no era la misma que lo había visitado en casa durante los últimos días.

Centrado en el ahora, pensaba que tenía menos trabajo que hacer. Esto implicaba que también tenía más tiempo para preparar los pequeños detalles. Para poder centrarse en ellos. Esos mismos que le harían llevar el barco a buen puerto. A uno seguro.

Había dividido su actuación en dos partes. La primera, la que él mismo había definido como la más complicada, ya se había resuelto. Con mucha satisfacción, además. No es que la otra fuera precisamente fácil, pero la verdad es que la primera parecía más una quimera que una realidad. Suponía que era porque no se fiaba al cien por cien de la persona que le había ofrecido la posibilidad y, hasta que no vio con sus propios ojos que sí se podía conseguir, tenía sus reticencias. Pero era algo con lo que llevaba fantaseando mucho tiempo y que por fin había podido satisfacer. No sin contratiempos de última hora, claro, pero los apreciaba porque le hacían segregar una cantidad ingente de endorfinas tras el previo subidón de adrenalina. Pero ya estaba, todo había salido a pedir de boca. Eso le insuflaba una dosis de optimismo que no hacía más que repetirle que todo iba a salir bien. Ahora, todo permanecía en su sitio. A buen recaudo. Lejos de todo, lejos de todos. Lejos de él, especialmente.

El coche alquilado ya ardía en aquel descampado perdido entre los dos puntos clave de la noche, sin posibilidad de incriminarlo. Al menos de inmediato. Pensó en que todo sería mucho más fácil si dispusiera de un vehículo propio con el que moverse por todos los puntos que necesitaba. Sería más sencillo pasar desapercibido por la calle, pero iba a ser extremadamente complicado poder hacerse con uno propio. Tendría que seguir haciendo uso de empresas de alquiler, sobre todo porque no era él el que iba a contratarlos. El local que alquiló al mismo tiempo que la vivienda ya estaba cerrado a cal y canto con la cerradura por partida cuádruple que instaló nada más hacerse con él. Estaba a las afueras, alejado de la mano de Dios. Había sido astuto al elegirlo, pues sabía que nadie más compraría allí por el estallido de la burbuja inmobiliaria y la consiguiente crisis que había traído consigo. Además, también se encargó de que en su día quedara bien insonorizado por dentro. Aprovechó las obras de insonorización para construir un falso sótano. Recordó a los albañiles que pagó generosamente para que lo hicieran con discreción. Tuvo claro que pensarían que era un terrorista que mandaba hacer un zulo, pero con la cantidad de dinero que había de por medio, se limitaron a seguir sus órdenes y a poner la mano. Lo más gracioso es que lo construyó como algo que, quizá, pudiera llegar a hacerle falta para seguir con la segunda parte de su plan, pero ni por asomo imaginó que le daría el uso que ahora pensaba darle. Esto sí había sido un golpe de suerte, sin duda.

Si bien era cierto que aquella primera parte había sido verdaderamente delicada, la difícil, la segunda pondría a prueba esas habilidades que él creía únicas y que tanto tiempo habían dormido en su interior. Lo del enfermero lo consideraba más un acto de supervivencia que una demostración de esas habilidades, las cuales tampoco puso en práctica cuando robó el vehículo en Alicante.

Miró a su alrededor. Como era lógico por la hora, nadie pasaba por allí. Había llegado el momento de actuar.

Al igual que la noche anterior —en la que hizo un primer reconocimiento del terreno—, supuso que el portero ya estaría durmiendo. Si se cruzaba con él, seguramente se convertiría en otro daño colateral más, no le supondría esfuerzo alguno. Las cerraduras de los portones de entrada no eran, ni mucho menos, de lo más complicado de abrir con lo que se había topado, por lo que en un periquete estuvo dentro. Decidió pasar solo con las calzas sobre los zapatos —además del doble par de guantes que ya llevaba puestos— para no dejar ningún rastro hasta que llegara al punto deseado. Allí ya se enfundaría lo otro que llevaba dentro de la mochila que tenía colgada en la espalda. Subió por las escaleras sin tocar la barandilla, pisando todo lo que podía con la punta del pie, para no hacer ningún tipo de ruido. Antes de inspeccionar por primera vez el lugar, incluso cuando solo tenía localizada la calle en la que residía, imaginaba que, debido a su ubicación, no sería una vivienda normal y corriente. No se equivocó cuando el día anterior se enteró de que debía dirigirse a un ático. En ese momento no pudo evitar sonreír: demasiado típico.

Dejó la mochila en el suelo y respiró hondo echando la cabeza hacia atrás. Acto seguido, movió el cuello a izquierda y derecha para que sus cervicales crujieran y desapareciera cierta tensión que tenía acumulada en la zona.

Había llegado el momento y, al contrario de lo que se pudiera esperar, no sentía nada especial en su interior. Nada de nervios, emoción o simple expectación. Nada. Puede que estuviera tan concentrado en su cometido que eso le impidiera ser consciente de lo que pasaba dentro de él. O puede que, como decían, fuera un monstruo con una disfunción cerebral que no le permitía gestionar sus emociones y entenderlas. O quizá, y esa era para él la explicación más plausible, la persona que había tras esa puerta mereciera lo que estaba a punto de sucederle.

Y tanto que se lo merecía.

Abrió la bolsa usando la cremallera, muy despacio, y extrajo con sumo cuidado el traje de fumigador que había comprado, también en previsión, hacía siete años y que lo ayudaría a no dejar indicios desperdigados por la vivienda. No era que no quisiera que supieran que había sido él el autor de aquel acto, y tanto que quería, pero no iba a facilitar su identificación, sería como firmar su obra con un autógrafo. No. Una de las razones era que las magníficas —para los asesinos, violadores y demás malhechores— leyes del país impedirían que nadie pudiera adjudicarle el crimen de inmediato sin nada que lo incriminara. Las suposiciones aquí no valían de nada. Así, podría ganar tiempo para conseguir llegar a su meta final, aunque aún estaba lejos. Además, había otra razón que le importaba, quizá, más: que él se ganara su sueldo. Que se devanara los sesos para buscar la relación. No se lo pondría tan fácil como en Mors. Y eso que, a pesar de ello, no fue capaz de hacerlo desde un primer momento.

Sonrió. De nuevo su ego.

Lo cierto es que ahora se sentía más seguro que hacía unos días. ¿La razón? Que había aceptado que ese ego formaba parte de su ser. Quizá sonara redundante, pero comprender que esa necesidad de demostrar que estaba un punto por encima de su peor enemigo era inamovible y siempre estaría ahí, hacía que sus pasos fueran más firmes. Era inútil luchar contra eso, ya que nunca podría desprenderse de él. Así que, ¿qué mejor que darle uso? ¿Acaso no podía llevar a cabo sus planes y, al mismo tiempo, disfrutarlos? La excitación de saberse un paso por delante de sus perseguidores le daba alas para seguir volando. ¿Qué tenía de malo? Nada. Quería y debía aprovecharse de ese bienestar que le producía.

Apartó todos esos pensamientos de él. Llegó la hora.

Se enfundó el traje, se colocó la capucha y después se puso una mascarilla que le tapaba la boca y la nariz. Extrajo también la botella que tan buen papel hacía siempre. También el pañuelo.

La sutileza debía ser su punto fuerte aquella madrugada. No era un don nadie, un cualquiera que realizaba sus actos de manera rudimentaria. No. Él era mucho más que eso.

Él era la muerte en persona.

O, como lo conocían: el Mutilador de Mors.

El nombre seguía tocándole las narices, pero si lo llamaban así, por algo sería. Ya era parte de la crónica negra del país, aunque sus obras no habían hecho más que empezar.

Agarró la diminuta funda con sus «herramientas». Ahora tenía que entrar, por lo que se puso manos a la obra con la cerradura. Supo que aquello no le llevaría más de un par de minutos.

Seguía sin sentir nada.

15

Nicolás bajó del coche con gesto severo. No había tardado ni dos minutos en encaminarse junto a Alfonso hacia el escenario desde que habían recibido el aviso por parte de la Comisaría de Distrito Centro. Ellos, a su vez, habían recibido el aviso desde el 112, pero no se sabía muy bien quién lo había dado, las informaciones eran algo confusas. Nicolás miró el edificio por fuera. Situado en plena plaza de Herradores, las viviendas no parecían precisamente baratas. Cruzó el cordón que se había levantado y accedió al edificio por la entrada principal. Lo que se veía desde fuera era fiel reflejo de lo que encontró dentro. El mármol que revestía las paredes del primer hall que cruzaron conferían al espacio un aura solemne: sin duda, había sido diseñado con toda la idea de demostrar la importancia y la categoría de las personas que vivían en la finca. Cruzaron otro umbral con dos puertas abiertas de par en par y lo primero con lo que se encontraron fue con un mostrador tallado en piedra que servía de recibidor para el portero.

Era una persona mayor. A juzgar por su aspecto, Nicolás calculó que debía de rondar ya la edad de jubilación. No se lo veía demasiado nervioso a pesar de la situación. Estaba declarando ante un agente que anotaba atento sus palabras sobre un bloc de papel blanco. Miró de reojo a los dos inspectores justo cuando pasaron para, acto seguido, continuar respondiendo a las preguntas del policía. Cuando llegaron hasta el punto en el que, para subir, se debía hacer uso o bien del ascensor o bien de las escaleras, Nicolás se detuvo en seco. Observó bien ambas posibilidades. Un par de agentes pasaban por allí.

—Escuchen —dijo algo seco—. Somos los inspectores Valdés y Gutiérrez, de la Unidad de Homicidios y Desaparecidos de Canillas. Necesito que impidan que los vecinos salgan de sus casas durante un tiempo, movilizaré a más efectivos de Científica para que inspeccionen por las escaleras. Será lo más rápido que se pueda para que, dentro de lo que cabe, puedan seguir haciendo sus vidas. Vayan puerta por puerta. De paso, pregunten si oyeron cualquier cosa que les pudiera parecer sospechosa.

Los agentes no dijeron nada y asintieron. Subieron por la escalera para cumplir con las órdenes.

—Imagino que piensas que no utilizó el ascensor —comentó Alfonso mientras presionaba el botón con su enguantado dedo.

En cuanto se abrió la puerta, Nicolás contestó corroborando su teoría:

—Demasiado ruidoso.

Mientras subían al ático, la curiosidad pudo con Alfonso.

—¿Por qué ahora sí que estás seguro de que ha sido él? Tenemos la misma información que con la muerte del lunes. Casi ninguna.

—No lo sé. Le pega más a Fernando.

—¿Que le pega más? ¿Qué es pegarle más?

—Vale, pues llámalo corazonada.

Alfonso no dijo nada, se limitó a mirar al frente mientras hacía una mueca con la boca. Nicolás y sus corazonadas... Lo malo es que siempre tenía razón.

Cuando llegaron a la entrada de la vivienda, lo primero que hizo Valdés, justo después de colocarse las calzas para no contaminar el escenario, fue detenerse en la puerta y agacharse para examinar la cerradura de cerca.

—No está forzada —anunció con la vista clavada en ella. Acto seguido se irguió y miró hacia el techo, en concreto a las esquinas—. No hay sensores de movimiento. No tenía ningún sistema de alarma instalado. Las casas de lujo suelen tenerlo. O el inquilino era muy confiado y valiente o un iluso.

—Como ya sabemos el final, me inclino por la segunda.

Nicolás comenzó a andar por un largo pasillo. El suelo de la vivienda le sorprendió bastante, pues se asemejaba a una especie de tarima flotante con un extraño dibujo que se repetía una y otra vez. Era, además, como si se hubieran taraceado distintos tipos de madera en su fabricación. A la cabeza le vino la Gran Galería del Museo Louvre, en París.

—Joder, solo el suelo tiene que costar más de lo que ganamos tú y yo juntos en un año —observó Alfonso sin detenerse.

La primera habitación que dejaron a la izquierda era una especie de despacho. Nicolás asomó la cabeza y comprobó que las estanterías de madera que revestían casi por completo las cuatro paredes estaban repletas de libros. No pudo evitar acordarse de la casa del difunto padre de Carolina: el parecido era asombroso y él comenzaba a estar harto de que cada cosa le recordara a un aspecto concreto de su vida pasada. Una mesa de madera colocada en el centro presidía la estancia. Tras ella, un sillón de cuero se erguía majestuoso. Sobre la mesa había dos montones de papeles casi del mismo tamaño perfectamente apilados. No había desorden ni parecía que nada hubiera sido revuelto.

Continuaron andando hasta llegar a un distribuidor que daba a otro largo pasillo. Comenzaron a atravesarlo y se toparon con el primero de los dormitorios. Todo estaba perfectamente ordenado en él. La cama se veía impoluta y el escritorio que tenía pegado a un armario daba la impresión de no haber sido utilizado en mucho tiempo.

—Puede que sea de algún hijo que ya no vive aquí —apuntó Alfonso.

Ambos siguieron de nuevo por el pasillo.

—Joder —volvió a hablar Alfonso—, es pequeña la casa, ¿no? Tiene que tener más de doscientos metros, seguro. Puede que llegue a los trescientos.

—No sé qué esperabas, es un ático.

—Ya, coño, pero una vez viví en uno y no llegaba a los ochenta metros. Lo peor es que lo compartía con cinco personas más, parecíamos sardinas. Esto no tiene nada que ver. Es un palacio, hostia.

Pasaron por la cocina, dejaron atrás un aseo y llegaron hasta el lugar en el que había más movimiento. El equipo de Científica trabajaba a pleno rendimiento. Nicolás, que apenas sabía nada de lo que había ocurrido dentro de la vivienda, no pudo más que abrir los ojos cuando vio la escena. No hacía falta entrar en la habitación para observar la espeluznante imagen. Bastante impresionado, miró a Alfonso, que no disimulaba tampoco su asombro.

—Vale. Sí, es él, no hay duda —acertó a decir Gutiérrez.

El inspector jefe de la Policía Científica, Leonard Brown —un inglés que se había instalado en España hacía tantos años que ya había perdido todo rastro de su acento—, se acercó hasta ellos.

—Menuda tenemos aquí montada. Buenos días, por decir algo, inspectores.

—Buenos días, inspector jefe. ¿Te has hecho cargo tú mismo?

—Sí, no entendí demasiado sobre el aviso que nos dieron porque la persona que llamó estaba histérica, pero sabía que me encontraría algo fuera de lo común. Aunque esto lo sobrepasa con creces.

—Te agradezco que hayas venido, me da tranquilidad en cuanto al procedimiento. ¿Qué sabemos?

Brown tomó aire y puso los ojos en blanco antes de hablar.

—A ver, mejor empiezo desde el principio. El aviso, al parecer, lo dio la asistenta. Viene a limpiar cada dos días la casa, según he entendido. Ella lo encontró y llamó lo más rápido que pudo al 112.

—¿Tenía llaves propias de la vivienda?

—Sí. A la hora a la que ha entrado no debería haber nadie dentro, según ha explicado. Ha costado mucho sacarle algo, estaba muy jodida, atacada de los nervios. Hemos podido saber que lo primero que hacía era las camas, por lo que no ha tardado en toparse con la imagen.

—¿Hizo primero la de la primera habitación?

—No lo creo, pertenece al hijo. Está estudiando fuera, creo que en Palermo. Ya se le ha comunicado y vendrá en el primer vuelo en el que haya plazas. También está muy nervioso por lo que ha pasado.

—¿Dónde está la empleada del hogar?

—Me temo que camino a un centro de salud. Le ha dado un ataque de ansiedad severo y ha tenido que venir una ambulancia a por ella. —Volvió el cuello y miró hacia el interior de la habitación—. La verdad es que no me extraña, dadas las circunstancias.

—¿Podemos pasar?

Brown sopesó las palabras del inspector por unos instantes.

—Sí, pero de momento solo uno de los dos. Acabamos de empezar, como quien dice. Todavía delimitamos el perímetro para poder trabajar con garantías de no cargarnos cualquier indicio. La habitación está muy complicada. Hemos facilitado una zona para que el forense pueda hacer su trabajo en cuanto llegue. Si te vale...

—Sí, sí, claro. Es que quiero verlo todo bien —afirmó Nicolás, se volvió hacia Alfonso—. No te importa, ¿no?

—Qué hostias, tú mandas.

Nicolás siguió al inspector jefe y entró en la habitación vigilando cada uno de sus pasos. Todo estaba lleno de sangre. Suelo, paredes e incluso ciertas zonas del techo. Cuando se hubo detenido en el punto justo que le indicó Brown y, una vez superadas las náuseas que provocaba el profundo hedor a hierro que inundaba la estancia, observó de cerca la escena.

Era, al parecer, la habitación de matrimonio. Aunque en ella, en vez de una cama enorme, había dos pequeñas separadas. Había tres sillas colocadas en el amplio espacio que había frente a la cama y al lado de un mueble que soportaba el peso de una enorme pantalla plana. Dos de las sillas estaban colocadas una al lado de la otra. La tercera, enfrente de las otras dos. En las que estaban juntas se hallaban sentadas y atadas a ellas, con las manos por detrás del respaldo, una mujer y una muchacha. A ambas se les había atado con una cuerda el pelo a la propia ligadura de las manos, como si el asesino no quisiera que sus cabezas cayeran hacia abajo una vez hubieran muerto. A la mujer, por el estado en el que se encontraba, toda llena de sangre y con el rostro desencajado por el más que probable sufrimiento, era difícil calcularle la edad, pero no parecía demasiado mayor. La muchacha, en cambio, no aparentaba haber cumplido la mayoría de edad. Nicolás cerró los ojos por un instante y se dejó llevar por la repulsa que le producía ese último supuesto dato. Acto seguido, miró a la persona que ocupaba la tercera silla, la que estaba enfrentada a las otras dos. Tenía la cabeza también erguida pero el método al que se había recurrido para mantenerla así era cuando menos curioso, pues se había atado el palo de una escoba a la silla y la cabeza, a su vez, a este.

Nicolás reparó en un detalle en el hombre que hizo que su cuerpo se estremeciera de repente.

—¡Joder! ¿Qué es lo que tiene en los ojos? —preguntó horrorizado.

Brown entendió al instante la reacción del inspector. La suya había sido parecida.

—Son cerclajes. Sirven para que el paciente no parpadee durante una operación ocular.

Nicolás no podía dejar de mirar los dos ganchos metálicos que mantenían los ojos del abogado abiertos. A su mente vino enseguida una conocida escena de *La naranja mecánica*, aunque en este caso, la mirada del hombre se encontraba perdida y carente de brillo alguno.

—Lo que está claro es que el asesino quería que sus víctimas, sobre todo el hombre, no se perdieran el espectáculo. Por eso no quería que sus cabezas cayeran.

El inspector jefe asintió. Él había llegado a la misma conclusión.

—Lo único que sé de él es que es abogado. ¿Sabemos algo más? —inquirió Nicolás.

—Benigno Escobedo. Como bien has dicho, abogado. No sé su edad exacta, está en el informe ese de ahí —señaló con su dedo una carpeta que descansaba encima de la mesilla de noche—. Por lo que parece era un abogado de esos de toda la vida, como los llaman aquí en Madrid.

—Me suena el nombre.

—Sí, no me extraña. Como ya te digo, es una figura aquí, en Madrid. Va a levantar movimiento. La prensa no va a tardar en relacionarlo como sea con el Mutilad... con Fernando. Es imposible mantener silenciada la muerte de alguien tan influyente.

Nicolás resopló sin poder dejar de mirar los hierros que impedían que los ojos del abogado se cerraran.

—La mujer y la hija no recuerdo cómo se llaman, ya te digo, todo está ahí. Se ha ensañado con ellos, como ves. Apuesto el cuello a que las mató a ellas primero y quiso que él las viera morir. Es la hostia.

—¿Habéis encontrado algo?

—Te lo repito: es demasiado pronto. Es un caos. No puedo ser ni pesimista ni optimista con que vamos a encontrar algún indicio. Cuando acabemos aquí, tenemos que repasar la habitación de la chica, que es justo la que está aquí al lado. La cama está deshecha, por si no la has visto. Es probable que la asaltara ahí, por lo que hay que mirar. Lo único positivo que veo es que parece que el agresor no ha abusado ni de la madre ni de la hija.

—Si es mi hombre, que seguro que sí, no es de ese tipo. Al menos por lo que yo he visto hasta ahora.

—Bueno, la comisión judicial debe de estar a punto de llegar. Si no te importa, sigo trabajando aquí, que ahora todo se va a poner imposible.

Nicolás asintió y salió de la habitación nuevamente controlando dónde pisaba. Notó que las piernas le flaqueaban. Las pocas dudas que albergaba de que Fernando hubiera sido el autor de aquel crimen se habían disipado en el momento en el que había visto con sus propios ojos la escena.

—¿Qué? —le dijo Alfonso nada más salir el inspector de la habitación.

Valdés resopló con los ojos muy abiertos. Iba a hablar cuando vio llegar a la citada comisión, compuesta, como siempre, por el juez, el secretario judicial —que no siempre se personaba, aunque en realidad tampoco es que se personara siempre el juez— y el médico forense de guardia del Anatómico Forense. El juez asignado era Soria. Era un buen tipo, bastante bonachón y demasiado permisivo en ciertos aspectos. Podía ser considerado tan bueno como malo. El forense de guardia era Homs. Quizá no era el más ducho de todos los que trabajaban en el Anatómico, pero las experiencias del inspector con él no habían sido del todo malas.

—Buenos días, inspectores —saludó el juez—. Madre mía. Ayer mismo estuve con Benigno tomando un café al terminar la jornada. No me creo que esto esté pasando. Estoy temblando.

Mostró su mano derecha. Era cierto.

—Buenos días —contestaron al unísono.

—En fin... —Se pasó esa misma mano por el pelo, bastante nervioso—. ¿Qué sabemos?

—Nada, todavía. Pero el doctor Homs nos puede decir mucho —respondió Nicolás—. Si es tan amable...

Homs no dijo nada y, después de colocarse el traje completo de protección y los guantes, pasó al interior guiado por Brown, que había salido al escuchar las voces de los recién llegados. Nicolás se acercó todo lo que pudo a la entrada para no entorpecer con su presencia, pero a su vez poder verlo todo con claridad.

Homs, que no disimuló su sorpresa al observar la escena, sacó una grabadora digital del bolsillo, la encendió y comenzó a hablar:

—Tres cadáveres en posición sedente, sobre una silla cada uno. Vestidos. Atados de pies y manos a la silla. Dos mujeres y un hombre. Las mujeres tienen el pelo atado a una cuerda que, a su vez, está atada a sus manos, para mantener la cabeza erguida. El hombre igual, pero con un palo de escoba por su espalda para tal efecto. —Hizo una pausa y comenzó a observar el cadáver del hombre—. El varón presenta lividez pero, debido a la gran cantidad de sangre que hay en el escenario del crimen, es complicado afirmar una hora aproximada de la muerte. —Le tocó la mandíbula—. De igual manera y, debido a las condiciones ambientales y al rigor mortis apenas manifestado, podría ser unas cuatro o cinco horas. Lleva —se fijó bien en su rostro— dos cerclajes para mantener ambos ojos abiertos. La camisa de su pijama está abierta. Tiene una herida provocada por un objeto fino y, al parecer profundo, en la base del estómago. No observo signos de violencia en el resto del cuerpo. Al menos en las zonas visibles. No utilizaré el termómetro hepático para no provocar lesiones innecesarias en el cuerpo. Tampoco el anal, por su posición. La hora de la muerte se determinará en la mesa de autopsias.

Se volvió y continuó hablando.

—Las mujeres parecen haber sufrido otro trato. Sus ojos sí están cerrados. La de mayor edad parece tener una herida profunda en la garganta, a media altura. Tiene mucha sangre seca alrededor y es difícil determinar el grosor de la herida, además de su dirección exacta. La de menor edad tiene varias laceraciones en la cara. También tiene una herida, en este caso más clara, sobre la yugular. Es exacto el punto de sesgado. Explicaría la trayectoria de la sangre y las salpicaduras, algunas de las cuales han llegado algo lejos. Ambas presentan también lividez, pero ya digo, hay demasiada sangre perdida como para determinar nada. Tampoco veo signos de rigor evidentes, por lo que podrían haber fallecido hace unas cuatro o cinco horas, como la víctima masculina.

Apagó la grabadora y salió de nuevo.

—Imposible decir nada. La mesa de autopsias hablará. Pero no pinta bien.

—Pues cuanto antes puedan ponerse a ello, mejor —le instó Soria—. Aceleraré los trámites. ¡Madre mía la que nos espera con lo de Benigno, madre mía...! Levanten los cadáveres.

Brown dio la orden a los suyos para que procedieran a desatar y a ir empaquetando las cuerdas. Todos miraban el proceso casi sin pestañear. Primero sacaron a las dos mujeres. Acto seguido se procedió con el abogado. Cuando le hubieron cortado las ataduras y separado las manos, el inspector jefe se quedó quieto, mirando algo fijamente. Lo agarró y llamó a Nicolás.

—Inspector Valdés, ¿puede venir un momento? —Frente a la comisión, Brown solía tratar a sus compañeros por su rango y sin tutearlos.

Extrañado, este acudió raudo.

—Creo que debería ver esto. Lo llevaba en las manos. No lo habíamos visto antes porque se las habían cerrado y atado. Mire.

Le mostró dos objetos. Cuando los vio, no le quedó duda alguna de que se trataba de su hombre. No por los objetos en sí, sino por el hecho de que hubiera dejado un mensaje.

—Hijo de la gran puta... ya hemos empezado otra vez.

Nicolás seguía mirando lo que Brown tenía en las manos. Eran tan simples que, a su vez, lo complicaban todo.

—Una ruedecita de coche de juguete y una rama de algún tipo de árbol o arbusto... No me jodas.

Ahora, como hacía siete años, tocaba saber qué significado tenían.

16

Jueves, 22 de septiembre de 2016. 11.02 horas. Madrid

Nada más salir del despacho del comisario jefe, a Nicolás le quedaron dos cosas claras: una, que la muerte del abogado y su familia ya estaba acaparando los titulares de telediarios y programas matinales, y dos, que su jefe se había puesto muy nervioso debido a la repercusión que había alcanzado en apenas unas horas. Era comprensible.

La prensa, muy lista ella, ya había adjudicado el caso al Mutilador de Mors. El juez todavía no había ordenado el secreto de sumario, algo sumamente negativo. Si bien era cierto que aún no se había filtrado ningún detalle concreto, sí se sabía que quien había sido asesinado era Benigno Escobedo; asimismo, también había trascendido que había muerto de una manera brutal. ¿Cómo tenían esa certeza si, supuestamente, nadie había hablado? No se sabía. Se especulaba mucho, eso sí, pero ese dato era suficiente para atribuírselo al prófugo más célebre de los últimos tiempos. Nicolás tenía muy claro que había sido él.

El comisario no había dejado lugar a dudas: todos los medios y el personal que necesitara. A la improvisada reunión también había acudido el inspector jefe de Homicidios

Núñez, que a veces tenía que dejar constancia con su mera presencia de por qué cobraba más que Nicolás teniendo menos responsabilidades que él. Esa vez no fue distinto, pues lo único que había hecho durante todo el encuentro era repetir las frases que previamente había pronunciado Brotons. A Nicolás le daba igual, pero el jefazo no dudó en reprenderle preguntándole si acaso era un loro sin iniciativa propia. Estaba claro que Núñez no le caía bien al comisario, pero aparte de algún rocecillo puntual como ese, su animosidad hacia él apenas se dejaba vislumbrar.

Otra de las cosas que había quedado clara para Nicolás tras la reunión era que no podía perder un segundo en ponerse manos a la obra. Para ello y, sabiendo lo mucho que costaba cargar con todo el peso de una investigación de ese calibre, tenía que reunir a un equipo para esclarecer las sombras generadas por el asesinato.

Tenía muy claro al equipo que quería a su lado. Uno a uno los fue llamando a la sala de reuniones para que dejaran lo que estuvieran haciendo y comenzaran cuanto antes. Cuando Nicolás entró en la sala, todos estaban sentados, expectantes. En orden, empezando por una silla vacía que había quedado sin ocupar —había sido el propio Nicolás el que había colocado alrededor de la mesa el número exacto de sillas que correspondía a los integrantes del equipo— a la izquierda de donde se había sentado Nicolás estaban Alfonso, los inspectores de Homicidios Fonts y Ramírez y el inspector jefe Brown, además de la inspectora Sonia López, de Científica.

Habitualmente se solía integrar en estos equipos a algún subinspector e incluso a agentes, pero, en este caso, Nicolás necesitaba a todos los pesos pesados.

—Bien, ya veo que estamos casi todos —comenzó a hablar dejando una carpeta con los informes que se tenían del caso sobre la mesa—. Antes que nada, me gustaría felicitar a Fonts por la velocidad con la que ha resuelto el caso del que se ocupó hace tres días. La persona que asesinó a nuestro compañero de la Comisaría de Distrito Centro era el hermano de un peligroso narco de la barriada de la Cañada Real. El agente lo apresó hace tan solo una semana, lo pilló con las manos en la masa. Bueno, más bien con el coche lleno de coca hasta los topes. Lo detuvo por haberse saltado un semáforo en rojo. Fue una casualidad, pero pasó. La incautación del material hizo que la familia tuviera que hacer frente a una gran deuda con el proveedor y el hermano lo quiso pagar con él. No era la primera vez que mataba, pues parece ser que hacía las veces de sicario, lo que explica la sangre fría a la hora de rebanar el cuello al compañero. La investigación rápida y profunda de Fonts ha hecho que el asesino ya esté a disposición judicial. Se investigará también su implicación en otros ajustes de cuentas que quedaron sin resolver. Un excelente trabajo, Fonts, mi enhorabuena.

Fonts hizo el ademán de hablar para decir que, en realidad, lo único que había hecho era seguir las indicaciones que el propio Nicolás le había dado, pero una mirada de este hizo que se callara y se limitara a recibir las felicitaciones de sus compañeros de reunión.

—Dicho esto, empezaremos cuando llegue la última persona. No tardará.

—¿De quién se trata? —quiso saber Brown.

Nicolás hizo una leve pausa antes de responder. Sabía que sus palabras iban a traer controversia.

—Es la inspectora jefe Sara Garmendia, de la SAC.

El efecto no se hizo esperar y las caras de todos los allí presentes no pudieron evitar reflejar reacciones de lo más variopinto.

—Entiendo que tengáis vuestras reticencias con la SAC —comentó el inspector Valdés—, es una unidad relativamente nueva aunque ya tenga cinco años de antigüedad, pero vosotros sabéis más que nadie que han ayudado a resolver casos estancados. Pueden ser de gran ayuda con la que se nos viene encima.

—Pero en este caso no necesitamos un perfil criminal —repuso Ramírez—, ya sabemos quién es el asesino. Tiene nombre, apellidos y ya se han hecho varios informes acerca de su personalidad.

—Es más que eso, Ramírez. Créeme cuando te digo que los perfiles que le hayan hecho y que, por cierto, he pedido que nos hagan llegar, poco o nada tendrán que ver con la verdadera personalidad del individuo. Además, que no es eso lo que necesito de la SAC. Conozco bien cómo actúa, necesitamos anticiparnos a sus movimientos porque errores no va a cometer, creedme. Aquí sí nos puede ayudar Análisis de la Conducta. Son expertos en pensar como lo haría un criminal. La psicología que aplican nos puede ser muy útil y, qué queréis que os diga, no podemos desperdiciar ninguna posible vía que se nos pueda abrir.

El gesto de todos seguía algo contrariado. Nicolás sabía por qué, pero prefirió ignorarlo.

—A ver, si nadie lo va a decir, lo haré yo —intervino Alfonso.

—No hace falta que lo hag...

—Está loca, joder. Mucha psicología, pero trabajar con ella es un puto infierno. Sobre todo si no perteneces a su equipito de psicólogos policías. Lo mismo te da los buenos días que te muerde el cuello en cuanto tiene la oportunidad... Lo único que hará es volvernos tan locos a todos como lo está ella.

—Veo que tienes una imagen muy buena de mí —comentó una voz que provenía de la entrada de la sala. Todos los allí presentes, a excepción de Nicolás, pero sobre todo Alfonso, se pusieron blancos—. De todos modos, mi locura seguro que se puede paliar con una pastillita. ¿Sabes si ya han inventado alguna para la gilipollez redomada? Por cierto, buenos días, Gutiérrez —saludó a la vez que se colocaba a su lado y le ponía la mano en el hombro, cerca del cuello.

Nicolás respiró hondo antes de hablar.

—Bueno, lo primero es que haya paz, por favor. Inspector Gutiérrez, te pido que cierres la boca un ratito, para variar. Y ahora corramos un tupido velo y, ya que estamos todos, comencemos con la reunión. Dejemos temas personales aparcados en la puerta, por favor, necesitamos remar en una sola dirección o nuestra barca irá a la deriva. Os recuerdo que hay vidas humanas en juego.

Todos asintieron. Sara tomó asiento al lado de Nicolás, en la silla que quedaba libre.

—Bien, os cuento lo que sabemos hasta ahora: tenemos tres muertes, pero parece que dos de ellas han sido producto de la primera. Me explico: creo que ya sabéis que las víctimas son Benigno Escobedo, reputado abogado de sesenta y tres años; su mujer, Melinda Ros, secretaria de Benigno, de cuarenta y ocho años, y con la que lleva casado casi veinticinco; y su hija, Melinda Escobedo, de diecisiete. El abogado estaba sentado enfrente de las otras dos. A todos se les «obligó» —hizo un gesto de comillas con los dedos— a mantener la cabeza erguida; el asesino ató el pelo de las mujeres a sus manos y para hacer lo mismo con el abogado se sirvió de un palo de escoba. Los ojos de él permanecían abiertos mediante un —leyó en el informe— cerclaje, que por lo visto se usa para evitar los parpadeos mientras se opera la vista con láser. Todo me lleva a pensar lo que he comentado, que las muertes femeninas fueron producto de la primera, que parece ser el verdadero objetivo. Dada la disposición de las sillas, es muy probable que el asesino obligara a ver el espectáculo a Benigno no dejando que cerrara los ojos. Me he explicado bien, ¿no?

Los asistentes asintieron.

—¿Cuándo tendrá lugar la autopsia? —preguntó Fonts.

—Se me espera para comenzarla. Como ya sabéis, lo normal es que fuera mañana, pero dada la especial situación he pedido que se adelante y el juez me ha respaldado. De igual forma, nos va a costar saber con exactitud el orden de las muertes, pues supongo que los tres fallecieron más o menos en la misma franja horaria. Por ello tendremos que estar atentos a otros factores para dilucidar con exactitud la hipótesis, pero, como veis, todo apunta a que fue así. En el levantamiento del cadáver se han encontrado estos dos objetos dentro de la mano del abogado, lo que refuerza la idea de que él era la víctima principal.

Echó varias copias de las fotografías que se habían tomado de la rueda y de la rama sobre la mesa para que todos las pudieran ver.

—Conociendo a Fernando —siguió hablando—, esto nos puede indicar cómo y dónde será su próxima muerte. Este jueguecito le encanta a él y a mí me pone de muy mala hostia, pero bueno.

—Suponiendo que Fernando Lorenzo sea el asesino —intervino Sara—, ¿no estamos corriendo un poquito?

Nicolás miró a Sara y asintió.

—Sí, tienes razón, inspectora jefe. No tenemos ninguna prueba de que sea él. Puede que simplemente sea un imitador que, aprovechando que estos días se ha hablado en televisión sobre Fernando, esté maquillando sus actos para confundirnos. Por ello necesito todos vuestros sentidos puestos en el caso. Una de las primeras sombras sobre la que tenemos que arrojar luz es saber si ha sido obra de Fernando o no.

Todos estaban de acuerdo.

—Bien. Vayamos por partes. ¿Tenemos algo nuevo en Científica, inspector jefe?

Brown negó con la cabeza.

—No nos ha dado tiempo. Tengo todavía hombres haciendo la inspección ocular en la vivienda y en el edificio. Es muy pronto todavía. Nos pondremos con lo que tenemos enseguida. Aunque hay algo que sí hemos encontrado: se trata de dos cabellos largos. Estaban encima de las piernas del abogado. Podrían coincidir con los de la hija, pero el color, aunque parecido, es diferente. Habrá que analizarlos para ver si podemos averiguar a quién pertenecen. Una de las cosas que más me llama la atención es que parecen haber sido colocados adrede, si no, no lo querría remarcar, pelos hay en todos lados.

—¿Tienen raíz?

—Así es.

—Así que han sido arrancados, no es producto de una transferencia habitual.

—Así es —convino Brown nuevamente.

—Perfecto. Necesito que se investigue absolutamente todo sobre la vida de este hombre. No hace falta que diga a qué cosas me refiero. Es trabajo para dos, por lo que lo haréis vosotros, Ramírez y Fonts. No quiero que suene raro, pero averiguad si era un marido fiel... lo digo por el tema de los pelos.

Los dos mostraron conformidad.

—Tú, Alfonso, dedícate a investigar qué significado podría tener lo de la rueda y la rama. Doy por sentado que no podrás averiguar de qué juguete fue extraída la rueda, pero sí saber de dónde es la rama. A ver si nos ayuda.

—Ok.

—Inspector jefe Brown e inspectora López, no hace falta que os diga nada. Según vayáis teniendo resultados, por favor, comunicádmelos. Convocaré otra reunión tan pronto dispongamos de datos nuevos. Inspectora jefe Garmendia, si no te importa me gustaría ver contigo cómo podríamos enfocar la ayuda de la SAC para el caso.

Sara no dijo nada. El resto de los presentes abandonaron la sala para abordar sus respectivos cometidos. Nicolás no quiso mirar a Alfonso, pues sabía que haría algún gesto socarrón relacionado con la reunión privada que Valdés estaba a punto de mantener.

Cuando ya hubieron salido todos, Nicolás habló:

—Espero que disculpes a Alfonso, Sara. Reconozco que es un bocazas, pero es un buen policía.

—Es un imbécil. No intentes defenderle porque es un caso perdido. Pero no te preocupes por eso, sé de sobra la fama que me he ganado. Ni me duele, ni sorprende. Paso. Tú dirás.

—Es evidente que para un caso tan peliagudo necesito a la SAC. Me hace falta que elaboréis un perfil nuevo de Fernando. Asumamos que es él porque sé que lo es. No quiero que leáis lo que me van a mandar desde Fontcalent, no me gustaría que influyera en vuestras pesquisas. Necesitamos saber cómo piensa exactamente para anticiparnos a lo que hará. Porque créeme, no se detendrá aquí.

Sara sopesó las palabras de Nicolás.

—Está bien. Asumiremos que es él, aunque sabes que igualmente hay que confirmarlo. Si quieres que elabore un perfil necesito visitar la escena del crimen y recrear sus pasos. Me llevaré a alguien de mi equipo, solemos trabajar de dos en dos en cada desplazamiento que hacemos.

—Como quieras. Hoy va a ser difícil porque tengo que marcharme a las autopsias ahora y Científica todavía no ha acabado. Va a ser casi imposible. Tendrá que ser mañana. Pediré al juez que no envíe ninguna empresa de limpieza de escenarios traumáticos cuando acaben los de Científica, por si quieres ver todo conforme está.

Sara meditó lo que Nicolás le acababa de proponer.

—Vale —convino—, no iremos ahora, pero tampoco mañana. Asegúrate de que el forense te pueda dar una hora aproximada de las muertes porque iremos esta misma noche, a la hora que él te diga.

Nicolás la miró muy sorprendido.

—No me mires así —continuó hablando ella—. Para meternos en la cabeza del asesino necesitamos ver lo que él veía, a la hora que él lo hacía. Siempre tratamos de trabajar así.

El inspector respiró hondo y sopesó lo que Garmendia le pedía.

—Te juro que pensaba que era algo que solo se hacía en las películas.

—Pues ya ves que no, siempre lo hacemos así.

—Está bien, pediré permiso para hacerlo como dices... Esa manera de proceder no es habitual en mis investigaciones. Y ahora, si me disculpas, tengo que marcharme al Anatómico Forense.

—Suerte —le deseó Sara al tiempo que se levantaba de la silla y comenzaba a andar hacia la puerta. De pronto se paró y se volvió levemente—. Ah, inspector, mi gente está cansada porque estamos trabajando duro en otro caso que llevamos entre manos para los compis de Almería, así que los voy a dejar dormir.

—¿Y qué quieres decir con eso?

—Que te veo esta noche.

17

Jueves, 22 de septiembre de 2016. 12.35 horas. Madrid

Nicolás aparcó su Peugeot 407 en la calle Doctor Severo Ochoa. Lo hizo justo enfrente de la entrada del edificio. Aunque ubicado en la Universidad Complutense de Madrid, el Instituto Anatómico Forense pertenecía a la Comunidad de Madrid. En él, además, hacían prácticas alumnos tanto de la Complutense como de otras universidades de la capital española. Por el camino se había dejado embaucar por la portentosa voz de Leo Jiménez haciendo de las suyas con su grupo Stravaganzza, uno de sus favoritos en esa época, aunque hacía un tiempo que no tocaban juntos. La melodía de «Deja de llorar» todavía resonaba en su cabeza cuando sus pies pisaron la calle al bajar del coche.

Observó la fachada del edificio antes de entrar. No sabía por qué, pero a pesar de las múltiples visitas que hacía para presenciar autopsias le seguía imponiendo la fachada. Y eso que no era nada fuera de lo común: el revestimiento de ladrillo no tenía nada de especial ni tampoco las cortinas, siempre cerradas, de los ventanales de las diferentes plantas. Más bien tenía el aspecto anodino de la típica comisaría de policía americana que se mostraba en las películas, pero, aun así, tenía algo, un algo que impresionaba a Nicolás a pesar de no saber qué era.

Al final Alfonso iba a tener razón y se quedaba embobado cada vez que se plantaba frente a determinados edificios. No se lo iba a reconocer, por supuesto.

Entró y saludó a la recepcionista. A pesar de que el complejo disponía de un acceso especial para las autoridades, a él le gustaba pasar por la entrada principal. No necesitó que la chica que había tras el mostrador le dijera nada: había visitado tantas veces aquel lugar que se sabía el camino al dedillo. El doctor Salinas lo había citado en la sala de reuniones, por lo que se encaminó hacia ella.

Recorrió un par de pasillos, en los cuales los años parecían haber pasado por centenares. El complejo había sido construido en los años sesenta y daba la impresión de haberse quedado estancado en esa década. La promesa constante de un traslado se vio truncada cuando el nuevo Campus de la Justicia se vio afectado por una serie de irregularidades del gobierno que lo gestionaba y, por tanto, su construcción fue paralizada. Los funcionarios que trabajaban en el instituto aún seguían soñando que algún día se trasladarían al macrocomplejo, pero todo apuntaba a que aquello sería otro proyecto fallido con pérdidas millonarias. Mientras andaba por allí, Nicolás sintió de nuevo que la pátina de «viejo» impregnaba paredes, techo y suelo. También era muy reconocible el primero de los olores que uno percibía nada más entrar en él: el de desinfectante. Llegó hasta lo que se conocía como la «zona sucia», en la cual se encontraban las cámaras de la morgue y las salas de autopsias. Las últimas estaban ubicadas en el lado izquierdo del propio pasillo, entre las cuales había una para evitar contaminación microbiológica en casos que lo requirieran y las salas de antropología donde se hacían autopsias especiales a cadáveres en estado de descomposición, momificados, mutilados, despedazados... La siguiente puerta que divisó era justo la que buscaba: la de la sala de reuniones.

Golpeó con los nudillos y una voz inconfundible le franqueó el paso.

Nicolás se sorprendió al entrar en la sala. Le pareció curioso que, a pesar de haber estado en el complejo tantas veces, nunca había pisado esa estancia. Varios pósteres de temática forense decoraban las paredes, y parecían estar colgados en ellas desde los años noventa, advirtió Nicolás. Lo que más llamó su atención, sin embargo, fue la figura humana a escala casi real que había en una de las esquinas de la habitación. Era como esas que solía haber en el laboratorio de casi todos los colegios y que mostraban el interior del cuerpo humano. Le faltaban varios órganos que descansaban sobre la mesa central que presidía la habitación, rodeada de sillas.

Allí estaba el doctor Salinas, el jefe de servicio y director del Anatómico. Fue el primer forense que Nicolás conoció siendo agente y, desde entonces, ambos se profesaban un profundo respeto mutuo. El médico llegó a estas instalaciones cuando se inauguraron, en los años sesenta, y allí estaba desde entonces. Miembro de una larga estirpe de forenses —que según contaba, acababan en él, pues no había tenido hijos—, el doctor Salinas era un profesional experimentado y con un gran conocimiento, no solo del cuerpo humano sino de la forma de proceder de los asesinos. Eso, en determinados casos, le venía de perlas a Nicolás, que definía al forense como a un experto en la vida y la muerte.

Dos personas más, ataviadas con bata blanca, esperaban sentadas alrededor de la mesa. Se irguieron rápidamente cuando advirtieron la presencia del inspector.

—Creo que ya conoce al doctor Molina, inspector. Esta la doctora Miñambres, que lleva trabajando con nosotros casi un año. Tiene mucha experiencia tras varios años en el Anatómico de Oviedo.

—Encantada —dijo esta mientras le tendía la mano.

—Bien, supongo que todo estará listo ya. Si no hay inconveniente, me gustaría proceder.

Tanto los médicos como el inspector asintieron. Salieron de la habitación para tomar de nuevo el pasillo y se dirigieron a la sala principal de autopsias, la grande. Antes de entrar, todos, incluido el inspector, se ataviaron con trajes estériles quirúrgicos dispuestos sobre una camilla metálica pequeña que descansaba junto a la puerta. Después, entraron. La sala era lo más parecido a un quirófano de hospital de cuantas había visitado Nicolás, pero muy a lo bestia. Había siete camillas metálicas, las cuales tenían a su vez unas láminas movibles para apoyar a los cadáveres y dejarlos un poco elevados respecto a la plancha plana de la camilla. Nicolás nunca había preguntado para qué eran realmente, pero viendo lo que veía en aquellos momentos, imaginaba que eran para que cuando lavaran a los cadáveres sobre la camilla el agua circulara mejor. Los tres cuerpos ya descansaban, desvestidos, sobre las tres que quedaban más al centro.

—Como puede ver hemos avanzado en ciertos aspectos para agilizar un poco el proceso —comentó el doctor Salinas—. Se han tomado fotografías de los cadáveres tal como han llegado al instituto y también ahora. Después los han desvestido, lavado y preparado para la autopsia, ¿me equivoco?

Uno de los auxiliares negó con la cabeza. No se equivocaba.

—Además —continuó—, ya están pesados, medidos y drenados. —Nicolás se fijó en esto último. Las autopsias, en general, no le provocaban demasiada impresión. Demasiadas vistas ya. Aunque el proceso de drenado de líquidos sí. Se fijó en el corte practicado en la yugular para ello y sintió un escalofrío—. Hemos realizado ya un hisopado en las manos de los tres, pero no había ningún tipo de resto bajo sus uñas, algo que ya esperábamos dadas las circunstancias de las muertes. De todas formas, hemos enviado muestras dudosas a su laboratorio de genética, en busca de ADN. He visto cosas muy raras e invisibles con los años. También hemos tomado muestras de sangre. Ya están en el laboratorio de bioquímica y toxicología. El cromatógrafo está trabajando a pleno rendimiento para averiguar si se empleó algún tipo de fármaco, cosa bastante probable, para que el trabajo le resultara más sencillo a nuestro asesino. Sus ropas ya han sido enviadas siguiendo el protocolo al laboratorio de Canillas, para que ustedes las rastreen mejor.

—Perfecto —comentó satisfecho Nicolás—. A simple vista, ¿qué es lo que opina de lo que ha pasado?

—En este caso el procedimiento del asesino parece bastante claro. No hay que ser muy listo para saber que el último en morir fue Escobedo. Los cerclajes para que tuviera los ojos abiertos todo el tiempo indican que el asesino quería que viera el espectáculo. Matarlo a él primero no tendría sentido. La concentración de adrenalina en sangre nos ayudará, entre otras cosas, a confirmar el orden de las muertes. Si es como yo sospecho, la mujer murió primero. La herida es directa, no hay, digamos, juego. Le corta el cuello y muere. Lo ha hecho a la altura de la garganta. No es tan directo como un corte en la yugular pero sí es mortal. La hija, como ve —se dirigió hacia el cadáver de la joven Melinda—, tiene varias laceraciones por la cara. Parece que la estuvo torturando antes de seccionarle la vena yugular. No hay, aparentemente, otro tipo de lesiones, tampoco de carácter sexual... ya sabe que en muchos casos las hay como muestra del poder del asesino sobre su víctima. En sus manos está el dilucidar si lo que quería era sonsacarle algo al abogado, y de ahí la tortura a su hija, o simplemente la iba a matar igual y lo único que quería era que la viera sufrir.

Una mueca en el rostro del inspector demostró al forense que se inclinaba por la última opción.

—Por último, no sé si es casual o una siniestra jugada,

pero el tipo de muerte que sufrió Escobedo es, quizá, la más cruel que podría haber elegido.

—Explíquese.

—Después de la muerte por inanición, la más lenta y dolorosa es la causada por una herida profunda en el estómago. Mire aquí. —Indicó a la vez que se acercaba al cuerpo del abogado—. Todavía no estoy seguro de la longitud del arma usada, pero un simple cuchillo de cocina bastaría para provocar la herida que aquí ve. Clavarlo justo en el punto en el que está hace que los jugos gástricos del estómago comiencen a salir quemándolo todo a su paso. Sabes que te estás muriendo por el extremo dolor que sientes, pero tardas unos cuarenta minutos en morir.

—¿La muerte siempre llega con una herida de este tipo?

—Sí, si se perfora el estómago. Si ha sido intencionada, desde luego tiene conocimientos sobre anatomía humana. Y todo parece indicar que sí ha sido intencionada.

—¿A qué se refiere?

—Como ya imaginará, inspector, he visto muchos casos de muertes violentas. En algunos, la causa de la muerte ha sido la misma que tenemos aquí, pero con una diferencia grande: la puñalada certera fue una de las muchas que el asesino asestó a la víctima. Aquí, en cambio, solo hay una. Fue directo al lugar. Sabía perfectamente lo que hacía, de una puñalada en el abdomen puedes morir o no, todo dependiendo de qué se toque y de cómo se toque, pero si se hace como aquí no hay salvación posible. Y lo peor, tarda en que ocurra, por lo que la agonía es mayor. Además, piense una cosa, si a la mujer y a la hija les seccionó el cuello, ¿por qué a él no? Hubiera sido rápido y sencillo. Pero no. ¿Se iba a arriesgar a que no muriera con una sola puñalada? En mi opinión, no. Sabía lo que se hacía. Siento escalofríos solo de pensarlo.

—Joder, tiene que ser él, pero necesito cualquier detalle que me lo confirme.

—Siento no serle de ayuda en ese caso, inspector. Ni siquiera he podido leer todavía el dosier que me han pasado para conocer un poco mejor el *modus operandi* de este salvaje, por si puedo relacionar algo de lo que pasó con el nuevo caso. En cierto modo, no sé qué me asustaría más: que su asesino estuviera actuando aquí, en Madrid, o que fuera obra de otro maníaco diferente. Ahora —agregó dándose la vuelta—, si quiere, puede quedarse para ver lo que viene a continuación. Doctores, manos a la obra.

Nicolás no pestañeaba mientras los médicos comenzaban a hacer su trabajo ayudados por tres auxiliares. El doctor Salinas llevaba la voz cantante, él había decidido ocuparse del cuerpo del abogado; el doctor Molina del de la madre y la doctora Miñambres, del de la hija.

—Procedamos. Primero vamos a comprobar el rigor mortis de los cuerpos para estimar la hora del fallecimiento antes de comenzar a abrir. El cuerpo A tiene un rigor bastante avanzado, pero incompleto. Le falta la parte posterior... aunque los músculos ya han comenzado a retraerse, no presenta el cien por cien del ciclo, andará por el ochenta. Estimo que la muerte se produjo hace entre seis y siete horas —miró el reloj que colgaba encima de la puerta de entrada—; así es, murió sobre las cinco o seis de la mañana, más o menos. ¿Cuerpo B?

—El rigor está más avanzado —expuso el doctor Molina—, diría que es algo más de un ochenta por ciento, no completo, todavía. Puede que muriera una hora antes que el cuerpo A, una y media como mucho, sabiendo que ambos se han conservado en todo momento en idénticas condiciones. Moriría sobre las cuatro de la mañana.

—El cuerpo C presenta un rigor también bastante avanzado, sobre un noventa por ciento. El tipo de musculatura es distinto por su desarrollo, pero nada me haría pensar que no murió entre las horas de la muerte del A y del B.

—Perfecto —comentó Salinas—. Para concretar más, miremos el signo de *Sommer* en los ojos, por si nos confirman o desmienten esto.

Le abrió el párpado al abogado, ya sin cerclajes en los ojos, pues los habían enviado a la Policía Científica para su procesado en laboratorio. Salinas se fijó para ver si se veía lo que entre forenses conocían como mancha negra esclerótica. Muchas veces solía manifestarse en forma de triángulo con base en la córnea. Otras, sin embargo, lo hacía como una línea que aparecía como si del ecuador del ojo se tratara. En este caso había salido de la última forma. El color de la mancha, que se iniciaba en un rosa pálido y acababa en un azul muy oscuro pasadas unas doce horas de la muerte, mostraba un color azulado todavía algo vivo. El paso de los años y los cadáveres habían hecho que él mismo se hubiera hecho una tabla para, según el color, estimar unas horas aproximadas desde la muerte, pero eran tantas las veces que lo había visto que ya lo conocía de memoria.

—Unas siete horas casi seguro —aseveró.

Los otros dos doctores repitieron la operación confirmando sus sospechas principales —y ya de paso corroborando el orden que se creía sobre los fallecimientos—. La hora de los crímenes quedó establecida entre las cuatro, cuando al parecer murió la mujer del abogado y las cinco, cuando lo hizo este. La hija murió en segundo lugar.

Una vez tuvieron los datos anotados en el informe preliminar, se procedió a la apertura de los cuerpos. Nicolás no perdía detalle de cada movimiento de los médicos con la esperanza de que encontraran algo que hiciera que sonara la alarma en su cerebro. Cualquier detalle que, por otra parte, veía harto complicado que hallaran. Atento y sin apartar la mirada, ni él ni nadie de los allí presentes reparó en la presencia de una técnica de laboratorio que había pasado al interior de la sala.

Carraspeó por segunda vez, lo que hizo que todos miraran.

—Perdón —se disculpó avergonzada por la atención que acababa de generar—, tengo los resultados que pedía, doctor.

Salinas, que tenía los guantes sucios por el trabajo que estaba realizando, no podía tomarlos, por lo que instó a la muchacha a que lo dijera ella misma.

—Bien, las tres muestras coincidían en un parámetro, todas tenían una sustancia que había penetrado por sus pulmones y había pasado a la sangre. Se trata de triclorometano.

—Cloroformo... —dijo Nicolás haciéndose una composición mental de cómo había ocurrido todo.

—Gracias —respondió el doctor—, buen trabajo.

La técnico sonrió y volvió sobre sus pasos. Nicolás seguía visualizando la escena en su cabeza.

—Tomaremos muestras de las bocas y fosas nasales, lo que demostrará que el cloroformo fue inhalado por vía respiratoria y probará que fue así como el asesino los dejó fuera de juego. Quizá hasta hallemos alguna fibra dentro de las fosas nasales.

Procedieron a llevar a cabo lo que el doctor Salinas había indicado, pero no hallaron restos de fibras ni nada parecido.

—Puede que el asesino aprovechara la propia respiración involuntaria mientras se duerme para, simplemente, acercarles el cloroformo y que ellos lo aspiraran. No es tan efectivo como una inhalación directa, con el pañuelo aplastando nariz y boca, pero sí haría que las víctimas perdieran la consciencia si estuvieron aspirándolo, al menos, unos cinco minutos.

Nicolás asintió. Era la forma más lógica de proceder por parte del asesino.

La autopsia siguió su curso sin nada digno de ser remarcado. En los estómagos de las víctimas no había nada raro ni los cuerpos presentaban ninguna señal que aportara más datos sobre lo sucedido o, como esperaba Nicolás, que confirmara que todo fuera obra de Fernando.

Notó que el desasosiego crecía en él. La estancia, de pronto, dejó de parecerle tan grande como en el momento en el que había entrado y decidió que era mejor marcharse de allí. No esperaba nada nuevo.

Se despidió de los médicos, de sus ayudantes y salió del complejo absorto en sus propios pensamientos. Aquello iba a ser difícil. Muy difícil.

Se montó de nuevo en el coche, arrancó el motor y encendió otra vez la radio. Echó la cabeza para atrás al tiempo que Stravaganzza emitía las brutales primeras notas del tema «Máscara de seducción».

Comenzó a circular.

Deseó que el resto del equipo tuviera más suerte que él.

18

Nada más entrar por la puerta de Murillo, Alfonso tuvo que reconocer una cosa: allí se respiraba mejor.

Le fastidiaba, pues odiaba darle la razón a la gente. Se preguntó si, al final, no se habría dejado sugestionar por los constantes comentarios de sus compañeros, alabando lo puro que era el aire dentro del Real Jardín Botánico de Madrid. Pero fuera como fuese, era raro porque hasta notaba cómo sus pulmones se limpiaban de los restos de polución de la densa atmósfera de Madrid. De eso y del tabaco. Lo más gracioso era que acababa de apagar un cigarro en la entrada del recinto. Y que tenía muchas ganas de a volver a salir para fumarse otro, claro. Decidió que era mejor dejar esos pensamientos de lado y hacer lo que había ido a hacer.

Comenzó a caminar por el paseo de José Quer. Mientras lo hacía, se preguntó por qué, a pesar de llevar toda su vida viviendo en Madrid, no había puesto nunca un pie en ese lugar. La excusa de que las plantas no le hacían ni fu ni fa no le valía. Aunque, pensándolo bien, eran tantos los rincones que desconocía de la capital que no era extraño que tampoco conociera ese. Recordaba la cara de muchos de sus amigos y familiares cuando lo visitaban en Madrid, ávidos de ver cada rincón de la ciudad, y se enteraban de que él no había entrado nunca, por ejemplo, en el Museo Reina Sofía. No entendían que alguien que había pasado más de treinta años viviendo en el mismo lugar no hubiera visitado lugares tan emblemáticos, que salían siempre en la tele. Quizá no lo comprendieran, pero a Alfonso le importaba tres pares de narices. A pesar de no ser un apasionado del turismo, tampoco es que fuera un vegetal incapaz de disfrutar de lo que lo rodeaba. Así, sin ir más lejos, tenía la capacidad de apreciar que el lugar que estaba visitando, aunque lo estuviera haciendo por motivos laborales, era una verdadera belleza. Incluso le hacía sentir algo bueno dentro de él. No sabía explicar el qué. Quizá había estado errado en cuanto a su negativa a hacer turismo por la capital. Debería darse la oportunidad de conocerla un poco más a fondo. Eso sí, lo dejaría para otro día.

Sumido en sus pensamientos y con una carpeta sin ningún distintivo de color rojo en la mano, divisó a uno de los múltiples cuidadores del conjunto. Sin vacilar, se dirigió hacia él.

—Buenas tardes —saludó.

—Buenas tardes —contestó este sin apartar la mirada de su quehacer, que no era otro que regar con una manguera sin apenas chorro algo parecido a un seto.

—Soy el inspector Alfonso Gutiérrez, de la Policía Nacional. Estoy buscando a Noelia Pérez Francés, creo que es una de las expertas que tienen aquí trabajando. He quedado con ella.

El hombre, que rondaría los cincuenta años y tenía un cuerpo tan escuálido que hacía difícil imaginar que ni siquiera pudiera mantener agarrada la manguera, emitió una leve sonrisa sin dejar de mirar al frente.

—No es una experta. Es LA experta.

—Bueno, sí. —Alfonso carraspeó—. Algo así me han dicho cuando he llamado hace un rato. ¿Dónde la podría encontrar?

El hombre aguardó unos instantes antes de contestar. Parecía pensar bien su respuesta.

—Es difícil de saber. Esto es más grande de lo que puede parecer. Pero apostaría mi cuello a que está donde los bonsáis. Siempre está donde los bonsáis.

—Vale. ¿Y eso dónde es? —El inspector empezaba a perder la paciencia.

—Tuerza usted a la izquierda cuando pase tres esquinas y tome el paseo de Carlos III. Es más ancho que el resto de los caminos, por lo que le será fácil de reconocer. Siga hasta el final y se topará de frente con una estatua, la de Linneo. Justo detrás está el Pabellón de Villanueva. Lo atraviesa y, al salir, encontrará la colección de bonsáis. Ya digo, apostaría mi cuello...

—Vaya, parece usted el guía del lugar. Muchas gracias —comentó Alfonso tratando de retener las indicaciones del trabajador—. Iré a ver si está allí. Cuide ese cuello.

El hombre no dijo nada y siguió a la suyo. Alfonso se alejó de él negando levemente con la cabeza. Le gustaba su trabajo, pero odiaba tener que lidiar con personas. No, no era un misántropo. Al menos él no se consideraba así. Pero sí era cierto que día a día tenía que enfrentarse a distintos tipos de personalidades, algo que le resultaba realmente agotador. Por si fuera poco, estaba el añadido de que debía tratar de mostrarse siempre amistoso para obtener la colaboración que en esos momentos necesitara de ellas. Además, no le gustaba esa habladuría de que la placa de policía confería aires altaneros. Eso no era cierto, pero sí era verdad que más de la mitad de las personas con las que le tocaba batallar eran, según su parecer, idiotas. Recordó un dicho que había oído decenas de veces, pero ahora mismo no recordaba dónde: «Amanecer, amanece bien siempre, pero te vas encontrando a gente». Salió de esos pensamientos cuando se dio cuenta de que, de manera automática, ya había recorrido el camino indicado por el operario y había salido al lugar que tenían reservado para los árboles enanos.

Observó que dicho espacio consistía en un largo paseo flanqueado por setos de laureles que parecían custodiar los bonsáis que estaban en pedestales. Alfonso no conseguía ver a la persona que buscaba, por lo que decidió atravesar el paseo para ver si estaba por el final. Cuando llegó, contempló que el recorrido terminaba en un precioso estanque rodeado por más ejemplares de bonsáis. La estampa le pareció bella. Una mujer estaba de espaldas a él en la parte de atrás del estanque. Miraba un arbolito sin hacer nada más. Se preguntó si sería ella, por lo que decidió probar suerte.

—Disculpe —dijo a una distancia prudente para no asustarla.

A pesar de ello, ella pareció sobresaltarse. Se recuperó enseguida y se volvió hacia Alfonso.

—Soy el inspector Alfonso Gutiérrez, de la Policía Nacional. ¿Es usted Noelia Pérez?

Ella asintió, sin decir nada más.

La mujer era muy bonita, o al menos eso le pareció a Alfonso. De estatura media y vestida con ropa más informal de lo que él esperaba encontrarse, no tenía aún los treinta, quizá rondara los veinticinco. Recogía su rubio cabello en una coleta, por lo que tenía la cara despejada. Esta mostraba una expresión serena y tranquila.

—Creo que le han informado de que vendría —comentó Alfonso tratando de romper el hielo. No entendía por qué la mujer todavía no había hablado.

—Sí, disculpe. Le parecerá una tontería, pero me relaja mucho este rincón en concreto. Me ha pillado completamente con la mente en blanco y me ha costado volver al mundo de los vivos —explicó mostrando una amplia sonrisa—. Vengo siempre que puedo. No se imagina el estrés que puedo llegar a tener aquí.

Alfonso observó el entorno y trató luego de no mirarla a ella como a una loca.

—¿Lo dice en serio? ¿Estrés?

—No me malinterprete. Es raro decirle una cosa así a un miembro de la Policía Nacional, lo sé, no comparo ni remotamente mi trabajo con el suyo.

—No quería decir eso...

—A lo que me refiero es que mi cargo entraña mucha responsabilidad. Hay mucho dinero que sale de los bolsillos de los ciudadanos aquí invertido y yo soy la encargada de que todas las plantas sobrevivan. Puede parecerle una tontería, pero ese nivel de compromiso en ocasiones me ahoga. No se imagina la de veces que me he jugado el trabajo porque una dichosa plantita se ha puesto mustia.

—¿Dichosa plantita? —repitió sonriente.

—Ya, ya sé que suena políticamente incorrecto que no hable maravillosamente bien y con una extrema pasión sobre todo lo que me rodea. Sea como sea, cuando puedo, cuando encuentro un minuto libre, no lo dudo y me vengo aquí. Los bonsáis me relajan. Esto para mí sí que es mucho más que plantitas.

—Pues aquí tienen unos cuantos —comentó divertido.

Ella se volvió y miró a su alrededor. Su expresión denotaba orgullo.

—Sí, ¿sabe quién donó la colección que aquí tenemos?

Alfonso negó haciendo un gesto con la cabeza.

—Fue Felipe González, el expresidente.

—¿En serio?

—Totalmente. Es un amante de este tipo de plantas y quiso que todos pudiéramos disfrutar de ellas tanto como él. Hay más de cien ejemplares y algunos de ellos han sido preparados por los maestros japoneses más destacados. No le diré nombres porque no creo que le suenen de nada, pero es, quizá, la colección más importante de bonsáis autóctonos del mundo entero.

—Vaya... suena... impresionante.

—De todas formas lo de que los donara Felipe González es tan bueno como malo.

Alfonso la miró extrañado.

—Sí, entienda que todo lo que rodea la política en este bendito país trae controversia. He llegado a ver con mis propios ojos cómo algunos visitantes, al leer que habían sido donados por el expresidente, se marchaban sin ni siquiera ver la belleza que hay aquí dentro.

—Me está tomando el pelo, ¿verdad?

—Como le digo. A mí, con lo bonitos que son, me daría igual que lo hubiera donado él, Aznar, Rajoy o su santa madre a caballo. En este país la gente está muy mal con la política. ¿Qué importarán los colores frente a cosas así?

—Precisamente venía pensando que la gente es idiota. Gracias por confirmármelo.

Ella comenzó a reír. Comprendió de inmediato que puede que estuviera aburriendo al inspector con todos esos datos.

—Pero, bueno, usted no ha venido a hablar de bonsáis, ¿me equivoco?

—No, de hecho quería que me ayudara a identificar la muestra de una planta. Pensé que venir directamente aquí sería la forma más rápida de hacerlo, ya que tenemos cierta urgencia con el asunto. Supongo que es de un árbol. Me perdonará por no haber podido traérsela, pero forma parte de una investigación y no podía. No sé si le valdrá con esta fotografía impresa.

Alfonso abrió la carpeta y extrajo el folio con la foto. Se la ofreció a la muchacha.

Ella la vio y se la entregó de inmediato al inspector.

—En realidad no me necesitaba a mí. Cualquiera de los jardineros podría haberle ayudado a identificarla.

Alfonso puso cara de no entender nada.

—Es una rama de *Malus domestica*.

—Me va a perdonar, pero...

—Es una rama de manzano —puntualizó divertida.

—¿De manzano, sin más?

—Así es. Veo que esperaba algo más exótico y, siento decepcionarle, pero no tengo duda. Es inconfundible. Lo cierto es que me hubiera gustado hacer como en televisión y haber tenido que buscar en una base datos impresionante, pero es que es una rama de manzano.

—Así que manzano... —comentó pensativo—. Pues no se imagina la clase de ayuda que me acaba de proporcionar. La verdad, sí esperaba algo distinto , pero por otra parte me alegra ver que ha sido tan sencillo.

—Pues en ese caso me alegro yo también. Espero que le sirva en su investigación, inspector.

—Ya lo creo que sí. Muchísimas gracias. Le prometo que cuando me sienta muy estresado visitaré este rincón, a ver si es verdad eso que dice. Prometo que no me importa si lo donó uno u otro, ni siquiera voté en las últimas elecciones...

Ella sonrió al tiempo que Alfonso daba media vuelta para desandar sus pasos. Ya tenía medio puzle resuelto. Ahora volvía a su puesto de trabajo para resolver el otro medio.

Ya sentado frente a su ordenador y, sabiendo que la rama pertenecía a un manzano, no le costó nada llegar a una conclusión. Sabía lo que el asesino había querido decirles dejando los dos objetos en el escenario del crimen. Tuvo que afinar la manera de buscar en internet las referencias sobre ambas. Lo primero que mostró el motor de búsqueda al poner las palabras «manzano» y «rueda» —que esta última fuera de un juguete no tenía nada que ver, decidió— fue apellidos de personas. Tuvo que presuponer que, como los objetos que fue dejando en anteriores escenarios, todo aquello tendría un valor simbólico y así lo trató en su búsqueda. Introdujo en Google las palabras «Símbolo, rama de manzano y rueda». El primer resultado que arrojó el buscador hizo que supiera que era ese. Sin duda.

Ahora, tocaba interpretar por qué.

19

Viernes, 23 de septiembre de 2016. 3.00 horas. Madrid

No querían alterar demasiado a los ocupantes del edificio, ya de por sí perturbados tras lo ocurrido, así que habían puesto sobre aviso al portero de que irían a esas intempestivas horas para echar un vistazo a la vivienda del abogado. Acompañados por él, habían subido andando por las escaleras, pues ambos coincidían en que había sido la forma elegida por el asesino. Trataban de no referirse todavía a él como Fernando, aunque la explicación que había dado Alfonso a Nicolás sobre los objetos dejados no dejaba apenas duda de que se trataba de él.

Ya en el rellano de la escalera y con una copia de las llaves de la casa en poder de Nicolás, el portero bajó de nuevo con la petición de subir en unos diez minutos y tranquilizar a cualquiera que pudiera pensar que algo raro sucedía de nuevo en el piso. No hacía falta que se lo contara, pero les había confirmado que los nervios seguían a flor de piel en el edificio, así que lo mejor era no provocar más histeria.

Durante el trayecto hacia el escenario del crimen, Nicolás no había podido evitar insistir en si no sería mejor que los acompañara alguno de los integrantes de su equipo para realizar el procedimiento. Entendía eso de que estuvieran muy cansados por exceso de trabajo y toda la pesca, pero él no se sentía capacitado para aportar algo aquella noche. La respuesta de Sara fue tajante: adujo que el curso que él había realizado en Quantico lo capacitaba para lo que ella iba a hacer allí aquella noche. El inspector intentó argumentarle que no lo había acabado, pero ella hizo oídos sordos.

Así que decidió callar y acompañarla. ¿Qué remedio le quedaba?

Además, él conocía la forma de proceder de la SAC en casos como ese, pero una cosa era saberlo en la teoría y otra bien distinta verlo en la práctica, y aquello podía ser realmente curioso a la par que apasionante. Una oportunidad única de contemplar un procedimiento que no se tenía la oportunidad de ver todos los días, ya que la unidad era bastante hermética en su trabajo. La expectación por observar el método en vivo de Sara se había apoderado de él.

—¿Y ahora? —preguntó tratando de que su voz solo fuera audible para la inspectora jefe.

—Ahora quiero que me prestes atención y que no me mires como a un bicho raro —contestó empleando el mismo tono—. Sé que te va a costar, porque puede parecer chocante lo que voy a hacer. Voy a recrear, paso por paso, todo lo que sabemos del asesinato. He pedido que dejaran incluso las persianas más o menos como recordaban que estaban cuando entraron los de Científica. Necesito la misma luz, todo. Eso sí, las sillas sí he pedido que las recolocaran en la cocina. Es esencial que sigamos los mismos pasos que tuvo que dar el homicida una vez entró en la vivienda. Voy a ser él, ¿vale?

—Tú mandas.

La inspectora jefe asintió y, tras esto, extrajo dos pares de guantes de nitrilo y se los puso. Nicolás hizo lo propio con otros dos pares que sacó asimismo de su bolsillo.

El inspector extrajo también una libreta y se preparó para

anotar cualquier dato relevante que saliera de la boca de Sara, que se había colocado en cuclillas frente a la cerradura con la llave en la mano.

—Es una puerta de seguridad —comenzó a hablar—, pero ya lo sé porque ya vine a ver con anterioridad cómo era. Sirve para que no tenga ningún contratiempo, porque no me gustan. A pesar de no ser una cerradura fácil, no me amedrento. Soy un experto abriendo este tipo de cierres y podré. No me importa lo que cueste.

Nicolás abrió mucho los ojos. Lo que no esperaba, bajo ningún concepto, es que la inspectora comenzara a hablar por boca del asesino. En cualquier caso, le gustó el método: era muy original.

Sara introdujo la llave y pasó al interior. El inspector la siguió, sin dejar de apuntar en la libreta.

—No cierro la puerta. No quiero ni siquiera ese sonido. No es un riesgo porque la puerta es pesada y gruesa. Si la dejo en esta posición, no saldrá ningún sonido hacia fuera.

Muy despacio, dejó la puerta entornada, tratando de no hacer ruido.

Sin vacilar, comenzó a andar por el pasillo que servía de recibidor. Lo hacía muy despacio, vigilando de dar los pasos muy silenciosamente. Nicolás la seguía sin hacer lo mismo que ella aunque, al verla, se sentía tentado de hacerlo.

El olor a sangre se había intensificado con respecto a la mañana. Normalmente un equipo de limpiezas traumáticas se encargaba de higienizar un escenario así una vez la Policía Científica daba por finalizada la recolección de indicios, pero esta vez, a petición de Nicolás, no se había enviado y en el ambiente se manifestaba con evidencia. Nicolás, previsor, se había traído un bote de Vicks VapoRub en el bolsillo y se lo ofreció a la inspectora jefe para que se untara un poco debajo de las fosas nasales, que lo aceptó encantada; él hizo lo propio.

—Camino tratando de no hacer ruido —prosiguió hablando—, pero seguro de mí mismo. No puedo permitirme el lujo de que se despierten. Los mataré igual, pero eso no es lo que tengo previsto y mi frustración crecerá. Con frustración no se hacen las cosas bien.

Atravesaron el pasillo y llegaron hasta el distribuidor. Tomaron el nuevo pasillo. Apenas se veía nada debido a la escasa iluminación a esas horas, con todo apagado.

—Sé cómo es la vivienda. La he recorrido ya con anterioridad. Conozco al abogado de antes y ya he estado aquí. He entrado durante los días anteriores y la he memorizado. He entrado antes y quería hacerlo, pero no pude porque algo no salió como quería ese día. He fantaseado con lo que iba a hacer, pero no podía dejarme llevar hasta que supiera que era el día correcto para actuar. Si me dejo llevar, podría acabar de nuevo en el agujero del que me he escapado.

Nicolás tardó unos segundos en comprender lo que hacía Sara. Sus frases podían sonar incoherentes, pero lo que hacía era enumerar las diferentes teorías a modo de afirmación. Esto la hacía seguir en el papel que interpretaba y, a la vez, le permitía nombrar las diferentes posibilidades sin decantarse por una, ya que podría estar equivocada y que todo aquello no sirviese para nada.

—Voy directo a la habitación de la niña. Sé que el hijo mayor no está aquí. Me he informado directamente por medio del abogado, ya que tengo trato habitual con él. Me he informado a través de otros canales. No sé dónde está el hijo, si hubiera estado también lo tendría que matar, pero no está. Debo darme prisa porque podría volver en cualquier momento.

Entró directa a la habitación de la muchacha. Por la mañana Nicolás no había reparado demasiado en ella pues toda su atención se centró en la habitación de matrimonio, donde se habían hallado los cadáveres. Se podía decir que el cuarto no distaba demasiado del que, supuestamente, tendría cualquier chica de su edad. Había un gran escritorio de, al parecer, noble madera en cuyo lateral descansaba, imponente, un iMac de veintisiete pulgadas. La habitación parecía estar perfectamente ordenada si se obviaba que la cama seguía deshecha desde la noche anterior, cuando la pobre hija del abogado se acostó sin saber qué iba a deparar ese día para ella y los suyos.

Sara bordeó la cama, esquivando las zapatillas de estar por casa que todavía estaban en el suelo y se colocó en uno de sus flancos.

—Extraigo un pañuelo de mi bolsillo y una botellita con cloroformo preparado del otro. No llevo ya el pañuelo untado con el líquido porque no quiero que se me moje el pantalón. Es incómodo.

Nicolás enarcó una ceja ante el comentario, aunque lo anotó.

—Lo empapo rápidamente y lo coloco bajo la nariz de la joven. Está dormida y lo va a inhalar sin darse cuenta. Si se despierta presionaré sobre su boca para que no pueda gritar. Para asegurarme, lo respira durante al menos cinco minutos y queda inconsciente. La vida real no es una película, y no actúa de inmediato. Sale bien. No hay contratiempos. Me aseguro levantando su brazo tomándolo por la muñeca...

—Sara, es mucho presuponer, ¿no? —la interrumpió Nicolás.

Una simple mirada hizo que Nicolás respirara hondo y aceptara las premisas de la jefa de la SAC sin rechistar. Ya habría tiempo de discutir aquello, si procedía.

—Sigo. Me aseguro levantando su brazo tomándolo por la muñeca. Nada. No se mueve. Está inconsciente. Ahora toca la parte complicada. Una cosa es lo que he imaginado que quiero hacer, casi podría decir que he fantaseado con ello, otra bien distinta es lo que suceda. Tengo que estar preparado para todo.

Salió de la habitación y se dirigió a la de matrimonio.

A pesar del aroma a eucalipto que desprendía el Vicks VapoRub, el olor pestilente de la sangre podrida penetraba en sus fosas nasales. Ambos tuvieron que tomar un leve respiro antes de continuar y que una incontrolable náusea lo estropeara todo. Ya seguros, entraron.

La sangre estaba completamente seca y ya no había ningún indicio que recoger —o eso esperaban—, por lo que decidieron seguir pisando, como si nada.

—La niña ya está bajo mi control. En un hipotético descuido, siempre sería mejor que se despertara la mujer. Es un hecho que el hombre es más corpulento y podría darme más problemas que ella, por lo que prefiero dejarlo a él inconsciente primero.

Se acercó a los cajones de la mesilla de noche y abrió uno de ellos. Encontró en él un ejemplar de un afamado best seller erótico.

—No quiero prejuzgar, pero es muy probable que este sea el lado en el que dormía ella.

Nicolás asintió.

Sara se colocó de nuevo en la entrada y volvió a pasar a hurtadillas. Se puso al lado de la que, supuestamente, sería la cama en la que descansaba Escobedo.

—Repito el procedimiento hecho con la hija. Trato de colocarlo con cuidado para que él mismo lo respire de manera involuntaria. Soy paciente con los tiempos. Me vuelve a salir bien. Queda inconsciente. Silencioso, paso a la otra cama. Que sean separadas me lo facilita todo, ya que puedo pasar por un lado o por el centro, a mi antojo. Otra vez el procedimiento. Ella también sucumbe. La hija ha sido la primera y el efecto del cloroformo podría desaparecer rápido, así que le doy a inhalar un par de minutos más. Con ellos fuera de juego, me dirijo a la cocina con cierta premura. No puedo permitir que los efectos del anestésico pasen y necesito las sillas para dar rienda suelta a lo que verdaderamente he venido a hacer aquí.

Ambos se dirigieron a la cocina. Nicolás quiso ayudar a llevar sillas para agilizar el trabajo, pero Sara se lo impidió. Quiso calcular más o menos los tiempos haciendo lo mismo que había hecho el asesino. Una vez hubo acabado, simuló entrar de nuevo en la habitación de la muchacha.

—Eres la primera a la que he dejado inconsciente, a pesar de que te he dado un poco más, y la que antes podría despertarse. A ti te llevo primero.

Simuló portar la niña en brazos y luego sentarla sobre una de las sillas. Acto seguido hizo el gesto de atarle pies y manos. Después, hizo como que la agarraba del pelo para también atárselo a las muñecas. A continuación simuló amordazarla. Se volvió.

—No soy un culturista, pero sí un hombre fuerte. Aunque puedo elegir el orden y lo más lógico sería que sentara primero al abogado por si despierta antes, me daré toda la prisa posible para, primero, atar a su esposa y así asegurarme de que cuando despierte tenga todo el espectáculo frente a sus ojos. Sin sorpresas. Sin salirnos del guion escrito por mí mismo. Como se despierte y no esté todo dispuesto voy a sentir angustia. Me podría desatar y no debería. No puedo, no quiero.

Repitió los pasos, anteriormente dados con la hija, con la mujer y, una vez acabó, procedió con el marido. Antes de amordazarle y atarle las manos, hizo el gesto de sacar algo de su bolsillo y colocarlo dentro de sus manos. Después siguió con el ritual de atarlo.

—¿Puedo intervenir, Sara?

—Para eso estás aquí.

—Vale, gracias. A ver, es sobre eso que has dicho de que es un hombre fuerte. No digo que no lo sea, pero conozco la complexión de Fernando y no sé si sería capaz de poder con un hombre como Benigno Escobedo. Tú misma sabes que debía de rondar los cien kilos y eso es demasiado.

—¿Sugieres que alguien lo ayudaba?

—No sé qué decir, pero me parece muy raro.

Sara lo sopesó, pero apenas tardó en negar, tajante.

—No. No lo creo. No sé cómo se las apañó para hacerlo, pero he leído el expediente entero de lo que pasó en Mors y te recuerdo que con el policía local, que pesaba bastante más que el abogado, pudo a base de ingenio. El narcisismo de Fernando le impediría tener a otra persona aquí dentro. Lo ha hecho él solito.

Nicolás dudó. Si Sara lo creía así, ¿quién era él para cuestionárselo?

—Nada, está bien, sigue.

La inspectora jefe tardó unos segundos en volver a meterse en el papel.

—A él le ato la cabeza con un rudimentario palo de escoba. Queda feo estéticamente, pero me ahorra inconvenientes y cumple su función. Mi tiempo se agota, no puedo andarme con rodeos.

—Ahora es cuando le pone los cerclajes en los ojos —intervino Nicolás— y aquí creo que deberíamos puntualizar un detalle. Es imposible que los saque del bolsillo a no ser que sea Doraemon, por lo que podríamos considerar el hecho de que hubiera traído una bolsa consigo en la que guardaba, digamos, todo el atrezo.

—Sí, tienes razón. ¿Ves para qué sirven las simulaciones? Nos hacen darnos cuenta de detalles así. Vuelvo atrás un poco para simular el momento en el que deja la bolsa, nos hará imaginar dónde y cómo lo hizo.

Nicolás asintió, orgulloso de haberse sentido útil en la representación.

—Dejo la bolsa aquí —siguió exponiendo después de volver a aparecer por el pasillo. La dejó lejos de ambas habitaciones—. Es el punto más lógico, pues sacando cosas de ella genero ruido y este es, precisamente, el punto más alejado de ambas habitaciones a la vez. Extraigo los cerclajes. —Se acercó de nuevo a la silla en la que se suponía que estaría el abogado—. Se los coloco a Escobedo. Ya no me importa que se despierte. Lo tengo completamente inmovilizado y nadie escuchará sus gritos. Sus ojos ya están abiertos y ha despertado tras tanto movimiento. Ve la imagen de su mujer y su hija delante de él, atadas e inconscientes. Trata de moverse en vano. Me he asegurado de que no pueda hacer nada, solo sudar como un cerdo por el miedo que experimenta. Eso me gusta. Tenerlos a todos atados me hace sentir poderoso. Tengo el control. Eso me gusta. Ya nada se me puede escapar de las manos. Siento excitación por ello. Tengo una erección.

—Perdona, Sara, ¿una erección?

—Como sabrás, la mayoría de las motivaciones de un asesino en serie suelen ser sexuales.

—Ya, pero Fernando no es de esos, nunca ha llegado a tocar a ninguna de sus víctimas en ese sentido.

—No, Nicolás, cuando te hablo de sexual no te hablo del coito en sí. Hay determinadas personas que solo son capaces de llegar a la excitación sexual mediante este tipo de actos de demostración de poder. O, incluso al orgasmo. ¿Recuerdas a Chikatilo? ¿El Carnicero de Rostov?

Nicolás asintió. ¿Cómo no iba a hacerlo?

—Pues Chikatilo era incapaz de mantener relaciones sexuales porque padecía una disfunción eréctil. Sin embargo, cuando apuñalaba a sus víctimas sí lograba tenerla y llegaba a veces incluso al orgasmo. Todo sin haber acto sexual de por medio.

Nicolás no supo qué contestar. Cualquier palabra se hubiera quedado pequeña en esos momentos. Optó por claudicar.

—Vale. Acepto lo de la erección. No he dicho nada.

Sara sonrió levemente, cerró de nuevo los ojos y continuó:

—Despierto a madre e hija con leves golpes. No quiero que encuentren marcas que no correspondan con lo que va a pasar. Ya han despertado por sí mismas, no hace falta que yo haga nada. Ellas tampoco saben lo que pasa. El abogado, al verlas así, se pone más y más nervioso. Sufre. Siento placer. A eso he venido. Intenta moverse y podría provocar un desastre como tire la silla al suelo. Lo amenazo con la hija como no se esté quieto. Voy primero a por su mujer. Ella es un mero peón dentro del tablero que he montado. No la necesito. Voy a deshacerme de ella, lo más sencillo es cortarle la garganta. Morirá rápido. Padre e hija tratan de gritar pero nadie los oye. No hay salvación para ellos.

Otra pausa. Volvió a cerrar los ojos, como si le costara continuar con aquello. Pero lo hizo.

—Mi máximo placer consiste en hacer sufrir al hombre, sé que su punto débil es la hija. Quiere a su mujer, pero duermen en camas separadas, por lo que no está enamorado de ella. Su hija es otra cosa. Verla padecer será el peor de sus males. Comienzo a lacerarle la cara, despacio, pero sin detenerme, esto no puede parar ahora. No me puedo dejar llevar por el momento, tengo que disfrutarlo pero sin que parezca que lo único que busco es mutilar cuerpos. No, esa no es mi meta: es causar dolor al abogado para después quitarle la vida. Sigo haciendo tajos en la cara de la muchacha, debería sentir pena por ella, pero no lo hago. No es culpa mía que ella estuviera en medio de mi camino. Es necesario que sea así. No puede ser de ninguna otra forma.

Un nuevo paréntesis en sus palabras. Sudaba. Sudaba mucho. Nicolás, al verla, dio un paso al frente pero ella levantó la mano haciendo que se detuviera en seco.

—Le practico los últimos cortes en la cara. Vacilo un par de veces con quitarle de golpe la vida, pero veo más terror en los ojos del hombre con cada intento y me provoca placer. Placer y más placer. No quiere que muera. No va a poder hacer nada por ella. Siento que ha llegado el momento. Va a morir y necesito que sea impactante. Esto asestará un golpe mortal en la conciencia del abogado. Le cortaré la yugular —hizo el gesto—. La sangre salpica en todas direcciones, incluso en el rostro del padre y en el mío. No me importa lo último, tengo ropa limpia en la bolsa y me cambiaré en cuanto pueda. Ahora toca acabar con la vida de Escobedo, pero tampoco será inmediato. Le propinaré una puñalada certera en el estómago. Conozco el punto exacto para hacerlo y que muera lentamente, con la culpa comiéndolo por dentro. Podría dejarlo vivo para que viviera siempre con el trauma, pero seguramente acabaría suicidándose y entonces no sería yo el que hubiera impartido el castigo. Mi castigo. Escojo el punto exacto con cuidado. Me puedo equivocar, claro, no todos los cuerpos son iguales, pero lo he estudiado bien y sé que, si pincho aquí, morirá lentamente. Le asesto la puñalada. Morirá en unos treinta y cinco o cuarenta minutos. No me voy a mover de aquí hasta que lo haya hecho. No puedo dejar cabos sueltos. Además, verlo caer será el culmen de mi acto. Morirá mirando a su mujer y su hija sin vida, sabiendo que no pudo hacer nada por ellas. Se sentirá un fracasado, yo he cumplido mi misi...

De pronto y, sin que Nicolás lo esperase, Sara cayó al suelo. Corrió en su ayuda al instante. No estaba inconsciente, pero sí con el rostro algo desencajado.

—¿Estás bien? ¿Qué ha pasado?

—No sé... —contestó ella confusa ante lo que acababa de suceder.

—Creo que estás mareada. ¿Es posible?

—Es posible...

—Escucha, Sara, el suelo está lleno de sangre y es asqueroso, déjame que intente levantarte y echarte sobre la cama, al menos...

—No, ayúdame a que me incorpore del todo.

—Pero...

—Por favor.

Nicolás resopló con la nariz y ayudó a que la inspectora jefe se pusiera de pie. No la soltó hasta que se aseguró que ella misma era capaz de mantener el equilibrio.

—¿Mejor?

—Sí, gracias.

—¿Qué ha pasado?

—Llevo varias noches sin dormir, es falta de descanso. De pronto todo me ha dado vueltas.

—Joder, Sara, podrías habérmelo dicho y hubiéramos hecho esto de otra manera.

—No, ya te dije cómo tendría que ser. No hay otra manera.

—Vale, pues no soy quién para decírtelo pues ni pincho ni corto en tu departamento, pero ya que eres jefa y te lo puedes permitir, descansa mañana. Bueno, luego...

—No, tenemos una reunión bastante jugosa con todo el equipo a las nueve, tú mismo la has puesto.

—La pospondré hasta las once.

—Las diez.

Nicolás la miró directamente a los ojos. Ella no pestañeó, desafiante.

—Está bien. Eres buena negociando.

—No lo sabes tú bien. Salgamos de aquí, ya tenemos suficiente.

20

Viernes, 23 de septiembre de 2016. 10.04 horas. Madrid

Uno a uno, Nicolás fue dando los buenos días a los asistentes a la nueva reunión que había convocado para poner en común lo que tenían. Sara, una vez más, fue la última en llegar. Ella saludó sin levantar demasiado la cabeza, Nicolás la agarró suavemente del brazo para obligarla a detenerse.

—¿Cómo estás? —preguntó.

—Bien, bien, gracias.

—¿Has conseguido dormir?

—Sí, claro —mintió—. Lo justo, pero me ha venido muy bien.

Lo cierto era que, como las tres noches anteriores, la medicación que el especialista le había recetado a su madre solo hacía efecto durante las primeras horas de la noche. A las diez, más o menos, solía dormirse, pero sobre la una o las dos de la mañana se despertaba muy alterada, voceando por el desconcierto de no saber dónde se encontraba y bastante violenta. Cuando llegó a casa después de hacer su trabajo en la vivienda del abogado, encontró de nuevo a Johanna tratando de contener a su madre, que chillaba como una loca y lanzaba golpes sin ton ni son.

La idea que no quería ni que se le pasara por la cabeza cada vez se iba imponiendo con mayor fuerza a su deseo de cumplir como hija y estar con ella a las duras y a las maduras. Aquella situación hacía demasiado tiempo que había dejado de ser de color castaño para ser solo oscuro.

—Sara, no quiero inmiscuirme en tus asuntos, pero si necesitas cualquier cosa, lo que sea, aquí me tienes.

—Lo sé, Nicolás. Soy consciente. ¿Empezamos?

El inspector asintió y permitió el paso a la inspectora jefe. No hacía tanto tiempo que la conocía, pero el trato entre ambos siempre había sido de lo más cordial. Nicolás no había tenido la oportunidad de ver en ella a ese ogro que tanto nombraban. La definían como una mujer difícil, de agrio carácter y muy recelosa a la hora de relacionarse con gente de fuera de lo que ella solía llamar su «círculo». Al contrario, Nicolás siempre había obtenido respuestas amables por su parte, un trato de lo más profesional: habían establecido, en suma, una buena relación, a pesar de que no habían trabajado juntos en un caso hasta la fecha.

De hecho, habían comido un par de veces juntos en la cafetería del complejo y charlado sobre temas profesionales.

Nicolás veía en ello la historia de siempre. La de que cuando una mujer alzaba la voz un poco por encima de lo que la sociedad fálica le permitía, automáticamente era una hija de puta. Mejor calladitas y aceptando su rol, que para ser líderes ya tenían a hombres hechos y derechos. La náusea que solía acompañar a esos pensamientos apareció de nuevo.

Dejó las cavilaciones de lado y, una vez comprobó que todos estaban ya dentro, cerró la puerta tras pasar al interior de la sala.

—Buenos días a todos otra vez —comenzó a hablar. Sobre la mesa había varios ejemplares de periódicos del día, los cogió y comenzó a deslizarlos sobre ella en distintas direcciones—. En primer lugar, como veis, la prensa no nos da tregua con los asesinatos. No es raro teniendo en cuenta que se trata de un hombre influyente en la sociedad madrileña. Lo que me fastidia es que no han tardado en relacionarlo con Fernando, puede que sea culpa mía por decidir mostrar su imagen en televisión, pero lo están haciendo. Ninguno lo dice a las claras, pero, qué casualidad, lo dejan caer. Soy consciente de que la prensa paga bien por ciertas informaciones, pero confío en vosotros y espero que nada de lo que hablemos salga de aquí, así como también espero que habléis con las personas más cercanas que intervienen en el caso y les contéis la situación. No es ninguna broma lo que tenemos entre manos. —Hizo una pausa para dar énfasis a las palabras que iba a pronunciar—: No puede salir de nuestro entorno. —Volvió a detenerse—. Además, el juez ya ha ordenado el secreto de sumario y supongo que sabéis lo que eso significa. Pero si os digo la verdad, lo que realmente me preocupa son todas esas gilipolleces falsas que se cuentan sobre el caso y sobre Fernando. Como esto acabe alterando a nuestro asesino, nos podemos dar por muy jodidos, porque no es de los que cometen fallos cuando están encabronados, no, antes al contrario. Crucemos los dedos para que eso no llegue a suceder.

Todos asintieron.

—Y ahora procedo. Creo en la sinceridad, así que lo voy a ser con vosotros. Estoy contrariado porque mis emociones se enfrentan ahora mismo. Por un lado, la impotencia de perseguir a un fantasma. Por otro, la esperanza de que en un solo día hemos esclarecido muchas cosas. Hay algunas que no sé y, de corazón, espero que me alegréis el día. Comenzaré con algo muy importante. Tras un excelente trabajo, el inspector Gutiérrez ha descifrado lo que nos quería decir el asesino con los dos objetos que dejó en las manos del abogado. Os recuerdo que se trataba de una rueda y la rama de un árbol. Si eres tan amable, Alfonso, procede.

—Sí... Mmm... A ver, para averiguar sobre la rama fui,

como muchos sabéis, al Real Jardín Botánico. Allí me dijeron que se trataba de una rama de manzano. Al parecer algo muy fácil, pero que nadie de los que trabajamos aquí supimos ver. Una vez tuve claro lo que era, hice una búsqueda en el ordenador, tratando ambos objetos como si fueran símbolos. Porque, de hecho, entiendo que lo son. El resultado con el que me he quedado es el de que representan a la diosa Némesis. Os leeré lo que he sacado de internet: «Némesis es la diosa de la justicia retributiva, la venganza, el equilibrio y la fortuna. Castigaba a los que no obedecían a aquellas personas con derecho a mandarlas. Se la representaba con una rama de manzano en una mano y con una rueda en la otra».

—Así que es de la venganza, la justicia y el equilibrio... —comentó Ramírez pensativo.

—Correcto —intervino Nicolás—. Nos dice muchísimo si lo interpretamos de manera correcta. Al oír hablar de justicia es fácil que lo relacionemos de inmediato con el hecho de que Escobedo era abogado. Es innegable. Pero no sé si irán por ahí los tiros. Como bien sabéis, anoche estuvimos la inspectora jefe Garmendia y yo en el domicilio de Benigno recreando paso por paso el homicidio, por lo que las palabras «justicia» y «venganza» toman un sentido diferente que nada tiene que ver con la profesión de Escobedo. ¿Es así, inspectora jefe?

—Sí. Tengo que analizar con mi equipo todos los comportamientos que creímos que pudo tener nuestro hombre hace dos noches, pero todo indica que sus actos llevaban implícita una venganza. Por eso hubo tanta tortura de por medio. Pero, como he dicho, una vez lo analice todo con mi equipo podré aportar datos mucho más esclarecedores.

—Perfecto. Por mi parte ayer estuve en el Anatómico Forense y he sacado en claro varias cosas. Una de ellas es que utilizó cloroformo para dejar fuera de juego a las víctimas. Hemos llegado a la conclusión de que fue muy paciente para pudieran aspirarlo sin que se enteraran por estar dormidas. Nos lo confirma el hecho de que no se hayan encontrado fibras ni restos de pañuelo en la boca y la nariz. También se han establecido, aproximadamente, las horas de las muertes entre las cuatro y las cinco de la mañana. Primero falleció la mujer de Escobedo, luego la hija y, por último, el abogado. Sobre la muerte de cada uno de ellos no hay novedad, era lo que esperábamos, pero sí hay un dato curioso: nuestro asesino sabía perfectamente dónde acuchillar a Escobedo para que muriera lenta y dolorosamente mientras contemplaba los cadáveres de su mujer e hija. Sé que todos os habéis leído mil veces los informes de las muertes de hace siete años y que tenéis muy claro que es la forma de proceder de Fernando. La forma de matar, los símbolos, la crueldad en sus actos... todo lo señala, pero nos falta ese pequeño factor que podamos usar como prueba. Aunque en realidad esto no es lo que más me importa. Querría saber por qué ha actuado, creo, buscando venganza. ¿Qué habéis podido averiguar sobre la vida del abogado? —preguntó Nicolás clavando los ojos en Fonts y Ramírez.

—Sentimos ser portadores de malas noticias, según se mire, pero Escobedo llevaba una vida de lo más normal. Abogado ejemplar, había incluso llegado a defender a gente sin recursos por propio convencimiento. Hemos tratado de acceder a sus cuentas, pero los jueces se han mostrado reticentes a otorgarnos la orden... Algunos hasta nos han dicho claramente que lo consideran una ofensa. El primero, Soria. Esta mañana, tras mucho insistir, el juez Pedralba ha presionado a Soria y finalmente ha cedido. Hemos echado un vistazo rápido. Todo en orden, aparentemente. Ingresos elevados pero siempre justificados con nombre y apellidos de clientes suyos. Hemos pedido otra orden para poder acceder a la asesoría que le llevaba la contabilidad y corroborar los datos de la cuenta, pero nada indica que vayamos a encontrar algo raro. Hemos solicitado ayuda a la UDEF, pero ya digo, poco o nada encontraremos. También hemos intentado comprobar la relación más lógica en el caso de que fuera Fernando el que está detrás, pero su antiguo bufete no había mantenido tratos, al menos que hayamos podido saber, con Benigno Escobedo. Así que tampoco por ahí. Por otro lado, lo que nos pediste sobre averiguar si era un marido fiel o no, relacionado con los dos pelos encontrados, nos va a ser difícil. Para eso necesitamos un poco más de tiempo y saber qué tornillos debemos apretar. De momento no sabemos ni por dónde empezar. Vamos a seguir tirando de la manta a ver qué podemos averiguar en el entorno de las víctimas. Puede que sea interesante también conocer los ambientes por los que se movían la mujer y la hija. Todo suma, supongo.

—Muy bien, haced lo que podáis —comentó resignado Nicolás—. Hablando de los pelos, ¿qué sabemos?

—Les hemos dado prioridad máxima, saltándonos una pila de trabajo increíble. Lo único que sabemos es que, como esperábamos, son de mujer y poco más —respondió el inspector jefe Brown—. No corresponden a nadie que esté en ninguna base de datos de ninguno de los cuerpos policiales del país. Tampoco son de la mujer ni de la hija. Ojalá todo fuera tan fácil como pedir muestras a todas las mujeres que, de un modo u otro, tengan algún tipo de trato con el abogado. Todo sería más sencillo...

—O no, es mucho presuponer que deban ser de alguien de su entorno. Creo que, aunque no queremos decirlo abiertamente, todos estamos convencidos de que el asesino es Fernando Lorenzo. Sabiendo cómo actúa, no nos lo va a poner nada fácil. Puede que esos pelos tengan relación con su siguiente víctima, en eso sí apostaría, pero que tenga que estar dentro del círculo de Escobedo... no sé.

—Entonces ¿dejamos de investigar si le era fiel a su mujer? —preguntó Fonts escéptica.

—No. No podemos cerrar ninguna puerta. Imaginemos

que lo hacemos y metemos la pata hasta el fondo. Recuerdo que lo que está en juego es la vida de personas. No podemos dar nada por sentado. Nada.

La tensión en las palabras de Nicolás era evidente y casi todos los allí presentes se hicieron eco de ello. Casi todos menos Sara, que parecía absorta pensando algo desde hacía un buen rato.

—Bueno, obviando lo último —volvió a hablar Brown—, no, no tenemos nada. Todo demasiado en orden, dentro de lo que cabe. Como comprenderán, había muchísimas huellas en la habitación. Las que no son parciales, son del matrimonio, la hija y la limpiadora de la casa… Todavía no hemos hallado ninguna que no les perteneciera. Las parciales no nos valen, pero las vamos a analizar para saber si en algunos puntos coinciden con las de las víctimas. Por lo demás, lo siento, pero mi departamento no puede hacer más.

El silencio se hizo en la sala de reuniones, era evidente la frustración que poco a poco se había ido apoderando de cada uno de los integrantes de ese equipo.

—Yo —habló Alfonso—, lo que pienso es que estamos haciendo un poco el canelo no llamando las cosas por su nombre. Sí, soy consciente de todas esas mierdas de que necesitamos algo que incrimine a Fernando, pero creo que nos limita el pensar que podría ser cualquiera cuando todos los de aquí sabemos que se trata de ese cabrón. Nicolás y yo lo vivimos en primera persona, pero el resto habéis leído los informes y sabéis de sobra que se trata de él. Es su forma de actuar. Me la refanfinfla que tengamos que admitir la posibilidad de un imitador porque es una puta gilipollez. Nadie ha tenido acceso a los dosieres y, aunque le hayamos dado bombo en la tele, nadie sabe cómo actuaba realmente. Dejemos ya de hacer el imbécil y pensemos que es él. Puede que eso nos haga avanzar más.

Nicolás se quedó mirando a Alfonso bastante sorprendido. Conociéndolo como le conocía, no daba crédito a una reacción de ese tipo por su parte delante de tanta gente. Su imagen de que todo le importaba más bien poco siempre iba primero y ahora se lo veía bastante afectado. Muy angustiado.

—Sé que acabará viniendo a por mí —soltó de repente Alfonso sorprendiendo todavía más a los allí presentes.

Entonces Nicolás lo comprendió: tenía miedo.

Sara, que pareció salir por fin de su ensimismamiento, lo examinó por unos instantes. Toda la bravuconería de Gutiérrez se había esfumado de un plumazo. En su rostro no quedaba ni pizca de esa mirada prepotente y esa sonrisa que con tanto gusto le hubiera borrado con un par de sopapos. No. En su lugar había pánico. Un pánico como pocas veces había visto en la cara de una persona y que le hizo preguntarse si habría algún rastro de humanidad tras esa fachada sin duda forjada para evitar que nadie le hiciera daño emocionalmente. Parecía que sí. También vio angustia, mucha, además de desesperación. Sintió lástima por él. No le gustaba hacerlo por ningún compañero de trabajo, ya que no quería elevarse un escalón moralmente por encima de nadie. Sin embargo, no lo pudo evitar.

—No creo que sea así —contestó ella.

Todos la miraron perplejos.

—Por lo que he leído —siguió hablando—, la intervención del inspector Gutiérrez en el último momento escapaba del plan trazado por Fernando. Según lo que él parecía esperar, el inspector Valdés debía ser el único protagonista y la encerrona estaba preparada para él. Fue un error por parte de la chica. ¿Cómo se llamaba? —Rebuscó entre los papeles hasta que halló el dato que necesitaba—. Gala. Seguro que pensáis que Fernando estaba enamorado de ella. De hecho, él lo creería así, pero lo que él creía sentir distaba de lo que es un enamoramiento al uso. Un psicópata no puede interpretar ese sentimiento como lo haríamos nosotros. ¿Qué quiere decir? Que su reacción al desastre, por tanto, no es igual a la que cabría esperar de una persona normal. Él incluso la puede culpar a ella de su encierro. Como os lo digo. Ella debía neutralizar a Gutiérrez y dejarlo fuera de juego para el festín final. No fue así. Lo hizo mal. Fernando la culpabiliza, seguro. Al fin y al cabo, Gala era un instrumento más para conseguir sus fines. Fernando podrá ser todo lo guay y enrevesado que se crea él mismo, pero no deja de compartir algunos rasgos característicos de cualquier psicópata. Ya lo hemos visto con el ego. Siempre está. Pues la falta de empatía, la forma de interpretar los sentimientos que se cruzan por su cerebro, también. Claro que le duele su muerte, pero no del modo que creemos. Una parte de él piensa que ella tuvo lo que se merecía por no haber hecho las cosas como debía.

—¿Y qué conclusión podemos sacar? —quiso saber Nicolás.

—Que el único que le interesas eres tú. Y que el inspector Gutiérrez debería dormir tranquilo. Tú te cruzaste en su camino y Fernando te asignó una etiqueta. Quizá lo hizo de manera involuntaria, pero lo hizo. No es otra que la que Gutiérrez descubrió con los objetos que este dejó en las manos del abogado. Sí, tenía razón, con ellos se refería a la diosa Némesis. Pero también te invocaba directamente a ti.

—¿A mí? —Nicolás no entendía a qué se refería la inspectora jefe Garmendia.

—Sí, a ti. A su némesis. No creo que sea la primera vez que escuches esa expresión. Pero por si acaso alguno de los presentes sí, les resumo. Aparte de todo lo que ha aportado el inspector en el informe sobre la diosa, la palabra «némesis» se utiliza en la cultura popular para designar al opuesto de una persona. Tengo mis dudas de que ese sea su sentido etimológico, pero se hace. Es algo así como su enemigo más importante e íntimo. Fernando te designó a ti como a su contrario.

Él es el mal, tú eres el bien. No lo tomemos con su simple rol, como el del policía que trata de apresar al malo porque va mucho más allá. Él te observó y decidió que serías su enemigo a partir de entonces. Alguna cosa tuvo que haber de por medio para que tomara esa decisión, pero no es lo que nos importa ahora. Lo que realmente le frustró del momento en que lo atraparon no fue el hecho en sí de su detención, quizá ni la muerte de su compañera. No, se le dio un nuevo motivo para seguir con su obra, como si le dieran alas para seguir volando: este no era otro que acabar con su némesis. Y, ojo, que puede ser tanto en sentido literal como metafórico.

—¿Se refiere a que podría querer castigarme?

—Es probable. Aunque sería aventurarnos demasiado, no lo podemos descartar. O quizá sea una motivación extra, no lo sé. Me temo que es un personaje demasiado complejo como para analizarlo con tanta precisión y tan rápido. Lo peor de todo es que me temo que habrá nuevas acciones que me dejen averiguar cómo es él en realidad.

Nicolás quedó pensativo tras las palabras de la inspectora jefe. No lo había visto desde ese punto de vista, pero desde luego que, mirándolo así, todo adquiría una nueva dimensión.

—Entonces ¿esto sí sería una forma de decirnos que sí, que es él? —planteó cauto Nicolás.

—No tengo dudas. Me ha costado verlo, pero mi trabajo consiste en meterme todo lo que pueda en la mente de ese hijo de la gran puta y, aunque no me guste admitirlo, es la más compleja con la que he tenido el horror de toparme, incluso supera a la de José Bretón.

Nicolás suspiró tras la afirmación.

—Insisto, no tengo dudas de que la alusión a la diosa Némesis tiene un doble sentido, creo que con sus actos intenta impartir su propia justicia pero, a la vez, es una manera de decirte: «Hola, estoy aquí».

—Joder —exclamó Nicolás tras dejar pasar unos segundos—, pues qué bien. En fin, con los nuevos datos sobre la mesa debemos seguir trabajando...

—Necesito acceso a todo lo que se tenga sobre él —lo interrumpió la inspectora jefe de forma brusca—. Supongo que las sesiones a las que se sometió en el psiquiátrico de Alicante estarán grabadas.

—Sí, si no me equivoco ya están ped...

—Necesito que me las consigas cuanto antes. Tengo que ver cómo reacciona, cómo es su rostro y qué hacen sus ojos con determinadas preguntas. Bueno, lo haré con la ayuda de la inspectora Vigil.

—Vale, vale, ya te he dicho que están pedidas, deberíamos tenerlas ya o tienen que estar al caer.

—Pues si no tienes más que añadir, me marcho. Mi equipo me espera para empezar a dar forma a la mente de ese malnacido. Señores...

Dicho esto y sin dar tiempo a que nadie dijera nada, salió del despacho a toda prisa, dejando a Nicolás boquiabierto y sin saber qué decir.

Alfonso sí habló, sin levantar la mirada de la mesa:

—Lo que yo decía, como una puta cabra.

21

Viernes, 23 de septiembre de 2016. 11.13 horas. Madrid

Sara recorrió el camino que separaba el edificio que albergaba la sede de la Policía Judicial de la Unidad Central de Información Criminal lo más rápido que pudo. Esa vez no se detuvo frente al lago artificial que había delante del edificio para contemplar a los patos —obesos como cerdos, por cierto— y echarles unas migas de pan que solía traer de casa. Tenía demasiada prisa por reunirse con su equipo.

Subió hasta la segunda planta, donde estaba ubicada la sede de la SAC y entró en la sala de reuniones como una exhalación.

—Disculpad el retraso, chicos, hemos empezado más tarde y no he podido venir antes.

Ninguno dijo nada, pero sus relajados rostros mostraban que no tenía importancia.

—Bien —comentó nada más tomar asiento en uno de los bordes menores del rectángulo que formaba la mesa—, iré directa al grano. Ya tenemos ciertos parámetros para comenzar a elaborar el perfil, así que, al lío. Julen, ¿repartes unas tablas?

El inspector asintió y se puso en pie. Fue directo al mueble con cajones de madera casi blanca que había en una de las esquinas de la sala y extrajo un folio impreso para cada uno. También tomó bolígrafos para todos, por si acaso alguno no tenía.

El método que utilizarían para elaborar un perfil lo había creado su predecesor en el cargo, el que fuera inspector jefe Juan Enrique Soto. Aunque el sistema empleado era tan lógico que facilitaba el trabajo a la unidad una barbaridad, para completar los pasos que tan bien había estipulado su creador, se necesitaba una comprensión plena de lo que se necesitaba y se pedía. Las siglas VERA —así había denominado a su método— correspondían a: Víctima, Escenario, Reconstrucción y Autor. Los pasos que seguir con cada uno de los elementos se dividían, a su vez, en cuatro fases que culminaban en la elaboración del ansiado perfil criminal.

—Como sabéis —comenzó a hablar Sara con las tablas impresas que ella misma había preparado y que tenía ahora delante—, lo primero es identificar, con datos objetivos, por qué fue elegida la víctima. Rellenemos la primera tabla con lo que sabemos.

—Aquí tenemos tres víctimas —siempre solía ser Fátima quien empezaba con los datos—. Benigno Escobedo, hombre, abogado, sesenta y tres años. Melinda Ros, mujer, secretaria, cuarenta y ocho años. Melinda Escobedo, mujer, estudiante, diecisiete años.

Todos comenzaron a anotar esos datos en la primera tabla. Para numerarlos, usaban una nomenclatura que empezaba por la letra D de dato, seguida por la V de víctima y terminada en un número ordinal. En ese caso, como se tenía más de una víctima, detrás de la V se utilizó un número romano, también ordinal. Los datos quedaban así: DVI1, DVII1, DVIII1, DVI2...

—El siguiente paso nos lleva a recopilar datos sobre el escenario —intervino Sara.

—El escenario elegido es la propia vivienda del abogado, un ático situado en la plaza de Herradores, en pleno centro de Madrid. Los asesinatos fueron cometidos en la habitación de matrimonio.

Para anotarlo, hicieron igual pero utilizando la letra E en lugar de la V de los datos anteriores. Así lo harían hasta completar las siglas VERA en los siguientes.

—Vamos con la reconstrucción. Aquí me he adelantado un poco... Anoche visité, junto al inspector Valdés de Homicidios, el escenario. Lo hice a la hora que se estima que fueron las muertes. Procedamos, primero, a exponer los datos objetivos y después os contaré mis propias hipótesis sobre lo sucedido.

—Bien, pues como datos tenemos que ató a las tres víctimas en sillas. Al mismo tiempo inmovilizó sus pies y manos. También hizo que sus cabezas estuvieran erguidas atando el pelo de las mujeres a las manos; para él se sirvió del palo de una escoba. Mató a Melinda Ros con un corte en la garganta. A Melinda Escobedo le seccionó la yugular. Previamente, *ante mortem*, le provocó unas laceraciones en el rostro. A Benigno Escobedo le infligió una punción en la base del estómago, cuyos ácidos salieron y provocaron quemaduras y hemorragias internas. Ninguno de los cuerpos tenía evidencias de abusos sexuales. Las tres víctimas presentaban una concentración no demasiado alta de cloroformo en sangre. Inhalado, según resultados. El abogado tenía en sus manos dos objetos: una rueda pequeña y una rama de manzano, según nos cuenta el inspector... —buscó su nombre en el dosier que acababa de traer Sara— Gutiérrez.

—Perfecto, Julen —dijo Sara tras hacer las anotaciones—. ¿Y del autor?

—Según datos aportados por Científica es un hombre cuya estatura sobrepasa el metro setenta y, probablemente, los ochenta kilos de peso. Se basan en el transporte de los cuerpos para ambas premisas. Aunque no hay ninguna certeza. Poco más tenemos.

—Correcto. La siguiente fase es la realización de inferencias, pero hoy y sin que sirva de precedente, nos la vamos a saltar para pasar a la tercera, las hipótesis. Aquí os explicaré lo que deduje de la reconstrucción que hice la vivienda. Si alguno de vosotros no está de acuerdo en algún punto o quiere añadir algo, comentadlo por favor. Sabéis que somos un equipo y que cualquier punto de vista es bienvenido.

Todos asintieron. Acto seguido, Sara relató con pelos y señales la reconstrucción y, asimismo, dio a conocer sus impresiones. Todos escuchaban entre atónitos y horrorizados cómo ella pensaba que había actuado el asesino. También les contó los pormenores de la reunión que acababa de tener y cómo, por unanimidad, se había decidido poner nombre y apellidos al asesino: Fernando Lorenzo.

El primero en hablar fue Julen, aunque le costó encontrar las palabras.

—Yo no sé vosotros, pero no tengo nada que añadir a esa hipótesis. —Miró la hoja—. Con los datos que tenemos me es difícil imaginar que sucediera de otra manera. Además, Sara, tú eres la que ha visto con tus propios ojos lo que se supone vio el asesino. Más que nadie puedes establecer esa hipótesis.

—Sé que solemos ir dos del equipo a cada inspección ocular —comentó como disculpándose, aunque no les iba a contar del todo la verdad—, pero en esta ocasión y debido a la gravedad que podría tener el asunto, preferí hacerlo con el inspector Valdés. Al fin y al cabo, podría ser la persona que más lo conoce, dentro lo posible.

—No te disculpes, Sara, no me refería a eso si ha sonado así. Lo que quería decir es que no tengo nada que añadir, no sé si el resto...

Todos negaron con la cabeza. La hipótesis de Sara les parecía coherente y sin fisuras.

—Gracias, Julen. Entonces, si aceptamos la hipótesis y la sumamos a lo que ya sabemos, ¿podemos elaborar un perfil?

—Sí —intervino María—, teniendo en cuenta que aceptamos que se trata de Fernando Lorenzo y ya sabemos de él edad, complexión y todo lo demás, nos podemos centrar un poco más en psicología. Lo primero que diría es que su estatura y complexión lo hacen sentirse seguro de sí mismo. Tiene una buena forma física, lo que influye positivamente en la determinación de sus actos.

—Además —Irene Marcos tomó la palabra—, sabemos que es un hombre culto, que estudia mucho cada detalle de sus víctimas, lo que implica que cada paso que da lo dé decidido. Lo sabe todo antes de proceder. No son elegidas al azar. No le cuesta dejar el tiempo que haga falta para entender por qué debe dar cada paso de una determinada forma. La paciencia es una de sus mayores virtudes.

—En esta personalidad el trato con mujeres ha sido limitado. Carlos sí se relacionaba con ellas debido a su trabajo, al margen de que, gracias a su cuidado aspecto físico, no le era demasiado difícil intimar con ellas. Fernando no. Es tímido con ellas y prefiere evitar interactuar si no es estrictamente necesario. Por eso mató a la mujer en primer lugar y sin miramientos. Un tajo y a seguir. Con la hija lo tuvo que hacer, pues postergar su muerte era parte del dolor que quería causar —apuntó la inspectora jefe.

—Esto último nos sugiere que es una persona sin sentido de la crueldad, al menos como nosotros lo tenemos establecido. Para él, lo que hace no es cruel, sino parte de un proceso en el que se siente juez y verdugo. Es un psicópata que ve a su víctima como un simple objeto que le servirá para llegar a su meta, sea cual sea.

—De momento mantiene el control siempre sobre sus impulsos —comentó Irene—. No se deja llevar por las emociones y consigue dominar en todo momento esa ansia asesina.

No sacia su necesidad de muerte al hacerlo porque no la tiene. Es más un sentido justiciero. Podríamos hablar, sin duda, de que se trata de un asesino organizado.

—También dispone de vehículo para poder moverse de aquí a allá. No vive cerca de sus víctimas, quiere alejarse del lugar de la investigación y no ser reconocido en un transporte público, por lo que utiliza un vehículo que él mismo conduce. Puede que de alquiler. Trazar un perfil geográfico no serviría de demasiado, ya que se salta los patrones típicos de actuación.

Sara se quedó pensando unos instantes en la reflexión que acababa de lanzar Fátima.

—Un momento, paremos aquí, que es interesante. Respecto a eso que has dicho acerca de no usar el transporte público, sabe que su foto se ha difundido por televisión y que sería fácil que lo reconocieran tras la típica histeria que suele generar este tipo de noticias, pero ¿por qué piensas que el coche es de alquiler y no robado?

—Porque una cosa es saber abrir cerraduras y otra bien distinta robar coches. Antes era mucho más sencillo, pero ahora la mayoría tienen sistemas antirrobo que no lo ponen fácil y sería un escollo para él.

—Claro... —Quedó pensativa de nuevo—. No es una idea descabellada que use coches de alquiler, pero, por otro lado, sería una locura pensar que, sabiendo que lo pueden reconocer, se persona en una empresa de este tipo y los alquila.

—¿Descartamos entonces la hipótesis?

—No, no quiero decir eso. Sí, sí que puede tener un coche de alquiler. De hecho, me parece el comportamiento más lógico teniendo en cuenta lo que has dicho sobre robarlos, solo que pienso que alguien lo ha alquilado por él...

—¿Tiene un ayudante? —preguntó sobresaltada Fátima.

—Sí, y lo curioso es que el inspector Valdés ya me había apuntado algo así en la casa. Aunque no acabo de verlo.

—¿En la casa? ¿Un asesino actuando con otro? Eso es muy raro, mucho más teniendo en cuenta el narcisismo extremo del señor Lorenzo —repuso María Soldevilla.

—A eso me refiero. No creo que lo hayan ayudado con los crímenes en sí, pero sí con ese tipo de asuntos. Necesita unas manos y unos pies que puedan andar por la calle tranquilos, sin miedo a ser reconocidos. También alguien tendrá que proveerlo de comida, aunque alguna vez puede que él mismo la compre, pero siempre no puede. La otra vez tuvo a su compañera Gala, y eso que la situación no era ni parecida a la de ahora. Ahora necesita más que nunca a alguien a su lado.

—Entonces ¿confirmamos que nadie le ayuda en los crímenes?

—Sí. Los ángulos de los cortes en garganta, cara y yugular sugieren una mano diestra, la misma mano en todos casos, según Científica. Incluso la herida del estómago presenta un ángulo de inclinación similar. Supongo que en cuanto el forense pueda realizarles el *peel off* sabremos más sobre si se realizaron con la misma arma, pero poca duda cabe. Además, el modo de proceder dentro de la vivienda apunta a una sola persona. Sería un caso excepcional casi en el mundo entero si fuera de otra forma.

—Está claro, no podemos olvidar nunca la vanidad que demuestra. No permitiría que nada ni nadie lo ayudara en el momento de la verdad —intervino Julen.

—Pero necesita a alguien en la calle... —dijo Sara como para sí misma.

—Pero necesita a alguien en la calle, sí —convino el inspector.

La inspectora jefe se quedó pensativa. De ser cierto lo que apuntaban los miembros de su equipo, todo cambiaba. Quizá atraparlo a él iba a ser harto complicado, pero tal vez la persona que lo ayudaba no fuera tan cuidadosa. Con una nueva esperanza, se levantó de pronto de su asiento.

—Chicos, redactad un informe en condiciones para presentar a los de Judicial. Tengo que contárselo al inspector. Tenemos que abrir una nueva vía por aquí.

Todos asintieron. Sara salió orgullosa de su equipo. El VERA ayudaba mucho a resolver esos casos, pero sin ellos, nada tendría sentido.

Eran los mejores.

22

Viernes, 23 de septiembre de 2016. 13.00 horas. Madrid

De rodillas sobre el sofá, con el pecho pegado al respaldo y la frente apoyada sobre el cristal, miraba la poca vida que se veía pasar en aquellos momentos por la calle.

Esa postura poco ortodoxa era una de las pocas rarezas que guardaba en común con su otro yo, el que nunca volvería. Sus recuerdos de infancia eran confusos. Ni siquiera sabía si eran suyos o si habían sido introducidos con calzador en su hipocampo por la otra personalidad.

Tampoco es que fuera algo tan importante que necesitara una contestación inmediata, pero sí era cierto que la curiosidad le empezaba a picar y ahora se hacía preguntas que nunca se le habían pasado por la cabeza.

Le resultaba raro pensar en todo aquello con la naturalidad con la que lo hacía ahora. Recordaba con claridad el momento en que fue consciente de su realidad, de lo que sucedía. Se vio a sí mismo confuso, sin saber qué hacer, sin saber adónde ir ni a quién dirigirse, pues su padre vivía solo inmerso en su trabajo. En realidad, tal como hacía Carlos. Su madre, a sus cosas. De todo menos prestar la atención debida a un niño —o prácticamente un niño— que se hacía mil preguntas y que no encontraba respuestas. Lo peor es que sus pensamientos no eran demasiado oscuros, no, al menos no tan oscuros como se hubiera esperado de alguien que decían no sabía sentir, que era incapaz de empatizar. No de ese tipo, pero sí bastante asociados al concepto de la muerte. En varias ocasiones estuvo tentado de dejar algún tipo de señal a Carlos, que parecía no tener ni idea de lo que sucedía dentro de su cerebro. ¿Cómo era posible? ¿Por qué él sí era consciente de que había dos personalidades conviviendo dentro de él y el pusilánime de su otro yo no? ¿O es que sí lo sabía y lo negaba? A veces se preguntaba si sería capaz de ser consciente dentro de la mente de Carlos para así poder comprender qué era lo que se le pasaba por la cabeza. Aun así, de vez en cuando le venían vagos flashes y lo atacaban a traición con imágenes vividas en el día a día de su alter ego. Era tan difícil de explicar que habían pasado unos cuantos años ya y seguía sin poder hacerlo del todo. Se recordó a sí mismo haciéndose la promesa de encerrarse si veía que la situación lo desbordaba, si creía en algún momento que estaba perdiendo la cordura y se convertía en alguien que pasaría sus días sentado en una silla, con un hilillo de baba cayéndole por una de las comisuras de la boca y sin unos pensamientos lúcidos.

Cuando casi se vio así, durante los siete años que había pasado encerrado en la penitenciaría psiquiátrica, luchó con todas sus fuerzas para que no llegara. Para no dejarse arrastrar por la locura que quería apoderarse de su ser. Supo actuar con inteligencia, a pesar de todo. Las dosis de medicación variaban según el efecto que los médicos veían en los pacientes, por lo que él comprendió que debía fingir estar completamente sereno con la dosis más baja. No podía permitir, bajo ningún concepto, que aumentara y de verdad se vieran mermadas sus capacidades físicas y psíquicas. No estaba loco. No todavía. No podía dejar que lo trataran como tal, aunque ciertamente poco podía hacer estando allí encerrado. Además, ¿qué loco podría haber hecho todo lo que él sin que la policía ni siquiera pudiera oler su rastro? El que lo hubieran atrapado se debió a un exceso de vanidad aderezado con grandes dosis de descuido. Nada que, por suerte, no se pudiera enmendar ahora.

Aunque, pensándolo, también en parte por haber delegado parte de su trabajo en Gala. Según iban pasando sus días en libertad, más claro iba teniendo esto último. Maldijo haber depositado esa confianza en alguien que no poseía las aptitudes necesarias para llevar a cabo según qué menesteres. No todo el mundo valía. Había que estar hecho de otra pasta. De una especial.

Si, como tenía planeado desde un primer momento, él mismo se hubiera ocupado del policía compañero del inspector Valdés, nada de eso hubiera ocurrido y todo su plan ya se hubiera llevado a cabo. Pero no, el exceso de confianza le hizo pensar que, como él lo tenía todo controlado, Gala, al estar de su lado, también lo tendría. Craso error.

Ya no le volvería a suceder. No delegaría en los trabajos verdaderamente importantes. A partir de entonces todo lo haría con sus manos y dejaría su sello. No volvería a pecar de vanidoso, aunque reconocía que era una de las cosas que más le costaba controlar: no demostrar que él era mejor que ese policía. Pese a todo, el tiempo acabaría demostrándolo por sí mismo.

El sonido de unas llaves introduciéndose en la cerradura de la entrada de su vivienda lo devolvió a la realidad. No se volvió, continuó en la posición en la que estaba, mirando la vida pasar.

—¿Qué haces así? —preguntó la voz que esperaba oír.

Él se tomó su tiempo antes de contestar:

—Me relaja.

La persona lo miró. En realidad creía conocerlo, pero ese tipo de detalles demostraban que no. Fernando era una gran caja de sorpresas, para bien y para mal.

—Te he traído lo que me pediste ayer.

—¿Todo?

—Sí. No ha sido difícil. Te he dejado las llaves del coche encima del mueble del recibidor. No está mal, además, es muy común y llamará poco la atención. También te he traído los libros.

Al escuchar lo último y, quizá movido por esa ansia lectora que cada vez se manifestaba más en su interior, se giró. Ahí estaba, sobre la mesa, toda la obra de Juan Gómez-Jurado, el autor del thriller de moda; además de lo último de Gabri Ródenas y Bruno Nievas. Ya había leído las primeras novelas de estos últimos y había quedado fascinado por su capacidad de relatar situaciones tensas y por su facilidad para enganchar a quienes leían sus libros. También le trajo la famosa trilogía del Baztán, de Dolores Redondo. Quería comprobar si lo que tanto se decía por internet sobre ella era cierto. Sonrió.

—También he estado observando lo que me has pedido durante los dos últimos días. Comprenderás que no puedo estar las veinticuatro horas, ni siquiera un cuarto de lo que debería, pero me ha servido de mucho. Aquí tienes su rutina.

Se sacó del bolsillo un folio doblado con anotaciones y se lo ofreció. Fernando lo tomó y las observó con detenimiento.

Parecía pensar en lo que leía, por lo que la otra persona prefirió permanecer callada mientras lo hacía.

—Bien hecho. Gracias.

—¿Será hoy?

Fernando sonrió dejando el papel encima de la mesa.

—Será pronto.

Viernes, 23 de septiembre de 2016. 13.38 horas. Madrid

—Así que sí tiene un ayudante...

La voz de Nicolás denotaba escepticismo. Era curioso

porque esa idea la había propuesto él primero, pero ahora le resultaba algo extraña. Era cierto que siete años antes Gala lo ayudó en ciertos aspectos para llevar a cabo su macabro plan, pero que fuese otra vez igual le resultaba difícil de aceptar. La inspectora Garmendia le había abordado frente a la máquina de café que había en uno de los pasillos de la planta en la que se encontraban. El inspector se estaba sacando un café solo para añadirle leche condensada en el despacho, como a él le gustaba, cuando apareció sin más la inspectora jefe y le soltó la bomba.

—Así es —le confirmó Sara—. Pero no como tú pensaste en la casa de Escobedo. Qué va. Es alguien que le hace el trabajo sucio al margen de los crímenes. Piensas que haber difundido su cara en televisión no ha servido para nada, pero yo, en cambio, opino todo lo contrario. Eso, como bien sabrás, ha traído dos consecuencias inevitables: una, que no pare de llamar gente acusando hasta a su propio padre de ser Fernando. Vale, eso no se puede controlar, de pronto todo el mundo lo ha visto.

—Sí, ya lo sabía antes de tomar la decisión.

—La otra y, quizá la que perseguías con más ahínco, era sacarlo de la calle. Que se le hiciera más difícil poder campar a sus anchas sin poder ser reconocido. Y creo que ha sido así. Lógicamente, eso ha dificultado bastante su labor, pero ya ha demostrado con anterioridad que es una persona de recursos, que no se amedrenta ante estas situaciones... Estaba claro que no se iba a detener ante nada, no después de haber montado todo el pifostio para fugarse de Fontcalent.

—Claro. Sería imbécil si pensara así.

—Bien, pues recapitulemos cosas también evidentes: Madrid no es Mors. Allí tenía facilidad para desplazarse andando y, aunque aquí también podría hacerlo con mucha paciencia y ganas, no es lo mismo. Sus víctimas deberían vivir todas cerca, algo del todo descartable, así que necesita un medio de transporte. Tras su detención se le requisaron todos los bienes que tenía bajo la identidad de Carlos, por lo que no puede hacer uso de ellos. Suponemos, entonces, que no tiene coche propio.

—Te sigo.

—Bien, el metro lo descartamos. Aunque siempre se ha dicho que la mejor forma de pasar desapercibido es mezclarte entre la gente, no creo que se ponga en riesgo así en este momento. No ahora, cuando ya sabe que puede acabar entre rejas. La diferencia principal del Fernando de antes con el actual es que tiene en cuenta esto, ya lo ha probado, y se muestra más cauto. Es un problema y una ventaja.

—Pues tú dirás por qué.

—Pues porque necesita a alguien. Eso sí, debe ser alguien de extrema confianza, alguien que sepa que no la fastidiará como lo hizo Gala. Alguien que pueda hacer parte de su trabajo por él; eso sí, del trabajo secundario. Nadie se encargará de quitarle la vida a sus víctimas salvo él. No puede delegar algo tan importante porque con Gala aprendió que la ayuda puede fallarle.

—Vale, y una de las cosas que necesita, como tú dices, de manera secundaria, es poder moverse por Madrid sin ser detectado... —comentó Nicolás, que ya lo iba entendiendo.

—Exacto. Para ello, lo más lógico sería que una persona lo hubiera ayudado a alquilar un coche. Piénsalo, es lo más seguro y, como ahora mismo no podemos relacionar a nadie con él, es imposible de dar con la persona. A no ser que nos pongamos sobre la pista y nos lo tomemos como algo absolutamente primordial.

—¿Y por qué alquilarlo y dejar constancia pudiendo robarlo? Ya ha demostrado que puede abrir una cerradura complicada con solo proponérselo.

—Porque con ambas acciones dejaría constancia. Supongo que pensará que nuestro primer impulso es pensar que roba coches para luego utilizarlos. Podría ponernos sobre la pista de los coches robados en un día y hasta podría darnos una ligera idea de por dónde se va moviendo. Alquilarlo no es lo lógico. No es, digamos... un pensamiento criminal, por decirlo de algún modo. Además, si lo alquila otra persona... ¿qué riesgos corre?

El inspector lo pensó. Aquello parecía tener sentido.

—Vente conmigo.

Nicolás dejó el café sobre la máquina y echó a andar en dirección a la sala en la que trabajaban los inspectores. Al entrar, encontró, tal como esperaba, a Alfonso, Fonts y Ramírez utilizando sus respectivos ordenadores.

—Fonts, Ramírez, os necesito.

—Tú dirás —contestó la muchacha por ambos.

—Lo que os voy a pedir es un poco complicado. Entiendo la ardua tarea y si necesitáis efectivos para realizarla, hablaré con quien ya sabéis.

Ambos levantaron la ceja, parecían estar sincronizados. El rostro de Alfonso, que escuchaba atento, también expresó expectación.

—Necesito que comprobéis el registro de todas las empresas de alquiler de vehículos de Madrid. Una vez localizadas, hay que revisar todos los coches alquilados. Sería interesante que lo hicierais desde hace una semana y media o dos semanas.

—Pero ¿qué coño? —preguntó alterado Ramírez— ¿Tú sabes lo que nos estás pidiendo? Es imposible, es tarea para cinco comisarías a la vez.

—Lo sé, lo sé. Y os pido perdón, pero es necesario. Es bastante probable que Fernando utilizara un coche alquilado, así que necesitamos comprobar el dato porque puede que lo alquilara una persona por él. Es imposible que él se haya arriesgado a dejarse ver en un lugar así.

—Espera, espera, ¿crees que alguien lo está ayudando? —Alfonso no daba crédito a lo que escuchaba.

—Como ya os digo, es bastante probable. Una hipótesis de la inspectora jefe Garmendia, pero tiene mucha fuerza. Si llegamos hasta la persona que lo ayuda, podríamos dar con él.

—Ya, pero... —dudó Ramírez.

—¿Se te ocurre algo mejor? —repuso molesto Nicolás.

Negó con la cabeza.

—De verdad, os pido perdón y, si yo mismo no tuviera que hacer unas comprobaciones ahora, os ayudaría a revisarlo todo, pero os necesito.

—Os echaré una mano yo también —se ofreció Alfonso.

—Gracias, Alfonso. Y, de verdad, si necesitáis ayuda, decídmelo porque pediré más efectivos, pero tenemos que encontrar algo cuanto antes intentando implicar al menor número de personas. Por lo que os he contado sobre la prensa.

—Vale —convino decidida Fonts—, pero ¿qué buscamos exactamente?

—Supongo que lo lógico sería un largo alquiler. Las empresas suelen tener registro de DNI fotocopiados, por lo que pediré una orden al juez para esquivar en lo posible la Ley de Protección de Datos dada la importancia de la investigación y podáis acceder a ese registro. Id descartando a extranjeros, pues no creo que haya recurrido a ellos. Si acaso echad un rápido vistazo a sus identificaciones para ver si son guiris de verdad o se lo hacen, que no me extrañaría una jugada así por parte de Fernando, ahora que lo pienso. De todos modos, esto reducirá mucho el círculo y os será más fácil.

—Está bien, pues vamos a ponernos manos a la obra. Solicita la orden ya, porque nos ponemos de inmediato.

—Yo sacaré el listado de las empresas a las que vamos a ir —anunció Alfonso.

—Gracias a todos. Llamaré ya mismo al juez Soria para explicarle la situación. No creo que ponga demasiadas trabas. En cuanto tengáis algo, por favor, hacédmelo saber.

Los tres inspectores asintieron. Ramírez ya había cambiado su gesto resignado por uno de predispuesto a ayudar.

Nicolás sacó su teléfono móvil y marcó el número del despacho del juez mientras Sara salía de la habitación satisfecha por el resultado del trabajo de todos.

Se acercó a la máquina de la que hacía unos momentos Nicolás había sacado el café: lo había dejado allí mismo. Lo cogió. Le dio un sorbo y comprobó que sabía a rayos. Lo dejó otra vez sobre la máquina.

Ahora, a esperar.

23

Viernes, 23 de septiembre de 2016. 22.53 horas. Madrid

Alfonso se dejó caer sobre el sofá con los ojos cerrados. Tenía calculado el salto justo que debía dar. Noches de entrenamiento lo habían llevado a tal logro. No los abrió de inmediato, le apetecía quedarse aunque solo fuera unos segundos así. Estaba agotado.

Cuando los abrió, miró a Nicolás. También parecía muy cansado. Estaban siendo días muy difíciles y se empezaba a reflejar en sus caras. Alicia estaba en su cuarto. Seguramente estaría escuchando música con los auriculares puestos, como casi siempre. A pesar de que los tres habían cenado juntos, después no solía pasar demasiado tiempo con ellos, pues, como era lógico, todavía se sentía incómoda con la nueva situación que estaba viviendo. Además, les había contado que era la primera vez que convivía con hombres y se sentía rara. Nicolás estaba convencido de que al final se acabaría acostumbrando, así que lo mejor era dejarla a su aire. Esa decisión también supuso eliminar de manera fulminante la vigilancia sobre su portal. Comprendió que, si había una remota posibilidad de que Fernando no supiera que Alicia estaba allí con ellos, los agentes de guardia serían un reclamo, una señal de que algo raro ocurría dentro del inmueble. En la decisión también tuvo en consideración que, tal como había advertido la muchacha, si a él le daba la gana de ir a por ella nada lo iba a detener. Quizá por esa razón, una de sus mayores satisfacciones diarias había pasado a ser escuchar la voz de la joven cuando regresaba a casa. Algo tan simple significaba que todo seguía en orden y que Fernando continuaba lejos de ese radio. Al menos, de momento.

Alfonso, por su parte, se pronunciaba poco acerca de la presencia de Alicia. Nicolás entendía que era su forma de expresar su temor a una posible visita del asesino a su domicilio. Aunque, después de la explicación que les había dado a todos la inspectora jefe de la SAC, parecía haberse calmado y su rostro mostraba algo más de serenidad. Pero Nicolás sabía que, aun así, su amigo no estaba convencido al cien por cien y ese desasosiego interno no se había llegado a marchar del todo. Seguramente, no lo haría nunca. Siempre quedaría un pequeño rescoldo que le haría estar en vilo. Esa actitud no disgustaba a Nicolás, pues ese estado de alerta lo ayudaría a estar más concentrado en su trabajo y a no cometer ningún error.

Y, desde luego, lo estaba demostrando.

Nunca había tenido quejas sobre su forma de trabajar. Era cierto que Alfonso era un bocazas, pero en ello residía parte de su encanto y lo hacía ser distinto al resto; no significaba que no fuera un excelente policía, aunque también era cierto que aquellos días se lo veía mucho más centrado en su trabajo y era de agradecer. Los resultados, aunque con cuentagotas, iban llegando. Su predisposición a ayudar en absolutamente todo solo facilitaba las cosas. Alfonso ni siquiera era consciente de la pasta de la que estaba hecho, pero Nicolás sí lo había calado. Lo hizo hacía ya muchos años. Ojalá que todo el embrollo sirviera para demostrarse a sí mismo que era mucho mejor investigador de lo que él pensaba. La rapidez con la que había resuelto el enigma de la rueda y el manzano así lo atestiguaban. Nicolás respiraba tranquilo al saber que estaba completamente metido en el tema de encontrar el coche de alquiler del que, supuestamente, podría haberse valido Fernando. Estaba seguro de que, en caso de ser así, daría con él.

—Hacía tiempo que no estaba tan cansado, joder —comentó Alfonso sacando a Nicolás de sus pensamientos.

—Eso es porque te has pasado los últimos siete años tocándote los huevos —repuso con sorna.

Alfonso rio ante el comentario, pero unos segundos después borró esa sonrisa de su cara. Su amigo se percató del detalle.

—¿Qué te pasa? ¿Vas a llorarme otra vez? —preguntó con sorna.

—No, pero quiero preguntarte algo en serio. ¿No te jode estar aquí, esperando?

—¿A qué?

—A que se vuelva a cargar a alguien. No te hagas el tonto, porque sabes de lo que te hablo.

Nicolás respiró hondo y miró hacia el techo.

—Claro que lo sé. Y sí, me jode, Pero ¿qué quieres que hagamos?

Alfonso no encontró una respuesta clara. Se dio cuenta de lo inútil de sus deseos, pues nada serviría para detener la siguiente parada que decidiera hacer el asesino. Recordó cuando ambos acordaron montar una pequeña guardia en Mors, tratando de amedrentar así a Fernando, y de lo poco que sirvió, pues ante sus narices ardió una víctima decapitada. Era una especie de Dios vengativo, contra el que nada se podía hacer.

—Lo que más me fastidia de todo es que no va a cometer ningún error. En Mors no lo hizo, al menos de manera directa. Su error fue confiar parte de su trabajo en quien no debía, pero si lo piensas, su actuación fue impecable. ¿Qué nos hace pensar que ahora sí lo hará? Tío, lleva siete putos años pensando cada paso que va a dar. Tú lo sabes, yo lo sé. Es que no va a tropezar, el muy gilipollas. No lo va a hacer. No podemos quedarnos a la espera de que cometa un error.

—Pues claro que no, Alfonso, pero te vuelvo a repetir: ¿qué coño hacemos? Está claro que tenemos que ser activos, no pasivos, pero poco más podemos hacer ahora. Lo que no debemos ser es negativos. O no tanto. Estamos dando pasos, a mí también me gustaría correr, pero al menos estamos andando. No sé si será la experiencia, pero te recuerdo que en Mors estábamos todavía más atados de pies y manos. ¡Si es que no teníamos ni idea de quién era! No sabíamos más de lo que él nos dejaba saber. El juego era distinto. No veo a Fernando igual. La otra vez parecía que hasta se divertía con lo que estaba haciendo. Luego dicen que este tipo de asesinos solo se encuentran en la ficción...

—Ya lo sé, tío. A ver, coño, yo también me veo ahora, miro hacia atrás y sé que no es igual. Nada lo es. Nosotros no somos los mismos y él tampoco parece serlo. No debería. Aunque hay algo que sí parece igual, como si fuera todo parte de un puto guion trazado desde hace mucho. ¿Cómo cojones lo hace? Al igual que la otra vez, sigue con un plan establecido, con unas pautas muy marcadas. Me jode tener que decirlo, pero parece que actúa así porque no tiene más remedio que hacerlo. Como si fuera un designio que debe cumplir y punto. En serio, no sabes lo que me jode tener que admitirlo.

—A mí también, la verdad, pero es una situación que, cuanto más la piensas, más impotente te sientes. Y no tiene sentido que lo hagamos. El problema que tenemos nosotros es que siempre tenemos que estar mirando más allá, encontrando los porqués cuando a veces ni siquiera los hay. Muchas veces deberíamos dejar todas esas mierdas de lado y centrarnos en los hechos. En los datos. Y con ellos intentar perseguir a una persona que está haciendo algo malo. Sin más.

—Ya, Nicolás. Pero no pongas en tu boca palabras mías,

porque cuando yo te digo eso, tú me saltas con que si entendemos sus porqués podremos atraparlo antes de que siga haciendo daño. Y tienes la puta razón, así que no me jodas tú ahora.

—Quizá lo que me ocurre es un poco lo que a ti, que trato de convencerme para no desesperarme y sabes que no soy, precisamente, lo que se diría una persona paciente.

—Anda, ¡no me digas! Toda la vida creyendo que sí y mira...

—Vete a la mierda, capullo.

Los dos rieron abiertamente. Pasaron unos segundos más en silencio. Cada uno pensando en sus cosas.

—Me pregunto cómo hubiera sido todo si no se hubiera dejado llevar por ese lado vanidoso hace siete años —reflexionó el inspector Gutiérrez.

Su amigo lo miró. No sabía si responder o no lo que verdaderamente pensaba. Optó por hacerlo.

—¿Sinceramente? Estaríamos los dos muertos, así que no lo hubiéramos visto.

Alfonso tragó saliva ante el comentario de Nicolás. Tenía razón, no lo había visto desde ese punto de vista. Si todo hubiera salido como Fernando esperaba, ambos hubieran muerto.

—Yo lo que creo —continuó hablando Nicolás— es que lo que ocurrió fue una dura lección para él. Y también pienso que Sara tiene razón, no creo que ahora busque una venganza contra ti, ni siquiera contra mí. Bueno, habría que matizar, porque puede que sí busque toda esa mierda de la némesis esa, pero no se cegará con eso. Primero irá a cumplir su misión principal. Lo que sucedió le enseñó que no debía creerse más listo que nadie. Que algo podía fallar. Irá con pies de plomo y podría ser un problema para nosotros.

—Espera, espera, ¿Sara? ¿Ya no es la inspectora jefe Garmendia? Joder, cómo cambian las cosas en unos días.

Nicolás se ruborizó ante el comentario de su amigo. Sabía

por dónde iban los tiros, pero no le interesaba entrar al trapo. Conocía demasiado a Alfonso.

—Nunca me he referido a ella así. Nuestra relación siempre ha sido correcta pero cercana y nos hemos llamado por nuestro nombre. Sabes que lo hago con muchos compañeros, así que no es nada novedoso. Luego ya, según vea si les molesta o no, lo sigo haciendo o me tiro al apellido.

—Ya... Bueno, igual que con Fonts y Ramírez... Seguro que a ellos les molestaría que los llamaras por su nombre.

—A ver, coño, a ellos les gusta que los llame así. Mira que te gusta dar por el culo...

Alfonso rio.

—Bueno, a lo que iba, a lo que me decías: sí, puede que tengas razón. Y sé que será un problema que ahora actúe de manera más cauta. Espero que la hipótesis de «Sara» —hizo una pausa tras hacer unas comillas con los dedos al nombrarla— sea correcta y alguien le esté ayudando. Mañana he quedado con «Ramírez» y «Fonts» —de nuevo las comillas; Nicolás negó con la cabeza, desesperado al verlo— para seguir con toda esta mierda de los alquileres de coches. Si es así, acabaremos dando con lo que buscamos. Hoy he estado también viendo lo que llevan investigado sobre la vida del matrimonio y, la verdad, lo tienen jodido. Se les están poniendo trabas por todos lados, los jueces no están muy por la labor de poner las cosas fáciles y, pese a la buena voluntad del juez Pedralba, que parece ser el único que quiere colaborar, no va a ser sencillo.

—Tampoco es que debiéramos esperar otra cosa, ya sabes cómo es todo lo que rodea a la justicia.

—Sí, lo sé. Pero esos pactos de silencio me tocan las pelotas, ¿sabes? Me da igual si era un buen samaritano o no, o si los jueces con los que se relacionaba lo eran... Lo que me importa es atrapar a ese capullo y, si no ponen de su parte, no va a poder ser. Parece que no quieren entenderlo, hostia puta.

—Bah, tranquilízate. Olvídate de esas vías. El hermetismo

que hay a veces es infranqueable, es así y punto. Centrémonos en lo que tenemos, o en lo que podemos tener con eso de los coches.

—Ya te he dicho que de ser así, daremos con ello.

Nicolás resopló mirando de nuevo al techo. Cualquiera que lo viera podría decir que estaba rezando. Cualquiera que lo conociera bien sabría que sería lo último que haría.

—Esperemos que así sea —dijo sin dejar de mirar hacia arriba.

Sábado, 24 de septiembre de 2016. 1.45 horas. Madrid

Sara lloraba con la espalda pegada contra el pilar que dividía la pared vacía de su salón. Se dejó caer doblando las rodillas y no le importó el fuerte golpe que sus glúteos sufrieron al amortiguar la caída al suelo. Lloraba sin consuelo y apretando los dientes de la propia rabia que le llevaba a gritar con todas sus fuerzas. Pero sabía que no podía. O, al menos, no debía.

Miró su brazo sin dejar de derramar lágrimas. De manera borrosa —tampoco la oscuridad que anegaba la habitación ayudaba demasiado— pudo ver el tremendo arañazo que tenía en la cara interior del antebrazo.

La sangre seguía saliendo y ella no tenía ganas de levantarse e ir hacia el botiquín para curárselo. El escozor era agudo, pero el verdadero dolor provenía de mucho más adentro.

Haberle tenido que administrar ese tranquilizante a la fuerza a su madre había sido una de las experiencias más desagradables que había vivido en toda su vida, pero la situación se había vuelto completamente insostenible y ella estaba fuera de control.

Ahora volvía a dormir como un bebé mientras Sara lloraba como otro.

No podía más, aquello no podía seguir así.

Se pasó el brazo sano por el rostro, su cara estaba bañada en lágrimas. Sin saber muy bien de dónde sacó las fuerzas, se puso en pie y fue directa hacia la galería, donde en una pared había un botiquín que apenas había usado desde que lo colgó allí, nada más mudarse a aquella casa. Lo abrió y extrajo un paquete de gasas y un bote de alcohol. No le importó si estaba o no caducado, aunque seguramente sí lo estaría. Empapó la gasa antes de pasársela por la herida. El intenso escozor que llegó le hizo doblar los dedos de los pies hacia abajo al mismo tiempo que apretaba con más fuerza los dientes. Poco a poco fue desapareciendo, los restos de sangre también. Pensó en si debía vendarlo o no, el tamaño del corte era considerable. Optó por dejarlo aquella noche destapado para acelerar la cicatrización. Lo llevaría así hasta volver al trabajo el lunes por la mañana. Las preguntas serían inevitables, pero ahora no le apetecía pensar si inventaría una excusa o si, simplemente, contaría la verdad. Estaba demasiado cansada y dolorida como para hacerlo.

No podía más.

Su día a día era demasiado complicado y aquello tenía que cambiar. Sus pensamientos de que jamás podría internar a su madre en un centro para mayores pasaron a un segundo plano y empezó a considerar seriamente la opción.

No podía dormir, por lo que fue dándole vueltas a que quizá sería conveniente comenzar a informarse sobre estos centros, así que fue a su habitación para enchufar el portátil.

Tecleó en el buscador lo que necesitaba y varias referencias aparecieron. Empezó a ver, uno a uno, todos los enlaces que le fueron apareciendo sin darse cuenta de que estaba mojando el teclado con las lágrimas que resbalaban por su rostro.

Nada podía quitarle el sentimiento de que actuaba como una mala hija, pero no podía más. Ya no.

24

Lunes, 26 de Septiembre de 2016. 7.56 horas. Madrid

Sara llegó a su despacho sintiéndose fresca. Le dolía tener que admitirlo, pero la última noche había dormido como un lirón. La placidez de su sueño fue tal que tenía la sensación de que su cuerpo, acostumbrado a una tensión que aumentaba con el paso de los días, se desplazaba sobre una nube de terciopelo. A pesar de ello, su mente todavía le jugaba malas pasadas que le decían que había sido así por haber ingresado a su madre en aquella clínica, una de las mejores de toda la Comunidad de Madrid, por cierto. Por suerte, tenía claro que no había sido por eso. Simplemente, el cansancio extremo había ganado la partida y también no haber sido despertada por nadie ni nada —como, por ejemplo, los gritos de una madre desorientada— había contribuido a ello. Prácticamente se dejó caer sobre el sillón de cuero con ganas de empezar a trabajar. Había mucho por hacer y no es que le desagradara demasiado. Mantener la cabeza ocupada en el trabajo la libraría de sufrir traiciones mentales. La bendita barrera que tantas veces usaba como excusa para que los casos que presenciaba no le afectaran en la vida real sería su mejor aliada durante los primeros días, esos en los que todo era más difícil.

Una llamada interdepartamental la sacó de esas cábalas. Al ver que la extensión era la de Homicidios, activó su propio sentido de alerta.

—Sara —la voz de Nicolás ya lo decía todo con solo pronunciar su nombre—. Ha vuelto a actuar. Si quieres, puedes venirte con nosotros. Nos marchamos ya.

La inspectora jefe no dijo nada. Colgó sin más, apretando fuerte los labios. Si quería mantener el cerebro en otras cosas, desde luego, así lo iba a conseguir. Salió del despacho y se encaminó hacia el edificio de Judicial. A ver qué les había preparado Fernando.

Lunes, 26 de septiembre de 2016. 8.31 horas. Madrid

Les fue imposible aparcar cerca. La zona lo impedía. Nicolás no tuvo más remedio que ceder el volante a uno de los agentes que deambulaba nervioso por las inmediaciones; él lo aparcaría donde pudiera. Bajó del vehículo junto a Alfonso y Sara y lo primero que hizo fue fijarse en el cordón que delimitaba el acceso al edificio. Pensó en que era una chapuza, pero seguramente ese sería el menor de los males a los que estaba a punto de enfrentarse.

Durante el trayecto ninguno había hablado. Era poco lo que se sabía, las informaciones eran confusas y lo único que se presuponía era la autoría de Fernando debido a la extrema crueldad del asesinato.

Antes de acceder al inmueble, el inspector echó un vistazo a los alrededores. Le pareció curioso que Fernando hubiera elegido dos ubicaciones tan emblemáticas de la capital para sus homicidios. La plaza del Dos de Mayo estaba ubicada en el madrileño barrio de Universidad, en el Distrito Centro. Aunque este no era el nombre por el que se referían a él ahora. Desde la década de los ochenta, se conocía como Malasaña. El barrio fue lugar clave de la llamada Movida madrileña, cuando sus calles se comenzaron a llenar de pubs y bares que se hicieron muy conocidos en todo Madrid. La plaza y sus alrededores se convirtieron en un lugar de referencia para los jóvenes residentes en la ciudad, como si fuera un santuario de culto. Ahora poco o nada quedaba de aquella época. El barrio se había transformado, era evidente, pero no por ello había perdido ni un ápice de su encanto. En la actualidad se lo relacionaba con el movimiento hipster y era considerado la cuna de lo moderno en Madrid. A Nicolás le agradaba deambular, de vez en cuando, por sus calles, ya que tenía la sensación de sumergirse en una especie de mundo paralelo con negocios de lo más variopinto y persianas multicolor que le hacían ser consciente de que aquel era un lugar diferente.

El inspector salió de sus pensamientos y miró la escultura que presidía el centro de la plaza Dos de Mayo. Estaba rodeada por una valla de color negro y representaba a Daoíz y Velarde, los oficiales de artillería del cuartel de Monteleón —delante de un arco, la antigua puerta de dicho cuartel— que se sumaron al levantamiento que daba nombre a la plaza.

Volvió a pensar en lo curioso de los emplazamientos escogidos por Fernando. No estaba seguro de si aquello significaría algo. ¿Por qué había optado por dos lugares tan significativos dentro de la cultura madrileña? ¿Tendría que ver con el mensaje que intentaba transmitir? No podía dar respuesta a esa pregunta, pero sí tenía muy claro que distaba enormemente de lo que en un principio hubiera esperado. Aunque, con Fernando, uno no sabía nunca qué esperar.

La fachada del edificio que le interesaba, de color rojo vivo, presentaba un renovado aspecto. Al entrar, los tres comprobaron que el aspecto del exterior concordaba con el interior. No era un inmueble tan lujoso como el del abogado y se distinguía por su aire de modernidad. Como en la anterior ocasión, Nicolás decidió que lo propio era subir por las escaleras. Tampoco es que tuvieran que hacer demasiado esfuerzo, ya que la vivienda estaba en la primera planta.

Nicolás clavó la mirada en la cerradura. Alfonso ya lo había hecho, porque llamaba bastante la atención. Había sido forzada. Diversas astillas sobresalían de la madera, lo que revelaba que la puerta había sido reventada. Un tanto tosco, al parecer. Los dos se miraron y asintieron. Sin duda el detalle restaba puntos para que el autor del asesinato fuera Fernando. Como en el homicidio del compañero policía, ese no era su estilo. Pasaron.

Al entrar, Nicolás activó su particular escáner visual para tratar de encontrar similitudes entre la vivienda de esa víctima y la del abogado. Aunque, en realidad, nada tenía que ver una con la otra.

Al contrario que en el otro escenario, el gusto exquisito brillaba por su ausencia. Una decoración anodina y antigua, aderezada con muebles viejos —no *vintage*, como se decía ahora y que, para el inspector, eran algo completamente distinto a lo que contemplaban sus ojos— y cuadros rancios de flores de colores apagados. Los dos inspectores y la inspectora jefe cruzaron el umbral de la primera puerta que desembocó en un pasillo frío y largo.

—No creo que la casa llegara a salir en portada de ninguna revista de decoración, pero un pastizal tiene que costar. Tanto la compra como el alquiler. Madre mía, es inmensa —apuntó Alfonso al ver el tamaño de la vivienda.

Siguieron caminando, el ruido de flashes fotográficos delataba que la siguiente habitación había sido la elegida por el asesino para cometer el crimen.

Cuando llegaron a la puerta, salió del cuarto un integrante del equipo de Científica. Se quitó la mascarilla, los guantes y se colocó la mano sobre la boca mientras aspiraba aire profundamente por la nariz, evitando así que la arcada que estaba sufriendo llegara a mayores. Al menos de momento.

Nicolás lo miró bastante sorprendido. ¿Qué había pasado ahí dentro? Las informaciones eran tan confusas que no tenía ni idea de qué era lo que podía encontrarse. No le dio tiempo a tomar la decisión de asomarse porque el inspector jefe Brown apareció por la puerta. A juzgar por su semblante, también necesitaba respirar.

—Inspector, veo que te has dado prisa —comentó con dificultad a la vez que tomaba una bocanada de aire.

—¿Qué coño ha pasado ahí dentro? —inquirió.

Brown lo miró con los ojos muy abiertos. Inspiró profundamente de nuevo y respondió:

—Qué no ha pasado, diría. Antes que nada y, para que nos situemos, será mejor que te cuente lo que sé hasta ahora. Así aprovecho y me recupero, joder.

Nicolás asintió impaciente.

—Tenemos el cadáver de una mujer. Todavía hay que confirmar la identidad, pero al parecer se trata de Manuela nosequemás, enfermera jubilada desde hacía tres años. Hemos podido sacar la información con cuentagotas a su empleada del hogar.

—¿Otra vez la ha encontrado una asistenta? Pero ¿qué coño está pasando aquí?

—No sé, Nicolás. La verdad es que es una casualidad, sí. Bueno, el caso es que está en shock. Como digo, va a ser difícil sacarle nada por el momento. Además, se ha dado una buena hosti... un buen golpe en la cabeza porque ha perdido el conocimiento cuando se ha encontrado lo de ahí dentro. Créeme cuando te digo que la entiendo perfectamente.

—Entonces ¿ha sido ella la que ha dado el aviso?

—No, no, qué va. Ha sido un vecino. Al parecer, el grito que ha pegado ha sido tan grande que se ha escuchado en todo el edificio. Nadie más reside en esta planta, solo la víctima.

—Entonces ¿la puerta? —preguntó Nicolás señalando a sus espaldas.

—Sí, por lo que sabemos ha sido ese vecino el que la ha reventado. Dice que primero ha probado dándole patadas y no conseguía nada, así que ha cogido el extintor que hay en el pasillo y ha golpeado el cerrojo hasta que lo ha reventado. Por lo que nos ha contado, antes estaba intacta. Creo haber visto a Ramírez tomándole declaración en su piso, arriba, en la segunda planta. Estaba bastante nervioso, aunque algo menos que la asistenta. A ella se la han tenido que llevar, porque estaba medio ida y con evidentes síntomas de tener una fuerte conmoción cerebral. Por lo que nos ha contado el vecino, la ha encontrado tirada en el suelo cerca de un mueble, por lo que intuimos lo que ha pasado. Dice que pensaba que también estaba muerta. Menos mal que no. Ya solo faltaba eso.

—¿Y lo de dentro?

—Será mejor que pases y lo veas. Pero, por favor, solo tú —dijo mirando a Sara y a Alfonso—. Entended que acabamos de empezar y no puede parecer el camarote de los Hermanos Marx.

Los dos asintieron, asustados por lo que Nicolás pudiera encontrar allí dentro.

—Espera —ordenó Brown antes de que Nicolás pudiera dar un paso. Se metió en la habitación y salió con un botecito de crema y una mascarilla para él, que ya se estaba poniendo un traje estéril de los que tenían preparados en la entrada—. Será mejor que te pongas esto, lo de dentro es un puto desastre.

El inspector obedeció. Que Brown le viniera con una advertencia semejante solo hizo que su imaginación se disparara hacia espantosos derroteros. Ya con el traje puesto, se untó la crema de eucalipto bajo la nariz, para después colocarse la mascarilla. Miró a Alfonso y a Sara una última vez antes de pasar.

Cuando lo hizo y vio lo dantesco de la escena, comprendió el porqué del desmayo de la asistenta. Tampoco le resultó extraño que parte del equipo de Brown tuviera que ir saliendo de vez en cuando para poder respirar algo de aire algo menos cargado de muerte que ese.

Nicolás no tenía ni idea de hacia dónde mirar primero. Se decantó por los cerclajes colocados en los ojos de la víctima. Ya no había duda de que se trataba el mismo autor, pero quizá eso fuera lo menos importante con lo que allí había montado. El cadáver estaba atado por las muñecas y tobillos a dos estanterías repletas de objetos decorativos kitsch, de modo que formaba una especie de equis. Estaba desnuda y amordazada, sin duda para que no pudiera gritar. Aunque no era lo que más le horrorizaba de la imagen, creía que le habían cortado los senos. No lo pudo ver directamente porque el torso había sido abierto en canal, pero lo supo porque cerca del cuerpo había uno de ellos tirado. Para poder identificarlo como tal había que echarle mucha imaginación, ya que aquello solo era un pequeño trozo de carne ensangrentado en el que con dificultad se distinguía un pezón. Nicolás giró sobre sus talones y vio el otro. Una gran mancha en la pared delató dónde estaba. Parecía que el pecho había sido lanzado contra ella. No era demasiado suponer, ya que la salpicadura y los restos de piel, músculo y venas que había impregnado por la pared y suelo así lo atestiguaba. Volviendo a lo siniestro del torso abierto por la mitad, gran parte de su caja torácica había sido retirada y lanzada con desdén a la izquierda del cuerpo o, al menos, eso parecía por la posición que tenía en el suelo. La mayoría de los órganos se habían salido de su sitio por la fuerza de gravedad. No hacía falta ser un genio en la materia para darse cuenta de que le faltaba el corazón. No tardó demasiado en encontrarlo, ya que estaba tirado en el suelo, en medio de un gran charco de sangre y con un puñal clavado en él.

—Joder... —acertó a decir el inspector, que estaba tan metido en lo que veía e imaginando el calvario que había tenido que sufrir la mujer, que no hacía caso omiso a la repugnancia que le provocaba lo que captaban sus ojos y fosas nasales.

—No sé si te has fijado, pero tiene unas cuantas puñaladas sobre la zona del pubis.

Debido a la cantidad de sangre que había salido el cuerpo, y por la espectacularidad de lo que se veía a simple vista, Nicolás no lo había hecho. Pero sí, sobre la zona del pubis se podían apreciar claramente al menos tres puñaladas, puede que hubiera incluso una cuarta, pero las condiciones —y la distancia desde la que tenía que mirarlo— en las que estaba el cuerpo no lo dejaban verlo bien.

Nicolás volvió para echar un vistazo de conjunto a la habitación: la cantidad de sangre era ingente y se preguntó si podía pertenecer toda a una misma persona. Parecía demasiada. Aunque, en verdad, la matanza que había tenido lugar entre esas cuatro paredes lo justificaba. Una vez superada la impresión inicial, Nicolás comenzó a notar el hedor insufrible y sintió que necesitaba salir: ya había visto suficiente.

Cuando Brown lo vio salir lo acompañó.

Alfonso y Sara se sorprendieron al comprobar que su compañero salió con el rostro blanco.

—Aquí tenemos para rato. Es una escena compleja, demasiado. Nos gustaría centrarnos en limpiar las zonas cercanas a la ventana para poder abrirla, aunque sea un poco, y trabajar en mejores condiciones. Mi gente no puede centrarse con lo que hay ahí dentro. Pero, bueno, no quiero correr, mejor hacer las cosas bien, que aquí hay chicha.

Nicolás asintió mientras se quitaba la mascarilla. Acto seguido procedió con el traje.

—Prometo darte pronto algo con lo que puedas seguir. Si no te importa, hay mucho que hacer.

Dicho esto, Brown entró de nuevo.

—¿Estás bien? —se interesó Alfonso.

—Necesito aire.

—Salgamos y nos cuentas.

El inspector no rechistó, se sentía mareado, no por la escena en sí, sino porque el hedor había penetrado profundamente en sus pulmones y parecía estar afectándole el cerebro.

Mientras caminaban de regreso al exterior, los tres se cruzaron con el juez Soria, una secretaria judicial de cuyo nombre no se acordaba y un forense nuevo, con el que había coincidido un par de ocasiones y del que también desconocía el nombre.

—¿Ya se marchan? —preguntó.

—Todo suyo —respondió Alfonso sin detenerse y señalando hacia su espalda.

25

Lunes, 26 de septiembre de 2016. 17.41 horas. Madrid

Nicolás entró con un humor de perros en la sala de autopsias. Se había prometido a sí mismo no dejar que el caso lo afectara más de la cuenta, pero no podía garantizar que no lo fuera a hacer. Había pasado, prácticamente, los últimos siete años de su vida construyendo un dique que lo ayudara a contener emociones para evitar cosas como la que le había pasado justamente ese mediodía, que no había podido probar bocado porque tenía un gran nudo en el estómago.

Lo peor de todo era lo raro de sentirse así, porque ya sabía cómo se las gastaba Fernando. Tenía la seguridad de que no se iba a conformar con acabar con una víctima de la manera tradicional. No, él tenía que ir más allá siempre y tocar las narices como las estaba tocando. Aunque una cosa era eso y otra muy distinta la estampa que había dejado en el salón de la pobre mujer. Nunca antes había visto en él el nivel de crueldad empleado con ella. ¿Eso quería decir algo? ¿Había sido tan sádico con ella por algún motivo en concreto? ¿Tenía algo personal contra esa mujer?

Si la escena del crimen no mostraba suficientes incógnitas, que se hubieran encontrado otra vez dos cabellos iguales sobre el cuerpo de la víctima, adheridos a él por la sangre que recubría el cuerpo, no hacía sino que su cabeza siguiera generando más y más preguntas. ¿Qué significado tenían esos dos pelos? ¿A quién pertenecían? ¿Por qué los dejaba adrede en el escenario? Todavía tenía que esperar a los análisis pertinentes de ADN, pero pocas dudas surgían de que eran los mismos pelos del crimen anterior.

Una locura.

Lo malo era que su desesperación aumentaba, ya que, si recapitulaba, apenas tenía datos concretos sobre el caso en cuestión. El trabajo de la Policía Científica se había alargado hasta bien entrada la tarde, por lo que reunir al equipo habría sido un acto inútil si faltaban dos pilares fundamentales, como eran Brown y Sonia López. Por eso había pospuesto la reunión hasta el día siguiente, a primera hora. De esta forma, además, Fonts, Ramírez y Alfonso dispondrían de algo más de margen para que pudieran seguir indagando acerca de los alquileres de coches. Sabía que era una tarea casi hercúlea y que todas las horas que pudiera darles eran pocas. Aunque también tenía la certeza de que tirando del hilo podrían hallar cualquier cosa interesante y reveladora.

Avanzó sumido en sus pensamientos. El médico lo esperaba con semblante serio. Él, que lidiaba a diario con la muerte, tampoco debía de estar demasiado acostumbrado a encontrarse con casos como ese. Lo peor de todo era que, tal como pensaba Nicolás, todo aquello quizá fuera solo la punta del iceberg. A su lado se encontraba el joven forense, el que había asistido al levantamiento del cadáver.

—Le daría las buenas tardes pero, a juzgar por el panorama, deduzco que no lo son, inspector —dijo a modo de saludo el doctor Salinas.

—No, desde luego que no.

—Creo que ya conoce al doctor Herrero —comentó mientras se volvía hacia su compañero.

—Sé que nos hemos visto alguna vez, pero no recuerdo haber tenido el gusto de que nos presentaran. Así que mejor lo hacemos de nuevo. Inspector Nicolás Valdés. —Le tendió la mano.

—Doctor Álvaro Herrero —respondió él devolviéndole el gesto.

—El doctor Herrero se incorporó a nuestro equipo hace tan solo unos meses proveniente de Valencia. A pesar de su juventud, es un forense experimentado en constante formación, por lo que mi confianza en él es plena. Espero que no le importe que cargue con parte del peso de la autopsia; además, haber presenciado el levantamiento le otorga la ventaja de saber hacia dónde mirar. No es lo habitual, pero me ha parecido pertinente en el caso que nos ocupa.

—No, no me importa, en absoluto.

—Pues bien. Procedamos. El cuerpo no hace ni una hora que nos ha llegado debido a las dificultades para descolgarlo de las estanterías sin llevarse por delante ningún indicio. Señores —se dirigió a dos auxiliares que había al lado de una camilla con algo encima envuelto en un sudario; Nicolás ni los había visto—, coloquen el cuerpo con sumo cuidado.

Tras unos instantes de lentos movimientos, los operarios obedecieron las órdenes del viejo forense y colocaron el cuerpo encima de la mesa de autopsias del centro.

—Pueden colocar los senos y el corazón sobre esa bandeja grande de metal.

También lo hicieron.

El joven forense fotografió el sudario. Acto seguido, abrió el envoltorio y volvió a tomar fotografías del cuerpo, todo lleno de sangre y en un estado bastante lamentable. Se centró sobre todo en la cara y en las heridas más evidentes.

—Esto se suele hacer en la sala de fotografía, pero no queríamos retrasar más el comienzo de la autopsia. Algo adelantaremos así —explicó el doctor Salinas.

—Entiendo que no estuviera presente durante el levantamiento, inspector —comenzó a hablar el doctor Herrero—. Varios miembros de la Científica se han ido sintiendo indispuestos hasta que hemos conseguido abrir una ventana y ventilar aquello. El hedor era insoportable. Pero le relataré cómo fue mi trabajo allí. Las condiciones en las que se encontraba el cadáver, con brazos y piernas estirados no hacían fácil la observación de fenómenos cadavéricos. La posición de los músculos era tan antinatural que tampoco podría fiarme al cien por cien de la lividez. No suelo usar el termómetro hepático, no cuando puedo causar una herida innecesaria en el cuerpo, pero ante la insistencia del juez por saber algo lo he hecho. El descenso de la temperatura, teniendo en cuenta que en la sala no hacía ni frío ni calor, podría considerarse verídico, aunque al estar con el torso abierto no es del todo fiable. Sea como sea, calculo que la muerte se produjo entre las dos y las cinco de la madrugada. Nada transcendental, supongo, pero no puedo reducir más ese rango debido a esas condiciones que le comento. Supongo que ya será cosa suya tratar de averiguar cuándo y por quién fue vista por última vez.

Nicolás asintió.

—Como verá —continuó—, he metido sus manos en sobres para protegerlas en caso de que haya habido algún tipo de defensa por parte de la víctima. Aparte de todo, le diré que, a primera vista, los cortes para seccionar las mamas han sido realizados con firmeza, sin ningún tipo de vacilación. Lo determina el que las cuchilladas sean homogéneas. La duda en el acto presentaría algunas irregularidades que no he captado. Suponemos que el arma homicida es el puñal que hemos encontrado clavado en el corazón. Tendremos que analizar bien las incisiones, tanto en el órgano como en el pubis de la víctima, para saber si así ha sido. Además, guardamos una muestra recreada en 3D de la herida del abogado tras el *peel off*, por lo que podrán comprobar si se ha usado la misma arma en ambos homicidios y así relacionarlos de una manera, digamos, más oficial.

El inspector Valdés quedó impresionado por el aplomo con el que hablaba el joven forense. No supo determinar su edad con exactitud, pero supuso que rondaría los treinta. A pesar de ello, hablaba como una persona que llevara toda la vida trabajando en casos como el que se le había presentado. Había tratado con muchos forenses, algunos con más de tres décadas de hoja de servicios, pero algunos no mostraban esa seguridad. Le sorprendió gratamente.

—Con el permiso del doctor Salinas, procederé con el hisopado subungueal, a ver si el asesino nos ha dejado una tarjeta de visita.

Tras la aprobación del veterano, se dedicó a escarbar debajo de las uñas de la mujer en busca de algún resto que hubiera podido quedar de su agresor tras una posible defensa. No obstante, tal como esperaba el inspector, no hubo ningún resultado positivo. Después, ordenó a los ayudantes que procedieran al lavado del cuerpo para eliminar la gran cantidad de sangre y se pudieran observar mejor las heridas. Acto seguido, con el cuerpo ya limpio, tomó una muestra de sangre de la arteria femoral. No obtuvo demasiada por la pérdida masiva que había sufrido, pero al menos llenó medio tubo. Luego, con una jeringa, Herrero pinchó en la zona vesical, por la parte delantera del cadáver y tomó una muestra de orina. Con todo debidamente etiquetado, se lo entregó a los auxiliares para que lo remitieran al laboratorio.

—Está bien, ya tenemos la mitad del trabajo hecho —comentó de nuevo el doctor Herrero mirando las entrañas de la mujer—. Como supongo que el inspector no necesita, en un caso como este, saber qué comió, me centraré en las heridas superficiales. Comenzaré con las producidas en los senos del cadáver.

—¿Sabe si son *ante mortem* o *post mortem*?

El doctor Herrero acercó una lupa de grandes dimensiones con un cuello flexible y la colocó sobre la víctima para observar mejor la herida.

—Veo que los labios de la herida se encuentran engrosados, infiltrados de sangre y separados por la propia retracción de la dermis. Si le añadimos ese poquito de sangre coagulada que hay sobre la piel, me inclinaría a afirmar que fueron *ante mortem*. Para asegurarme, tomaré muestras de los bordes, las guardaré en formol y después las observaré con el microscopio. Así podré confirmarlo.

Tomó las muestras y las metió en un frasco al que añadió el transparente líquido, tal como había dicho.

—Como decía: esto confirmará mis pesquisas, pero me puedo aventurar y asegurar que son *ante mortem*. Las otras lesiones, las de debajo del abdomen, presentan un aspecto similar, por lo que también creo que se hicieron mientras vivía. No sé si consciente, pero al menos viva. De todas maneras haré los exámenes microscópicos. Supongo que todo es poco.

Nicolás cerró los ojos y, por un momento, imaginó el calvario que había podido pasar la mujer mientras el asesino le hacía tal bestialidad. Respiró hondo varias veces para calmarse y no pegar un puñetazo a lo que fuera para liberar su ira.

—Ahora, procederé a examinar en profundidad las heridas para tratar de conocer su morfología. Sería interesante centrarme en las del pubis. La técnica que utilizaré la llamamos de *peel off*, ¿sabe lo que es, inspector?

Nicolás asintió con la cabeza. La primera vez que se lo explicaron fue en Medicina Legal, en Alicante. No recordaba el nombre del forense, pero sí era cierto que fue un pilar fundamental en sus primeros encuentros con Fernando. Recordó su característico humor, algo que le sirvió para afrontar aquella desgracia vivida desde una perspectiva diferente. Ni mejor, ni peor, diferente. La técnica a la que se refería consistía en disecar por planos la piel y tejidos blandos, lo que servía para determinar la profundidad de una lesión. Era un procedimiento desorbitantemente costoso y muy pesado, pero determinante en la mayoría de los casos.

—Pues si quiere siéntese y espere.

—Está bien, necesito aclarar unas cuantas cosas con esas heridas.

El forense asintió mientras el inspector buscaba un asiento.

Ya en él y mientras los médicos hacían su labor, Nicolás no quitaba la vista de la bandeja que contenía el corazón, los restos de la caja torácica y los senos de la víctima, uno de ellos hecho casi papilla por el posible impacto que sufrió contra una de las paredes. No entendía el propósito de aquella amputación. Intentaba buscarle el lado simbólico a todo aquello. A lo que más sentido veía, como era lógico, era al corazón con un puñal clavado en el centro. Sin irse mucho más allá, lo podía relacionar con la venganza. Esto daría fuerza al doble sentido de los símbolos que dejó en las manos del abogado, los que representaban a la diosa Némesis. La justicia o venganza entrarían como móvil ateniéndose a los símbolos, aunque todo aquello solo era solo una interpretación. Él debía ceñirse a los hechos y no eran otros que una mujer de sesenta y tantos años estaba sobre la mesa de autopsias, sin pechos, con el pubis apuñalado y el torso abierto. Ocurría algo similar a los casos de hacía siete años. Unas muertes se diferenciaban de otras en cuanto a crueldad. No quitaba atrocidad a lo que le había sucedido al abogado y a su familia, nada más lejos de su voluntad, pero es que, claramente, esa muerte tenía un punto más de sadismo que la anterior.

Y otra vez los mismos interrogantes acudieron a su cabeza.

Era como si hubiera vuelto, de pronto, el Mutilador de Mors, como lo llamaban.

Aunque la diferencia evidente respecto a los crímenes cometidos hacía siete años era que en ninguno de ellos se mostró más sádico que en el resto. El guion que tenía escrito para cada uno de aquellos hombres era el que era, ya está. Aquí había saña, de eso no tenía ninguna duda. Aunque la pregunta lógica le vino de pronto a la cabeza: ¿ese era el máximo nivel de saña que mostraría con sus nuevas víctimas o iría a más? Solo con plantearse la posibilidad de que fuera a más hacía que su piel se erizara. Por el bien de todos, esperaba que no.

No supo decir cuánto tiempo llevaba ahí sentado, pensando en sus cosas, pero la voz del doctor Herrero lo sacó de sus pensamientos.

—¿Me oye, inspector?

—Sí, sí, perdone. ¿Decía?

—Le he dicho que, con toda seguridad, el arma usada es el puñal que había clavado en el corazón, la forma de la herida, su grosor y longitud concuerdan con él. Habrá que hacer algunas comprobaciones más, pero pondría la mano en el fuego.

—Bien, perfecto. Ahora falta que relacionemos las heridas del abogado con la misma arma y tendremos la confirmación que ya sabemos. ¿Algo más que remarcar?

—Sí, bueno, que por la profundidad de la herida se ha traspasado el mismísimo útero de la mujer. Es curioso, ya que es un órgano duro, pues está hecho de músculo y no es fácil de atravesar. Es más, en una mujer de su edad, se contrae y se endurece todavía más.

—¿Y qué quiere decirme con eso?

—Que ha hecho una especial fuerza para poder hacerlo. Debido a la dureza, podría confundirse con un hueso y lo más lógico es que el asesino hubiera desistido en el empeño de clavar todo el puñal, sobre todo teniendo en cuenta que hay otras heridas. Quizá no sea demasiado importante, pero, aun así, hizo más fuerza para que el cuchillo quedara clavado ahí. Creo que debería hacer una autopsia ginecológica y comprobar todo, puede que sea una tontería, pero...

—Está bien, creo que lo entiendo. Proceda. ¿Sabe cuándo podré tener algunos resultados?

—Los primeros análisis estarán listos en un rato, tomaremos muestras de los órganos y los enviaremos tan pronto como podamos al laboratorio. A falta de recibir los resultados de las muestras de los órganos eviscerados, me atrevería a definir la causa de la muerte como un shock hipovolémico. O lo que es lo mismo: una hemorragia aguda. Después de que enviemos dichas muestras a Histopatología comprobaré sus órganos reproductores. Estaré aquí el tiempo que haga falta para que mañana pueda tener algunos resultados certeros.

—No sabe cómo se lo agradezco, doctor Herrero. Ahora, si me disculpan, me marcho. Ya imaginan lo que me espera.

Ambos médicos asintieron. Nicolás comenzó a andar hacia la salida.

—Y, doctor Salinas —comentó sin volverse—, tenía usted razón: el doctor Herrero es formidable.

26

Lunes, 26 de septiembre de 2016. 21.03 horas. Madrid

Fernando cerró el almacén.

No sonreía, pero por dentro sentía algo muy parecido a satisfacción. Puede que fuera porque todo marchaba como estaba previsto a pesar de la extrema complejidad del guion. Todo estaba funcionando sin contratiempos, que ya era mucho. Confiaba plenamente en su plan, en cómo lo había trazado y en cómo lo estaba ejecutando, pero la sombra de la fisura planeaba por su cabeza. Suponía que era habitual pero, como había pensado ya en infinidad de ocasiones, la duda le haría más fuerte.

Su mayor incertidumbre estaba oculta dentro de aquel almacén. No formaba parte de su idea inicial, la que había trazado incluso antes de viajar a Mors para ocuparse de aquella panda de hijos de puta. No, ni mucho menos. Todo había llegado después, durante su largo encierro. Se le brindó una nueva posibilidad y, por supuesto, no la iba a desaprovechar. Lo bueno es que había tenido tiempo de sobra para proyectar esa nueva jugada. Y ahí la tenía. Lejos de todo. Lejos de todos.

Ahora sí sonreía.

En cuanto se vio a sí mismo dibujando esa mueca con la boca la borró de un plumazo.

¿Qué le pasaba? ¿Pensaba relajarse justo cuando ya tocaba el éxito con la punta de los dedos?

Aunque quizá era decir demasiado. Todavía quedaba mucho camino por recorrer. Uno duro y tedioso en el que tendría que competir contra un rival que, tarde o temprano, acabaría arrancando a correr. Lo bueno era que, cuando eso sucediera, él ya estaría a kilómetros y no podría alcanzarlo. No si seguía haciendo las cosas como hasta ahora.

Antes de montarse en el coche, pegó la oreja en la persiana. A pesar del excelente aislante y el segundo almacén, sabía que la intensidad de los gritos podría hacer que alguien oyera algo. Por suerte, la persona que tenía el honor de haberse convertido en el centro de su plan había cesado en su empeño de hacerse notar, consciente de que nadie oiría nada, y, además, Fernando no tenía recuerdos de haber visto pasar ni un alma por allí en ninguna de sus visitas para comprobar que todo estaba en perfecto orden.

No podría haber elegido un lugar mejor.

Con la seguridad de que no se oía nada, montó en el vehículo, encendió el motor y comenzó a circular con él. La siguiente parte de su plan lo esperaba.

Martes, 27 de septiembre de 2016. 9.16 horas. Madrid

Nicolás trataba de ocultar su cansancio manteniéndose erguido y haciendo que sus palabras sonaran fuertes, determinantes. Su rostro decía otra cosa. Las ojeras lo delataban y, si no era suficiente, sus pupilas mostraban que la noche anterior no había sido del todo buena en cuanto a sueño reparador para el inspector. Y eso que lo intentó de mil maneras... Había retomado la vieja costumbre de escuchar «Carrie» de los Europe, pero ni con esas. El constante runrún de su cabeza hacía que apenas pudiera mantener los ojos cerrados. No quería recurrir de nuevo a los tranquilizantes, pero, de verse sumido de nuevo en la espiral, no le quedaría más remedio. Aguantaría lo que pudiera.

Alfonso lo miraba preocupado. Hacía demasiado tiempo que no veía así a su amigo. Él vivió, junto a Nicolás, sus dos peores épocas. Una fue cuando comenzó todo el follón de Fernando, hacía siete años. En esos momentos, añadida al estrés que el propio caso provocó en el inspector, arrastraba una depresión no curada del todo de un caso anterior en el cual ocurrió una desgracia con su compañero y mentor. El otro momento duro que vivió junto a su amigo fue la primera vez que lo dejó con Carolina, la única relación seria que él conoció de Nicolás en sus largos años de amistad. Ahí parecía un muerto viviente. De casa al trabajo, del trabajo a casa, casi como siempre pero con cara de flor mustia.

Bueno, un poco más que la habitual.

Verlo de nuevo con un gesto parecido, con unos ojos tristes y preocupados, hizo que algo se removiera dentro de su estómago. Sin Nicolás al cien por cien el caso se iría al traste y Fernando se acabaría saliendo con la suya. Había llegado a pensar, haciendo hincapié en el concepto de némesis que la inspectora jefe había expuesto, que Fernando hacía lo que hacía únicamente con el fin de molestar a su amigo. Que para el psicópata solo se trataba de un juego y que, en realidad, lo único que buscaba era, precisamente, lo que iba a acabar consiguiendo con el inspector Valdés: a un pobre loco desquiciado.

Deseó, por el bien de todos, que no fuera así y que Nicolás fuera capaz de lidiar con esas emociones. Por el bien de las futuras víctimas, sobre todo.

—Bien —continuó hablando el inspector mientras miraba, uno a uno, al resto del equipo—, he retrasado lo que he podido la reunión para tener un informe lo más completo posible por parte del forense y así caminar sobre algo más seguro en nuestras pesquisas, pero no puedo esperar a que me llegue al correo y solo tengo los resultados preliminares. Antes que nada, sería conveniente que pusiéramos sobre la mesa lo que sabemos acerca de la víctima. Ramírez...

—Manuela Rincón Murillo, sesenta y cuatro años. Enfermera de profesión, aunque prejubilada a los sesenta y uno en la clínica de una mutua aseguradora en la que trabajaba. Aun así, según hemos podido averiguar, seguía acudiendo casi a diario a asesorar en diversos temas a las enfermeras que ahora cumplían su labor. Es raro, sí, pero por lo que hemos podido saber tenía más experiencia que algunos de los médicos que trabajaban allí y les venía muy bien a la hora de determinar si ciertos casos que pasaban por la clínica fingían un accidente para cobrar del seguro o eran verdaderos. Es algo, quizá, demasiado común en los tiempos que corren. Ya sabemos que la crisis está trayendo demasiados casos de fraude. He presionado lo que he podido para saber si le seguían pagando por esta labor bajo manga, pero lo han negado taxativamente insistiendo en que Manuela lo hacía todo por amor a su profesión.

—¿Podríamos, entonces, relacionar a la enfermera con el abogado en algún tipo de estos casos? Ya sabemos que mutuas y abogados están en constante conexión... —intervino Alfonso.

—Podríamos abrir esa vía de investigación. No sería demasiado complicado crear una relación si fuera así viendo los casos en los que trabajó Escobedo —comentó Nicolás.

—Sigo con lo que sé de ella, si no os importa —dijo un irritado Ramírez—. Viuda de su primer y único marido desde hace diez años. Murió de un cáncer de pulmón fulminante. Sé lo que podríamos pensar, pero no, he comprobado a grandes rasgos su historial médico y sí murió de eso, nada hace pensar lo contrario. Tiene un hijo de treinta y nueve años que ahora mismo se encuentra de camino hacia España.

—¿Reside en el extranjero? —dedujo Sara.

—Así es. Al parecer siguió los pasos de su madre y estudió Enfermería, aunque lo hizo directamente en Luisiana, Estados Unidos. Se marchó jovencito a estudiar allí y allí se estableció. Yo mismo me encargué de hablar ayer con él, por lo que todo lo que os cuento me lo ha explicado él mismo.

—¿Sabes qué tipo de relación tenía con su madre? —preguntó Nicolás.

—Según él, buena. Me gustaría hablar más con él cuando se encuentre en España. Ayer parecía afectado de verdad, pero querría verle la cara frente a frente.

—¿Y el padre a qué se dedicaba? ¿También estaba metido en temas de mutuas, leyes o medicina? —preguntó de nuevo el inspector.

—Para nada, era propietario de un restaurante. Ubicado en pleno centro de Madrid. Se llamaba... —buscó en su dosier— aquí, se llamaba: Chamberí Eterno. He echado un ojo a las cuentas. En este caso no me han puesto demasiadas trabas y les iba bien. La mujer tenía una buena cuenta bancaria, su pensión era elevada y estaba al día en el pago de todos los impuestos. Las cuentas no se han tocado, pero supongo que no debemos esperar algo así tratándose de nuestro hombre.

—No, para nada —negó el inspector Valdés—. No se mueve por dinero, al menos nunca lo ha hecho así antes. Por cierto, el hijo está fuera, igual que el de Escobedo... ¿Deberíamos fijarnos en ese detalle?

—Supongo que, visto lo visto, deberíamos fijarnos en todos. No sé qué clase de motivación sería esta, pero con este puto descerebrado ya podríamos esperar cualquier cosa —sentenció Alfonso.

—Bien, pues tengámoslo también en cuenta. Leonard, Sonia, ¿tenéis algo que contarnos?

—Sí y no —respondió la inspectora—. El ADN de los cabellos coincide, como ya presuponíamos, con el de los otros dos que hallamos sobre el abogado. Es curiosísimo que una persona como Fernando Lorenzo los deje ahí, con raíz y todo, ya que conoce perfectamente nuestros medios de laboratorio. Supongo que sabe a ciencia cierta que la base de datos no nos va a arrojar ningún resultado positivo. Por tanto, siguen sin tener dueña. Hemos hallado varias huellas parciales y otras completas repartidas por el escenario, pero, como nos temíamos, corresponden a la víctima y a su asistenta. Hemos revisado a fondo el puñal que había clavado en el corazón. Nada. Sabe lo que hace, huelga decirlo. Había varias pisadas sin forma de huella concreta sobre la escena. Nos indica que llevaba puestas unas calzas. Eso sí, por la longitud podríamos afirmar que tiene entre un cuarenta y dos y un cuarenta y cuatro. No es un gran dato, pero es lo que nos deja saber de él. Las huellas, como la mayoría vio, desaparecían en el umbral de la puerta, por lo que podríamos pensar que tenía un calzado preparado para cambiarse o que, simplemente, se quitó las calzas y ya anduvo sin ellas. De todas maneras, el suelo estaba bastante limpio y alguna huella, de alguna manera, podría haber quedado impresa en él. Pero no, nada.

—Conociéndolo, es probable que llevara otras calzas de repuesto preparadas... —apuntó Alfonso mirando a ninguna parte.

—Es posible, sí —convino Sonia, que continuó hablando—: La sangre corresponde toda a la víctima. Supongo que ya le habrán contado en Toxicología, en el Anatómico Forense, que había restos de cloroformo en ella. Nos dice bastante sobre su *modus operandi*. Es muy parecido al del caso del abogado.

—Sí —asintió Nicolás—, aparece en el informe preliminar del que os he hablado. Teniendo vuestros datos ya sobre la mesa, os cuento: en el definitivo espero que venga la causa de la muerte concreta, pero se baraja que muriera de una hemorragia severa. Es probable, pues tanto las amputaciones de los senos como las cuchilladas en la zona del pubis se las dieron en vida. Como es lógico, el abrirle el tórax y extirparle el corazón se hizo *post mortem*. Según tengo aquí, seguramente todo eso se realizó con la víctima atada de pies y manos, tal como la encontramos. Para ello se basan en la acumulación de sangre, la poca que quedó en el cuerpo, en ciertas zonas. Uno de los senos quedó destrozado al ser lanzado contra la pared, parece ser que con bastante fuerza. El otro es muy probable que fuera lanzado contra la propia víctima, ya que presenta una leve lesión en el brazo parecida a la que se produce cuando un cuerpo ya sin vida, al ser arrastrado por el cauce de un río, se golpea con una piedra. Ver el seno cerca de donde se podría haber producido la lesión hace pensar eso. Las heridas del pubis han sido hechas con el puñal que tenemos en el laboratorio, posiblemente las mamas también fueron cortadas con él. Hay pocas dudas de que fue el arma que se empleó también para acabar con la vida del abogado y su familia, aunque se nos confirmará pronto. Por cierto, ¿cómo llevamos el tema de los alquileres de los coches?

—Perdón, no me he acordado de contarte, con todo el lío... —se disculpó Fonts—. Ya tenemos todos los datos de todas las agencias de alquiler. Trabajamos a destajo y desechamos mucha mierda que no vale para nada. Aun así, es mucho y nos está costando, aunque vamos avanzando. Ayer por la tarde recibí algo que puede ser interesante: quemaron un coche en un descampado en las afueras. Estamos esperando a que nos pasen el número de bastidor, que al parecer se puede recuperar, y como coincida con alguno de los que tenemos, el trabajo estará hecho.

—¿Un coche quemado? ¿Desde cuándo se sabe eso? —inquirió Nicolás.

—Pues no lo sé, pero, vamos, que no es desde hace un día, ni dos.

—¡Joder! ¡Me cago en la puta! No puede quedar ni un

dato en el tintero... ¡Necesitamos saber cada puta cosa que pase en Madrid! Puede significar la diferencia entre un nuevo muerto o no. Es que, coño...

—Sí, ya les dije yo ayer que...

—Pues espero que les mordieras en el cuello, ¡hostias!

Fonts miraba con los ojos muy abiertos al inspector Valdés, no entendía una reacción así por su parte.

Alfonso, que tenía claro que la reacción era desmesurada, lo miró con ojos inquisitivos. Nicolás agachó la cabeza cuando se percató de lo que acababa de hacer.

—Lo siento, Fonts, yo...

—Nada —comentó seria.

—Perdonad todos. Estáis haciendo un buen trabajo, seguid así.

Después el inspector salió de la sala, dejándolos a todos muy sorprendidos.

27

Martes, 27 de septiembre de 2016. 11.17 horas. Madrid

Nicolás resopló por enésima vez. Tenía los nervios a flor de piel y la secretaria del director del Anatómico no contribuía a que consiguiera relajarse.

—Ya sé que me ha dicho que está ocupado, pero necesito hablar con él. Ya.

—Inspector, tengo órdenes tajantes por parte del doctor Salinas de que nada ni nadie les moleste. Se encuentran en una autopsia muy importante y no quieren ser interrumpidos. Se lo digo otra vez, como se lo he dicho en las dos anteriores llamadas.

—Dígales al menos que me llamen en cuanto tengan un segundo.

—Le vuelvo a repetir que ya se lo he dicho. Si no le han devuelto la llamada todavía es porque no han podido.

—¿Sabe al menos si la autopsia tiene que ver con el caso de la mujer que fue asesinada ayer?

—Creo que sí, tanto el doctor Herrero como el doctor Salinas apenas han descansado, me consta que han pasado la noche aquí. Así que tiene que entender que debe dejarlos un poco a su aire. Le prometo que les insistiré tan pronto como pueda, no puedo hacer nada más por usted ahora.

Nicolás cerró los ojos y trató de calmarse. Sabía que la mujer no tenía la culpa de nada, pero no podía controlar la creciente ira que sentía que revoloteaba en su interior.

—Está bien, que alguien me llame, por favor.

Colgó.

—¡Joder!

Golpeó la mesa con el puño cerrado. Desde el umbral de la puerta sintió que una voz le hablaba.

—¿Más problemas? —dijo Alfonso mientras lo miraba serio.

—Todo va muy lento, joder. Aquí parece que nadie está haciendo su trabajo.

—Se te está yendo la olla, tío. No me jodas con que nadie está trabajando, porque sabes que lo estamos dando todo. Incluso por encima de nuestras posibilidades, te diría.

—Ya lo sé... pero...

—Pero nada. ¿Tú has visto cómo se te ha ido la puta cabeza con Fonts? ¿Sabes que ha estado trabajando sin descanso en el maldito tema de los coches de alquiler? Coño, ha currado por tres y tú le hablas así. Además, te recuerdo que no eres su superior ni nada por el estilo... No sé qué coño te has creído. Me importa una mierda que estés al mando del caso, si te tengo que meter una hostia en toda la boca te la voy a meter, por cretino.

Nicolás levantó la cabeza y miró a su amigo. No podía replicar, sabía que no tenía argumentos para defenderse.

—Ya lo sé... —comentó al fin—. Hablaré con Fonts y le pediré disculpas, no sé qué me pasa.

—¿Quieres que te diga yo lo que te pasa?

Nicolás alzó los hombros.

—Te pasa que piensas que todo es una guerra entre tú y el chalado ese de los cojones. Que te olvidas de que somos un equipo. Te estás tomando demasiado en serio el asunto de la némesis. Me da igual si ese jodido loco lo piensa así, aquí trabajamos para detener sus pasos, pero con los medios de que disponemos. No somos superhéroes, Nicolás. No eres un superhéroe. Así que céntrate de una puta vez y deja esa frustración para otro momento. Los minutos pasan y tu puto chalado estará masturbándose pensando en lo bueno que es. Deja de darle ese placer, coño. Céntrate y ten la mente despejada. No me apetece recoger tus pedazos cuando te rompas del todo.

El inspector Valdés no supo qué contestar. Ya estaba todo dicho. Agachó la cabeza y tomó aire. Alfonso tenía razón. Debía dejarse la frustración para otro momento y centrarse en lo que importaba: atraparlo.

—Vale, ¿qué llevas ahí? —preguntó nada más levantar la mirada y observar que sostenía una carpeta marrón entre las manos.

—Fonts, la que no hace las cosas bien según tú, ha localizado el bastidor del coche quemado. Corresponde a un Opel Corsa de color blanco. La matrícula es... —revisó entre los papeles— bueno, no importa. La empresa es Francisquito Rent a Car, y adivina quién lo alquiló...

Alfonso lanzó la carpeta sobre la mesa de Nicolás. Él la cogió y la abrió. Cuando vio la foto de la documentación que acompañaba el alquiler —por dos semanas— del vehículo, se le hizo un nudo en el estómago.

—Será hijo de su puta madre...

—Sí, no se esconde. Al menos no del todo. Tiene una documentación falsa, seguramente la hizo antes de ser apresado porque la foto parece antigua. Aunque, bueno, no sé. Pero ya ves. Ahora se hace llamar Pascual Andreu. Trataremos de tirar del hilo a ver dónde nos lleva lo último.

Nicolás no daba crédito mientras miraba la foto. Apenas pestañeaba.

—Pero ¿fue él mismo a recoger el vehículo?

—Fonts se ha puesto en contacto con la empresa y parece

ser que no. La reserva se hizo por internet. Por teléfono una empleada le ha contado que cree recordar que fue alguien que se identificó como su secretaria quien fue recoger el vehículo.

—¿Una mujer?

—Sí.

—¿Y se lo dieron así, sin más? ¿Dejó alguna documentación?

—No. La empleada ha alegado que tienen muchos alquileres del mismo tipo. Alquilan los coches a nombres de empresarios, ya que luego las facturas les sirven para desgravar en Hacienda, aunque luego el que va a recogerlo es algún empleado. Dice que, además, pagó en efectivo.

—Pero, coño, ¿no es sospechoso que un empresario mande a su empleada a recoger un Opel Corsa? Hostia, que no es un Mercedes, digo yo que llamará la atención y será sospechoso.

—Pues por eso se acuerda de ella. Da gracias a que sí se fijó en el detalle. Es normal. En cuanto a lo de que es sospechoso, no es tan descabellado que un empresario quiera pasar desapercibido para según qué cosas. ¿Qué mejor forma de no llamar la atención que en un modelo de coche tan común?

El inspector Valdés lo valoró. Tenía sentido.

—Joder... —exclamó tras un segundo—, ¿hay algún tipo de descripción de la mujer que se llevó el coche?

—Fonts se ha desplazado a la empresa de alquiler. Está en Barajas, quiere hablar en persona con la empleada de la empresa de alquiler de coches y sacarle toda la información posible.

Nicolás asintió esperanzado, puede que eso fuera un gran paso.

—Qué buen trabajo, recuérdame que hable con Fonts, en serio, le debo una disculpa enorme.

—Ya... ahora no nos hagas la pelota... Escucha. Si quemó el primer coche, debe de haber un segundo alquiler, quizá.

Ahora será más fácil localizarlo, puesto que ya sabemos por dónde buscar. Si conseguimos encontrar el modelo de coche, podríamos localizarlo a él. Lo único malo es, precisamente, que el coche sea tan normal: es de esos que pegas una patada a una piedra y te salen diez. Apuesto a que el segundo también lo es y eso lo complica todo.

—Pues, tío, pero ya tenemos algo. Ya sabes, ¿quieres hacerlo tú?

—Sí, yo me encarg...

De pronto, el teléfono de Nicolás sonó. Miró la pantalla, la llamada provenía del Anatómico Forense.

—Espera un momento, es importante —le pidió a Alfonso antes de descolgar. Vio cómo asentía—. ¿Sí?

—Inspector, soy el doctor Herrero —se identificó la voz al otro lado—. Disculpe que no haya podido llamarle antes, pero quería finalizar la autopsia del todo por, si le surgía alguna pregunta, ser capaz de contestársela.

—Entonces ¿ya lo tiene?

—Así es. Le mandaré los resultados por correo electrónico. Quedan por anotar algunas cosas, pero no me llevará más de una hora. Por lo pronto me gustaría adelantarle una cosa, creo que es importante.

—Usted dirá.

—Recordará que ayer le dije que ese ensañamiento en la zona del pubis, más en concreto esa fijación que parecía haber tenido con su útero, tenía que ser por alguna razón. No quiero jugar a ser policía, pero tuve una corazonada: pensé que el asesino trataba de decirnos algo. Por ello procedí anoche mismo a hacer una autopsia genital. Tuve que dejarla a última hora porque no forma parte del procedimiento y la he hecho a título personal. Bien, pues esta mañana hemos acabado el doctor Salinas y yo con ella. Hemos ido despacio porque no es fácil trabajar con un útero de una persona ya mayor. No sé si le comenté que se reduce bastante su tamaño y se endurece. Quizá la alegoría de la flor marchita y la menopausia no va tan mal encaminada, visto así. Al abrirlo nos hemos topado con algo que no esperábamos: la mujer padecía de útero septo o particionado.

—Como comprenderá, no sé qué es eso.

—Sí, perdone. Es una malformación uterina en la cual se crea una especie de tabique que divide el útero en dos. Dentro de la malformación hay grados, pero en el caso de Manuela era completo. Eso quiere decir que vagina, cérvix y útero estaban separados. Supongo que a su avanzada edad ya no le preocupaba, porque ahora se puede tratar mediante una histeroscopia, pero claramente no lo ha hecho.

—Espere, espere. ¿Debo entender que Manuela tenía problemas reproductivos debido a ese problema? ¿Que era infértil?

—No del todo, con el debido tratamiento podría haberse quedado embarazada. Incluso sin él... a ver si me explico bien. En las condiciones en las que estaba podría haberse quedado embarazada, pero el coste hubiera sido grandísimo en intentos. Es muy complicado que suceda y, si se consiguiera, el riesgo de aborto espontáneo es enorme. Si sumamos ambas cosas, se podría hablar de una infertilidad, aunque no en el sentido propio de la palabra.

—Pero... Manuela tiene un hijo. De hecho, vive fuera pero está regresando a España ahora mismo.

—Podría ser adoptado. ¿Qué edad tiene?

—Creo que por los cuarenta o así.

—Pues adoptado seguro. Por aquel entonces las técnicas reproductivas estaban en un punto casi primigenio y, de haber conseguido quedarse embarazada, cosa harto difícil, el aborto se hubiera producido casi seguro. Si consiguió tener un hijo sería obra del Altísimo. Y yo no sé usted, pero no creo ni en los milagros ni en Dios, inspector. Es muy poco probable.

—Sí... podría ser adoptado, no lo hemos considerado. Ni siquiera pensaba que pudiera ser importante.

—Bueno, ya es cosa suya. Yo terminaré el informe y se lo pasaré en breve. Aparte de lo que le he contado, no hay nada más digno de reseñar y que usted ya no sepa. Espero haberle sido de ayuda.

—Claro que sí, doctor Herrero, lo ha sido. Gracias. Un saludo.

—Un saludo.

Colgó.

Nicolás se quedó pensativo por unos instantes. No sabía si la idea que le rondaba la cabeza tendría sentido o no, pero había que agotar todas las vías posibles.

—No sé si te has enterado bien —dijo señalando al teléfono—, pero la conclusión que ha sacado el forense es que Manuela era prácticamente estéril. El hijo podría ser adoptado.

—¿Y qué? —replicó Alfonso—. ¿Es importante?

—No lo sé, pero tanto el forense como yo coincidimos en que Fernando parecía señalarnos el útero, como si las puñaladas las hubiera dado en esa zona en concreto para que se investigara esa malformación.

—¿Y cómo cojones sabía él eso?

Nicolás negó con la cabeza. Estaba claro que no lo sabía.

—¿Crees que incluso lo de los senos nos venía a decir algo parecido? —preguntó Alfonso.

—¿A qué te refieres?

—Ya sabes, si tenemos en cuenta lo del útero y si tomamos las mamas como símbolo de lactancia, no sé, algo así relacionado con los niños... Quizá por eso se ensañó con ellas y lanzó una a la pared y la otra contra la propia víctima. Como si le repugnaran.

—Podría ser. Joder, ahora mismo no sé ni qué pensar.

—Bueno, empecemos por el principio. Averiguaré si el hijo de Manuela es adoptado o no. Puede que sea importante o que no lo sea, pero cuantos más datos reales tengamos, mejor.

—Sí, gracias. Si quieres que me dedique yo a lo de los alquileres recientes...

—No es tanto, Nicolás. Puedo hacerlo. Tú céntrate, por favor. Céntrate. Necesito esa cabecita pensante a tope. Relaciona los putos datos, como haces siempre. Mira más allá, como tú solo sabes hacer. Adelántate, coño.

—Lo haré, te lo prometo.

Alfonso se giró con la intención de salir del despacho común. Antes de hacerlo, se volvió hacia su amigo.

—Ah, Nicolás...

—Dime.

—Lo de la hostia te lo he dicho en serio. Como te vuelvas a pasar con cualquiera de nosotros, te meto en la boca, te lo juro por mi padre que en paz descanse.

Nicolás sonrió. Alfonso salió y él se quedó de nuevo solo en el amplio despacho. Meditó durante unos segundos cuáles eran los siguientes pasos que había que dar. Tenía que contarle los nuevos datos tanto al inspector jefe como al comisario. Después lo haría con Sara, la ayuda de la inspectora jefe estaba siendo inestimable y quizá ella pudiera, con lo nuevo que se sabía, dar ese paso adelante que tanto necesitaba.

Se levantó de su asiento y se puso manos a la obra.

28

Martes, 27 de septiembre de 2016. 15.42 horas. Madrid.

El comisario jefe miraba por la ventana. Lo hacía sin pestañear. De no ser por las noticias que le acababa de contar Nicolás, en presencia también del inspector jefe de Homicidios,
se podría pensar que estaba preocupado por el cambio brus-
co que había dado el tiempo, pasando de un sol radiante a
unas nubes amenazantes. Nicolás hubiera jurado también
que no respiraba de no ser por el lento y casi inapreciable
movimiento de su pecho. A pesar de los logros que había
conseguido la unidad, no había buenos presagios en el devenir de la investigación. Al menos, ninguno de los tres era optimista en cuanto a resultados que trajeran algo más allá de lo
que ya tenían.

—Deberíamos estar contentos, estamos obteniendo resultados —comentó el inspector jefe—. Joder, hay casos en
los que necesitamos semanas para llegar hasta el mismo punto en el que nos encontramos.

El comisario volvió de su trance y lo radiografió con la
mirada.

—Sí, hay resultados, pero son insuficientes. En los casos
que comenta, en el noventa y nueve por ciento de las ocasio-

nes, solo hay un crimen. O un escenario. Nos enfrentamos a menos asesinos en serie de lo que la gente piensa. Aunque la cosa avance lenta, al menos no tenemos que estar pendientes de que vuelva a actuar. Desde el puto Alfredo Galán no habíamos tenido ninguno por aquí cerca. La vida de otras personas sigue en juego y, lo peor, no tenemos ninguna explicación en firme de por qué elige a esas víctimas, como hacía Galán. Lo siento mucho, inspector Valdés, pero la hipótesis de relacionar al abogado con la mutua de seguros me parece una soberana estupidez. Escobedo apuntaba mucho más alto. Dudo que defendiera casos de poca monta con fraudes a seguros de por medio.

—Bueno, según se decía defendía causas justas de vez en cuando, incluso sin llegar a cobrar a su defendido si no disponía de los medios. Parecía ser un buen tipo.

—Vamos, Valdés, no me diga que ahora se cree esa mierda. Escobedo era un hijo de puta por mucho que se quiera dar de él una imagen de buen samaritano. Lo único que le movía era el dinero y si hacía esas pantomimas era, precisamente, para lavar su imagen cada vez que un escándalo estaba a punto de salpicarle. Investiguen esa posible conexión si quieren entre aseguradora y abogado, pero dudo que encuentren algo, así que midan sus esfuerzos. Les necesito más centrados en otras vías.

—Bueno, yo no tenía ni idea de...

—Pues ya lo sabe. Escobedo era de todo menos una buena persona, se lo digo yo. Tienen que empezar a verlo con esos ojos porque, si no, estarán cegados. Como les he dicho, tienen que contemplar otras vías.

—¿Qué sugiere?

—No sé. Tengo la cabeza hecha un bombo con presiones por aquí y presiones por allá. No tienen ni idea de las llamadas que recibo a lo largo del día de jueces quejándose de la falta de resultados, sobre todo Pedralba. Con ustedes tendrá muy buena cara, pero a mí me lleva frito con tanta queja y tanta hostia.

—¿Pedralba? Pensé que el caso era del juez Soria.

—Y oficialmente lo es. Pero con una víctima como Escobedo de por medio hay muchos jueces con las orejas tiesas. Son demasiados los que me han hecho llegar su malestar, pero Pedralba es el más insistente de todos. No saben cómo se las gasta ese hombre cuando está de mal humor. Es peor que un grano en el culo.

—No tenía ni idea...

—Claro que no, para eso estoy yo aquí, para dar la cara por ustedes, así que les pido un pequeño esfuerzo más. Usted sabe tanto como yo que lo que tenemos no basta. Puede que el camino haya sido marcado, pero no hemos empezado ni a recorrerlo. Siempre digo lo mismo, pero quiero resultados cuanto antes.

Nicolás resopló al mismo tiempo que miraba también por la ventana. Una enorme nube negra parecía presagiar lo que estaba por llegar. Esperó que todo aquello solo fuera una mera coincidencia.

—¿Y eso del hijo? —quiso saber el inspector jefe.

—Lo está investigando Gutiérrez. Si no pudo tener hijos, es muy probable que sea adoptado. No sé qué tiene que ver eso con el caso ni con la muerte, pero lo investigaremos igualmente.

—Puede que sea una simple casualidad y que se le fuera la mano apuñalando a la pobre mujer sobre esa zona. Supongo que, en un momento de frenesí asesino, uno no mira ni lo que hace. Cualquiera sabe lo que se le pasa por la cabeza a un puto tarado como ese a la hora de matar.

—No. Todo es demasiado raro, tanto que el forense nuevo que se ha ocupado de la autopsia, y que parecía tener una intuición especial, como si tuviera olfato de investigador, también ha insistido en lo último. Me he topado con algún forense así y son una delicia porque te hacen la mitad del trabajo. Hay que escucharlos y hacerles caso, de verdad.

—O puede que haya visto gigantes donde solo había molinos.

—No. Hay dos cosas que me hacen confiar en su opinión. Una, que con Fernando no hay casualidades. Sonará a tópico, pero no las hay. Dos, que cuando lo dijo hubo algo en mí que pensó enseguida que había que fijarse. Es demasiada casualidad. Ahí hay un asunto turbio.

—Pues ya está —sentenció el comisario—. A por ello. Cualquier novedad, aquí estoy.

Con eso daba por terminada la reunión. Tanto Nicolás como el inspector jefe se despidieron del comisario primero, para luego hacerlo entre ellos. Valdés necesitaba hablar con Sara.

Ya en su despacho, en el edificio correspondiente, Nicolás se quedó embobado mientras miraba la pizarra gigante de color blanco llena de datos sobre el caso. En eso se parecían bastante.

—¿Has venido a ver mi pizarra o a hablarme sobre algo? —La voz de la inspectora jefe sacó al inspector Valdés de su ensimismamiento.

—Perdona, quería preguntarte cómo ibas.

—¿Y no me has podido llamar por teléfono? Vale que no trabajemos en dos puntas opuestas de Madrid, pero de ahí a que hayas venido hasta aquí...

—Supongo que a la cara todo funciona mejor. Al menos yo funciono mejor. ¿Qué tienes?

—Nada aún. Estoy recopilando información todavía. Los perfiles no los sacamos de una chistera, por lo que a veces preferimos andarnos con pies de plomo. Además, desde Alicante no nos llega una mierda. Estamos esperando todo lo que tenían de Fernando recopilado en Fontcalent. Y tú, ¿lo tienes?

Nicolás negó con la cabeza.

—Pues yo tampoco. Así no se puede avanzar.

El inspector se sorprendió al ver que él no era el único crispado por el devenir de los acontecimientos. No es que le reconfortara, pero al menos lo ayudó a convencerse de que no estaba perdiendo lentamente la poca cordura que le quedaba porque sí.

—Bueno, a lo que iba en realidad —dijo Nicolás—. ¿Irás esta noche a la escena como hiciste con la casa del abogado?

—Sería conveniente —respondió sin pensar—. Ya sabemos mucho sobre él, pero tratar de reconstruir lo que vio en esos momentos... bueno, no hace falta que te lo explique otra vez.

—No, no.

—Pues sí. Si la hora de la muerte fue parecida a la del abogado, lo ideal sería que la visitásemos sobre las tres de la madrugada.

—Perfecto. Si quieres voy moviendo los hilos necesarios para tenerlo todo dispuesto. Así también puedo echarle mejor un ojo a la vivienda, que apenas pude fijarme en nada. Nos vemos a las tres en punto en el portal de la casa, ¿vale?

—No.

—¿Cómo?

—Te iba a decir una cosa. Si tengo que esperar a que se haga esa hora, puede que me quede dormida. ¿Qué tal si tomamos algo en cualquier pub de la zona?

Nicolás no sabía qué contestar. La pregunta lo pilló totalmente desprevenido.

—¿Y bien? —insistió la inspectora jefe.

—Sí, pero...

—Oye, no te vayas a creer nada. Es para no aburrirme en casa esperando a que sea la hora. Que después de todo el día trabajando una acaba reventada.

—No, no... perdona, no quería...

—Está bien. ¿A las once? Te paso luego un whatsapp con mi dirección y así nos vamos en un solo coche, que aparcar por esa zona es complicado.

Nicolás salió del despacho sin responder. Sin saber cómo, esa noche tenía una cita con Sara Garmendia. O algo parecido. Además, echó cuentas del tiempo que transcurriría desde su encuentro hasta la hora en la que entrarían en el domicilio de la víctima para la reconstrucción y se puso realmente nervioso. ¿De qué iban a hablar? ¿Tendrían en verdad una conversación más o menos fluida o se dedicarían a contemplar sin casi hablar sus relojes deseosos de que llegara la hora de trabajar?

Sin saber muy bien qué pensar abandonó el edificio de la UCIC y se encaminó a su lugar habitual de trabajo. Nada más tomar asiento en la silla de su despacho, un exaltado Alfonso hizo acto de presencia.

—Creo que te vas a sorprender bastante con lo que he encontrado.

—No sé ya si algo me va a sorprender, pero prueba.

—¿Preparado? El hijo de Manuela no es adoptado.

Nicolás tardó unos segundos en procesar la información.

—Espera... ¿Me estás contando que es hijo natural?

—Joder, Nicolás, ¿estamos espesitos? ¿Qué te acabo de contar? ¡Que sí!

—Pero el forense nos dijo que era prácticamente imposible que hubiera tenido hijos con esa malformación uterina. Espera. —Cogió el teléfono y marcó un número de memoria.

—¿Qué haces?

—Llamar al forense. Sí —dijo cuando contestaron—. Soy el inspector Nicolás Valdés, de Homicidios, ¿podría hablar con el doctor Herrero?

—El doctor Herrero se ha marchado a casa —respondió la voz al otro lado de la línea—. Estaba exhausto tras más de veinticuatro horas de trabajo sin descanso.

—¿Salinas está?

—Sí, pero se marchaba ya. Un segundo y le paso con él.

Mientras esperaba, Nicolás no pudo evitar preguntarse si Salinas también se habría pasado tantas horas como el joven forense al pie del cañón.

—Dígame, inspector —su voz sonó tan imponente como siempre.

—Doctor, una pregunta: ¿es posible saber si una mujer ha tenido un hijo o no a través de una autopsia?

El forense pareció dudar unos instantes antes de contestar, como si la pregunta le hubiera pillado con el paso cambiado.

—Si es un útero de nulípara, su tamaño es más pequeño que el de alguien que no lo es. Aunque es una diferencia poco apreciable a veces. Cuando sí es evidente es cuando no hace tanto que ha parido, ya que se ensancha considerablemente.

—¿Y si la mujer tiene sesenta y cuatro años?

—He dudado en contestar, ya que pensaba que podría referirse al caso con el que estamos. No, es imposible saber si la mujer tuvo hijos o no. Pudimos ver las malformaciones en el útero, pero debido a su avanzada edad, el órgano se retrae de por sí, al margen de si ha tenido hijos o no: las dimensiones del útero serían similares en ambos casos.

—Y, a su juicio, ¿los podría haber tenido?

—Creo que ya le dijo el doctor Herrero que casi seguro que no.

—Es ese «casi» el que me está generando dudas.

—Es que posibilidades hay, pero son tan bajas que se consideraría infertilidad. Además, yo mismo he visto la pared que divide el útero y, en su caso en concreto, es más complicado todavía. No queda espacio para un embarazo normal. No creo que hubiera pasado del tercer mes en caso de haber conseguido quedarse encinta. Pero ¿a qué viene tanta duda con eso?

—Pues que en los registros consta que su hijo no es adoptado, por lo que fue ella la que lo parió.

—Pero... eso es imposible... sería casi un milagro de la ciencia... Y creo que ya sabe lo poco que casan ambas palabras en una misma frase.

—Sí, lo sé. Gracias por su ayuda, doctor. Tendremos que averiguar qué está pasando.

—Nada, un placer.

Colgó.

Nicolás se apretó las sienes con una sola mano. La otra la mantenía colocada sobre el teléfono.

—No podía tener hijos. Es imposible —farfulló.

Alfonso no supo qué contestar en un primer momento. Volvió a mirar el registro del hijo de Manuela. Todo parecía indicar que el bebé era hijo natural de ella y su marido. ¿Qué estaba sucediendo?

—¿En qué clínica dio a luz? ¿Se sabe?

—Está en blanco. En el registro me han contado que eso es algo común. Muchas parturientas daban a luz en casa con ayuda de una matrona. Es una moda que está volviendo, al parecer, pero por aquel entonces era más una necesidad que un capricho.

—¿Y ahora qué hacemos? —planteó levantando la mirada—. Esto es raro de cojones.

—De momento trataré de hacerme con un registro en cualquier hospital sobre alguna visita que hubiera podido hacer Manuela. Parir no pariría en un centro médico, pero ecografías creo que sí se hacían, además de controles ginecológicos. En algún sitio tiene que haber algo. Algún historial, no sé. Eso nos puede sacar de dudas. ¿Qué piensas?

—Que cada vez queda más claro que Fernando señaló ese útero con toda la intención del mundo. Creo que deberíamos poner protección sobre el hijo de Manuela, por si acaso.

—Pero ¿sabiéndolo o sin saberlo el hijo?

—Tan sutil que no lo sepa, pero tan ruidosa que Fernando se eche para atrás. No podemos usarlo como cebo.

—No, qué va. No sugería eso. Por cierto, he hablado con Fonts, no ha sacado nada en claro tras hablar con la empleada de la empresa de alquiler de coches. Está sobre la pista de un nuevo alquiler, aunque me han pasado un nuevo aviso sobre un coche quemado en las afueras de Madrid. Lejos del otro. Podría ser el que ha utilizado esta vez. Ya te contaré.

—Joder... los enanos no dejan de crecer en este circo.

—Y que lo digas. Y a todo esto, ¿qué te pasa que te noto algo como ausente? Un poco más, me refiero.

—¿Eh? —Nicolás se puso nervioso—. Nada, nada. Ya te cuento luego. Necesito un café.

29

Martes, 27 de septiembre de 2016. 22.58 horas. Madrid.

Las notas de «Las puertas del cielo», de Saratoga, se podían oír a duras penas en el interior del coche del inspector Valdés. No dejaba de mirar hacia el portal que la inspectora jefe le había indicado, atento para quitar la música antes de que esta abriera la puerta de su vehículo. Sabía que sus preferencias musicales no eran de las populares —sobre todo, en un inspector de Homicidios— y mejor no causar impresiones erróneas.

Todavía estaba avergonzado por la reacción de Alfonso al enterarse de dónde iba a esas horas de la noche y sobre todo con quién. Movía las piernas sentado como estaba con un cierto ritmo, signo del nerviosismo que sentía ante la situación que se le presentaba. No entendía muy bien aún qué hacía ahí. Todo aquello había sido tan raro que todavía no daba crédito a la repentina invitación de Sara para tomar una copa.

Era una mujer terriblemente sexy. Lo curioso es que no lo había pensado hasta esa invitación. Y quizá no fuera su cuerpo lo que le hiciera considerarla así, sino más bien el encanto que desprendía y que solo él parecía ver en Canillas. Al menos esa impresión daba por los comentarios de los compañeros. No solo el encanto: la inteligencia, el aplomo y un extraño sentido del humor hacían de la inspectora jefe Garmendia un cóctel explosivo con el que Nicolás nunca hubiera pensado que podría tener una amistad que trascendiera las paredes del trabajo. Hasta ese día.

Resopló, nervioso, por enésima vez. Igual le venían unos pensamientos acerca de lo interesante que le parecía la compañía que estaba a punto de tener, que otros repitiéndole que quizá no debiera estar pensando en cosas así. Lo más probable es que Sara de verdad se aburriera hasta la hora en la que quería reconstruir el crimen en el escenario donde se había perpetrado y él solo fuera la compañía que le venía más a mano. Sin más. Sin ningún tipo de interés por parte de ella en él, más del que se podía sentir por un compañero con el que pasar las horas muertas.

Movió la cabeza en varias ocasiones, con los ojos cerrados, para intentar desprenderse de esos pensamientos. Las idas y venidas de ideas enfrentadas no le hacían ningún bien. Cuando los abrió observó cómo la inspectora jefe lo miraba con el ceño fruncido, extrañada, mientras rodeaba la parte delantera del vehículo. A Nicolás le dio tiempo de cambiar el modo de su equipo musical a la radio de toda la vida, haciendo que sonara una conocida emisora con música del momento. Sara abrió la puerta y pasó al interior.

—¿Qué hacías con la cabeza? —preguntó ella a modo de saludo.

—Nada, nada. Entonces ¿nos vamos para Malasaña? Allí hay muchos bares.

—No conozco nada de la zona, pero el estilo hipster y pseudomodernito que allí reina ahora no va demasiado conmigo. Si quieres sé de un buen lugar donde podremos tomar algo y al mismo tiempo hablar sin tener que gritar para entendernos.

—Tú me guías —contestó sonriendo ante el comentario.

Sara se limitó a indicarle a Nicolás que pusiera rumbo hacia la plaza de Lavapiés. Una vez allí, enseguida encontrarían el local al que ella se refería y que aún no había nombrado.

Quizá por la hora que era ya no le costó demasiado llegar a su destino. Por recomendación de Sara, dejó el coche aparcado en el primer hueco que encontró en la misma plaza. No tuvieron que andar demasiado para llegar al local en cuestión. Lo primero que llamó la atención del inspector fue su nombre: El Botas. Le resultó bastante curioso y no demasiado habitual. Lo segundo, su cartel: parecía sacado de una película del oeste, algo que trajo buenos recuerdos a Nicolás al acordarse de lo que gustaban ese género de películas a su abuelo. Lo tercero, quizá lo que menos esperaba, era el tipo de local en sí y la música que se podía escuchar en su interior: rock nacional no demasiado conocido.

—No sé si irá demasiado con tu estilo, pero me gusta porque se puede estar tranquilos y porque tienen una música aceptable a no demasiado volumen. Además, lo mejor, es que no hay niñatos —dijo Sara al comprobar el gesto de sorpresa del inspector.

—Está muy bien. No lo conocía.

—Pues es bastante famoso y peculiar. El dueño es amigo mío, un rockero que ha decidido plantarle cara a la SGAE —rio.

—¿Y cómo es eso?

—Vamos a sentarnos y te cuento.

Tomaron asiento, uno al lado del otro en dos taburetes que había frente a la barra.

Antes de que pudieran decir una palabra, el dueño del local se abalanzó sobre Sara y le plantó dos efusivos besos. Parecía que llevaban tiempo sin verse, al menos eso pensó Nicolás cuando observó que los dos se contaban a toda prisa lo que habían estado haciendo los últimos meses.

—¿Qué vais a tomar? Invita la casa a todo lo que bebáis hoy —anunció dueño.

—Un Nestea —contestó Nicolás.

Ambos lo miraron como a un bicho raro.

—¿En serio? —preguntó Sara.

—No suelo beber y esto es lo que más me gusta —contestó avergonzado ante la impasible mirada del dueño y la inspectora jefe.

—Eres una caja de sorpresas, Nicolás... Ponme a mí un Jack Daniel's con hielo —dijo mientras guiñaba un ojo a su amigo.

—¡Esa es mi Sarita! —gritó enérgicamente el dueño a la vez que propinaba un manotazo a la barra.

—Venga va, que sean dos —claudicó Nicolás.

El dueño se volvió sonriendo y buscó la botella, colocó dos vasos anchos y bajos sobre la barra, les echó hielo y vertió una considerable cantidad de líquido en ellos. Se los ofreció dejando la botella cerca para que los rellenaran a su antojo.

—Es un cielo —comentó Sara cuando lo vio alejarse.

—¿Él es el de la pelea contra la SGAE?

—Ah, sí, no te he contado. Como sabrás, la Sociedad General de Autores Españoles hace pagar un canon mensual a todo el mundo que quiera poner su música, que básicamente es toda la conocida. Pues aquí no, se han declarado en rebeldía y para no hacerlo, pinchan a grupos que no estén registrados en la SGAE. Y lo mejor de todo es que, al menos a mí, me parecen mucho mejores que otros que suenan por ahí. Estoy hasta las narices de escuchar siempre las mismas canciones de estribillo pegadizo y bailable. Odio eso.

Nicolás sonrió ante la primera sorpresa de la noche —segunda si tenía en cuenta el lugar en el que se encontraba—: a Sara le gustaba el rock.

—¿Qué te hace gracia? —preguntó Sara tras beber un sorbo de su vaso. Prefirió no tomarse la bebida de un solo trago como hizo hace unos días en local moderno, por si acaso.

—Nada, que me parece muy bien pensado lo que hace tu

amigo. A mí también me gusta más este estilo de música. Bueno, un poquito más cañera también.

—Lo sé, he visto la carátula del CD que tenías en la guantera del copiloto.

Ambos rieron. Nicolás dio un pequeño sorbo a su whisky. Haberse querido hacer el machito le estaba abrasando la garganta. Tenía tan poca costumbre de beber alcohol que le iba a pasar factura, de una manera u otra.

—Y bien, ¿qué esperas encontrar hoy cuando vayamos a la casa de la enfermera? —planteó Nicolás para hablar sobre cualquier cosa.

—Espera, espera, para el carro. No pienso hablar de trabajo, no ahora. Hablemos sobre nosotros mismos. Llevamos mucho tiempo viéndonos las caras y hablando sobre este tipo de temas sin apenas conocernos personalmente. Empieza tú. ¿Familia?

—Mmm. Regular. Tengo poca relación con mis padres. Mi hermano era policía y murió hace unos cuantos años.

—Vaya, lo siento.

—No pasa nada. Me acuerdo mucho de él, pero el tiempo ha ido curando la herida.

—¿Murió en acto de servicio? Perdona si te atosigo con las preguntas, si no quieres hablar sobre ello...

—Nada, no te preocupes. Lo cierto es que no suelo hacerlo. Y hablar sé que me ayudaría bastante. Sí, murió estando de servicio.

—Bueno, haberlo hecho así lo convierte en un héroe, ¿no? Supongo que te sentirás orgulloso de él.

—Orgulloso me siento, pero no por eso precisamente. Lo mató un vulgar ratero casi por accidente. Un cacheo rutinario a un camello de barrio. Llevaba suficiente dosis encima como para pasar a disposición judicial, se puso nervioso y sacó una navaja antes de que a mi hermano le diera tiempo a saber que la llevaba. Según explicó en el juicio, no quiso que pasara nada grave, por eso fue a pincharle en la pierna: le atravesó la femoral. Lo malo es que era de noche y apenas pasaba nadie por la vía. Mi hermano perdió el conocimiento por el dolor de manera instantánea y no pudo pedir ayuda. Su compañero corría detrás de otro camello y no supo lo que pasaba. Cuando por fin lo vio alguien y dio el aviso a los sanitarios, ya era tarde. Había perdido tanta sangre que no se pudo hacer nada por él.

Sara escuchaba atenta la historia. Conmovida por el dolor oculto en las palabras de Nicolás.

—Lo siento mucho, de verdad.

—Nada, no te preocupes. Yo aún ni sabía que quería ser policía por aquel entonces. Supongo que tú que estudias los cerebros y las mentes humanas habrás determinado que esto me llevó a ser lo que soy hoy.

—Supongo que no es eso solo, será un cúmulo de factores. ¿Y lo que pasó fue lo que deterioró la relación con tus padres?

—Claro, yo entiendo que cada uno tiene su proceso de asimilación del dolor. Son fases de duelo que se pasan y se sigue hacia delante. Pero mis padres se quedaron estancados en la negación. Y mira que hace años que sucedió, pero ellos siguen igual. Imagino que nada es comparable a la pérdida de un hijo, pero yo también perdí a mi hermano. En fin, supongo que no es la mejor solución posible, pero trato de evitar acercarme a ellos. Creo que no es sano ni para ellos ni para mí, porque la cosa nunca suele acabar bien.

—Sí, aunque parezca que debiera decir otra cosa, yo también creo que es lo mejor en un caso así. Si lo has intentado con ellos y no hay manera, mejor dos deprimidos que tres.

Nicolás asintió sin dejar de mirar hacia su vaso.

—¿Y tú qué? Yo ya me he abierto en canal, ahora te toca contarme cómo es o ha sido la relación con tus padres.

—Bueno, con mi padre no es que me llevara demasiado bien, ni mal tampoco, no sé. Era muy suyo, un hombre demasiado chapado a la antigua, no sé si me explico. Soy hija única y creo que eso le pesó siempre. Se notaba que él quería tener un hijo varón y no haberlo conseguido hizo que a mí me tratara diferente.

—Pero ¿lo del hijo varón te lo dijo él alguna vez?

—A ver, era un poco bruto, pero no hasta ese punto. Fue mi madre la que me lo contó cuando él murió. Con ella la relación era muchísimo mejor.

—¿Ella también murió?

—No, mi madre no, aunque ahora...

El inspector detectó el dolor de inmediato en el rostro de la inspectora jefe.

—Si ahora eres tú la que no quiere hablar no pasa nada. Lo entiendo.

—No, no, si he sido yo la que ha sacado el tema. Padece un alzhéimer severo y he tenido que ingresarla hace poco en una residencia. He tratado de evitarlo a toda costa, quería cuidarla yo, pero entre el trabajo y que ni siquiera podía con ella cuando no estaba trabajando, no me quedó más remedio. No sé cómo explicarte cómo han sido las últimas semanas con mi madre. Estaba violenta, desorientada, como si en vez de la mujer que me crio lo mejor que supo ahora tuviera enfrente a otra persona distinta. Llevo los brazos llenos de arañazos, ha sido un infierno. Y, además, está feo que lo diga, pero soy más dura que una roca y me he hinchado a llorar. O sea, imagina el punto en el que estaba. Todavía no he podido ir a visitarla. Se me rompe el alma de pensar que está ahí, como si me hubiera desentendido de ella.

—Yo no lo creo así. Supongo que la parte emocional es la que te lleva a pensar que tú deberías hacerte cargo de ella como hija suya, pero la racional te hizo darte cuenta de que hay situaciones en las que es imposible. Yo viví algo parecido con mi abuela. Supongo que no era al mismo nivel que con tu madre, pero recuerdo que en casa lo pasábamos fatal con ella.

Yo ya no sabía cómo hablarle porque me daba miedo lo que pudiera contestar. Eso para un niño era jodido. Fue duro para todos tener que tomar la decisión de internarla, pero en ocasiones no hay otra opción. Además, si de verdad queremos ayudarlos, es lo mejor.

—Sí, si ya lo sé. O eso me obligo a pensar, pero por el momento me está costando bastante. Supongo que con el tiempo todo se calmará.

—Te lo aseguro. El tiempo todo lo cura. ¿Brindamos por nuestros padres?

Ella asintió divertida. Los dos juntaron sus copas y pegaron un nuevo sorbo de whisky. A Nicolás le seguía abrasando la garganta. Cuando Sara estiró el brazo para brindar, el inspector no pudo evitar fijarse en una parte de su tríceps. Había algo que destacaba en él.

—¿Estás dejando de fumar? —preguntó a bocajarro.

Ella se miró el parche. Pensaba que había quedado oculto, pero al parecer se seguía viendo.

—Sí. Y no veas lo que me está costando. He pasado del todo a la nada y estoy que me fumo encima.

Los dos rieron.

—He probado con los chicles de nicotina, pero me como dos cajas y después me fumaría un cigarro. La ansiedad por todo lo que ha pasado con mi madre no me está ayudando nada. Supongo que lo superaré, suelo conseguir lo que me propongo, aunque eso me recuerda que soy humana y que tengo debilidades. Es verdad eso de que se respira mejor cuando se deja de fumar. Además, odiaba el olor que dejaba el tabaco en mis manos y no soy tan fina como para fumar con una boquilla de esas que llevan las de la jet set. Y, bueno, ya no sé si me estoy metiendo donde no me llaman, si te sientes incómodo no me respondas, pero ¿cómo vas en el amor?

Nicolás sonrió mientras acariciaba con su dedo índice el borde de su vaso. Bebió un sorbo antes de contestar.

—No tengo problema en responderte. No sé si en este tema estoy mal o peor. Desconozco los motivos, o quizá es que no quiero saberlos, pero las cosas nunca me han ido demasiado bien. Fui feliz durante un tiempo, pero siempre acaba pasando cualquier cosa que lo estropea todo. Supongo que ser inspector de policía está reñido con tener una pareja estable.

—Eso es una gilipollez, Nicolás. Conozco a gente con el triple de responsabilidades que nosotros que tienen mujer e hijos. Alguna de esa gente hasta es feliz. No quiero juzgarte, pero puedo hablar por mí misma, que he tenido experiencias similares y sé que si la cosa no ha cuajado es porque no tenía que cuajar. Echar la culpa a nuestro trabajo, a nuestros quebraderos de cabeza, a todas nuestras mierdas, es un error. Te lo digo yo, que he tenido tiempo para pensar últimamente. No hace demasiado que mi novio me dejó y lo primero que hice fue echarle la culpa al trabajo. Incluso lo hice con mi madre. Y no. No estaba enamorada de él. Si hubiese sido así, hubiera hecho por cuidar esa relación y no lo hice. Me excusé con cosas que no tenían nada que ver. Como puedes ver, no soy lesbiana, como muchos listos piensan en el complejo.

—Si lo dices por Alfonso, es...

—Un imbécil, por mucho que sea tu amigo.

—Iba a decir un caso perdido. Pero sí, es un imbécil. Y no te creas que él no lo sabe, pero no puede reprimir al fanfarrón que lleva dentro. Aunque es una pose, hazme caso. Como amigo es un diez, siempre está a mi lado, para todo. Lo malo es que le pierde la boca y tiene a veces un afán de protagonismo que te dan ganas de matarlo.

—Supongo. Alfonso es el típico que esconde sus inseguridades bajo una fachada de machito ibérico chulo y rancio. He conocido a muchos como él, pero sé que debajo de esa fachada se esconde un buen tipo. Si no, no sería tu mejor amigo, supongo. ¿Lo sigues notando asustado?

—Pensaba que no querías hablar de trabajo.

—Un paréntesis.

—Sí. Mucho más de lo que dice. No quiero parecer prepotente, pero creo que ahora está más asustado por mí que por él mismo. Desde que contaste todo eso de la némesis, en vez de verlo más relajado, lo noto más tenso. Está muy encima de mis reacciones, de mis estados de ánimo... Él me vio pasarlo muy mal hace siete años y entiendo que no quiera volver a verme así. Pero no soy el mismo, para bien o para mal, no soy el mismo.

—¿Y lo piensas de verdad o te lo dices a ti mismo para convencerte?

Nicolás la miró sorprendido. No esperaba esa pregunta. Ella bebía de su vaso como si tal cosa.

—Ahí me pillas de improvisto...

—Si no sabes qué responder es que lo dices para convencerte. No pasa nada porque a veces las situaciones nos superen. El mundo no se acaba. Seguro que no se acabó por aquel entonces y que no lo va a hacer ahora.

—Hablas como una psicóloga...

Los dos comenzaron a reír.

—Lo que está claro, Nicolás, es que, como dices, no eres el mismo. Ya te digo yo que no es para convencerte. En primer lugar eras un novato y eso pesa. En segundo lugar, sé perfectamente todo lo que pasaste cuando lo del asesinato del padre de tu ex. Luego lo de Roma con los italianos... estás curtido ya en batallas muy duras, así que no eres el mismo.

—Vaya, gracias, supongo... Por cierto, me estás asustando sabiendo todo esto. ¿Me has investigado?

—Tampoco te lo vayas a creer mucho, es solo que me gusta saber con quién me voy a tomar un whisky. Por cierto, ¿quieres otro?

El inspector negó. Ella entendió por qué.

Continuaron hablando durante un buen rato. A veces sobre temas importantes, otras, sobre temas intranscendentes. Fuera como fuese, la hora que habían acordado para partir hacia la vivienda de Manuela se les echó encima casi sin darse cuenta. Se despidieron del dueño del local y montaron de nuevo en el coche del inspector. Una de las razones por las que no quiso otro whisky, aparte de porque iban a trabajar, era porque tenía que conducir y tenía que dar ejemplo sobre lo que tanto predicaban. Arrancó el motor y puso rumbo a Malasaña con la sensación de haber pasado un rato agradable como hacía mucho que no lo pasaba.

30

Miércoles, 28 de septiembre de 2016. 7.23 horas. Madrid

Nicolás descorrió con cuidado las cortinas y miró hacia el exterior a través del gran ventanal.

El fluir de la gente ya se empezaba a sentir, a pesar de lo temprano que era. Sin dejar de mirar el ir y venir de las personas que deambulaban como zombis por la calle, comenzó a pensar en la visita al escenario que hacía apenas unas horas había realizado junto a Sara. Las conclusiones que había sacado la inspectora jefe no se alejaban de lo que él mismo ya sabía. Aun así, había sido importante realizarla para comprender los pasos que había ido dando el asesino dentro de la casa.

Le gustaba esa manera de trabajar que tenían en la SAC. Quizá debiera hacerlo así siempre, en la medida de lo posible, en todos los crímenes que tenía que investigar.

Sus deducciones se basaban en que Fernando había abordado a Manuela por detrás, aprovechando que se había quedado dormida sentada en sillón —hecho que se sustentaba en que la televisión de enfrente estaba encendida con el volumen muy bajo y que la cama no estaba deshecha—. Esto le facilitó mucho el trabajo, pues ya la tenía casi en el punto en el que quería llevar a cabo su obra. Utilizó cloroformo, como con las víctimas anteriores, para conseguir un estado de inconsciencia que le sirvió para tomarla en brazos —la mujer no pesaba demasiado— y colocarla a su antojo, atada de pies y manos, entre las dos estanterías. Antes, la había desnudado con cuidado, la forma en la que dejó su ropa encima del sillón no indicaba que se hubiera hecho de manera apresurada, por lo que su interés era antes estético que sexual. La amordazó a conciencia para que no se la oyera gritar y le colocó los cerclajes en ambos ojos para que disfrutara del espectáculo. Demostraba, también como en el caso anterior, que necesitaba que ella fuera consciente de todo lo que le iba a hacer. Algo que reforzaba la idea de que la víctima no había sido elegida al azar, ya que tanto sadismo tenía un fin concreto que no podía ser otro que una venganza por un acto pasado. Faltaba averiguar cuál. Esperó paciente a que se despertara tras los efectos de la anestesia, la cantidad de cloroformo en sangre demostraba que se utilizó justo el suficiente para realizar el montaje.

Una vez consciente, Manuela comprobó, horrorizada, que su agresor comenzaba a cortarle alrededor de la zona de los senos. El dolor debía de ser insoportable y la víctima no pudo tardar en perder de nuevo el conocimiento. Puede que fuera lo que enfureció a Fernando e hizo que lanzara el pecho contra ella. También habían pensado en la posibilidad de que cortar los pechos hubiera sido un acto simbólico. Puede que tuviera que ver con su propia fertilidad, dato que se veía reforzado con las puñaladas que le asestó en la zona del pubis. Después de eso, con Manuela ya seguramente muerta debido al desangramiento, la abrió en canal y extrajo su caja torácica para después hacer lo propio con el corazón. Lo colocó estratégicamente en el centro de la estancia y le clavó el puñal para darle, si eso era posible, más dramatismo a la escena. La simbología que probablemente representaba estaba de más decirla. Salió por donde había venido quitándose, o quizá sustituyendo, las calzas y el traje que llevaba encima para no dejar rastro de su huida.

Nada nuevo, pero sus actos parecían dejar cada vez más claro que actuaba, tal como lo hiciera hace siete años en Mors, por venganza. Habría que averiguar sobre quién o quiénes.

Un sonido hizo que abandonara sus pensamientos. Sara abrió los ojos tras dar la vuelta sobre la inmensa cama de hotel y lo miró. Nicolás vestía solo los pantalones vaqueros que llevaba la noche anterior. Él sonrió. Ella le devolvió la sonrisa.

Nicolás, como era lógico ante cualquier compañera de trabajo, nunca se había parado a pensar en cómo sería Sara desnuda. Pero de haberlo hecho, aquella imagen que tenía frente a sus ojos superaba cualquier expectativa que pudiera haberse generado.

No sabía muy bien qué les había empujado a dejarse llevar por la pasión. Mucho menos para haberse dado el primer beso nada más salir de la vivienda de la pobre mujer. ¿Una falta de respeto haberlo hecho justo en ese momento? Puede ser. Quizá los dos hubieran entendido dentro de la casa conceptos relacionados con el *carpe diem* que todavía no se habían llegado a plantear, que todo podía acabar en apenas unos segundos. Puede que, sin más, estuvieran dolidos por no conseguir triunfar en el terreno sentimental y se hubieran dejado llevar, simplemente, por eso. Fuera como fuese, el pasional encuentro les traía más nubes que claros a la cabeza a ambos.

Sara se levantó y se vistió con parsimonia. Nicolás terminó de hacerlo mientras la observaba con el rabillo del ojo. Ninguno de los dos dijo una sola palabra hasta que salieron del hotel y se montaron en el coche del inspector. Por la hora que era ya, no daba tiempo a que ninguno pasara por sus respectivas viviendas para darse una ducha y despejarse un poco antes de comenzar la jornada. Nicolás puso rumbo a Canillas sin importarle que Sara escuchase su música en el coche.

—He venido lo más rápido que he podido. No me acostumbro a ver eso de número oculto en la pantalla. Joder, me da miedo que pueda ser la policía.

—¿Y por qué te iba a llamar sin más la policía? Además, no encuentro una forma más segura de hablar contigo que llamándote desde una cabina telefónica. No veas lo que me costó encontrar una por aquí, relativamente cerca.

Ella lo miró y sonrió.

—Bueno, ¿qué quieres?

—Necesito que recojas otro coche. Lo tengo ya reservado aquí. —Le pasó un papel con una dirección escrita.

Ella leyó la dirección y se sorprendió.

—Entiendo que quieras tomar precauciones, pero eso está en la otra punta de Madrid, ¿no hay coches más cerca?

—Necesito oficinas sin cámaras de grabación dentro. No puedo permitir que te reconozcan. No, hasta que cumpla con el que ahora toca.

—Vaya, vaya... así que por fin es su turno...

—Sí, es su hora. Seguro que ha visto las otras muertes y ahora tiene que estar muerto de miedo. Sabrá que voy a por él, hará que sea más divertido.

Ella lo miró y dibujó una nueva sonrisa en su rostro. Puede que fuera la euforia de ver que todo salía a la perfección, puede que el propio nerviosismo porque todo llegara a buen puerto.

—Veo que lo estás disfrutando. Como cambias de opinión constantemente, pensaba que ahora te lo estabas tomando como un trabajo serio.

—Una cosa no quita la otra.

—Por favor, Fernando, céntrate.

Quiso contestar con su habitual orgullo, pero una simple mirada de ella hizo que la bestia se amansara. Él no lo reconocería nunca frente a nadie, pero cuando ella lo miraba así, él metía el rabo entre las piernas como un perrito al que lo estaban riñendo. Tragó saliva disimuladamente y replicó:

—Perdona. Estoy centrado, te lo prometo. De todos modos, tienes que dejar que haga las cosas a mi manera. Creo que desde el fallo de hace siete años, no he vuelto a cometer un solo error.

—Está bien, me marcho a por el vehículo. Dame dinero. Hacemos como siempre: te dejo el coche aparcado donde tú ya sabes con las llaves sobre la rueda.

Fernando asintió.

Miércoles, 28 de septiembre de 2016. 8.12 horas. Madrid

—¿Me lo vas a contar o no?

—Cuando me cuentes tú lo que pasó anoche entre la señorita Rottenmeier y tú —repuso un divertido Alfonso.

—No pasó nada, tío. Salimos, charlamos un rato, fuimos a la casa de la víctima y hemos estado trabajando hasta por la mañana.

—Ya... trabajándoos el uno al otro. Mira, si no me lo quieres contar, no me lo cuentes, pero no me tomes por imbécil.

Nicolás resopló.

—¿Me lo vas a contar o no?

—En fin... He mirado en todos los hospitales de Madrid e incluso en clínicas privadas. Pensé que me llevaría un poco más de tiempo. Aparte de algunos que se me han puesto cabezones y ante la amenaza de hacer uso de un juez, han colaborado. No me ha costado nada encontrar el historial médico, casi de toda la vida, de Manuela.

—¿Casi?

—Coño, de cuando era pequeña no nos importa una mierda, así que lo he obviado. Pero lo importante sí.

—Ah, vale. ¿Y bien?

—Pues cabe destacar que su hospital de confianza no era otro que en el que trabajó durante una porrada de tiempo, antes de fichar por la clínica en la que pasó sus últimos años. Es el de La Paz.

—Vaya. No es precisamente uno de los pequeños...

—Así es. Según la información que he recopilado, Manuela comenzó a trabajar en el hospital justo cuando lo inauguraron. Eso también trajo que cada problemilla de salud que ha tenido haya sido tratado ahí mismo. Incluso cuando intentó, en 1971 quedarse embarazada y no había manera. El hospital de La Paz siempre ha sido uno de los pioneros en cuanto a reproducción, por lo que Manuela se quedó en casa para hacerse las primeras pruebas que certificaron que su útero tenía una malformación.

—Entonces ella lo sabía desde hacía bastantes años.

—Así es. Puede que los dos abortos posteriores, en 1972 y 1973, le hicieran plantearse que nunca podría tener hijos —comentó a la vez que dejaba sobre la mesa dos informes médicos en los que se relataba lo sucedido.

Nicolás les echó un ojo rápido y volvió a mirar a su amigo.

—Hasta que en 1974 se obró el milagro. Se quedó embarazada y llegó hasta el final —apuntó el inspector Valdés.

—«Milagro» es la palabra idónea, querido amigo. Por más que he rebuscado, no he encontrado nada acerca del embarazo. Como puedes ver aquí, ese mismo año pidió una baja médica por ese embarazo que comentas, pero no hay informes ni nada parecido que certifiquen que este ocurrió de verdad.

—¿No hay ecografías ni pruebas de ningún tipo?

—No.

—¿Y no puede ser que, simplemente, perdiera la confianza en ese hospital ante los abortos y todo lo relacionado con el nuevo embarazo lo llevara a cabo en otra clínica u hospital? No sería tan raro.

—Posible, sí. Que pasara, lo dudo. Como puedes ver, las revisiones al bebé sí se hicieron allí, en el hospital de La Paz. También fue allí adonde acudió ante cualquier problema de salud en los años posteriores. ¿Hablamos de una pérdida de confianza durante nueve meses solamente? Es muy raro.

—Sí, sí lo es... —convino Nicolás sin poder apartar la mirada de los informes.

—No quiero pensar mal, Nicolás, pero todo huele muy raro. ¿Embarazo secreto? ¿Parto en casa? ¿Trabajando en un hospital en donde la hubieran tratado como a una reina por ser parte de él? Joder, huele a chamusquina.

—Y tanto...

—¿Estás pensando lo que yo?

—Creo que sí. Pero no podemos soltarle así sin más al hijo de la fallecida que necesitamos una prueba de ADN para corroborar algo. ¿Algo qué? No tenemos ninguna prueba de que lo que pensamos sea cierto.

—Coño, ¿no te parece suficiente lo que te acabo de pasar?

—Sí, pero es circunstancial, Alfonso. No tiene valor ante un juez para pedir unas pruebas de ADN.

—Bueno, podríamos hacerlo en la sombra.

—No.

—Pero, Nicolás...

—No —repitió.

—Pues tú me dirás. A ver, sé que no tendría valor, pero nos ayudaría a saber a qué atenernos. Podríamos utilizarla para nosotros mismos, para saber algo más sobre toda esta puta locura.

—¿Y cómo lo piensas hacer?

—Vendrá hoy a declarar y a que le contemos lo que sabemos. Puedo hacer el truquito del vaso del agua.

—Joder, Alfonso, que nos podemos jugar el puto cuello si se entera alguien.

—No se enterará más que quien se tenga que enterar. Puede que lo que tenemos sea una simple sospecha y nos sirva para quitarnos los pájaros de la cabeza. En el caso de que sea positivo, ya nos inventaremos cualquier excusa para oficializarlo todo y que sea válido como prueba de cara a lo que podamos necesitar. Es como si no quisiéramos hacer el ridículo y ya de paso no molestar al hijo en caso de que no sea necesario.

Nicolás resopló en varias ocasiones. Esos métodos no iban con él, pero Alfonso tenía razón. Podrían adelantar mucho si lo hacían así. Además, confiaba mucho en alguien del laboratorio de Genética que ayudaría a realizar la prueba con total discreción. Podría resultar.

—Está bien. En tus manos queda. Díselo a Sergio, confío en él y nos ayudará sin rechistar. Recuerda que si nos pillan nos van a cortar los huevos.

—No me preocupa. Los míos son demasiado gordos.

—¿Os la estáis midiendo, chicos? —la voz de Fonts hizo que ambos se irguieran de la impresión.

—Joder, Fonts... qué susto... —exclamó Nicolás resoplando por enésima vez.

—Tranquilos. Os cuento una cosa rápida y ya podéis volver a sacárosla. No os cortéis por mí. He comprobado el bastidor del coche quemado. Sí. Era el que alquiló Fernando. Al mismo nombre. Un Seat Ibiza azul. Se confirma que usa coches que no llamen la atención.

—Joder, pues estamos apañados...

—No pasa nada, hasta ayer mismo no ha habido noticias de ningún nuevo alquiler. Creo que pronto lo hará y será en una empresa de alquiler de coches de la periferia, como hasta ahora. Todos están sobre aviso por si vuelve a utilizar la identidad falsa. Además, he comprobado que siempre acude a grandes empresas, con un gran volumen de alquiler. Supongo que lo hace para que los empleados no puedan recordar todas las caras que ven a diario. Me ha vuelto a pasar con la empleada que le dio las llaves a la mujer que está ayudando a Fernando. No hay descripción. No se acuerda.

—Esto indica también que sus rasgos deben de ser de lo más normales. Que no hay nada que la identifique fuera de lo común, lo que nos jode más.

—Sea como sea, si se usa esa identidad nos avisarán. Espero que a tiempo, porque podría significar un paso agigantado.

31

Miércoles, 28 de septiembre de 2016. 11.08 horas. Madrid.

Respiró hondo y decidió dar los pasos que tanto le costaba. Estuvo a punto de dar media vuelta en dos ocasiones, pero no verse a sí mismo centrado en el caso fue lo que le empujó a tomar la decisión. No sabía por qué ni de qué manera, pero sus esquemas habían sido revueltos de repente. Necesitaba aclarar ciertas cosas antes de poder seguir adelante con el enorme marrón que tenía encima.

Carraspeó y revisó su aspecto antes de golpear con los nudillos en la puerta. No era el mejor, desde luego, pero poco más podía hacer tras una noche tan intensa como la anterior.

—Adelante —dijo la voz desde el interior del despacho.

Nicolás pasó y cerró la puerta tras de sí.

—¿Podemos hablar?

Sara, que temía precisamente tener algún tipo de charla con el inspector, no le dio cuartel.

—Depende. Si es para contarme detalles del caso, aquí me tienes. Para otra cosa, mejor en otro momento.

—Pero es que...

—Me ha llegado —cortó tajante—, por fin, lo que pedí a

Fontcalent. Todo este tiempo para acabar mandándome un enlace a Dropbox...

Nicolás, que se sintió golpeado por la reacción de la inspectora jefe, trató de recomponerse rápido por dentro y disimuló su decepción por la respuesta.

—Supongo que si son vídeos tardarán un poco en subirse a la nube. Por eso puede que hayan tardado.

—No los disculpes porque me matan estas mierdas. Uno por otro y pasa lo que pasa. Hace un par de años me hubieran mandado un DVD grabado con el mismo material en, como mucho, un día. Vamos para atrás.

—¿Has empezado a verlos?

—Se están descargando en mi PC. No quiero cortes en línea ni tonterías por el estilo. No le queda mucho, un par de minutos a lo sumo.

Nicolás cogió una de las sillas que había frente a la mesa de Sara.

—¿Puedo? —preguntó indicando con la mirada que pretendía sentarse a su vera.

Sara se limitó a asentir. Nicolás se colocó a su lado, dejando una distancia prudencial entre ambos y miró la pantalla del MacBook Pro a la espera de que la barra de progreso llegara al cien por cien. Prefirió no hablar mientras tanto.

Cuando el proceso se hubo completado, Sara abrió el primero de los vídeos. El operario que los había subido se había tomado la molestia de numerarlos para facilitar el orden de visionado.

La imagen era nítida. La cámara empleada para la grabación de las sesiones parecía tener una buena calidad. En la escena aparecía Fernando rodeado por dos celadores, uno de ellos bastante corpulento. Estaba esposado con las manos encima de la mesa. Los grilletes, a su vez, estaban unidos a un par de goznes redondos que se podían ver a los laterales de la mesa. El médico que se sentaba frente a él tenía una espesa barba blanca. Su pelo, del mismo color de la barba, estaba peinado de manera metódica con la raya en el lado izquierdo, con cada uno de sus cabellos ordenados y fijados impecablemente. Su rostro denotaba tranquilidad. Tanto Nicolás como Sara supusieron que, a pesar de trabajar con dementes de la peor de las calañas y que estuviera acostumbrado por fuerza, esa calma era impostada. Tener cara a cara a Fernando imponía.

La cara del psicópata tampoco reflejaba emoción alguna, como si aquello no fuera con él. Sara supuso que se debía a la medicación que le estarían suministrando, aunque parecía haber algo en sus ojos que le hacía dudar. Un brillo, algo raro, no sabía decir qué.

La experta era Fátima, luego se lo pasaría a ver si ella también lo creía así.

La conversación que ambos mantuvieron fue de lo más banal. Las preguntas eran formuladas despacio, como si el médico mostrara una superioridad intelectual sobre Fernando haciéndolo así. Las réplicas del preso se emitían en el mismo tono en que se le formulaban esas preguntas. Nicolás sonrió, Fernando demostraba así estar riéndose, a su manera, de su entrevistador.

Preguntas sobre cómo se encontraba en ese momento, sobre qué motivaciones le habían llevado a hacer lo que hizo o qué planes tenía para el futuro se alternaban sin que el entrevistado diera ninguna respuesta interesante. Los vídeos se fueron sucediendo sin que Sara ni Nicolás encontraran nada que pudiera llamarles la atención. Fue en el que llevaba por título: *5. Fernando Lorenzo. 12 de mayo de 2012. Dr. Ferranz*, en el que por fin se toparon con algo interesante.

—¿Cómo se siente hoy? —preguntó el doctor Ferranz utilizando el mismo tono y velocidad de siempre.

—¿Cómo se puede sentir cualquier persona que lleva casi tres años encerrado en una celda minúscula?

El rostro del médico se conmovió ligeramente. Tras varias entrevistas sin obtener una contestación más o menos interesante, Fernando por fin revelaba detalles acerca de lo que le pasaba en la cabeza.

—Sería interesante que me lo contara usted mismo.

—Y yo le he hecho una pregunta. —Se mantuvo en sus trece.

—Supongo que lo más lógico sería sentir aburrimiento y agobio por lo último que dice, lo de la celda minúscula. ¿Siente claustrofobia?

—¿Debería?

—No sé, yo solo le pregunto.

—Bueno, usted es el experto. Pensaba que tendría que saber al dedillo cómo me siento. O cómo me debería sentir.

—Funciona mucho mejor si tengo su colaboración. Podría ayudarme a entender mejor sus necesidades y hasta quizá podría ayudarle yo a usted a que se sintiera mejor.

—¿Entender mejor mis necesidades? No me haga reír, lo único que quieren de mí es tenerme atado y bien atado. Y ya ve. Aquí me tienen.

El psiquiatra hizo una pausa. Dejó pasar unos segundos hasta que formuló la siguiente pregunta.

—Y ahora, hábleme sobre algo... ¿Qué motivos le llevaron a hacer lo que hizo?

Fernando comenzó a reír de repente. Su carcajada era sonora, forzada, pero no por ello dejaba de tener un punto macabro.

—¿De qué se ríe? —replicó el médico tratando de mantener la compostura.

—¿De verdad me lo pregunta? Dígame, doctor, ¿cuánto tiempo hace que se puso la bata blanca?

El médico parecía incómodo con la pregunta, pero rápido

se recompuso y recuperó la compostura que parecía querer mostrar.

—No creo que sea una pregunta que venga ahora al caso.

—Es solo por hacerme una idea, dígame, por favor.

—Llevo treinta años ejerciendo.

—¿Y en esos treinta años le ha resultado alguna vez ese truco de mierda de querer parecer mi amigo para sonsacar una información tan valiosa?

El médico tragó saliva.

—No pretendía ofenderlo.

—Pues no ha empezado con buen pie. Desde la primera consulta ha entrado usted con un aire condescendiente. Entiendo que no estar atado a la mesa le confiere una falsa superioridad moral sobre mí. Pero no, no se confunda.

—¿Piensa que le muestro mi superioridad? —preguntó tratando de reconducir la situación.

—Tranquilo, no pasa nada. Quizá desde su posición sea fácil armarse de ese valor. Puede que yo también lo tratara como usted me trata a mí si fuera usted el loco. Total, eso es lo que soy, ¿no? ¿O era un monstruo? Son tantos los apelativos que he escuchado para referirse a mí que ya me confundo. —Sonrió.

—No haga caso de las habladurías. A la gente le encanta colocar etiquetas. Pero no se les puede culpar por ello, todos en el fondo lo hacemos.

—Como usted ahora.

—O usted. Usted también me ha colgado una etiqueta, dice que voy por la vida como si fuera un ser moralmente superior. Yo no hago tal cosa, tan solo trato de ayudarle.

—¿Ve? Otro error de manual. Me sigue tratando como a un imbécil. Le importa una mierda ayudarme o no. Además, ¿ayudarme para qué? No puede ni soñar con que yo le cuente cosas sobre mí si entra dándoselas de buen samaritano, cuando lo único que hace es cumplir con su trabajo. Para lo que ha sido mandado. Si hubiera entrado aquí con la verdad por delante, puede y solo puede que yo hubiera decidido contarle cositas interesantes para sus superiores. Pero ya ve que no.

—¿Y no podemos empezar de nuevo?

—Madre mía... ¿Treinta años? ¿En serio?

—Entiendo su frustración. Y sí, me pagan para estar sentado aquí, con usted. Pero déjeme serle sincero: me van a pagar igual, me cuente cosas o no. Así que quiero que vea mi buena voluntad para entenderlo. No le he conseguido sacar ni una palabra interesante en las últimas cuatro sesiones y me van a pagar lo mismo. Si sigo insistiendo es por puro interés. Ha hecho usted cosas deleznables, pero es una mina de oro en cuanto a información psiquiátrica, es usted un sujeto interesantísimo desde el punto de vista académico. Y sí, quiero ser yo quien logre quitar alguna capa a la inmensa cebolla que usted representa.

—Vaya. Debo reconocer que me ha impresionado. Por primera vez comenzamos a hablar en el mismo idioma. No me ha menospreciado y es de agradecer. Como muestra, le concedo una pregunta. Será solo una, por lo que elíjala bien. Prometo responder con total sinceridad.

El médico sonrió levemente. No quería mostrar un gesto victorioso, pero el giro de la conversación le hacía sentirse ganador.

—Está bien. ¿Por qué hizo lo que hizo?

Fernando se echó a reír, lo que molestó al médico, aunque pronto se recompuso.

—Hay una película, no sé si usted la habrá visto: *Don erre que erre*. No sé, me ha recordado a eso...

—La pregunta...

—Supongo que todos obramos por una razón. Yo no voy a ser menos, ni más, por supuesto. Tampoco hay que ser un genio para ver en mis actos una señal de venganza. Aunque yo no lo llamaría así. Simplemente hice lo que creía que tenía que hacer. Esos malnacidos vivían una vida tranquila, impunes a lo que habían hecho. Sé que pensará que lo más lógico hubiera sido acudir a la policía, claro, pero ¿de verdad cree que después de tantos años hubieran movido un solo dedo? Usted sabe igual que yo que no. Además, con uno de los suyos implicado iban a moverse todavía menos. Al final, tuvieron lo que se merecían: una muerte dolorosa. Pero sobre todo el miedo de saber que iban a caer. Ese miedo pude verlo yo en sus ojos y, créame, no hay nada más placentero en el mundo.

—¿Y la teatralidad?

—Eso es otra pregunta. Hoy ha acabado su cupo.

—Ahora el condescendiente es usted.

—Ya, pero yo me lo puedo permitir. Yo ya sé de mí. Usted no sabe una mierda todavía.

—Pero...

—Hemos acabado.

El psiquiatra miró a los celadores y asintió con su cabeza. Ellos agarraron fuerte los brazos del reo y él soltó la cadena de los goznes. Acto seguido, sin soltarlo, le quitaron momentáneamente los grilletes y le colocaron los brazos en la espalda para volver a ponérselos.

El doctor Ferranz no dejaba de mirarlo. Fernando tampoco le apartaba la mirada.

Sin que lo esperara nadie, Fernando volvió a hablar:

—No le he contado todo. Su estúpida pregunta me ha interrumpido cuando le iba a decir el verdadero motivo por el que lo hice.

—Sorpréndame.

—Por ella.

—¿Quién es ella? —preguntó confuso.

—Hasta otra, doctor.

—¿Quién es ella?

Pero Fernando se cerró en banda y no volvió a hablar.

—Lleváoslo —ordenó el doctor.

Los celadores obedecieron y sacaron al psicópata de la habitación.

El médico se quedó con evidente gesto de preocupación.

La imagen se cortó.

Nicolás trataba de asimilar lo que acababan de presenciar. No sabía muy bien cómo digerir aquello.

—Es un puto chulo prepotente —comentó Sara, bastante asqueada con el contenido del vídeo

—Es eso y mucho más. Fernando sabe lo que quiere y cuándo lo quiere. Ha llevado al médico todo el tiempo por donde ha querido. Parecía que los roles estaban cambiados.

—Anda que el psiquiatra... Joder, menudo lumbreras...

—No caigas en el error de juzgar a ese hombre por tener a ese hijo de perra delante. Perdona lo que te voy a decir, pero no creo que tú lo hubieras hecho mejor. Fernando está hecho de un material distinto a todo lo que hayas podido ver hasta ahora. Te lo aseguro. Es capaz de anularte si así lo desea.

—Vale, vale, lo que tú digas. De todos modos no me vengas ahora a hablar sobre las capacidades de anular a una persona que tiene un psicópata, porque si quieres te doy yo misma una charla sobre eso...

—No, no hace falta.

Sara se quedó unos segundos mirando la pantalla y pensando. Luego dijo:

—Ha hablado sobre ella. Joder, era como si nos lo estuviera poniendo en bandeja desde hace años.

—Ya te lo he dicho. Es así. Hay un punto de él al que le gusta jugar. Que piensa que debe estar constantemente demostrándoles a todos que es el número uno. Quién manda. Es su forma de decir: «Sí, vosotros lo estáis investigando y os ha costado llegar hasta eso, pero yo ya os lo mostré hace tiempo, por lo que no sabéis buscar». Es profundamente frustrante.

—Bueno... al menos también quiere decir que no vamos desencaminados. Vamos a ver los otros vídeos y a ver qué conclusiones sacamos.

Tras casi dos horas de visionado, lo único que consiguieron sacar en claro es que Fernando se volvió a cerrar en banda y el doctor Ferranz, por más que insistió, no logró extraerle ni una sola palabra interesante más. Es más, ni siquiera volvió a mostrar ese aire de superioridad intelectual del vídeo número 5.

Resignada, Sara cerró la carpeta en su ordenador. Nicolás, mientras tanto, reflexionaba.

—Nada. Es curioso que decidiera hablar solo en ese momento en concreto. No entiendo qué mosca le picó para que lo hiciera. Parecía que todo iba a cambiar y, de pronto, se volvió a cerrar.

Nicolás meditó sobre la reflexión de Sara. Tenía razón. ¿Por qué ahí sí había hablado y se había mostrado un poquito más como era él en verdad? El inspector dudaba de que ese día se hubiera despertado locuaz porque sí, tendría que haber una razón más allá de eso.

Los dos pasaron varios minutos en silencio. Miraban la pantalla del portátil aunque en ella no se viera nada más que el escritorio de Sara. Pensaban. Pensaban mucho sobre el motivo.

Nicolás cayó de repente:

—Es una especie de homenaje. Pero ¡qué hijo de puta es!

—¿Cómo?

—Todo tiene relación con las anteriores muertes. La quinta fue, digámoslo así, «especial». Mató a mi psiquiatra, que casualmente también lo trató a él de joven. Lo hizo a su vez como para rendir homenaje a un psicópata con el que me crucé siendo solo un agente. Es una larga historia...

—¿El Asesino del Cinco?

Nicolás fue a contestar que cómo sabía ella aquello, pero enseguida cayó en la cuenta de que habría leído el informe completo del caso. Además, la noche anterior había demostrado saber muchos detalles sobre él.

—Sí, ese.

—Qué cabrón. Por eso mismo ha decidido hablar en la sesión número 5... con un psiquiatra.

—Te he dicho que está hecho de otra pasta. Por eso te necesito en esto. No soy experto en perfiles criminales, pero un poco sí sé y entiendo que Fernando escapa a toda lógica, a todo lo que hayamos visto antes. Te necesito a ti y a todo tu equipo a tope. Intentad no obviar nada, pues ya veis que se sale por la tangente enseguida. Necesitamos pillarlo o se saldrá con la suya y quedará impune.

—Vamos a ponernos a ello ya. Reuniré a todo el equipo y empezaremos con la maraña de informes y conclusiones del doctor Ferranz. No sé qué sacaremos de ahí, pero con todo lo que ya sé, algo podremos hacer.

—Gracias, Sara. En cuanto a lo de antes, cuando he entrado...

—Olvídalo. Si quieres detalles, estuviste sublime anoche. Y no te hablo del escenario del crimen.

32

Miércoles, 28 de septiembre de 2016. 16.56 horas. Madrid

Alfonso miró a su amigo y esbozó una sonrisa.

—Tío, no sé por qué te pones nervioso con todo. No es nada malo lo que hacemos.

Nicolás le devolvió la mirada, pero lo hizo de una manera inquisitiva.

—Qué exagerado eres, coño —continuó hablando el inspector Gutiérrez—. Además, tú eres el niño mimado del comisario, se te permite todo.

—Ja...

—No, en serio. No le des más vueltas porque, simplemente, adelantamos trabajo.

—¿Y cuándo te ha dicho Sergio que tendría los resultados?

—Mañana mismo. Podrían estar hoy, dice que es fácil de hacer dadas las circunstancias, pero tienen trabajo atrasado en la unidad, por lo que le he dicho que no se preocupe.

—Siempre he querido ver cómo se hace un análisis de ADN completo.

—Pues a tiempo estás...

El inspector Valdés sonrió.

—¿Ha habido algo digno de remarcar en la declaración del hijo?

—Qué más quisiéramos... Ha sido tan aburrido que hasta casi él se queda dormido declarando. Nada. Madre ejemplar, padre ejemplar, hijo ejemplar, todo ejemplar. Eso sí, o es un crack de la interpretación o estaba afligido de verdad. Pero, aparte de eso, nada más. No ha aportado nada. Ni disputas con otros familiares, ni le sonaba de nada el nombre del abogado. Era en lo único que tenía esperanza y he tratado de apretarlo sutilmente.

—Ya me conozco yo tus sutilezas.

—No, de verdad. He intentado tirar todo lo que he podido de psicología para ver por dónde me salía, pero creo que nunca ha oído hablar de ese hombre ni de su familia.

—¿Psicología? ¿Tú?

—Te sorprenderías, chaval. No necesito cursos ni hostias en el FBI como tú para...

—Chicos —Fonts irrumpió otra vez en el despacho e hizo que ambos se volvieran hacia ella—, no pensaba que fuera a dar resultado, al menos no tan rápido, pero tenemos algo con una empresa de alquiler.

—Habla —le ordenó Nicolás.

—Hemos recibido un aviso desde Almudena Cars, también en las afueras, aunque no sé exactamente dónde. El caso es que ha servido eso que mandé sobre que, si alguien iba a retirar un coche con la documentación falsa de Fernando, se nos avisara. Y mira que he tenido suerte, porque seleccioné un grupo de empresas basándome en que estuvieran en los alrededores de la ciudad. Pues nos han llamado. Una mujer ha ido a retirar un coche. No se lo ha llevado, no he entendido por qué, ya que la chica al teléfono estaba nerviosa. Le he dicho que iría ya mismo para allá.

Nicolás dio un salto de su asiento y se encaminó hacia la puerta.

—Vamos.

Fonts y Nicolás bajaron del coche con una especie de cosquilleo en el estómago. La posibilidad de ponerse sobre una pista real hacía que una cierta excitación recorriera su cuerpo..

Sin titubeos, entraron en el despacho de la empresa de alquiler de coches.

Lo primero que llamó la atención de Nicolás eran las dimensiones del local. Varias personas trabajaban dentro en sus respectivos puestos, bien con el teléfono pegado a la oreja o con la mirada fija en una pantalla de ordenador. Una enorme barra separaba la parte administrativa del área en la que los clientes esperaban a ser atendidos. Nicolás contó siete personas esperando, algo sorprendente si se tenía en cuenta que la empresa no estaba ubicada en uno de los lugares de más demanda de este tipo de servicios, es decir, ni en el aeropuerto ni cerca de las estaciones de trenes y autobuses.

El inspector, que no se sentía con ánimos de esperar a que llegara su turno en la cola, se acercó hasta la barra y enseñó su placa a una de las recepcionistas.

—Aguarde, supongo que querrá hablar con Toñi —dijo esta sin más.

Toñi no tardó en llegar. Una mujer de unos cuarenta años, pelo castaño y sonrisa nerviosa se plantó frente a los inspectores Valdés y Fonts. Lo que más llamaba la atención de ella eran unas gafas de pasta blanca, gigantescas y de estilo *vintage*, que cubrían gran parte de su rostro. A Nicolás le parecieron horribles.

—¿Ha sido usted la que nos ha dado el aviso? —preguntó directa Fonts.

—Sí, da la casualidad de que hacía no demasiado que había visto su correo electrónico. Hemos recibido, a lo largo de nuestra historia, varios avisos de la policía alertándonos sobre individuos con los que teníamos que tener cuidado. Pero ese en concreto recuerdo haberlo visto en las noticias. No sabía en qué momento, pero lo había visto. Así que me he obsesionado por si venía a por un coche de los nuestros. Cuando la mujer ha llegado con la identificación, me han temblado las piernas. De verdad, casi se me sale el corazón por la boca, aunque he tratado de mantener la compostura, pero creo que no me ha salido muy bien.

—Dice que no se ha llevado el coche al final, ¿no?

—No, supongo que ha sido lo último que le he contado lo que lo ha fastidiado todo. Le juro que he intentado actuar de manera fría, sin que se notara, pero debe de haberse dado cuenta porque su actitud de pronto ha cambiado. Le han entrado las prisas y se ha marchado sin el coche. Estaba más nerviosa que yo, incluso. Yo solo he intentado entretenerla para poder darles aviso a ustedes, pero no he podido.

—No se preocupe, ha hecho lo que ha podido. ¿Podría describir a la mujer?

—Es que lo más curioso es que es muy difícil de describir. Verá, aquí, como ve, viene mucha gente. Además, hay muchos problemas de cáncer, demasiados, y pensé que era otra más...

—¿Llevaba peluca? —preguntó sorprendido Nicolás al entender lo que la empleada trataba de decir.

—Eso creo. O eso, o un tinte muy estrafalario. El pelo parecía real, pero tenía un puntito a... no sé a qué, pero te hacía pensar que no lo era. Y además, estaba ese color rubio, muy poco natural todo.

Nicolás levantó las cejas no creyendo la poca suerte que tenían. Decidió seguir intentándolo, tenía que haber algo.

—Aparte de eso, ¿cómo era?

—Es que, verá, llevaba unas gafas de sol muy grandes que le cubrían gran parte del rostro, como las mías pero más estrafalarias aún. Su maquillaje no ayudaba. Ahora le ha dado a todo el mundo por pintarse los labios por fuera, como para aparentar que son más grandes. Además, cuando realmente me he empezado a fijar en ella ha sido cuando he visto la fotocopia de la documentación, cuando me he puesto nerviosa.

—Pero ¿no sabe si era mayor o joven, alta o baja? ¡Algo!

—Es difícil de decir si era mayor o joven, no sé, iba tan maquillada y las gafas eran tan grandes... No sé. Y no era ni alta ni baja, era... normal, no sé. Estatura media, supongo. Llevaba una chaqueta de color marrón, me ha extrañado porque no hace precisamente frío. Verá, era una persona que de por sí llamaría la atención, por la calle, pero aquí viene tanta gente y, en ocasiones, tan rara, que ya no me fijo en casi nadie. Si no hubiera sido por la documentación que me enviaron al correo, nunca hubiera reparado en ella.

Nicolás levantó la mirada al techo y suspiró, desesperado.

—¿Qué coche pretendía alquilar? —inquirió Fonts ante la actitud de su compañero.

—Era un Nissan Juke, de color blanco. Fue reservado anoche para toda una semana.

—¿Anoche? Podemos pedir a los de la Unidad de Investigación Tecnológica que se pongan con eso. Podrían rastrear quizá la señal y dar con él —propuso a Nicolás.

El inspector asintió y se dirigió de nuevo a la empleada después de mirar una y otra vez al techo.

—¿No tienen cámaras de seguridad?

—Aquí no, en la zona de los coches, como es lógico, sí tenemos. No crean que no le he comentado muchas veces al jefe que debería instalar cámaras en esta zona, a veces tenemos algún que otro problema con los clientes y no estaría de más que todo quedase grabado pero —la mujer miró a su alrededor y bajó el tono de voz todo lo que pudo—, mi jefe es muy tacaño. No sé si ustedes me comprenden.

—Claro —convino la inspectora antes de mirar a Nicolás—. Estoy segura que elige los lugares adrede, ya que sabe que no tienen cámaras. Las otras no tenían tampoco. Sabe moverse el muy...

Pero él no escuchaba a Fonts. Se dirigió de nuevo a Toñi:

—Dice que la mujer cambió de actitud en un momento en concreto. ¿A qué se refiere?

—A que cuando le dije que tenía que comprobar unas cosas y que volvía enseguida, la expresión le cambió por completo. Ya le digo, no se me ocurrió nada mejor.

—Está bien. No se disculpe más. Pero cuando habla de la expresión, ¿qué quiere decir?

—Más que la expresión, la actitud. No sé. Entró bastante maleducada. No dejó de refunfuñar mientras esperaba en la cola y hasta hizo un comentario sobre nuestros caramelos.

—¿Cómo?

—Sí, esos que ve ahí. —Señaló una cesta pequeña en una de los extremos de la barra—. Cogió uno, lo abrió, se lo echó a la boca y lo escupió de inmediato a la papelera. Yo sé que no son gran cosa, pero...

Nicolás no dejó que acabara la frase porque, como si fuera un demente, se abalanzó sobre la papelera. Fonts, que entendía lo que estaba haciendo, también se acercó nerviosa. Las personas de alrededor los miraban extrañados, pues no sabían qué pasaba.

—Por favor, tráeme unos guantes, llevo dos pares en la guantera del coche.

Fonts obedeció y salió a toda prisa ante la mirada estupefacta de todos los allí presentes. A pesar de que no tardó más de un minuto, al inspector le pareció una eternidad.

Se los colocó rápido y comenzó a rebuscar entre la basura. No tardó demasiado en encontrar lo que buscaba, cuando lo hizo, sintió cómo su corazón se aceleraba de la emoción. Extrajo con cuidado el caramelo chupado del recipiente metálico. Sosteniéndolo entre sus dedos índice y pulgar de una mano, con la otra comenzó a quitarse el guante y le dio la vuelta, dejando el caramelo dentro de él. Fonts se colocó el otro par de guantes y comenzó a buscar entre los restos el envoltorio. Con eso tuvo menos suerte, pues había bastantes.

—Tendremos que guiarnos por el olfato —comentó Nicolás.

—¿Cómo?

—El caramelo es de un sabor concreto. Por tanto, un olor. Habrá algunos envoltorios que podremos desechar, pues serán de otros sabores. Al menos, nos quedaremos con menos para analizar.

Fonts sonrió a Nicolás. Desde luego, lo de su comentada agilidad mental no eran habladurías.

—Con esto tenemos mucho, muchísimo. Gracias, Toñi, y disculpe el espectáculo de ahora —comentó el inspector—. Mandaremos a un agente para que le tome declaración, necesito que le cuente todo lo que nos ha contado a nosotros. Incluido lo del caramelo. Es muy importante, ¿de acuerdo?

La mujer asintió, todavía sorprendida por la reacción de ambos inspectores.

—Y si recuerda cualquier detalle, el que sea, no dude en llamarnos de nuevo. Cualquier dato podría ser vital. Muchísimas gracias.

Después, sin más, salieron de la empresa con una sonrisa de oreja a oreja.

Tenían algo muy importante dentro de un guante.

Miércoles, 28 de septiembre de 2016. 17.42 horas. Madrid

—¿Te han seguido?

—¿Tú qué crees?

—¡Vaya! Ahora te pareces a mí hablando. ¿Cómo puedes estar segura si dices que has salido por piernas de allí? —preguntó Fernando.

—Porque lo sé. La muchacha se ha quedado ahí plantada. Es una empresa de alquiler de coches, no el Pentágono.

Fernando respiró profundamente y trató de tranquilizarse. Contaba con que ese traspiés pudiera suceder en un momento u otro, pero la rapidez con la que había llegado hizo que todo su cuerpo se tensara. El inspector hacía su trabajo y lo hacía bien, desde luego. Sonrió al pensarlo. No era el mismo pollo sin cabeza al que se enfrentó la otra vez. Podría parecer una tontería, pero daba valor a su trabajo y le motivaba más a seguir con él.

Con un inspector mejor, se necesitaba un contrincante mejor. Él estaba demostrando serlo.

—¿Sabías que ahora iba a ser más complicado? ¿Por eso me hiciste ir con esta ridícula peluca? —dijo ella mientras se retiraba el maquillaje con una toallita húmeda.

—Más quisiera yo ser así de listo —replicó Fernando—. No, simplemente se me ocurrió y ya está. Suerte que la has llevado. Si te llegan a reconocer, estaríamos perdidos y todo el camino recorrido no hubiera servido para nada.

—¿Qué vamos a hacer ahora?

—Por lo pronto, toma. —Le pasó un papel escrito de su puño y letra.

Ella comenzó a leerlo en voz alta:

—*La primera vez que maté*, de Gonzalo Jerez; *La maniobra de la tortuga*, de Benito Olmo; *El país de los ciegos*, de Claudio Cerdán; *El mal camino*, de Mikel Santiago, otro de Lorenzo Silva... No me jodas que quieres más libros...

—Tengo demasiado tiempo libre. O empleo mi cabeza en cosas o voy a perderla. Además, me gusta conocer cómo son los monstruos de la ficción.

—Eres muy raro. ¿Te pone compararte con ellos?

—Sí, la verdad.

—¿Y ver películas no te ayudaría a estar distraído?

—No sé, no soy demasiado de cine.

—Pues yo anoche vi una película en línea que me recordó mucho a ti. Sé que te gustaría especialmente. Se llama *Desiertos* y es de un director murciano. Creo que se llama Luis... algo, no sé... No quiero destripártela, pero el actor me recordó a ti.

—Ya lo haré, habrá tiempo para todo.

—Endera, Luis Endera se llama el director.

—Que sí, vale, vale. Ahora céntrate en traerme esos libros —comentó nervioso.

—Bueno, a ver si puedo...

—¡No! ¡Hazlo ya!

Ella se quedó mirándolo fijamente, sin saber muy bien qué decir. No entendía la fijación que tenía por eso.

—Perdona —se disculpó él—. Hazlo, por favor. Los necesito pronto. Es por otro tema. Ya te contaré.

—Vale. Hoy mismo los tendrás. Dame dinero, anda.

Fernando lo hizo mientras ella lo miraba sin entender qué podría estar pasándosele por la cabeza. Con él nunca se podía saber a ciencia cierta.

—¿Y tú qué vas a hacer? —quiso saber ella.

La miró y esbozó media sonrisa.

—Prepararme. Hoy salgo.

33

Miércoles, 28 de septiembre de 2016. 18.49 horas. Madrid

Nicolás entró como una exhalación en el laboratorio de Genética, situado en el edificio exclusivo en el que trabajaba la Policía Científica. Las instalaciones, modernas como pocas, habían vivido una reciente renovación en cuanto a material y efectivos. Antes el laboratorio parecía el de un colegio de primaria en el que apenas disponían de lo suficiente para hacer comparaciones simples de huellas. Ahora no tenía nada que ver y se notaba enormemente en la efectividad a la hora de resolver casos. Incluso habían cambiado de ubicación, dejando atrás el edificio de ladrillo rojo que parecía que se caería al suelo con un simple estornudo por uno recientemente construido y de aspecto, por qué no decirlo, algo futurista por fuera. Nicolás había estado allí en otras ocasiones, pero sus visitas solían ser cortas, lo justo para que Sergio, uno de los técnicos de laboratorio que allí trabajaban, le confirmara o desmintiera algunos cotejos. A pesar de esas visitas, nunca había visto en vivo cómo era el trabajo que se llevaba a cabo allí dentro. Quizá por la prisa que corría lo que tenía entre manos, había llegado ese momento de poder verlo.

No perdió tiempo y fue directo en busca del técnico.

—Sergio, te necesito urgentemente.

El policía lo miró. Sergio, a pesar de no llegar todavía a los cuarenta años, tenía una dilatada carrera policial a sus espaldas. No solo en la Policía Nacional, como había podido saber Nicolás tras un aperitivo que tomaron junto a Alfonso donde la Paqui, sino también en la Guardia Civil, ya que Sergio inició su carrera en ese cuerpo de seguridad. Cuando Nicolás le preguntó a qué se debía ese cambio —pues suponía hacer otra vez las oposiciones y otras pruebas para poder entrar en el cuerpo—, el técnico les contó que, como muchos, entró en la Benemérita más por tradición familiar —con su consiguiente presión— que por vocación. Él se había visto siempre como policía nacional, pero su ultracatólica madre y su padre, un comandante ya en la reserva, tenían para él otro tipo de planes. Sergio no paraba de repetir que todavía soñaba con el día en el que les anunció el cambio de cuerpo. En ocasiones se lo tomaban relativamente bien, como sucedió en verdad, pero en otras, en cambio, su madre tenía que ser atendida incluso por los servicios médicos debido a la gran decepción que sufría por lo que ella consideraba un agravio a la familia por parte de su hijo.

Nicolás desde ese día lo miró con otros ojos, como a un buen chico que no solo era un magnífico profesional, sino también una gran persona.

—Ya le he dicho a Alfonso —contestó el técnico— que mañana tendré los resultados, estamos con lo de las prostitutas colombianas de la Casa de Campo y no doy más de mí. ¿Has oído que se baraja que al final se hayan matado entre ellas mismas y no haya sido un cliente, como se pensaba en un primer momento?

—Eh... no. —La verdad era que no sabía nada acerca de ese caso, puede que no hubiera pasado por su unidad y, aunque sonara mal, ahora mismo solo le importaba lo que se llevaba entre manos, que ya era suficiente—. Y no, no es lo de

Alfonso, es otra cosa. Algo más gordo y que sí necesito para cuanto antes.

El técnico se giró sobre su taburete y miró preocupado al inspector. Tenía toda su atención.

—Mira, hemos encontrado un caramelo salivado y un envoltorio que podrían ser de la cómplice que está teniendo nuestro asesino. Comprenderás la urgencia.

Sergio abrió mucho sus ojos y mostró en todo su esplendor el azul de su iris.

—Vale, me hago cargo. Si quieres me pongo ya mismo a ver qué consigo sacar.

—¿Puedo quedarme a ver cómo lo haces? Es simple curiosidad por tu trabajo.

A Sergio no le molestó en absoluto que el inspector quisiera quedarse. Es más, se sentía hasta halagado de que, por fin, se le diera la importancia que tenía en una investigación sus procedimientos.

—Claro, joder, sin problema.

—Mira, esto es lo que tengo.

El técnico se quedó mirando los guantes con gesto incrédulo.

—¿De verdad?

—Entiende que lo hemos sacado de una papelera y ha sido de improviso. No tenía sobres reglamentarios a mano.

—Está bien, no pasa nada. ¿Has dicho papelera? Mal empezamos...

Nicolás lo miró sin entender nada. Pensaba que se podría sacar muestras de ADN de casi cualquier lugar.

—¿Has dicho que también traes el envoltorio?

—Sí, está dentro de ese guante. Pensábamos que iba a ser más difícil saber qué envoltorio era el correcto, había varios, pero hemos tenido la suerte de que el caramelo fuera de menta y este fuera el único que había con ese olor.

—¿Menta? Peor me lo pones todavía.

—Macho, me estás asustando.

—No, a ver, te cuento. Casi que desecho el caramelo ya. Varias cosas: primero, la papelera, que seguramente estará repleta de mierda, dicho mal y pronto. Esa mierda se impregna en el caramelo chupado y es más complicado extraer una muestra decente para analizar. Piensa que no debe estar contaminada para que sea válida. Por otro lado, la menta no casa demasiado bien con varios de los reactivos de amplificación que tengo que utilizar.

—Pues vaya, pensaba que...

—No, no, tranquilo. A ver, si el papel que me has traído es el correcto, todavía mejor. Podemos jugar con varios departamentos y extraer algo más claro. Aquí entraríamos ADN y Dactiloscopia.

Nicolás asintió, ya comprendía por dónde quería ir el técnico. Era un crack.

—Acompáñame si quieres y vemos qué podemos sacar de aquí. Primero tenemos que buscar el ADN. Ven.

El inspector siguió al técnico hasta una mesa grande y con varios botes transparentes, debidamente etiquetados. Ambos tomaron asiento en sendos taburetes. Sergio dejó el guante sobre la mesa. Le dio la vuelta y extrajo, con sumo cuidado, el envoltorio del caramelo.

—Para buscar una posible muestra de ADN, lo primero que tenemos que hacer es identificar dónde buscarla. A ver, pongámonos en situación y visualicemos cómo se abre un caramelo. La gente normal lo hace de dos maneras, pero hay una que se superpone claramente a la otra.

Sergio hizo el gesto de sujetar con sus dedos la esquina de un envoltorio ficticio y, con sus dientes, mordía la otra esquina para rasgar el caramelo.

—Pero, bueno, vamos a lo que vamos. Detectemos la zona en la que hay restos de ADN.

Tomó dos pinzas estériles y agarró cada uno de los bordes

del papel. Con sumo cuidado, comenzó a separarlos para que quedase bien tenso y estirado.

—Ahora sígueme, vamos a la sala donde tenemos la luz forense.

Nicolás conocía bien esa luz. Era una lámpara que emitía distintos tipos de longitudes de onda según la sustancia que se necesitara buscar.

Pasaron a la sala y Sergio apagó la luz nada más cerrar la puerta. Se acercaron a la mesa que servía para contener los objetos que había que analizar y el técnico ajustó la frecuencia de la luz para buscar exactamente lo que necesitaba: restos de saliva. La luz emitida por la lámpara mostró las zonas en las que la supuesta ayudante de Fernando había dejado trazas de su ADN: la esquina superior derecha y el centro del papel.

—Ha salido justo como yo esperaba. Cuando nos echamos el caramelo a la boca, en el noventa y nueve por ciento de los casos, nuestra lengua o labios tocan esta parte de aquí. —Con un bolígrafo señaló el centro del envoltorio—. Por eso nos vamos a centrar en esto porque será más fácil extraer una muestra en condiciones. Tengamos en cuenta que la pinza —extrajo un rotulador negro de su bolsillo y pintó el borde del instrumento metálico— es la que señala la zona libre de saliva, *ergo* será la susceptible de tener huellas.

Nicolás asintió, expectante. Quizá era lógico lo que comentaba Sergio, pero a él no se le había ocurrido así.

El técnico agarró uno de los botes y tomó dos bastoncillos de algodón largos, como de los que se usaban para limpiar los oídos, solo que venían en un envase plastificado individual y eran bastante más voluminosos.

—Son hisopos estériles. Supongo que no es nuevo para ti, pues los habrás visto utilizar a los de Científica para recoger muestras. Están libres de cualquier tipo de contaminación, por lo que la muestra tomada está inmaculada de ADN. Los humedecemos un poco con este líquido, que es agua bidestilada y autoclavada. También está libre de ADN, por lo que la muestra sigue siendo pura.

Con el hisopo en la mano, Sergio lo pasó por la zona que anteriormente había indicado en el envoltorio.

—Bien, ya tenemos la muestra tomada. Ahora tengo que purificarla, a pesar de que creemos que la muestra de ADN es pura, al haber estado en la basura, con restos de, qué se yo, pipas, papeles y mierda en general; debemos asegurarnos de que la muestra esté lo menos contaminada posible. Una vez lo hemos hecho, la cuantifico en un rango determinado. Sobre todo ayuda a que evitemos falsos negativos o sobreamplificaciones. Suena raro —comentó riendo—, lo sé, pero yo me entiendo. Después de eso sí la amplifico, ya que nos facilita su estudio. Finalmente pasamos a la fase de detección, que no es otra que la de obtener los resultados que serán analizados y cotejados para el informe pericial. Por cierto —bajó el tono de su voz mientras miraba a su alrededor—, no me has dicho si lo que estoy haciendo es oficial o extraoficial.

—Oficial. No creas que voy a acostumbrar a pedirte mucho como lo otro. Hablaré luego con Brown para que siga los cauces legales de cadena de custodia y sea admitido como prueba en un posible juicio.

—Ah, ok. Mejor entonces. Yo también necesito saberlo. Bien, pues como te decía, hay que hacer lo que te he explicado, pero antes vamos a hacer otra cosa. Lo dejamos aquí. —Colocó el hisopo guardado dentro de un pequeño recipiente de plástico que también venía en el envoltorio del palito y lo dejó sobre un estante que tenía la etiqueta muestras en proceso—. Ven, vamos a Dactiloscopia porque de aquí puede que podamos sacar cositas interesantes.

Nicolás conocía el camino de sobra hacia esa parte del laboratorio, pero aun así siguió a Sergio hasta que llegaron al lugar deseado. El técnico portaba el envoltorio metido dentro de un sobre. Al llegar saludaron a Julia, que trabajaba en el departamento desde tiempos inmemoriales. Julia Pavía era una mujer tosca en modales, lo que contrastaba claramente con su extremo cuidado físico. Belleza e inteligencia se mezclaban haciendo una combinación perfecta. Su fuerte carácter no hacía sino reforzar su atracción.

—¿Qué tal? ¿Qué os trae por aquí? —preguntó cordial.

—Tenemos este envoltorio de caramelo con posibles huellas. ¿Nos echas una mano? —dijo Sergio.

—Claro que sí. Supongo que por lógica las tendremos en la esquina rasgada. ¿Es por tu caso, inspector?

Nicolás se limitó a asentir. Estaba nervioso y expectante por lo que pudiera obtener de esa visita. Un halo de esperanza flotaba en el ambiente, aunque solo él podía notarlo.

—Muy bien, pues vamos allá. Supongo que ya puedo trabajar con él a pleno rendimiento, ya habrás sacado la muestra de ADN...

—¿Por quién me tomas? —preguntó sonriente Sergio.

—Es verdad, me olvidaba de que tenía aquí al Greg Sanders de Canillas —comentó con cierto tono burlón.

—Ja, ja y ja.

—¿Quién es...? —quiso saber el inspector.

—Es uno de los personajes de CSI. Esos que tanto se empeñan en parecer supercientíficos e investigadores —le explicó Sergio al ver la cara de no saber de qué hablaban que tenía Nicolás—. Madre mía, la de daño que hace a nuestro trabajo esa serie... —rio.

—Bueno, dejémonos de charlas seriéfilas y centrémonos en lo que habéis traído —cortó tajante Julia.

Ambos asintieron y siguieron a la técnica, que ya había tomado el sobre con el envoltorio y se dirigía a un punto en concreto del lugar.

—¿Esa señal en la pinza es para decirme dónde está libre de ADN?

Sergio asintió.

—Bien pensado y gracias, no todos me facilitan el trabajo como tú. Utilizaré la técnica del ahumado con cianocrilato, por el tipo de material del envoltorio.

Julia depositó el envoltorio dentro de la cámara de ahumado, que no era otra cosa que una caja en la que se introducía el objeto del que querían extraerse huellas para que el humo no escapase e impregnara toda su superficie. Abrió un sobre de dicho químico, vertió su contenido sobre la parte superior de la cámara y la cerró. La reacción no se hizo esperar y el humo empezó a inundar todo el interior del recipiente. Pasaron unos diez eternos minutos hasta que algo muy parecido a una huella comenzó a revelarse ante sus ojos. Nicolás había visto el procedimiento en otras ocasiones, pero no por ello dejaba de maravillarle.

Julia aguardó unos instantes, hasta que estuvo segura de que la huella había aparecido por completo y que no se podía sacar más. Fue entonces cuando, con cuidado y una mascarilla sobre su boca, abrió la cámara y extrajo el envoltorio con cierta parsimonia. Lo colocó sobre la mesa y buscó su cámara fotográfica. A Nicolás le dio la impresión de que esta era de muy buena calidad en virtud de su tamaño. Julia jugó un poco con los ángulos para tratar de sacar la mejor instantánea de la huella. No convencida con el resultado, dejó la cámara sobre la mesa y dio media vuelta.

—Suele pasar que, en superficies claras como esta, la huella, a pesar de ser visible a nuestros ojos, no permite obtener una muestra óptima. Para eso aplico un poquito de polvo magnético y se oscurecerá, veréis.

Con un pincel de cerdas de camello aplicó una ligera capa sobre la huella. Una vez hecho, esta se hizo más visible y ahora sí pudo tomar unas buenas fotos. Acto seguido cortó un poco de cinta adhesiva y la colocó sobre el envoltorio para extraer la huella. Con sumo cuidado levantó la cinta. A continuación colocó de nuevo otro trozo de cinta sobre la huella y volvió a repetir el proceso.

—La mayoría de las veces, el segundo resultado es mucho más claro que el primero —se explicó—. Bien, ya tengo suficiente. Es una huella parcial, pero si selecciono bien los parámetros de búsqueda en los puntos únicos de cada huella puede que encuentre resultados en el SAID, esto es, el sistema automático de identificación decadactilar. Necesitaré unas horas para obtener resultados. Te llamo en cuanto los tenga.

Nicolás asintió y regresó con Sergio a su departamento.

—Yo, igual, buscaré en el CODIS alguna referencia, pero, como ya sabrás, si en el SAID no hay nada, es difícil que haya algo en las bases del dato del CODIS. Las fichas policiales y periciales comparten referencias en ambas bases, pero, bueno, cosas más raras se han visto...

—Está bien, avísame, por favor. Ah, y cuando acabes con eso coteja la muestra que tenemos con el ADN extraído de los pelos que encontramos en ambas escenas. No podemos descartar nada.

—Eso está hecho. Te cuento con lo que sepa. Aprovechando que he dejado aparcado el tema de las prostitutas, echaré un ojo también a lo que tú ya sabes. Intentaré darte resultados de todo mañana por la mañana.

—Genial, gracias.

—No hay de qué.

Nicolás salió del laboratorio con el corazón muy acelerado. Por primera vez desde que había empezado todo aquello creía estar cerca de Fernando. Esperó no llevarse una nueva decepción.

34

A pesar de no haber vuelto a hablar desde el anterior encuentro en el despacho de la inspectora jefe, tanto Nicolás como Sara se sentían muy a gusto juntos. Sentados tras la pantalla del ordenador, discutían, por llamarlo de alguna manera, sobre los detalles del perfil que ya casi habían finiquitado los componentes de la SAC.

—Sí, está muy bien, pero sigue sin ser suficiente, Sara. Está claro que le habéis dado la vuelta a los informes que se hicieron en Alicante sobre él, pero esperaba que nos sirviera para ir un paso por delante de Fernando, adelantarnos a sus próximos actos.

—Milagros no hacemos, Nicolás. Además, no funciona así. ¿Un paso por delante de él? Te recuerdo que no es una película, inspector. Parece mentira que me lo digas tú.

—A ver, tú me entiendes. La idea es cercarlo un poco más sabiendo cómo piensa.

—Pero es que eso es imposible. Cualquiera entra en su cabeza... No, lo único en lo que podemos ayudarte es a hacernos una idea aproximada de cómo actúa y de cómo, posiblemente, lo siga haciendo.

—Eso me vale. De todos modos, lo que veo aquí es todo lo contrario a lo que ya teníamos de él.

—Sí, es cierto que los informes de Fontcalent son un desastre, pero como aquí digo, pienso que Fernando fingía ser de otra manera allí para tenerlos a todos confundidos. Le interesaba ser un corderito y tenerlos relajados. No creas, pero también nos dice mucho de él. Un psicópata es un mentiroso nato. Fernando no ha podido demostrarlo de una mejor forma que esta. Lo que sí es cierto es que se ha pasado siete años retraído y ahora está desatado. Está claro que actúa por venganza, no hay más, no tenemos que mirar más allá.

—Ya, pero... —repuso el inspector alzando los hombros y haciendo una mueca de resignación.

—Sí, si te entiendo. Pero no hay más, inspector. No sigue patrones, no sigue una lógica, no actúa siguiendo nada. Solo le mueve su sed de venganza, está bien claro. Hemos revisado todo, y cuando te digo todo, créeme que es todo. ¿Sabes el problema cuál es? Que no padece, por ejemplo, una esquizofrenia. Puede parecer una gilipollez, pero en asesinos en serie sin patrón suele ser común ese rasgo. Tienes el caso del Matamendigos. O incluso el Arropiero.

—¿El Arropiero padecía de esquizofrenia?

—Claro. Pensaba que lo sabías. Y no solo eso, tenía un trastorno psicótico y un autismo bastante desarrollado.

—Pues la verdad, no lo sabía.

—Bueno, el caso es que aquí, el homicida, en un noventa y nueve por ciento de los casos, padece de esquizofrenia. Pues Fernando está en el uno por ciento que no. Sería la excepción que confirmaría la regla. No hay un factor externo a él que le haga actuar: la Luna no le habla, como he llegado a ver en casos, tampoco se sirve de la simbología para asesinar en días concretos... En fin, no, no hay nada. Es un jodido asesino psicópata movido por la sed de sangre. Por el hambre de venganza. Es un puto caso digno de estudio.

—¿Crees que puede actuar influenciado por alguien?

—¿Te refieres a la mujer de rostro normal pero confuso? Claro que podría ser.

—No sé, yo lo pienso, pero veo tan raro que se deje influenciar por alguien...

—Bueno, no es tan descabellado. Piensa que esa venganza podría verse motivada por cerrar una herida a otra persona.

—Es que esa posibilidad me está tocando mucho la moral. De todos modos, pensaba que los psicópatas eran incapaces de sentir nada por alguien.

—Es más complejo que eso, Nicolás. Está claro que para un psicópata las personas no lo son como tales, sino más bien objetos que pueden usar para conseguir sus fines. ¿Que no son capaces de amar? Hay mucha división en cuanto a eso. Yo soy de las que piensa que sí son capaces, pero no de la misma manera que podríamos hacerlo tú o yo. Es distinto. Es otro amor. Otro querer. Pero, ojo, es una opinión mía. Seguramente si me escucha cualquier experto se tiraría de los pelos.

El inspector se quedó un rato callado. Parecía no mirar a ninguna parte, aunque no apartaba la vista de un punto fijo.

—¿Qué piensas? —preguntó Sara al observar que Nicolás apretaba los labios sin moverse.

—De momento nada. Claro, solo son conjeturas que espero que no se cumplan.

Sara lo miró extrañada. No sabía qué podía estar pensando el inspector. Le intrigaba, pero no quería presionarlo para que lo soltara. Sabía que podía condicionar la investigación y, debido al punto en el que se encontraban, no podían permitirse algo así.

Alfonso entró en el despacho y tomó asiento en su sitio. Nicolás no quiso mirarlo a la cara porque sabía exactamente qué expresión tendría al verlo ahí sentado junto a Sara.

—¿No me vas a preguntar? —soltó sin más.

—¿El qué?

—Soy el único que está consiguiendo avances, querido inspector mío. Raro sería que no entrara aquí con alguna novedad.

—Dispara.

—Tengo varias cositas jugosas. A ver, la primera, me he encontrado con Sergio y... —miró a Sara, no sabía si sabría lo que habían hecho Nicolás y él a espaldas de todos, pero eso ya no importaba—, primero me ha dicho que tendrá lo tuyo más tarde, que quería comprobar no sé qué. Respecto a lo del hijo... ¡tachán! No son madre e hijo, al menos no de manera natural. No comparten ni una sola de esas cositas raras que dan vueltas en el ADN.

Nicolás apretó los puños sobre la mesa. Imaginaba que el resultado sería ese, pero la confirmación hizo que se pusiera tenso.

—¿De qué habláis? —quiso saber Sara.

—Luego te cuento detalles —contestó Nicolás—, pero se resume en que tenemos la confirmación de que Manuela no tenía hijos, no podía tenerlos. Y eso es lo que nos señalaba Fernando. Nos decía que ese hijo no es suyo, a pesar de que en todos lados conste que ella lo parió.

—Entonces, cabe la posibilidad de que...

—No, no —Alfonso cortó a Sara—, el hijo no tiene parentesco alguno con Fernando, a Sergio se le ocurrió la posibilidad y cotejó ambos ADN: negativo.

—Lo realmente curioso es que Fernando lo supiera —dijo Nicolás—. No entiendo nada. Pero no me gusta el cariz que está tomando esto.

—Sea como sea, lo averiguaremos. Segunda cosa: he estado indagando un poquito más sobre el pasado de Manuela. Sobre todo, profesionalmente. En su contrato, que era lo que yo tenía, no decía nada, pero estuvo trabajando como matrona durante muchos años. No sé cómo o qué hay que estudiar para serlo, si con ser enfermera basta o no, pero el caso es que ejercía como tal. Lo realmente interesante, si es que lo del parentesco del hijo no lo es ya lo suficientemente, es que trabajó también en una consulta privada, con un médico ginecólogo. Su nombre es Jorge Lozano.

—O sea, que estuvo de matrona privada, por así decirlo.

—Así es. Lo más sorprendente de todo es que ese tal Jorge Lozano es el mismo que firmó el acta de nacimiento, o como cojones se diga, de su hijo —expuso sonriente.

—No es tan raro, al fin y al cabo, trabajaban juntos. Seguramente acudió a él —apuntó Sara.

—No lo sería si no fuera porque el hijo no es suyo. ¿Por qué firmó un papel sobre un nacimiento natural que no llegó a ocurrir? Es más, siendo buenos, pues vale, si de pronto ella llega y le dice «Oye, que he parido», pues no le veo inconveniente. Pero teniendo en cuenta que en esos momentos trabajaba con él en su consulta privada, dudo mucho que no supiera que no estaba embarazada de verdad. Además, necesito hacerme todavía con ellos, pero si existen los informes de los dos abortos previos, me juego el cuello a que están firmados por él, es decir, tenía que saber de sus problemas. ¿No le pregunta por qué de repente tiene un hijo? ¿Pensaría que estaba frente a un milagro, sin más? ¿O estaba él también metido en el ajo?

Nicolás se quedó parado pensando en esa posibilidad. Alfonso tenía razón, ese doctor tenía que saber la verdad y aun así firmó los papeles del nacimiento. Sí, si eran amigos, no es nada raro a que accediera, pero de igual manera, no quitaba peso a que todo aquello fuera muy extraño. Había que averiguar de dónde habían sacado al hijo de Manuela, todo aquello puede que explicara los motivos por los que Fernando estaba actuando.

—¿Qué fue del ginecólogo? —dijo al fin Nicolás.

—Tiene sesenta y cuatro años, sigue en activo y, ¿a que no adivinas en qué hospital sigue trabajando?

—En La Paz...

—Bingo.

—¿Has llamado?

—Sí, no ha llegado todavía, pero me han comentado que no es nada raro: es un médico muy exquisito y solo visita a un número determinado de pacientes diarios. Además, hasta las once no empieza su consulta, por lo que siempre llega sobre las diez y media u once menos cuarto.

—Tenemos que hablar con él. Incluso, si me apuras, podría ser la próxima víctima. ¿Tienes su dirección?

Alfonso asintió y tendió un papel a Nicolás. El último descolgó el teléfono. Esperó unos segundos y habló:

—Inspector Valdés, envíen un zeta a esta calle. —Le dio la dirección—. Necesito que los agentes llamen al piso tercero izquierda e intenten hablar con el doctor Jorge Lozano. Que no lo asusten, por favor. Que le digan que tiene que esperar a que llegue el inspector Valdés para hablar con él. No necesitan contarle nada más. Gracias.

—¿Vamos para allá? —preguntó Alfonso.

Nicolás se limitó a asentir con la cabeza.

Aparcaron muy cerca de la entrada del edificio, la calle no estaba demasiado concurrida en cuanto a vehículos y encontraron una plaza enseguida. Nada más llegar al portal, vieron a dos agentes uniformados apoyados en el capó del zeta en el que habían llegado. Nicolás se dirigió a ellos.

—Inspector Valdés. ¿Han conseguido hablar con él?

Uno de ellos negó con la cabeza. Fue el otro el que habló:

—Hemos llamado varias veces y no hemos obtenido respuesta. Del portal solo ha salido una chica joven, por lo que no hemos querido preguntarle.

—Gracias.

Nicolás dio dos pasos para atrás y observó la fachada. No

parecía demasiado nueva, aunque él sabía por experiencia que eso no determinaba la calidad de la vivienda en sí. Localizó la tercera planta y vio cómo todas las persianas, menos una de ellas, estaban más o menos abiertas. Se dirigió hacia el portero automático y pulsó insistentemente sobre el tercero izquierda.

—¿Estás seguro de que es aquí?

—Es lo que me han dado en el hospital, por teléfono. Se la he hecho repetir en varias ocasiones.

—Puede que ya se haya ido para el trabajo, son... —miró su reloj— las once y cuatro minutos. ¿A qué hora han llegado ustedes aquí?

—A y media ya estábamos —contestó el que no había hablado.

—Puede que ya se hubiera marchado. La Paz no está muy lejos de aquí, a estas horas no creo que pille mucho atasco, por lo que no necesita salir tan temprano —comentó Nicolás como para sí mismo.

—Pues eso se sabe rápido. Vuelvo a llamar y listo.

Alfonso sacó su teléfono y buscó entre las llamadas salientes. Localizó la que necesitaba y pulsó.

—Sí, hola, soy el inspector Gutiérrez, he llamado... Ah, sí, pues llamaba para saber... ¿No? ¿Y se suele retrasar? Ya, bueno, digo habitualmente... Entiendo. Bueno, mire, anote este teléfono desde el que le estoy llamando y en cuanto llegue me lo dice, necesito hablar con él, es importante. Gracias.

Colgó.

Negó con la cabeza.

—Podemos subir y ver qué hacemos según lo que nos encontremos —propuso Nicolás.

Alfonso asintió.

—Vengan con nosotros —ordenó Nicolás a los agentes.

Tocó un timbre al azar. No obtuvo respuesta. Pulsó otro y una mujer contestó. Ella les abrió la puerta sin rechistar nada más escuchar las palabras «Policía Nacional».

—Suban por el ascensor. Alfonso, tú y yo, por las escaleras.

—Hostias... —se quejó Gutiérrez.

Cuando llegaron al rellano, los dos agentes ya esperaban. Localizaron la puerta y Nicolás se quedó mirándola durante unos instantes. Sacó dos pares de guantes de su bolsillo y se los puso antes de llamar al timbre. Alfonso lo imitó en lo de los guantes.

Seguían sin obtener respuesta.

—¿Qué coño hacemos, reventamos la puerta? —planteó nervioso Alfonso.

—¿Eres tonto? ¿Lo dices en serio?

—Podría estar muerto ahí dentro.

—Y podría haber ido a hacer la compra antes de trabajar y haberse comido un atasco por cualquier chorrada.

—Pues tú me dirás qué coño hacemos. Estoy hasta los cojones de ir de polis buenos por la vida.

—Alfonso, si entramos ahí, reventando la puerta, sin un motivo, se nos va a caer el pelo.

—¿Te parece poco motivo que pensamos que se lo han cepillado?

—También podría ser cómplice de todo. Son conjeturas. Se nos cae el pelo, repito.

—Me cago en la puta. En serio. ¡Mierda ya!

Alfonso se volvió indignado. Al hacerlo, vio cómo una sombra se movía en el trasluz que se podía ver entre el suelo y la puerta de la vivienda de enfrente.

—Espera. Tengo una idea —le comunicó en voz baja.

Se acercó hasta la puerta y tocó el timbre.

Una mujer mayor abrió, puede que fuera la que les había franqueado el paso en el portal. Nicolás ya ni se acordaba qué botones había tocado.

—Muy buenas, señora. Soy en el inspector Gutiérrez, de la Policía Nacional. Verá, el doctor Lozano no se ha presentado a su trabajo y, preocupados, nos han pedido si podíamos comprobar si le ha ocurrido cualquier cosa. ¿Usted sabría cómo podemos entrar en la vivienda?

La mujer asintió nerviosa, llevaba en la mano una llave que tendió al inspector, como si supiera que se la iban a pedir.

—Muchas gracias, señora. Muy amable —dijo sonriente Alfonso—. Por cierto, ¿ha oído usted algún ruido extraño en la vivienda del doctor?

Ella negó con la cabeza. Entonces Alfonso se dio cuenta de que la mujer tenía sendos audífonos sobre las orejas.

—Gracias, enseguida se la devuelvo.

La mujer no dijo nada y cerró la puerta. Alfonso supo, por la sombra, que seguía ahí, observando a través de la mirilla.

—¡Resuelto! —exclamó triunfal—. No hemos reventado nada y estamos entrando ante la falta, constatada, del médico a su trabajo. Es rutinario, sin más.

—Que no, coño, que sigue siendo un motivo muy gilipollas. Que no podemos.

—Me juego el cuello a que está muerto. Ya verás cómo nadie piensa en cómo hemos entrado cuando nos encontremos el percal ahí dentro.

Nicolás valoró las palabras de su amigo. Lo peor de todo era que había algo en su interior que le decía que Alfonso tenía razón. Cuando se tomaba en serio su trabajo, era el mejor.

—Está bien, entremos —determinó el inspector Valdés—. Ustedes dos esperan aquí —le indicó a los agentes.

Nicolás y Alfonso desenfundaron sus armas. Nicolás abrió la puerta con cierto e innecesario sigilo —dado que había estado dando timbrazos—. La dejó abierta y ambos pasaron al interior. El mueble recibidor no era gran cosa y contrastaba claramente con el imponente suelo de mármol que tenía la vivienda. Parecía que había sido reformada no hacía mucho. Hasta las paredes desprendían olor a pintura todavía. Un largo pasillo desembocaba en un distribuidor. Todas las luces de la casa permanecían apagadas. La estancia más cercana a ellos era la cocina. No había nada digno de remarcar salvo que en el fregadero había una buena cantidad de platos y vasos sin lavar.

—Parece que vivía solo —observó Nicolás.

La siguiente estancia que revisaron fue la habitación. La cama estaba deshecha, pero habiendo visto la cocina, quizá no fuera de extrañar. La ventana del salón estaba bajada, por lo que la oscuridad anegaba la habitación por completo. Esa sería, sin duda, la única persiana bajada que vio Nicolás desde fuera. El inspector asintió a su amigo y ambos se prepararon para lo peor. Metió la mano y, con torpeza, tanteó la pared buscando un interruptor. Tardó unos segundos en encontrarlo y, cuando lo hizo, lo pulsó. La imagen que se encontró era la última que hubiera esperado ver.

Alfonso no pudo evitarlo y salió corriendo en dirección al cuarto de baño para vomitar. Nicolás permaneció allí, inmóvil, tratando de creer que lo que allí veía no era una pesadilla.

Tumbado sobre la amplia mesa de comedor, de madera, el cuerpo desnudo del —supuestamente— doctor Lozano yacía sin vida. Lo que dotaba la imagen de una siniestra espectacularidad era que sus piernas habían sido colocadas sobre dos estribos improvisados, como si estuviera pariendo. Toda la entrepierna del médico había sido rajada por la mitad y abierta, lo que recordaba la imagen del tórax de Manuela, pero la abertura estaba ocupada con la cabeza seccionada del ginecólogo, parecía que estuviera dándose luz a sí mismo.

Nicolás se tapó la nariz unos instantes para reponerse de la arcada que le sobrevino. Sacó su teléfono móvil y dio aviso para que todo el mundo acudiera al domicilio de inmediato.

35

Cuando el móvil de Nicolás sonó, se encontraba con la espalda apoyada contra la pared, cabizbajo y sin ganas de que ninguna de las personas que pasaban a su alrededor le dirigieran la palabra.

El sonido de su iPhone se correspondía con un whatsapp que le había enviado Sara. Sin desbloquear el teléfono lo leyó:

> Al menos te has anticipado un poco a sus pasos, como querías. Me has dado en la boca. No has necesitado un aviso para encontrar el camino. Vas en la buena dirección.

Decidió no abrirlo en la aplicación para que la inspectora jefe no supiera que ya lo había leído. Malditos ticks azules, tenía que quitarlos en la configuración. No sabía qué contestarle, agradecía esa palmada en la espalda que le daba vía mensaje, pero estaba abatido por no haber llegado a tiempo, por lo que la mejor opción era dejarlo para más tarde.

Volvió a agachar la cabeza y la imagen grotesca del cadáver del ginecólogo volvió de un plumazo a su mente. Quizá no era lo horripilante de la estampa lo que le impactaba, sino que Fernando se estuviera tomando tantas molestias para escenificar todo aquello. Si bien ya lo había hecho en Mors, creía que todo eso había quedado atrás y que ahora ese asesino buscaba otra cosa. Pero no, seguía siendo el demente que casi acaba con su paciencia —y que ya estaba haciendo estragos en ella otra vez—. Volvía a ser el Mutilador de Mors.

La espera en el Anatómico Forense para que tuvieran preparado el cadáver se le estaba haciendo eterna. Si bien era cierto que el doctor Salinas le había dicho que lo llamaría nada más tener dispuesto el cuerpo, él no había podido esperar y la impaciencia por saber lo que fuera cuanto antes lo había llevado hasta ese pasillo donde aguardaba en esos momentos.

Ahora se arrepentía, al menos en su despacho estaría sentado.

En el escenario, a pesar de lo impresionante de la escena, nada nuevo bajo el sol. Fernando había pasado de nuevo como un fantasma y había arrasado con todo lo que había encontrado a su paso, como si de un ciclón silencioso se tratara. ¿Cómo podía una sola persona haberle hecho eso a un hombre de las dimensiones del doctor Lozano? Ya no era que tuviera una prominente barriga, era que medía unos dos metros y pesaría no menos de ciento treinta kilos. Puede que Fernando hubiera entrenado duro aquellos días, pero era imposible que hubiera ganado semejante fuerza tan rápidamente. Sabía que tenía ayuda, pero seguía sin convencerle que esa misteriosa mujer entrara con él a la casa y lo ayudara a llevar a cabo esa labor. No lo dudaba por ella, fuera quien fuese, sino porque el ego de Fernando no permitía que nadie más, salvo él, ejecutara los planes.

Algo no cuadraba.

Aunque, tal como le recordó Sara, no necesitó de nadie para sacar de su casa al jefe de la policía local de Mors, que debía pesar más o menos lo que el médico que acababa de asesinar. A base de astucia y mucha maña lo logró. Sintió unas ganas tremendas de dar un puntapié a una papelera cercana. Le daba mucha rabia que semejantes dosis de ingenio se estuvieran empleando para un fin como ese. Fernando era un fuera de serie intelectualmente hablando, eso estaba claro. Le hacía gracia porque la gente pensaba que siempre era así, que el psicópata era en todos los casos un doctor Lecter culto, refinado, con un cociente intelectual desorbitado y con el que mantener conversaciones apasionantes. No, para nada, era extrañísimo encontrarse con un espécimen que demostrara tanta inteligencia en el desarrollo de sus actos. La figura del asesino culto estaba muy lejos de la realidad, pero como bien había dicho Sara, Fernando representaba a ese uno por ciento que rara vez se encontraba. Ya no solo hablando de inteligencia práctica, esa misma que demostró alguien tan zafio como el Arropiero en su día, sino con una que le había permitido trazar un plan perfecto, sin grietas. Lo que más le fastidiaba era que, entre todos los policías del mundo, le había tocado a Nicolás enfrentarse a él. Se preguntó qué hubiera pasado si hubiera sido otro el enviado por el inspector jefe de la UDEV de Alicante a investigar el robo de unos ojos en el tanatorio comarcal Vega Baja. Ese mismo robo que lo puso en escena. ¿Estarían las cosas del mismo modo? ¿Qué era lo que había visto Fernando en él para convertirlo, como decían, en su némesis? No es que quisiera menospreciarse, pero de verdad creía que no le llegaba ni a la suela de los zapatos. Pensaba que no lo podría atrapar nunca.

Trató de salir de tanto negativismo. No le venía nada bien ni a él ni a las futuras víctimas. Porque las habría. Fernando habría dejado una señal si este hubiera sido su acto final y no lo era.

Volvió a repasar mentalmente lo poco que se sabía del asesinato. Aparte de los dos pelos sobre la víctima, no había mucho más. Datos sobre la víctima tampoco es que tuviera muchos. Sabía su nombre, su edad, que no se había casado nunca, que no tenía hijos y que, además de una hermana que había formado su propia familia, no tenía a nadie más. Al menos las cosas parecían empezar a esclarecerse y la relación con Manuela estaba clara. Le daba vueltas a la cabeza al vínculo que mantenían con el abogado, pero aún tenía que corroborar algunos datos sueltos que podrían esclarecer el nexo común. Si aquello se confirmaba, podría ser un escándalo de magnitudes bíblicas.

Pensó en Sara una vez más. ¿Debería abrir el mensaje, que ella viera que lo había recibido y escribirle cualquier cosa? ¿Le molestaría si no lo hacía? Se sorprendió a sí mismo teniendo ese tipo de pensamientos en un momento como aquel. Desde que lo dejó de manera definitiva con Carolina, no pensó que volvería a tenerlos. Al menos no tan relativamente pronto. No había dado un portazo al amor, pero sí había pensado en más de una ocasión que no volvería a amar a nadie como a Carolina o que no le apetecía tener una nueva relación, pues sentía que la acabaría fastidiando, como siempre. De todos modos, sus pensamientos iban muy por delante de él, ya que no tenía en absoluto claro si para Sara él era el polvo de una noche o algo más. La negativa a hablarlo por parte de ella el otro día lo había dejado descolocado. No iba a proponerle amor eterno, solo quería que ambos hablaran de por qué había pasado aquello. O quizá eso agobiaría a la inspectora. ¿Puede que estuviera arrepentida? ¿Que se hubiera dejado llevar por el momento cuando no tenía que haberlo hecho? ¿Que sintiera vergüenza por lo ocurrido? No tenía ni idea de cómo actuar. Estaba desentrenado, muy desentrenado en asuntos del corazón. Eran tantas las dudas que asaltaban su cabeza que un horrible dolor hizo acto de presencia de manera inmediata.

Inmerso en sus dudas, el doctor Salinas se le apareció como un ente.

—Disculpe la espera, inspector. Un cúmulo de circunstancias me ha impedido salir antes. Entre lo que ha costado sacar el cuerpo de la casa de una forma, digamos, poco llamativa, y que ahora tenía una reunión de la que no me dejaban salir, lo he tenido aquí abandonado.

—No se disculpe, doctor. ¿Está todo preparado?

Él asintió con la cabeza y dio media vuelta para dirigirse a la sala principal de autopsias.

—Estos días están siendo aciagos, inspector. Llevamos en dos semanas el mismo número de cadáveres por muerte violenta que en todo un trimestre. Y no solo es su amiguito. A todo el mundo le ha dado por tomarse la justicia por su mano. Hemos tenido dos ajustes de cuentas, lo de las prostitutas, un cabronazo que se ha cargado a su mujer y a sus hijos en su lujoso chalet... ¿Qué le pasa a la gente?

—Ojalá pudiera decírselo, doctor. Yo tampoco entiendo nada. Parece que la vida carece de valor para más gente de la que creemos. No sé si es que el mundo está demasiado quemado y es incapaz de pasar una a nadie, no sé, pero no puede seguir así.

—Yo, con que haya policías como usted dispuestos a luchar porque deje de ser así... —comentó esbozando una sonrisa dirigida al inspector.

El halago del forense pilló fuera de combate a Nicolás, que se limitó a sonreír a su vez al no saber qué decir.

Pasaron a la sala de autopsias ataviados con la ropa de quirófano. El doctor Herrero, el joven forense que conoció días atrás, estaba allí dentro ya. Tomaba apuntes en una hoja anclada en una carpeta de color negro. «Un color acertado para los días que estamos viviendo», pensó el inspector.

—Muy buenas tardes, inspector Valdés —dijo tendiéndole la mano.

—¿Qué tal?

—Pues ya ve, alucinando. He sido yo quien ha estado con

la comisión judicial en el levantamiento, por lo que casi me caigo para atrás cuando lo he visto. Estoy sin palabras.

—Lo estamos todos —añadió el forense de mayor edad.

—Como puede observar —comenzó a hablar el joven médico—, no nos ha sido nada fácil poder colocar el cadáver sobre la mesa. Han pasado ya horas desde que se encontró en el lugar del crimen y ya ha aparecido el rigor mortis. Además, la posición en la que estaba solo ha contribuido a que esa rigidez se acelerara debido al entumecimiento de los músculos a causa de una postura tan antinatural. Lo hemos fotografiado por completo, lavado y datado la hora de la muerte, y ahora ya podemos quitarle el rigor.

—¿Pueden quitárselo ustedes mismos? —preguntó sorprendido el inspector.

—Claro, presionando en los lugares indicados. Hace unos momentos nos venía bien para datar la muerte, pero ahora ya no nos sirve para nada. He avanzado bastante con los análisis preliminares, estableciendo la posible hora del fallecimiento en torno a las tres y media de la madrugada. No crea que no me ha costado, la lividez también se resiente debido a la posición del cadáver, por lo que me he tenido que guiar por los ojos.

Nicolás recordaba que en la autopsia de la familia del abogado se había empleado una técnica similar.

—He mandado a laboratorio muestra de sangre, orina y heces. Como en el caso de Manuela, no quedaba demasiada sangre dentro del cuerpo de este pobre hombre. Que le hayan cortado la cabeza lo ha dejado casi seco —expuso a la vez que la señalaba—. Bueno, perdone la expresión, pero soy así hablando.

Nicolás le quitó importancia y le dedicó una sonrisa. No le importaba. Le gustaba que cada uno se mostrara como en verdad era.

—Como siempre, le he realizado un hisopado subungueal

y no he hallado nada, por lo que creo que no se defendió. También he mandado los posibles restos a examen. Lo que más me asusta no es la puesta en escena, sino que parece que en esta ocasión decidió ir a por todas y no se cortó un pelo en su proceder.

—Supongo que no querrá decirme lo que me estoy imaginando.

—Si lo que imagina es que, probablemente, le cortó la cabeza estando aún vivo, me temo que sí. Toda esta zona de aquí no me sugiere otra cosa —señaló con el dedo alrededor del cuello—. Tuvo que hacerlo con un gran machete, como esos gigantescos que vemos tan a menudo en las películas y que sirven para abrirse paso dentro de la selva del Amazonas. ¿Sabe a lo que me refiero?

Nicolás asintió.

—Además —prosiguió—, sin haber visto la escena hay cosas que me sugieren que lo ha hecho de un solo golpe, eso sí, de un golpe tremendo. No hay signos en la piel de que el cuchillo tuviera sierra, por lo que descarto ese tipo de corte. Con un machete liso se podría hacer poco a poco, así. —Imitó con el brazo el movimiento de un serrucho para que lo pudiera entender el inspector—. Pero en ese caso, la piel se habría estirado para un lado y otro y se hubieran producido desgarros en esta zona de aquí. —Señaló de nuevo con el dedo.

—Entonces no hace falta que pregunte la causa de la muerte.

—Me temo que no hay dudas. Ahora pasemos a la otra incisión. Está claro que, si tenía un machete de esas características consigo, le sirvió para hacer lo que vemos. Es una zona jodidam... perdón, especialmente dura. Está el hueso de la pelvis y algunas cositas que impiden una incisión sencilla. Y, aunque se detuvo justo al tocarlo, solo llegar hasta ahí requiere de una gran destreza y, por supuesto, de un objeto extremadamente afilado. La cabeza, tal como he podido ver en las imágenes, no se había introducido, sino colocado para que pareciera que estaba dentro. A ese hombre no le cabía esa pedazo de testa ahí. Es imposible sin partirlo en dos. Bueno —carraspeó—, algo más.

—Imagino, entonces, que la herida se la haría cuando ya había muerto.

—Sería lo lógico, pero no. Habrá que esperar a los resultados de los análisis pero tuvo que dormirlo muy profundamente, anestesiarlo de una manera brutal, porque la herida se la hizo en vivo. Lo tengo casi claro al ver los tejidos. Aun así, haré algunos análisis también, pero yo diría que es así.

Nicolás cerró los ojos y sintió que el cuerpo le flaqueaba. Imaginarse lo que había sentido ese hombre si había sido consciente de lo que le estaba pasando hacía que a su cuerpo le costara mantener la compostura. Y lo peor de todo era que cabía la posibilidad de que no lo hubiera llegado a sedar tanto. Las circunstancias eran propicias para que Fernando hubiera obrado a sus anchas: el médico no tenía vecinos ni arriba ni abajo; además, su vecina de planta estaba casi sorda del todo y, según había declarado posteriormente a su inicial encuentro, por las noches se quitaba los audífonos. Se preguntó si Fernando lo sabría o era producto de una casualidad. Enseguida desechó la segunda opción.

—Está bien. ¿Hay algo más que sea digno de mención? —preguntó el inspector.

—A primera vista no, aunque, qué quiere que le diga, creo que ya es demasiado. Le sorprendería la de veces que tenemos que buscar y rebuscar para que los cadáveres nos cuenten cualquier detalle. Tanto este como el de la mujer descuartizada, nos están relatando mucho de lo que les ha sucedido. Si se me permite la expresión, estamos hasta teniendo suerte.

—Sí —intervino Salinas—. Los primeros cadáveres, los de la familia, también. Creo que el asesino ha querido dejar muy claro lo que ha ido haciendo en cada momento.

—Muchísimas gracias por todo. Están haciendo un gran trabajo. Sin ustedes nos faltaría una rueda. Vuelvo a Canillas, tenemos mucho por hacer y, a juzgar por la frecuencia de los asesinatos, cada vez menos tiempo.

—Le pasaré el informe completo a su correo en cuanto lo tenga —se comprometió el doctor Herrero.

Nicolás salió de la sala de autopsias y del complejo. Antes de montarse en el coche, comprobó el móvil y vio que tenía un montón de llamadas perdidas de Sergio; al parecer, se había quedado sin cobertura en el Anatómico. Con un nudo en el estómago ante tanta insistencia por parte del técnico, marcó el número.

No tardó en descolgar.

—Nicolás, tengo los resultados del ADN, no te vas a creer lo que he encontrado.

36

El silencio era tal dentro del coche, que se podía escuchar el bombeo incesante de sangre que el corazón de Nicolás mandaba a todo su cuerpo y hacía que todos sus músculos estuvieran tensos. El propio nerviosismo le hubiera llevado a pegar un grito a su interlocutor por teléfono para que le contara rápido qué pasaba. Pero en vez de eso, optó por contenerse y hablar con más calma.

—Cuéntame —dijo tratando de mantener la compostura.

—Voy a tratar de explicártelo para que lo entiendas. No me malinterpretes, pero necesito que comprendas con claridad lo que te voy a contar para que saques tus propias conclusiones.

—¿Tengo que sacarlas yo? —preguntó extrañado.

—Me temo que en este caso sí. A ver. Te adelanto que ni el CODIS ni el SAID han arrojado resultados sobre las muestras dubitadas de ADN y la huella parcial. No es extraño, ya lo sabes. La persona no está dentro de ninguna de las bases de datos de los cuerpos policiales del país. Tal como me pediste, he contrastado, con la ayuda de Juanjo, los electroferogramas, la hoja en la cual nos salen los resultados, para que me entiendas. Pues bien, hemos comparado los picos, que llamamos «alelos», de la muestra del papel con la muestra de los cabellos y no coinciden. Estaba a punto de llamarte para decirte que no había nada, cuando se me ha ocurrido algo: comparar la muestra con el electroferograma que tenemos en la base de datos de Fernando. Y, adivina.

Nicolás cerró los ojos, la idea que estaba fraguándose en su mente se estaba confirmando con la llamada.

—Son de un familiar —comentó resignado.

—En efecto.

—¿Se puede saber de quién?

—Directamente no. A ver, te cuento, hay tres clases de ADN: autosómico, sexual y mitocondrial. Escucha porque es lo importante y quiero que tú mismo valores. El sexual no nos interesa ahora, sus resultados no nos atañen demasiado. El autosómico, resumiéndolo mucho, nos indica qué parte heredamos de nuestros padres. A su vez se divide en dos, cincuenta por ciento del padre y cincuenta de la madre. Bien. Coincide. Luego, como te he dicho, está el mitocondrial. No sé si sabes que cuando el espermatozoide fecunda al óvulo, pierde el cuello y el flagelo, que es donde están las mitocondrias del padre. Es decir, solo se heredan las de la madre. Por eso los hermanos sí tienen siempre el mismo ADN mitocondrial. Y creo que ya con eso...

Nicolás volvió a cerrar los ojos y apretó los dientes. Quiso pegar un grito fuerte pero necesitó contenerse y mantener la cabeza fría. Tenía que actuar y tenía que hacerlo cuanto antes. Se maldijo por no haber prestado atención a esa vaga sospecha que había acudido a su mente. Siempre se decía que no había más ciego que quien no quería ver.

—Gracias, Sergio, he de dejarte. No sabes lo que me has ayudado.

—De nada —contestó entendiendo que el inspector ya lo había pillado—, ya sabes dónde encontrarme.

Arrancó el coche y conectó el manos libres para poder hacer una llamada. Trató de serenarse para que su interlocutora no sospechara nada.

Esperó a que descolgase.

—Dime, Nicolás —dijo la voz.

—Escucha, Alicia, ¿estás en casa?

—Sí, pero iba a salir a dar una vuelta. Tengo la cabeza aturullada ya de estar aquí encerrada. Necesito aire fresco o me voy a volver loca.

—Pues espera un momento. Verás, me he dejado las llaves en mi habitación y Alfonso ha salido a un aviso —mintió—. Necesito que me abras para cambiarme de ropa. Tengo una reunión con personas importantes y tengo que ir impecable —rio nervioso.

—¿Quieres que te las deje escondidas debajo del felpudo? Me iba ya...

—No, si en cinco minutos llego, de verdad. Estoy aquí al lado.

Alicia dudó unos instantes.

—Está bien, aquí te espero.

Colgó.

Nicolás no estaba a cinco minutos de distancia, por lo que pisó el acelerador y esperó no tener que enseñar su placa para justificarse si le daba el alto algún policía.

Tardó ocho minutos en llegar. Para que su excusa fuera creíble, dejó las llaves en el coche y pulsó el timbre del portero automático.

—¿Sí?

—Abre.

Un pitido anunció la apertura. Subió por las escaleras nervioso. Llegó a dudar de que la joven huyera si sospechara algo. No sabía si había sonado creíble o no la excusa que había puesto. Tampoco sabía si que no se hubiera ido sería bueno o no.

Antes de llegar al rellano quitó el seguro de su arma. Solo por si acaso. Trató también de serenarse, fuera como fuese, necesitaba sus cinco sentidos a tope.

No tuvo que tocar el timbre: Alicia había dejado la puerta abierta.

—¿Alicia? —la llamó desde el umbral.

—Estoy aquí, echándome colonia.

Nicolás cerró y echó, de la manera más disimulada que pudo, el pestillo.

—¡Menuda cabeza la mía! —exclamó al pasar por la puerta del cuarto de baño, donde Alicia estaba acicalándose.

—Ya ves tú —comentó esta atusándose la coleta—. La de veces que me he dejado yo las llaves, o las he perdido —soltó una carcajada.

Nicolás hizo como que entraba en su habitación para después volver hacia la puerta del lavabo.

—Escucha, Alicia, ¿podemos hablar un momento?

La joven se volvió hacia él, extrañada.

—¿Qué pasa?

—Ven, vamos al salón.

Con evidente gesto de sorpresa, se dirigió hacia el salón seguida por el inspector, que trataba de mostrarse relajado, aunque no lo estaba. Ni mucho menos.

Entraron al salón y los dos tomaron asiento en el sofá.

Nicolás notó cómo le sudaban las palmas de las manos. Trató de hacer un repaso mental a las clases en Quantico. Recordó que habían practicado esa misma situación, él lo había hecho con Paolo Salvano. Pero una cosa eran unas prácticas y otra bien distinta una situación real.

—Mira, Alicia, necesito que me cuentes una cosa. Pero quiero que me seas absolutamente sincera; si no es así, lo que pretendo no podrá surtir efecto.

—¿Y qué es lo que pretendes? —repuso ella, que no entendía nada.

—Ayudarte. Solo eso.

—¿Ayudarme? ¿A mí? ¿De qué estás hablando, Nicolás?

—Espera, no te asustes. A ver, necesito que me cuentes de una manera sincera por qué estás aquí.

La joven echó el cuerpo hacia delante extrañada.

—¿Aquí? ¿En tu casa? ¿O en Madrid?

—Madrid.

—Pero ¿no te lo conté ya? —replicó a la defensiva.

—Sí, pero quiero saber si fuiste totalmente sincera.

—Es surrealista, Nicolás. No sé de qué coño vas, pero si quieres que me vaya de tu casa me lo dices y punto.

—No es eso, joder, pero necesito que me cuentes la verdad. Si no, no voy a poder ayudarte.

—Pero ¿ayudarme a qué? Mira, me estás poniendo muy nerviosa. ¿Quieres hablar a las claras?

Nicolás tomó aire y lo retuvo en sus pulmones unos segundos. Aquello no estaba dando resultado. Su psicología resultaba bastante nefasta.

—Te lo voy a contar, Alicia, pero quiero que me digas la verdad. No me importan los motivos, solo te quiero ayudar. Prométeme que me escucharás hasta el final.

La joven no dijo nada, su rostro estaba desencajado por la sorpresa y esperaba expectante a que Nicolás le contara la verdad.

—Tenemos muy avanzadas las investigaciones respecto a Fernando. A ver —trató de tener tacto, pero no lo encontraba—, sabemos que alguien está ayudándolo.

La chica se levantó de pronto y se dirigió hacia la puerta. Él, como acto reflejo, también se levantó del sofá.

—¿Adónde vas?

—Me voy de aquí, no puedo ni creerme que lo estés insinuando. Vete a la mierda.

—Espera, Alicia, joder. Espera que al menos te cuente por qué lo estoy haciendo, ¿no?

Ella se detuvo y miró hacia atrás.

Nicolás tomó eso como un «vale».

—Sabemos que es una mujer. Tenemos testigos que así lo indican.

—¿Y por eso tengo que ser yo? Bravo, inspector, qué sagaz.

—No me interrumpas, por favor. Sabemos que es una mujer. Ha sido bastante meticulosa en sus actos, la verdad, pero cometió un pequeño error y nos dejó una muestra de su ADN. Al analizarlo en laboratorio ha salido un parentesco con Fernando. Probablemente de hermanos.

Alicia hizo una mueca de sorpresa. No sabía si creer o no a Nicolás.

—Y claro, piensas que he sido yo, ¿no?

Nicolás abrió los ojos indicando que era evidente que sí.

—En serio, vete a la mierda.

—Alicia, espera. ¿Qué quieres que piense? Joder, todo apunta a ti. ¡Ponte en mi lugar! ¿Qué hubieras pensado tú?

—¿En tu lugar? ¡Ponte tú en el mío, joder! Me estás acusando de ser cómplice de una persona que quería matarme. Pero mira, te lo pondré fácil.

Volvió a entrar en el salón, se acercó hasta la mesa y escupió sobre ella.

—Ahí tienes, para analizar —dijo señalando la saliva que había sobre la mesa—. Eso sí, esperaré hasta que vengas con los putos resultados, pero luego me iré. Si quieres ponerme vigilancia en la puerta para que no me vaya, allá tú. Pero, ojo, no sea que llame a mi hermano y ordene que se los cargue a todos.

Nicolás captó la ironía en sus palabras y trató de reconducir la situación.

—Escúchame, Alicia. Si tú me dices que no has sido tú, te

creo, pero precisamente sigo queriendo ayudarte. Todo apunta hacia ti, si no te elimino como sospechosa, se te va a echar todo el mundo encima. ¿Me dejas ayudarte o no?

—Te he dicho que ahí tienes la saliva —replicó sin mirarlo.

—Las cosas no funcionan así, para tomarte una muestra tienes que firmar un consentimiento en presencia de tu abogado.

—Iba a hacer una puta rima, pero no tengo el coño para eso ahora mismo. No tengo abogado, así que tú verás.

—Eso son minucias que arreglaremos. Simples papeles. Ahora lo único que me importa es eliminarte de la lista en la que vas a entrar. Por favor, ¿me dejas?

—Es que, Nicolás, no te entiendo, sabes que mi padre era un pichabrava, ¿por qué tienes que pensar precisamente en mí? Puede que tenga más hermanos sin ni siquiera saberlo. Y sí, lo digo totalmente tranquila porque no me extrañaría en absoluto. Ya ves tú, me enteré de lo de Fernando... ¿por qué no habría más?

Nicolás respiró hondo y se levantó despacio de su asiento. Su actitud, en todo momento, trataba de ser lo más conciliadora posible.

—Alicia, joder, entiéndeme. Te presentas en Madrid, así, sin más. Nos enteramos que a Fernando lo ayuda una mujer, no tenemos descripción real de ella, pero físicamente bien podría parecerse a ti, pues lo único que sabemos de ella es su complexión. Además de todo eso, su ADN indica parentesco. Y el único pariente vivo que conozco de Fernando eres tú.

La joven respiró, tratando de tranquilizarse. La ira por la sospecha le había cegado de tal manera que no se había parado un segundo a comprender que era verdad, que todo apuntaba a ella.

—Está bien. ¿Si me voy contigo me puedes exculpar de toda esta mierda?

—Claro. Pediremos un análisis de ADN, se comparará

con la muestra que obtuvimos de la sospechosa y si no coincide estarás libre. Pero no te vayas como me has dicho, por favor. Te pido otra vez que te pongas en mi lugar. Dime qué hubieras hecho tú en mi situación.

—Pues seguramente lo que tú. ¡Joder, qué mierda! Ya te voy advirtiendo que no va a coincidir. Desde el mismo momento en el que puse un pie en tu casa te conté la verdad.

—Lo sé, lo sé...

Alicia tomó una enorme bocanada de aire de nuevo. Ya estaba más tranquila.

—Vale, pues vamos.

Nicolás, después de la conversación con la joven, ya no albergaba duda de que ella no estaba involucrada en todo aquello, así que ahora tocaba encontrar a la verdadera culpable.

Pero ¿quién era y dónde la buscaba?

37

Jueves, 28 de septiembre de 2016. 20.18 horas. Madrid

Nicolás, tras conseguir una acreditación vip —no se llamaban así, pero entre ellos sí lo hacían con los pases que permitían el libre acceso por todas las instalaciones, raramente concedidos— para Alicia aparcó donde siempre solía hacerlo. No tenían un lugar asignado para cada uno, excepto para los comisarios de unidad y el comisario general, pero por lo general todos solían respetar los sitios que cada uno había reservado para su coche mentalmente.

Alicia entró al edificio entre nerviosa y expectante. Se lo había imaginado de mil maneras, pero no así. No había un espacio diáfano con cientos de mesas con inspectores pegados al teléfono ni pizarras repletas de fotos de casos. No. En cambio, se topó con una recepción un tanto austera: una simple placa que anunciaba el lugar en el que se encontraba frente a un mostrador de recepción vacío. Alicia esperaba, al menos, a alguien sentado tras él controlando diversos monitores, pero en cambio encontró la nada. El edificio era bastante viejo por fuera, algo que se prolongaba en el interior. Lo que quizá más llamaba la atención de todo el conjunto era un raído y destartalado sofá de cuero que, sin ningún motivo aparente, presidía el conjunto.

El inspector la condujo hasta el ascensor. Una vez dentro, pulsó el botón de la planta deseada.

Cuando paró salieron y Nicolás la guio por el pasillo hasta que se detuvo delante de una puerta.

—Necesito que esperes unos segundos, tengo que anunciar al comisario lo que vamos a hacer. Serán un par de minutos.

El inspector entró.

Los minutos transcurrieron lentos. Alicia miraba a cada uno de los policías y supuestos inspectores que pasaban por delante de ella con una mezcla de excitación y nerviosismo. Ella sabía que no tenía nada que temer, pero aun así le resultaba imposible reprimir ese cosquilleo en el estómago que le recordaba lo serio que era el asunto.

Nicolás salió del despacho con cara de póquer. Alicia no quiso mirar al interior y verle la cara al comisario, pues no sabía cómo la estaría mirando él y no le apetecía pasar un momento incómodo.

—Ven un momento a la sala de inspectores. Antes de ir al laboratorio voy a llamar para prepararlo todo y para que me firmes el consentimiento. Vamos a hacer las cosas bien. El comisario me ha dicho que los jueces están muy nerviosos por cómo están sucediendo los acontecimientos y ponen el grito en el cielo por cualquier tontería. Un fallo en el procedimiento y me comen. Ya hay demasiado revuelo en la prensa. Está saliendo a todas horas en mil publicaciones distintas.

Alicia se hizo cargo de la situación y siguió a Nicolás hasta que llegaron a una puerta de madera. Estaba entornada. Un letrero con el escudo de la Policía Nacional en el lado izquierdo anunciaba que allí dentro trabajaban los inspectores de Homicidios y Desaparecidos.

Al pasar, Alicia comprobó que eso sí se acercaba más a la idea que ella tenía. Había una gran pizarra blanca con varias fotos pegadas a ella, además de diversas anotaciones hechas con rotulador. No quiso leer nada, no sabía si debía hacerlo o no. Seis mesas, alineadas pero separadas entre sí, tenían sus respectivos ordenadores. En uno de ellos trabajaba una chica, más o menos joven, que le echaba miradas de reojo. En otra estaba sentado Alfonso, que la miraba entre pasmado y sorprendido.

—Es una larga historia, chicos —se adelantó Nicolás—. Tenemos una coincidencia de parentesco entre el ADN del caramelo que encontramos y Fernando. Tengo que descartar a Alicia, que amablemente se ha prestado a venir para someterse a un cotejo con la muestra.

Un silencio se apoderó de la sala.

—Espera, espera, ¿un parentesco? —preguntó una muy sorprendida Fonts.

—Como te lo cuento.

—No me malinterpretes, Alicia, pero si no has sido tú, ¿quién cojones ha sido? —inquirió escéptico Alfonso.

—Eso es lo que vamos a averiguar.

—¿Quieres un formulario de consentimiento? —dijo Fonts levantándose de su asiento tras el movimiento de cabeza afirmativo de Nicolás. Salió del despacho.

—¿Y qué hay de la reunión? Tenemos que poner en común lo que tenemos hasta ahora. Hay novedades. Además, necesitamos saber qué te ha dicho el forense. Es un puto caos.

—¿Novedades?

—Sí. Pero... —Miró a Alicia y después a Nicolás.

—Si queréis yo espero fuera mientras habláis...

—No, no hace falta. Habla, Alfonso, no tenemos todo el día para andar con tonterías. No ha sido ella.

Alicia agradeció la confianza a Nicolás con una sonrisa.

—Está bien. Parece ser que el médico tenía una caja fuerte. Ha sido abierta, sin forzar. No sabemos qué buscaba exactamente porque dentro había dinero y eso no lo ha tocado. Pero como supondrás, no creo que la haya abierto porque sí:

tendría que haber algo dentro y, previsiblemente, se lo ha llevado.

—¿Dices que la abierto sin forzar?

—Sí, creo que el médico tuvo que proporcionarle la contraseña. Puede que pensara que si lo hacía se iba a salvar.

Nicolás se rascó la cabeza agobiado.

—Está bien. Convoca la reunión. Llama al Anatómico Forense y que Salinas o el doctor Herrero te cuenten lo que saben. Yo no tengo tiempo, tengo que saber qué está pasando con el ADN.

—Pero ¿no vendrás a la reunión?

—No, condúcela tú, luego me cuentas.

Fonts entró con el consentimiento. Nicolás indicó a Alicia que lo firmara y que le dejara su identificación a esta para que ella lo rellenara. No había tiempo que perder.

—Nos vamos a Genética, está en otro edificio —le dijo a la joven.

Al entrar en el laboratorio, Alicia no pudo ocultar su fascinación por lo que sus ojos veían. Aquello era tal como había imaginado: varios técnicos vestidos con sus batas blancas deambulaban de un lado para otro, otros miraban a través de un microscopio que parecía sacado de una película de ciencia ficción y otros, sin más, estaban sentados frente a sus ordenadores.

Nicolás, a pesar de la creciente preocupación por cómo estaba desarrollándose todo, no pudo evitar enternecerse ante la mirada de niña pequeña de Alicia. Entendía aquel embelese, pues si quería acabar metida en ese mundo, no era extraño que todo aquello la fascinara. Quizá esa era una de las razones por la que debía desmarcarla de la investigación cuanto antes, una mancha de ese tipo asociada a su nombre impediría que pudiera hacer carrera dentro de cualquier cuerpo policial del país.

Y sí, la creía. Aunque tampoco podía negar que había desconfiado de ella. No se culpaba por ello, ya que todo apuntaba hacia su dirección dadas las extrañas circunstancias de su repentino viaje a Madrid. Sí, podía estar simplemente asustada y buscar únicamente el amparo de los dos inspectores, pero los sucesos se estaban desarrollando de tal forma que la confusión era más que lógica. Ahora lo único que le importaba era limpiar su nombre y encontrar a la verdadera culpable. Teorías de lo más inverosímiles pasaban por su cabeza. No sabía, en realidad, si quería que alguna de ellas fuera cierta.

Sergio los esperaba con gesto sonriente.

—Te cuento rápido, Sergio, ella es Alicia. Es la hermana de Fernando. Necesito descartarla como sospechosa de la muestra del caramelo.

El técnico no pudo evitar mostrar su sorpresa.

—Y lo necesito ya —agregó Nicolás.

—Vale —reaccionó—. ¿Tienes el consentimiento? Sabes que lo necesito para que todo sea legal. Si no, mi jefe...

—De tu jefe me encargo yo. Ya está firmado, lo está arreglando mi compañera Fonts. Por favor.

Sergio dudó unos instantes. Había algo en el rostro de Nicolás que lo empujó a tomar la decisión.

—Está bien. Ven —le indicó a Alicia.

Fueron hasta la mesa en la que el día anterior había estado Nicolás viendo cómo se extraía el ADN del envoltorio. Tomó un hisopo estéril y lo abrió.

—Abre la boca, por favor. No te preocupes, que no duele.

Alicia obedeció y abrió la boca. El técnico introdujo el hisopo y lo pasó con suavidad, pero con determinación, sobre la zona baja de las encías inferiores. Lo pasó varias veces hasta que quedó bien impregnado de saliva.

—Está bien, bastará. Lo que necesito ahora es que seáis pacientes. No tardaré en obtener el perfil genético de Alicia, pero lo que sí necesito es que no me molestéis durante ese tiempo. ¿Ok?

Ambos asintieron.

Nicolás indicó a la joven que tomara asiento en uno de los taburetes cercanos. Él permaneció de pie. El tiempo que le llevó al técnico obtener impreso el perfil de Alicia se les hizo eterno, a pesar de no haber sido demasiado. Sergio buscó a otro de los técnicos para que lo ayudara con el cotejo.

—Siempre tenemos que hacerlos entre dos. Necesitamos que nuestra opinión sea unánime para que sea válida —explicó.

Ambos tomaron el perfil de Alicia y el de la muestra sin identidad del caramelo para así compararlos. Apenas precisaron unos segundos para darse la vuelta y desvelar sus conclusiones.

—No hace falta ser un lince para comprobar que, aunque algunos alelos coinciden, no se trata de la misma persona.

Tanto Nicolás como Alicia —y eso que ella misma sabía que no— respiraron aliviados. Pero, por desgracia, esta confirmación hizo que se multiplicaran las dudas del inspector.

—Entonces, dices que varios nosequé coinciden... —comentó.

—Alelos, son estos picos de aquí —apuntó Sergio señalando con el dedo.

—Sí, sí, lo que sea. ¿Coinciden?

—Sí, a ver. —Tomó otra hoja que había impreso—. Esto son los marcadores que te indiqué hace unas horas con los tres tipos de ADN: autosómico, sexual y mitocondrial. Aquí veo que coincide a un cincuenta por ciento con el autosómico y que, además, también coincide en parte con el mitocondrial.

A Nicolás se le saltó una alarma, aunque no estaba muy seguro de lo que iba a preguntar.

—Espera, espera. ¿Eso no es lo mismo que me dijiste de Fernando?

Sergio entrecerró los ojos y dio media vuelta. Fue a buscar una carpeta en la que tenía el electroferograma de Fernando.

—Esperad un momento —dijo primero para después volver a hablar con el otro técnico.

Ambos se pusieron otra vez a comparar ambas muestras. En esta ocasión tardaron más en obtener sus conclusiones. Tanto a Nicolás como a Alicia no les quedó más remedio que ser pacientes mientras los dos hablaban entre ellos en una jerga incomprensible.

Cuando Sergio se volvió, Nicolás notó cómo le sudaban las manos.

—Es complicado, a ver. Os cuento. Coinciden varios factores, como con la muestra desconocida del caramelo. Dado que son hermanos, no es nada raro que los dos tengan los mismos cromosomas proporcionados tanto por el padre como por la madre. Esto es en lo que consiste ser hermano, y...

—Para, por favor —lo interrumpió—. ¿Cómo dices?

—Cómo digo, ¿qué?

—Repíteme lo último porque no sé si te he entendido bien —insistió nervioso Nicolás.

—Creo que no me escuchas cuando te hablo, Nicolás. Te expliqué hace un rato que el autosómico lo aporta un cincuenta por ciento el padre y el otro la madre, en eso no nos podemos fijar porque los hermanos pueden compartirlo o no por mero azar, aunque en este caso coincidan. Pero el mitocondrial es otra historia: solo lo puede aportar la madre y si ambos lo tienen, pues qué quieres que te diga. Pero que no es tan importante, que son hermanos y es lo natural.

—Joder... Lo sería si no fuera porque Alicia y Fernando solo son hermanos por parte de padre. No de madre.

—Ya, pues háblale tú a las leyes de la genética —soltó mostrándole las hojas de resultados.

Pero Nicolás no veía lo que le enseñaba. Su mente se había

transportado a otro momento, a otro lugar. Alicia tampoco hablaba ni miraba nada en concreto, estaba como en shock.

De pronto, el inspector salió de su trance.

—Perdona, Sergio —dijo interrumpiéndolo—. Tengo que irme. Ni te imaginas lo que me has ayudado.

—¿Qué pasa? —preguntó Alicia.

—Tú sígueme. No hay tiempo que perder.

Ambos salieron a toda prisa del laboratorio, dejando al técnico con la boca abierta.

Nicolás pidió a Alicia que esperara fuera de la sala de reuniones. Una vez la joven accedió, entró como una exhalación.

La reunión seguía activa. Todos ocupaban sus puestos, escuchando atentos a quien hablaba en esos momentos, Brown.

—Siento interrumpir así —se disculpó casi jadeante el inspector—, pero creo que esto lo puede cambiar todo.

Todos lo miraron expectantes. El inspector les relató todo lo que había pasado. Al finalizar, ninguno sabía qué decir. Si eso se confirmaba, Nicolás tenía razón: lo cambiaba todo.

El único que se atrevió a tomar la palabra fue Alfonso:

—Pero... ¿Te vas ahora? Me voy contigo, tío, que estás alterado y...

—No —le cortó tajante—. Os necesito aquí a todos. A pleno rendimiento. Estamos cerca, muy cerca. Necesito que averigüéis qué es lo que Fernando se pudo llevar de la caja fuerte del médico. Si son papeles, quiero saber qué contenían, de alguna manera. Fonts, Ramírez, pedid una orden al juez Soria, Pedralba o a su puta madre para revisar todo el material informático que pudiera tener el ginecólogo. Tanto personal como profesional. Necesitamos acceder también a todos los archivos e historiales que hubiera podido tramitar en la época del nacimiento del hijo de Manuela. Tenemos que buscar a fondo, hasta debajo de las alfombras. Algo tiene que haber. En laboratorio os necesito a tope. Tenemos que averiguar, de alguna manera, de dónde salen los dos cabellos que siempre deja. Podrían ser de su siguiente víctima. O de una de las siguientes. Sara, por favor, sé que no se os puede pedir más, pero tratad de anticiparos a su próximo movimiento con lo que sabemos hasta ahora.

La aludida asintió sonriente, ya que el inspector seguía insistiendo en lo de anticiparse.

—Vale, vale, Nicolás. Pero no vayas ahora a eso, tío. Hazme caso y hazlo mañana. Además, tienes que pedir una orden al juez y sabes que le va a costar dártela. No se la suelen jugar mucho con estas cosas.

Nicolás sopesó las palabras de Alfonso.

—Joder, la burocracia me mata. Sí, puede que tengas razón. Iré mañana, temprano. Y respecto a lo que dices, si no es suficiente con las pruebas aportadas en genética, siempre tendré la baza de que no creo que Alicia me ponga trabas para un consentimiento.

Alfonso no pudo contestar nada ahí. Ahora solo quedaba esperar y ver si se confirmaba la teoría de Nicolás.

38

Viernes, 30 de septiembre de 2016. 9.07 horas. Alicante

Las agudas notas a las que en esos momentos estaba dando forma la garganta de Víctor García, cantante de WarCry, le hubieran sonado igual que un gutural emitido por Phil Anselmo, de Pantera. No escuchaba nada, solo oía que de fondo sonaba el tema «El anticristo». Ni siquiera sintió el habitual escalofrío que recorría su cuerpo cuando Víctor cantaba aquello de:

> *Yo sé que he nacido libre,*
> *libre será mi decisión.*
> *tenga o no la razón, me es indiferente,*
> *el camino a seguir lo marco yo.*

Nicolás iba absorto en sus pensamientos. Hacía un buen rato ya que la música había dejado de ser una fiel aliada en el largo viaje que estaba realizando el inspector. Ahora tan solo formaba parte del ambiente. Todo lo ocupaban sus pensamientos y dudas. Estos, a su vez, se enmarañaban entre ellos dentro de su cabeza. Ya no sabía ni distinguir qué era real y qué no.

Era curioso que esas melodías que salían por los altavoces de su vehículo hubieran dejado de ser compañeras para él justo en el momento en el que había entrado en la provincia de Alicante.

Había salido de Madrid con el sol todavía escondido y lo cierto es que el trayecto no se le había hecho largo. Puede que fuera ese runrún en su mente. Tras la habitual parada que solía hacer en la gigantesca área de servicio de Los Abades de la Gineta, en la provincia de Albacete, donde había tomado un café bombón y media tostada, prosiguió el camino hacia su destino ya sin detenerse. Quería llegar cuanto antes.

Conducía sin la ayuda de un GPS, eran tantos los viajes realizados a aquel lugar que, una vez en la provincia, sabía orientarse a la perfección. Calculó que no quedarían más de unos minutos para dejar a su derecha el dichoso cartel que siempre le provocaba la misma sensación de desasosiego. El que anunciaba el nombre del pueblo: Mors.

Atravesó la larga recta, flanqueada por campos de cultivo repletos de los más dispares vegetales y hortalizas, para después tomar la marcada curva que daba paso a una pequeña pedanía de apenas unas pocas casas perteneciente al municipio de Orihuela. Al pasarla, sorteó unas cuantas curvas más hasta que por fin sintió el maldito escalofrío. No fallaba. Daba igual la de veces que hubiera pasado por ese mismo punto. Siempre lo sentía: había llegado a Mors.

Cruzó la larga avenida —y casi única— a una velocidad aceptable, respetando los badenes artificiales colocados para que los coches redujeran la velocidad a su paso. No tenía prisa por llegar. Había quedado con el jefe de la policía local a las diez, por lo que todavía le sobraba un poco de tiempo. Decidió que podría ser una buena idea visitar ciertos lugares del pueblo que le traían recuerdos.

Algunos lo hubieran identificado como un acto de sadomasoquismo, pero Nicolás lo vio más bien como una forma de rememorar una serie de acontecimientos que le habían llevado a ser el que era. Ni más, ni menos.

Siguiendo la avenida llegó hasta la curva de la iglesia. La habían arreglado, o eso le parecía a él, ya que antes difícilmente podían pasar dos coches, cada uno en un sentido. Parecía más ancha que antes. Antes de doblar a la izquierda y visitar el lugar que más le interesaba, se fijó en la plaza que había justo enfrente del templo. La imagen de aquel hombre ardiendo, decapitado, lo asaltó a traición. No pudo evitar notar un sentimiento de culpa por no haber llegado a tiempo para poder salvarlo. La sensación de impotencia por haber estado «de guardia» en el pueblo aquella noche y no haber conseguido evitar la tragedia lo perseguía todavía. Hasta el punto de que podía incluso rememorar el olor a carne quemada que había ese día en aquel lugar. Algo horrible y que, por suerte, no había vuelto a experimentar. Lo curioso era que no se había percatado del detalle hasta volver a visitar aquel lugar. De todos modos, ese mismo sentimiento podría achacárselo a cada una de las muertes que sucedieron en el pueblo. Pensó que no era justo echarse toda la culpa él. Caminaba los pasos que el Mutilador quería que diera. Al menos lo atrapó, quizá otro ni hubiera podido hacerlo.

Cuando dobló a la izquierda, lo primero que vio fue la carnicería que sirvió como primer escenario de la obra de su némesis. Eso sin tener en cuenta a su padre, claro, ya que aunque había tenido bastante que ver con su muerte, no se podía decir que su mano hubiera intervenido de manera directa en ella. Lo indujo al suicidio, eso sí, pero ni mucho menos fue como con las otras víctimas. El negocio estaba abierto. Una mujer de mediana edad atendía tras el mostrador a otra mujer, de más edad, que vestía enteramente de negro. Eso le demostró que la vida seguía en Mors, algo natural pero difícil en muchos casos. Sobre todo si se tenía en cuenta el drama vivido por los habitantes de un pequeño pueblo que no superaba los cinco mil habitantes. Una vez dejó la carnicería atrás, no tuvo que recorrer demasiado camino con su coche para llegar al punto deseando:

La vivienda de Fernando. O mejor dicho, del padre de Fernando.

Bajó del coche tras aparcarlo detrás de una furgoneta blanca y con pinta de ser antigua. Después se colocó en la entrada de la vivienda y se cruzó de brazos. La miraba sin pestañear. Hasta casi sin respirar.

Aquí sí que parecía que hubieran pasado décadas desde el incidente. A riesgo de aventurarse demasiado, a tenor del estado de dejadez —evidenciado por la acumulación de polvo que se podía ver a través de los cristales enrejados semiopacos de color verde que tenía la puerta de entrada—, Nicolás hubiera dicho que la casa había permanecido abandonada desde que todo pasó. Recordó haber asistido a los registros posteriores a la vivienda tras los hechos —en los que no se encontró nada nuevo— y, seguramente, esa fue la última ocasión en que alguien había puesto un pie dentro de la vivienda. Tampoco es que fuera extraño, y no porque fuera un pueblo y el pensar de la gente fuera distinto al de los habitantes de una ciudad, sino porque, en general, en los pueblos pequeños, las viviendas no estaban tan demandadas y cotizadas como en una ciudad de más habitantes. De ahí que se quedaran vacías para siempre o hasta que hubiera pasado un número de años suficiente para que toda una generación olvidara lo que allí había ocurrido. En una ciudad no importaba: una casa era una casa, y si se le podía sacar un precio más económico porque costaba alquilarla o venderla por los motivos que fueran, pues mejor.

Salió de sus pensamientos y se volvió, detrás estaba el bar de la tía de Alicia, en el que ella la ayudaba, pero no quedaba ni rastro de él. Bueno, al menos como él lo recordaba. El bar que había ahora tenía un aspecto más moderno, lejos del encanto que desprendía aquel negocio que daba a dos calles y en el que siempre había parroquianos sentados a la barra probando las ricas comidas tradicionales que preparaba Adela. Otra forma de seguir adelante, supuso. Miró después hacia el balcón de la vivienda en la que había vivido Alicia con su tía. Un muchacho con aspecto de tener raíces latinoamericanas fumaba un cigarro despreocupado. No miraba hacia ningún punto en concreto. Parecía estar absorto en sus cosas. Tranquilo.

El gesto del muchacho devolvió una vez más el pensamiento a Nicolás de que la vida seguía en Mors, a pesar de todo. Mejor así, quizá.

Volvió a montarse en el coche para ir al lugar en el que había quedado con el jefe de la policía municipal de Mors. La jefatura había cambiado su emplazamiento antiguo —ubicado en la plaza principal del pueblo, al lado del ayuntamiento— por uno más escondido, unas cuantas más calles en dirección hacia la periferia. Con las explicaciones que le habían dado no le costó demasiado encontrarla. Mors no era tan grande.

Aparcó su coche en el lugar destinado al estacionamiento de los coches patrulla —no había ninguno en ese momento, solo una escúter de gran cilindrada pintada de blanco con cuadritos azules y amarillos, que además tenía el escudo del pueblo en el centro del chasis—. Tocó el timbre para que le abrieran la puerta. Un policía joven y fornido se acercó hasta el mostrador y pulsó un interruptor que permitió el paso a Nicolás.

—Buenos días, soy el inspector Nicolás Valdés, de Homicidios y Desaparecidos de la Policía Nacional. Tenía una cita con el jefe.

—Claro, lo esperábamos. Su despacho está al fondo del todo, pase.

Nicolás se dispuso a obedecer cuando de pronto él apareció por el pasillo. Solo le llevó unos segundos reconocer su cara: se trataba de uno de los agentes que estaban a las órdenes del antiguo jefe cuando sucedió la desgracia. Al igual que el del muchacho que le había abierto la puerta, también era un chico musculoso, aunque también era cierto que ya estaba así siete años antes. Lo único que diferenciaba su aspecto del de aquellos días era una incipiente barba que confería a su rostro un aspecto más distinguido.

—Sea bienvenido de nuevo, inspector. Parece que se acuerda de mí.

—Así es —convino dándole la mano y sonriendo al recordar el típico acento, entre murciano y alicantino, que tenían los habitantes de Mors—. Lo que no recuerdo era su nombre, discúlpeme, soy muy malo para esto.

—No se disculpe, soy Francisco Pons.

—Veo que le ha ido bien durante estos años.

—Eso parece. Hace tres años que hice la oposición para el cargo y, mire, aquí estoy. Soy de aquí, he vivido en Mors toda mi vida y de pequeño me imaginaba siendo el jefe de policía. Eso que dicen de que los sueños se cumplen es verdad.

—Pues no sabe cuánto me alegro. Tengo el recuerdo de que usted estuvo muy participativo y colaborativo hace siete años, por lo que me alegra tenerle en el puesto: lo facilita todo. ¿Ha llegado la orden?

—Sí, hace media hora más o menos. No es lo habitual porque el juzgado de Orihuela, que es desde donde vienen las órdenes, es lo más lento del universo. Imagino que desde Madrid les habrán dicho que se pongan las pilas, porque de nosotros suelen pasar.

—Entonces mejor que mejor —comentó sonriendo—. ¿Podemos ir ya?

—Sí, Rufino ya nos está esperando allí. Él se ocupa de esas cosas. Se traerá a un par de operarios del ayuntamiento para que nos ayuden. Nos ha costado encontrar a dos que quisieran colaborar. Hasta a mí me da cosa, pero bueno, aún hay gente por aquí que los tiene muy bien puestos. Además, estos en concreto lo han ayudado en tareas parecidas.

Nicolás asintió, era consciente de ello.

—No sé si sabe dónde está —continuó hablando el jefe—, pero está cerca, por si quiere que vayamos andando.

—Sí, como quiera.

El jefe dio unas cuantas directrices al agente que lo acompañaba en esos momentos y salió junto al inspector a la calle. Nada más hacerlo, se encendió un cigarro.

Nicolás no pudo evitar mostrar sorpresa.

—Todo el mundo que no me conoce me mira así cuando me enciendo un cigarro —comenzó a hablar sin que Nicolás dijera nada—. Supongo que por mi aspecto parecerá que me cuido y todo eso. Y, bueno, hago lo que puedo. Pero hace siete años, cuando las cosas se pusieron tan feas, me dio por fumar. Ya ve. Desde entonces me ayuda a calmar los nervios. Unos hacen yoga de ese, yo fumo.

—¿Cómo está el pueblo, en general? —quiso saber el inspector.

—Es raro. No sé. Para algunos es como si no hubiera pasado nada. Es más, me atrevería a decir que se ha convertido en un tema tabú. Si no tienen por qué hablar de ello, ni se les ocurre hacerlo. Otros no aguantaron y se marcharon tras lo que pasó. He llegado a escuchar barbaridades, de todo: que si el pueblo está maldito, que si el mal habita dentro de nosotros, que si volverá a pasar en cada aniversario, cosas así... Supongo que hay gente para todo. —Dio una nueva calada al cigarro y expelió el humo—. Luego hay un tercer grupo: el que ha decidido hacer negocio con la desgracia. Se han creado unos cuantos blogs, páginas de Facebook y todas esas mierdas con relación a los crímenes. En el fondo no pasa nada porque los tenemos controlados con la ayuda de la UIT de Alicante, que nos echa una mano. Lo que no podemos ya es con lo que viene desde fuera. Hasta vinieron esos del Iker Jiménez aquí, ¿sabe? Yo me negué a colaborar con ellos. No me gustan los circos y se estaba convirtiendo en uno. Y eso que a mí me encanta su programa y lo veo siempre que puedo, pero cuando estás implicado es muy diferente. Si viera la de peregrinaciones que se han hecho para poder ver los lugares del crimen que ese hijo de puta cometió en el pueblo... Es una locura todo. ¡Me cago en sus muertos!

—Si le digo la verdad, como no veo demasiado la tele no tenía ni idea de que hubiera salido así. Pero puede que lo vea, a modo de curiosidad.

—A ver, si le digo la verdad se han hecho varios programas y no me cuesta reconocer que, aun quedándose lejos de la realidad porque es imposible que tuvieran acceso a ciertos detalles, se acercaron bastante a lo que de verdad pasó. Fueron respetuosos y todo eso. El problema de verdad fue lo que sucedió con los otros programas. Esos que dan por las mañanas. Supongo que el periodismo de investigación, a día de hoy, es así. Si hasta salían representaciones de cómo mataba a sus víctimas. ¿Qué necesidad? Imagine la gracia que le hacía ver a la gente del pueblo que había perdido a algún familiar o ser querido verlo. Me dio mucho asco. La gente de aquí lo ha pasado muy mal. El problema, o no, según se mire, es que tratamos de llevar los casos con el mayor hermetismo posible, más que nada por respeto a esas víctimas y a sus familias, que pasan los años y no se pueden olvidar de lo que pasó. Y eso que la mayoría de los habitantes no sabe ni la mitad de lo que en realidad sucedió... Por eso, cuando todo el revuelo, esto se inundó de pseudorreporteros que iban preguntando a vecinos. Ahí es cuando se lio porque cada uno contó lo que sabía, lo que había oído y algunos hasta se lo inventaron. Los programas se hicieron basándose en esas declaraciones, y claro...

—Ya, entiendo. Y, ahora, ¿han vuelto a la carga esos periodistas?

—Desde el minuto uno que se supo que el Mutilador había escapado. Lo bueno de ahora es que mucha gente ya ha pasado página, como ha podido ver, y no han recibido bien a la prensa. Han acabado desistiendo y han tenido que inventarse las cosas por su cuenta, dejando en paz a la gente de mi pueblo.

—Lo que me ha sorprendido de verdad es que la gente haya podido seguir adelante. A ver, no me malinterprete, pero Mors es un pueblo pequeño y unos crímenes así marcarían hasta a una ciudad como Madrid para siempre. Creo yo...

—Si es que no tiene sentido otra cosa. Siempre se ha dicho que la vida sigue y yo pienso que es verdad. No sé si lo sabrá, pero la mayoría de los negocios han pasado a manos de otras personas y, bueno, apenas se habla de lo que pasó, como ya le he dicho. Supongo que no hablarlo hace que no escueza demasiado. Aunque eso sí, nuestra identidad como pueblo cambió.

—No entiendo eso.

—Es complicado de explicar, pero, por ejemplo, ahora estamos en plenas fiestas patronales. ¿Usted lo ha notado?

Nicolás se giró levemente para mirar a su alrededor. La verdad es que no había nada que indicara tal cosa.

—Pues a eso me refiero —se explicó el jefe—. Las autoridades todavía no se sienten con fuerzas de organizar nada festivo. Lo ven casi como una falta de respeto. Y la gente del pueblo no se queja, no crea. Lo que a mí me preocupa es un poco la imagen que damos hacia el exterior.

—Bueno, la gente podría pensar que es por la austeridad de la crisis en la que todavía seguimos.

—Qué va. A ver, evidentemente se ha achacado a la crisis, la excusa perfecta para que el ayuntamiento oculte que, en realidad, ya no tenemos nada que celebrar. Pero la gente no es idiota y en los alrededores se habla mucho. Sigo pensando que hace siete años no solo murió esa pobre gente, sino también el espíritu alegre del pueblo. Mors ya no es lo que era por mucho que nos empeñemos.

—Pero como usted ha dicho, la vida sigue...

—Sí, pero no es tan fácil. —Tiró la colilla, extrajo otro cigarro y lo encendió—. No sé cómo explicárselo. Es como una postura fingida. Todavía duele. Vaya que si duele, sobre todo a los que vivimos todo aquel horror de cerca. En el pueblo las sonrisas son más falsas que un billete de tres euros. Sé que sonará a gilipollez, pero a veces sueño que tengo la oportunidad de saber de antemano lo que va a suceder y lo evito. Y Mors sigue siendo el pueblo en el que crecí. En el que iba a comprar chucherías al quiosco los domingos por la mañana y la gente paseaba por la plaza. En el que las madres pasaban el rato hablando de sus cosas en la puerta del colegio. En el que el bar de Adela se ponía hasta los topes a la hora del aperitivo para tomar un plato de sepia y un vermut. No sé, el pueblo ahora no es ni la sombra de lo que fue. Ojalá se pudiera volver atrás en el tiempo de verdad y...

Nicolás observó que los ojos del jefe se habían tornado vidriosos al tiempo que se le formaba un nudo en la garganta. Supuso que el dolor de haber vivido todo aquello en primera persona, con su propio jefe implicado en todo el asunto, le había calado hondo. No se le podía reprochar nada, entendía aquel sentimiento pues a él le había tocado vivirlo también en primera persona y no lograba olvidar nada de lo ocurrido. Si a eso se le añadía la sensación de que la vida no había vuelto a ser igual desde entonces, por mucho que se empeñaran en aparentar que sí, el resultado era el que estaba viendo en él.

Continuaron andando sin hablar unas decenas de metros más hasta que llegaron a su destino. En la puerta, cuatro personas los esperaban con gesto adusto. Tres de ellos tenían aspecto de ser los trabajadores que ayudarían en aquel desagradable trabajo. El de más edad, con una barba canosa igual que su cabellera, algo alborotada, fue presentado a Nicolás como

Rufino. Vestía con unos pantalones grises con reflectores blancos en la parte inferior y una camiseta de color rojo con el escudo de Mors en el pecho. El aspecto ajado de la camiseta delataba que estaba curtida en mil batallas. Los otros dos, más jóvenes, se llamaban Daniel y Pedro, según pudo saber. A pesar de conocer su predisposición para realizar la tarea, Nicolás percibió en sus ojos un cierto halo de angustia. Les entendía. El cuarto, vestido más elegantemente que los otros tres, era el secretario judicial de los juzgados de Orihuela, cuya presencia era obligatoria para proceder a lo que iban a hacer.

Sacaron del coche que tenían aparcado justo enfrente un capazo con herramientas de albañil. También extrajeron un saco de yeso que uno de los más jóvenes portó sobre su hombro como si no pesara nada.

Nicolás nunca había visitado aquel lugar, pero el cementerio municipal de Mors no se diferenciaba demasiado de los que sí había visto. No muy grande, tenía aspecto de haber sido reformado y ampliado no hacía mucho tiempo, aunque a la parte a la que accedieron sí denotaba tener unos cuantos años.

—Está aquí —anunció Rufino, el enterrador de Mors, que parecía conocerse los nichos de memoria.

Nicolás y el resto se detuvieron frente a uno ellos. Los años habían descolorido la lápida, otrora reluciente, y transmitía una sensación de abandono. Las flores secas que tenía colocadas en el pequeño jarrón metálico y oxidado tampoco contribuían a disipar esa sensación. Parecía que hacía mucho tiempo que nadie iba a cambiarlas.

Los trabajadores miraron al jefe de policía que, a su vez, miró al inspector. Tardó unos segundos en dar su aprobación, quizá debido al nerviosismo que sentía en su fuero interno, provocado porque una parte de él estaba convencido de lo que tenía que hacer y la otra era reacia a hacerlo.

Una vez asintió, los operarios procedieron, con una palanca de acero macizo, a quitar la lápida con cuidado de no romperla.

—Lo hemos hecho otras veces para reacondicionar algunos nichos o para enterrar en un mismo nicho a varias personas, para hacer sitio a nuevos cadáveres. Ya tenemos práctica —se explicó Rufino.

Acto seguido picaron sobre los ladrillos finos enlucidos con yeso que separaban el espacio interior del nicho donde se depositaba el ataúd y el mundo exterior. La caja no tardó demasiado en aparecer.

Una vez despejado el camino, la sacaron y la transportaron hasta una caseta que había a unos pocos metros del lugar en el que se encontraban.

—La gente viene a limpiar los panteones o, simplemente, a ver a sus seres queridos a estas horas de la mañana. Mejor ahorrarles el espectáculo —dijo el enterrador para justificar tal acto justo antes de mandar a sus operarios a limpiar un poco lo que habían ensuciado.

A Nicolás le pareció lógico.

Dentro de la caseta quedaron el inspector, el secretario, el jefe de policía y el enterrador. Cuando el secretario, que era el que debía autorizar la operación, dio el visto bueno Rufino abrió la tapa.

Nicolás, que permanecía expectante, no pestañeó al ver el interior del ataúd. Sintió cómo su estómago se volvía de tal forma que lamentó no estar cerca de un lavabo para vomitar. El gesto del policía local se tornó en angustia. El del secretario y el enterrador era, simplemente, de incredulidad.

El inspector reaccionó a los pocos segundos. Nadie hablaba, solo miraban dentro de la caja. Necesitaba aire. Salió de la caseta y sacó su teléfono móvil del bolsillo. Nervioso, buscó el número de Alfonso y presionó para hacer la llamada.

—Se confirma, ¿verdad? —dijo este nada más descolgar.

—Sí.

—Joder, pero ¿estaba vacía, sin más?

—No, había varias bolsas de arroz dentro, para simular el peso.

—Entonces, la tía...

—No lo sé. Es la hostia.

—¿Y Alicia? ¿Le digo algo?

—No, volveré en cuanto pueda y hablaré con ella. No es fácil decirle que su madre no está muerta y que posiblemente esté ayudando a un asesino.

39

Viernes, 30 de septiembre de 2016. 16.32 horas. Madrid

Hasta que no abrió la puerta de su domicilio, Nicolás no fue consciente de cuánto le dolía la cabeza. Era tanto lo que había pensado en el camino de vuelta a la capital que tuvo que parar en varias áreas de servicio porque se sentía aturdido. Como si estuviera flotando en una nube, pero no de esas mullidas, no, sino en una nube negra, amenazante, de tormenta. Aquella investigación no hacía más que dar vueltas, en algunas ocasiones de campana, y eso lo estaba comenzando a desquiciar. No se culpó por no haber visto la relación antes porque era impensable. Ahora, lo importante era saber cómo se lo iba a tomar Alicia. Aquello debía ser tratado con un tacto extremo y Nicolás no estaba seguro de poseerlo. De igual forma, no podía delegar aquello en Alfonso porque su amigo era tan suave para contar las cosas como la lija. Por su cabeza pasó el pedir ayuda a Sara para que le aconsejara sobre cómo abordar un tema así, incluso llegó a considerar que fuera ella la que se ocupara de tratarlo con la muchacha, pero de alguna forma se sentía responsable de hacerlo él mismo. Como si se lo debiera a Alicia por haber dudado de ella cuando no tendría que haberlo hecho.

Cerró la puerta tras de sí y colgó, como siempre, las llaves de la manija. Al escucharlo llegar, Alicia se asomó por la puerta del salón. No sabía de dónde venía, el secretismo que habían decidido mantener Nicolás y Alfonso casi la desquicia. Así que su rostro era fiel reflejo de esa impaciencia por saber algo cuanto antes.

—Hola, Alicia —saludó él al verle la cara—, tenemos que hablar.

El gesto de la joven se desencajó de la misma forma que el día anterior.

—No irás a acusarme otra vez de ser cómplice de mi hermano, ¿verdad?

—No, no, qué va.

Pasaron al salón. El inspector dejó su cartera, móvil y arma encima de la mesa de madera. Tomó asiento junto a ella. Ella lo miraba con ojos implorantes, expectante por lo que le pudiera contar.

—Alicia, esta mañana he realizado una visita obligatoria a tu pueblo. He estado en Mors.

Ella asintió, como si esperara esa confesión. No era tonta.

—No parece sorprenderte, ¿lo sabías?

—Tu cara tras el análisis lo dijo todo. Se pudo ver lo que querías hacer desde un primer momento.

A Nicolás no le sorprendió la deducción de la joven. Al fin y al cabo, el razonamiento que él mismo había seguido era el que hubiera hecho cualquier persona con dos dedos de frente.

—Entonces ya sabrás a qué he ido.

Alicia asintió.

—Y por mi cara, te imaginarás también con lo que me he encontrado.

Volvió a asentir, pero en esta ocasión dos lágrimas comenzaron a deslizarse por sus mejillas.

—No sé qué decir, Alicia. Supongo que el sueño de muchas personas es despertarse un día y saber que alguien que creías muerto, en realidad no lo está. Pero también supongo que no será exactamente así. Debe de ser, no sé... terrible...

La muchacha negó sin dejar de llorar.

El inspector siguió unos instantes en silencio, intentando pasar el nudo que se le había formado en la garganta. Necesitaba encontrar unas palabras que pudieran consolar a Alicia, pero no las hallaba por ningún lado. Qué mal se le daban esas cosas. En cambio, en su interior, solo había rabia. Rabia por tener a su lado a una persona que había vivido toda su vida engañada, ajena a una realidad que algunos parecían manejar a su antojo.

—No entiendo qué coño está pasando, Nicolás —comentó tras enjugarse el llanto—. Mi tía tenía que saberlo, no me creo que enterrara a mi madre sin comprobar si dentro del ataúd había un cuerpo o no. A ella no pudo engañarla, no me lo creo...

Nicolás asintió. Era uno de tantos pensamientos que le rondaban por la cabeza.

—Me temo que tu tía tenía que saberlo. Al menos eso creo yo. En lugar de un cuerpo había varios paquetes de arroz en el interior. Alguien tuvo que ponerlos ahí y, claro, aunque no lo podamos demostrar...

La joven apretó los puños muy fuerte debido a la rabia que sentía dentro.

—Te juro que no entiendo nada, ¡te lo juro!

—Yo tengo una teoría que tiene bastante fuerza. No sé si será así o no, pero si lo relaciono con lo de Manuela, con lo del médico, incluso con lo del abogado, tendría bastante sentido.

Alicia trató de serenarse para escuchar al inspector.

—Hay varias cosas claras. Fernando y tú no solo sois hermanos por parte de padre: sois hijos del mismo padre y la misma madre. Desconozco las causas por las que tu hermano se crio con otra mujer, creyendo que era su madre, pero todo apunta a que hay algo turbio en relación con una trama, por llamarlo de alguna manera, de niños robados.

Nicolás hizo una pausa para que Alicia asimilara bien la información que le estaba transmitiendo.

—Bueno, en realidad no sé si llamarlo así. Desconozco si son robados o si son ventas consentidas entre familias que no podían tener hijos y mujeres que sí. No lo puedo demostrar todavía. Pero lo que está claro es que todo gira en torno a eso: a bebés que no eran de la madre que figuraba después en los registros. Sin saber cómo sucedió, creo que tu padre se enamoró, o estaba enamorado de tu madre, por eso volvió a Mors después, donde sucedió lo que sabemos y que desencadenó los asesinatos de Fernando. Pienso que tu madre ya estaba afectada por haber perdido a un primer hijo, ya te digo, no sé si engañada o arrepentida de haberlo vendido. Entonces llegaste tú, del mismo padre, todo igual. Ahí no lo pudo soportar y decidió quitarse de en medio. Simuló un suicidio que solo servía para ocultarse a los ojos de todos. Necesitaba consumar su venganza en la sombra. Supongo que su mayor obsesión fue la de encontrar a su primer hijo. Creo que todo en su interior se articula alrededor de ese bebé que no crio. Que Fernando, o Carlos, tuviera el problema psiquiátrico de la doble personalidad fue un golpe de suerte que sirvió para llevar a cabo su venganza. Primero contra los que le hicieron ese acto tan horrible en Mors, luego contra los que le hicieron desprenderse de su primer bebé. Incluso me da por pensar si lo de la violación colectiva no sería una mera tapadera y toda aquella gente que murió no estaría también en el ajo, no sé. El caso es que esa mujer tiene que haber sufrido como pocas. Me es difícil de concebir.

—Pero no tiene sentido. ¿Cómo iba a simular un suicidio? Las cosas no son tan fáciles como para hacer eso y ya está.

—Las cosas, como tú dices, hace casi treinta años, no eran como ahora, Alicia. Tú conoces los procedimientos que se tienen que llevar a cabo ahora en cada investigación criminal. Se deben seguir una barbaridad de trámites legales para que todo esté bien realizado, pero antes no era así. Sé de buena tinta que, en muchos casos, la palabra de un policía valía su peso en oro. Supongamos que, de alguna manera, tu madre amenazó al jefe de la policía local de Mors, quien tengo entendido que llevaba toda la vida en el puesto o casi, y, aunque no lo amenazara, que a este le interesara hacerla desaparecer del mapa para evitar responsabilidades penales por lo que fuera que estuviera implicado. Porque la violaran o no, en algo estaba metido. No lo sé, no lo puedo saber, pero es lo que quizá menos importe. Como te decía, si él declaró que vio su cadáver y, simplemente, convenció a un médico para que firmara el certificado de defunción, ya está. Ya no hacía falta nada más para que tu madre estuviera oficialmente muerta. Ahora tocará abrir una investigación para aclararlo todo, pero no va a ser fácil por el tiempo que ha pasado. Ni siquiera sé si ya importa.

—Pero ¿y mi tía?

—Es imposible que yo te lo explique, Alicia. Tendrá que hacerlo ella. No creas que no lo he pensado. No sé si es lo que quiero creer, pero quizá ella entendió que era lo mejor para ti. Por lo que he podido comprobar, tu madre no está en sus cabales. Puede que tampoco lo estuviera en aquella época y tu tía entendiera que lo mejor para ti era que tu madre desapareciera de tu vida. Que su amor por ti le hiciera ser partícipe de esa pantomima, solo para asegurarse de que ella sería la que te cuidaría y la que velaría por tu bienestar. Piensa que si tu madre fallecía, en ella recaería, si lo pidió, la tutoría sobre ti. Le interesaba por una parte esa «muerte». —Hizo el gesto de las comillas con los dedos—. Pero le interesaba por tu propio bien. Si te soy sincero, me alegro de que así sucediera, no hace sino demostrar lo que te quiere.

Alicia lo pensó por unos instantes. Puede que Nicolás tuviera razón y su tía solo hubiera obrado con el corazón.

—De igual manera, te aconsejaría que lo hablases con ella. No la quiero implicar todavía en la investigación, pero inevitablemente los tiros acabarán yendo en esa dirección y será preguntada por todos esos hechos. Sería bueno que te contara a ti, antes que a nadie, lo que sucedió. Eso sí, habla con calma con ella. Déjala explicarse y no le reproches nada a no ser que creas que debes hacerlo de corazón.

La muchacha se quedó pensativa.

—Voy a llamarla ya.

—No, Alicia, deja las cosas reposar.

—No, si lo hago no le preguntaré las dudas que ahora tengo, me conozco. Nicolás, créeme, le dejaré que me lo explique todo bien. Estoy nerviosa, pero sabré mantener la calma.

—Pero...

—Por favor, déjame que lo haga ahora.

Nicolás no pudo por más que callar y asentir. Esperó que aquello no se le fuera de las manos.

La muchacha tomó su teléfono móvil y se encerró en su habitación. Nicolás aprovechó el momento para ir al botiquín y tomar un comprimido de naproxeno, para tratar de aliviar el dolor de cabeza que lo martilleaba en esos momentos. Se tumbó sobre el sofá cerrando los ojos, necesitaba que parte de la tensión que comprimía casi todos los músculos de la parte superior de su espalda desapareciera.

Los abrió cuando hubo pasado un buen rato. Incluso puede que hubiera echado una pequeña cabezada, aunque no lo sabía a ciencia cierta. El ruido de la puerta de Alicia fue el culpable de que saliera de ese estado de sopor.

No pudo evitar preguntarle nada más verla atravesar el umbral de la puerta:

—¿Y bien?

—Lo que me ha contado parecía haber sido copiado y pegado de la conversación que acabamos de tener tú y yo.

—¿La crees?

—Sí. Solo le he dicho lo del ataúd relleno de bolsas de arroz y ella misma me lo ha confesado todo, con pelos y señales. Se ha derrumbado enseguida y me ha contado la historia tal como lo has hecho tú. No ibas mal desencaminado, al parecer.

—No intentes dar mérito a lo que he hecho, era lo más lógico.

—Sí, supongo que lo era. Pero es que son tantas ya las mentiras, Nicolás, que ya no sé ni qué creer. Joder, mi mundo cambia constantemente. Mi madre muere, primero, de cáncer cuando yo no tenía uso de razón. Luego, de repente, un loco asesino que resulta ser mi hermano por parte de padre hace que descubra que mi madre no murió, que se suicidó por la culpa. Pasan los años y mi hermano por parte de padre regresa como hermano a todos los efectos. Mi madre no murió, sino que fingió su propia muerte y ayuda al cabrón de mi hermano a ejecutar su venganza. ¿Hay algo de lógica en todo esto?

Él negó con la cabeza, que aún seguía doliéndole.

—Es que... joder, la que va a acabar en un psiquiátrico soy yo.

—Te entiendo, Alicia. Créeme que te entiendo. Ahora tengo que centrarme en detener a tu madre y a tu hermano. Para eso, tengo que averiguar qué papel jugaban en realidad el abogado, la enfermera y el médico, aunque todo apunta en una sola dirección. También debo saber si hay alguien más implicado porque será, sin duda, la próxima víctima. Puede que si logro llegar a ella antes que tu hermano, pueda acabar con toda la locura.

—Por favor, hazlo. —Dicho lo cual, rompió a llorar de nuevo.

En esta ocasión, Nicolás optó por no decir nada. No es que no supiera qué decir, es que pensó que lo mejor era abrazarla. Y así lo hizo.

—Tengo que irme, Alicia. Si quieres que coloque a un par de guardias aquí vigilando solo tienes que pedírmelo. Quiero que te sientas segura.

—Creo que ya tuvimos una conversación parecida hace unos días, Nicolás. Ya sabes mi respuesta.

El inspector tomó aquello como un «no». Dio media vuelta y salió de la vivienda. Necesitaba hablar con todo el equipo y explicarles la nueva situación. Necesitaba encontrar a la siguiente víctima.

40

Viernes, 30 de septiembre de 2016. 18.57 horas. Madrid

El silencio se adueñó de todo justo después de que Nicolás explicara lo que había averiguado a los asistentes a la reunión convocada con carácter urgente. A todos, excepto a Alfonso, que ya sabía por dónde iban los tiros, les sorprendieron mucho los derroteros que había acabado tomando la investigación de Nicolás. Ni en sus más enrevesadas teorías hubieran podido imaginar que la cómplice de Fernando fuera su propia madre biológica.

—Todo esto cambia mucho las cosas —intervino Sara rompiendo por fin el incómodo silencio que había invadido la estancia—. Demuestra que todas las conjeturas que hubiéramos podido hacer hasta ahora se pueden ir al traste en un minuto frente a imprevistos así. A mí me ha roto el perfil psicológico. Tanto mi equipo como yo pensábamos que era él el que ejercía influencia sobre los que lo rodeaban, nunca que pudiera dejarse influenciar por una persona que, al fin y al cabo, debe de haber manejado los hilos del Mutilador a su antojo.

—¿Y ya está? —preguntó Ramírez—. ¿Lo reducimos todo a que ya lo hemos visto mil veces en películas y novelas? ¿Tenemos a un Norman Bates?

—No sé si has visto *Psicosis* —replicó Fonts—, pero vas un poquito desencaminado con eso. Además, el personaje de Bates estaba basado en Ed Gein, uno de los peores asesinos en serie de la historia.

—Chicos —intervino Nicolás—, centrémonos en el tema porque es mucho más grave de lo que parece. Sí, todo apunta a que, como dice la inspectora jefe Garmendia, Fernando ha actuado bajo la influencia de su madre. Como si ella tratara, a través de su hijo, de vengarse de todo el que le hizo daño. Pero hay una cosa que creo que deberíamos tener en cuenta: Fernando es mucho más que una persona influenciable; en mi opinión, se deja llevar por su madre, pero no olvidemos que él mismo es parte implicada en el asunto y que tiene motivos de sobra para llevar a cabo la venganza. Creo que se sirve de la excusa de su madre para combatir a sus propios fantasmas.

Sara lo miró durante unos instantes intrigada ante lo que acababa de exponer.

—Puede que tengas razón, inspector —afirmó al fin—. A fin de cuentas, en caso de confirmarse la teoría del tráfico de niños, él, aunque acabó viviendo dieciocho años junto a su padre biológico, no se crio con su verdadera familia. Al menos, no si establecemos un porcentaje genético. Haber crecido y haber descubierto, con los años, que toda su vida había sido una patraña tuvo que partirlo en dos. Bueno, en dos ya estaba partido, ya me entendéis.

—Y, desde luego —intervino Brown—, es una motivación más que suficiente para iniciar su particular cruzada contra todos los que construyeron la mentira.

—Yendo primero a por el que, de alguna manera, para él, lo inició todo: su padre —agregó Nicolás.

—Al que no se contentó con matar, al que amenazó de manera anónima para que la culpa fuera, poco a poco, acabando con él y optara por morir de la forma más cruel para un ser humano: suicidándose —prosiguió Alfonso—. Yo, con lo que alucino respecto al tema de la madre es que, joder, fuese a dar con una persona con fuertes problemas mentales debido a su doble personalidad. Algo que ni el propio Mutilador, bajo la que se suponía que era su verdadera identidad, la de Carlos, sabía.

—Ahí tiene que haber algún cabo suelto. Sería demasiada suerte para ella y me cuesta creerlo —dijo Sonia.

—Demuestra que el verdadero cerebro de todo sigue siendo Fernando. Si restamos importancia a sus actos pensando que su madre es la que le ha llevado a cometer los delitos, bajaremos la guardia y es el momento en el que menos debemos hacerlo. Y sí, creo que tendríamos que averiguar también de qué manera acabó yendo su madre a pedir ayuda a una persona de la que esperaba una reacción así. Tuvo que hablar con Fernando la primera vez. Si no, es imposible que Carlos no supiera nada. Señoras y señores, estamos persiguiendo a alguien que se parecería a un demonio en el caso de existir. Tenemos que dar dos pasos por delante y averiguar quién puede ser su siguiente víctima.

—¿Crees que hay más gente implicada? —planteó Sara.

—Claro que sí. Fernando nos haría saber, de alguna forma, que su venganza ya ha llegado a su fin. Demostraría que ha ganado. Todavía quedan vidas en peligro. Si no, ¿por qué llevarse lo que fuera que se ha llevado de la casa del ginecólogo?

—¿Crees que es una posible relación de implicados? —preguntó Fonts.

—Podía ser eso o incluso una relación de todas las familias que se beneficiaron de estas prácticas. No sabemos aún cómo ocurrió todo, pero lo que sí está claro es que con el caso de Fernando y el del hijo de Manuela podemos establecer que hubo una trama que traficaba con recién nacidos. ¿Qué sabemos de los ordenadores del médico?

—Los de la UIT me han comentado que estaban limpios, y cuando digo «limpios» me refiero a que sus discos duros estaban completamente vacíos —contestó Alfonso—. El de casa no era tan raro y no debería levantar sospechas, pero resulta que el suyo del trabajo también se había formateado en los últimos días y eso sí que ha mosqueado a nuestros chicos. Con ese dato han revisado más a fondo el de casa y se han topado con que el ordenador ha sido formateado recientemente unas treinta y cinco veces a bajo nivel. ¿Te imaginas el nivel de paranoia de alguien que hace algo así? ¡Madre mía! Hace prácticamente irrecuperable cualquier información, aunque, aun así, están trabajando en ello. El del trabajo, sin embargo, no ha dado para tanto. Son ordenadores que vienen preparados desde la Consejería de Sanidad y requieren de muchos permisos para poder hacer ese tipo de operaciones. Lo están comprobando, pero al parecer alegó que sufría desconexiones constantes y otorgaron permiso a uno de los informáticos del hospital para poder formatear el equipo por completo. Se puede sacar información de ahí, por lo que la orden está pedida al juez y esperemos que no tarde. Aunque es más complicado por temas de confidencialidad médico-paciente o no sé qué hostias.

—Pues estamos apañados, precisamente tiempo es lo que no tenemos —se lamentó el inspector Valdés.

—Hay una cosita, de todos modos, que tengo que contemplar. Puede que tengamos una especie de as en la manga que debemos explotar —comentó Alfonso.

—Te escucho.

—El médico tenía una impresora conectada por wifi. Sería como buscar donde no hay, posiblemente una locura, pero me han comentado en la UIT que se crea un servidor casero, pero al fin y al cabo a través de internet, que sirve para que el ordenador mande los documentos y la impresora haga el resto. Si los documentos que tenía en la caja fuerte habían sido impresos recientemente por medio de este método, se podría ver qué son, al menos. Sé que es casi como que buscar una aguja en un pajar, más si no sabemos si el pajar tiene aguja o no, pero qué quieres que te diga, menos da una piedra.

—Está bien, trabaja en eso con ellos. Ojalá pueda salir cualquier cosa de ahí, pero me huele raro, demasiada suerte tendríamos que tener.

—Demasiado mala estamos teniendo hasta ahora. Ya toca que cambie.

—Necesito que alguien se encargue de buscar una relación clara entre las víctimas. No sé, alguna foto juntos en algún lugar, algo. Puede que encontremos al resto de las personas implicadas en ellas. Tirar de hemeroteca sería de gran ayuda —afirmó Nicolás.

—¿Te animas a que lo hagamos nosotros, Ramírez? —lo retó sonriente Fonts.

Asintió.

—Gracias, chicos. Yo me ocuparé de tratar de rebuscar todo lo que pueda sobre la trama de tráfico de bebés. Tiene que haber algo que me pueda indicar quiénes son las familias beneficiarias de la trama. Y quizá, aunque es más complicado, si llego a las afectadas por quedarse sin el bebé me sea más fácil tirar de la manta, aunque lo veo más complicado.

—Nosotros no podemos hacer más de lo que ya hemos hecho, de momento —apuntó Brown.

—Lo sé, amigo. Seguid así, en algún momento tiene que cometer algún tipo de error que nos acerque un poco más a él. Chicos, estamos cerca. Suerte con la búsqueda.

Todos dieron por finalizada la reunión tras esas palabras del inspector, por lo que se levantaron y cada uno se marchó a sus quehaceres. Se levantaron todos menos Sara, que permaneció sentada en su asiento por unos instantes.

—¿Te quedas aquí? —le preguntó Nicolás al tiempo que él también se levantaba.

—Has repartido tareas a todos y a mí no me has dicho nada.

—Eso es porque te quiero a mi lado. Necesito que, con lo que sabemos ahora, utilicemos su propia psicología en su contra. Necesito que te metas en la piel de él, tal como haces en los escenarios, y me digas qué es lo que quiere ahora. Cómo debo actuar con lo que ya sé.

—Ya, Nicolás, pero hay cosas que no sabemos —contestó escéptica.

—Pues a eso también quiero que me ayudes. A averiguarlas.

Ella le dedicó una sonrisa. Nicolás seguía sin ver un solo rastro de la famosa crudeza de la inspectora jefe.

—Pero eso será después de que le cuente todas las novedades al comisario y al inspector jefe. Si esperas unos instantes en mi despacho, podemos establecer una hoja de ruta de trabajo y comenzar mañana mismo.

—¿Sábado?

—Por lo que sé, todos van a venir, ¿tú no?

La inspectora sonrió al tiempo que Nicolás abandonaba la sala. Ella sabía que él también sonreía.

La reunión fue breve, pero porque Nicolás así lo quiso. Se limitó a contar todo lo que había averiguado y apenas dejó tiempo a que la estupefacción de sus superiores se apoderara del ambiente. No tenía tiempo que perder, cada minuto que no dedicaba por completo a Fernando, el inspector daba un paso atrás y se alejaba más de él. Con la información dada y ante, una vez más, la advertencia de que el juez Pedralba estaba muy nervioso por no haber conseguido todavía detener al asesino y que los medios se estuvieran cebando con ellos, se dirigió hacia su despacho.

Cuando llegó, no esperaba encontrar a ninguno de sus compañeros habituales. Todos habrían terminado ya su turno y la única que debía estar esperándolo dentro sería Sara.

Pero no, no había nadie.

Extrañado, fue hasta la sala de reuniones pensando que se hubiera quedado allí dentro. Nada. Salió contrariado. ¿Dónde se habría metido? Una de las subinspectoras pasaba por ahí dispuesta a irse a casa y Nicolás no dudó en preguntarle.

—¿Has visto a la inspectora jefe Garmendia, de la SAC, por aquí? Hace un momento...

—La vi salir hace unos minutos a toda prisa. Yo iba con una compañera y ambas nos hemos quedado con la boca abierta. Tenía el rostro desencajado.

Nicolás, sin saber muy bien qué decir, agradeció a la subinspectora la información y buscó su teléfono móvil. Necesitaba saber qué había podido pasar para que Sara saliera así, de esa manera y lo más importante: sin decirle nada a él.

Buscó su teléfono y tras varios intentos logró que la inspectora jefe contestara:

—Sara, ¿estás bien? ¿Qué pa...?

—Nicolás, es mi madre, me han llamado del centro en el que la tenía ingresada —expuso llorando y con la voz temblorosa por el nerviosismo.

—Tranquilízate. ¿Ha pasado algo grave?

—Está convulsionando, no sé. Voy para allá, te cuelgo que...

—¡Espera! Dime al menos dónde es, voy para allá.

—Nicolás, no hace falta...

—Dímelo, por favor, te acompañaré.

Sara le dio las indicaciones pertinentes para después colgar. Nicolás resopló y se preguntó si podría haber algún contratiempo más.

41

Viernes, 30 de septiembre de 2016. 20.45 horas. Madrid

El inspector Valdés condujo a tal velocidad que hasta él mismo se sorprendió. No podía negar que estaba preocupado por el estado de salud de la madre de Sara, o mejor dicho, por la preocupación que tenía Sara por el estado de salud de su madre. A pesar de ello y, aunque se había visto a veces en situaciones verdaderamente urgentes, la presión con la que pisaba el acelerador era inusual para él.

Esta acción le había hecho plantearse varias cosas, como era lógico. Las preguntas le asaltaban a traición y lo hacían agobiarse. Intentó evitarlas todas, sobre todo, las que le hacían plantearse si de verdad le importaba tanto la inspectora jefe como para llegar a preocuparse así por ella. Una parte de él, una bastante grande y potente, seguía negándose a sentir nada que no fuera afecto por alguien. Aunque aquello comenzaba a parecerse a otra cosa diferente. ¿O era que estaba tan desentrenado en temas amorosos que ya ni sabía distinguir una cosa de la otra? Su mayor problema era que quería y no quería encontrar una respuesta a esa pregunta. Sobre todo por el miedo a lo que pudiera significar.

Cuando llegó a la puerta de la residencia de ancianos cerró

los ojos y los apretó fuerte antes de bajarse del vehículo. Tenía claro que era necesario relajar su semblante para cuando se encontrara con la inspectora jefe. Por un lado, Sara se pondría más nerviosa de lo que seguramente ya estaría si lo viera medio desquiciado. Por otro, no le apetecía enseñar más de lo necesario su propia confusión por lo que estaba sucediendo entre ambos.

Tocó el timbre que había en una pared de hormigón prefabricado y el sonido chirriante de la verja metálica le indicó que podía pasar. Tras atravesar un jardín excelentemente cuidado, llegó hasta una doble puerta de cristal. En cuanto la franqueó vio que había un mostrador y tras él un chico que no tendría más de veinticinco años. Vestía una camiseta blanca con el logo de la residencia y su rostro mostraba una amplia sonrisa.

—Buenos días —saludó el muchacho sin cambiar la expresión de su cara—, ¿en qué puedo ayudarle?

Nicolás decidió ser directo.

—No sé cómo se llama la mujer, pero soy amigo de Sara Garmendia, que tiene a su madre aquí ingresada y ha sufrido unas convulsiones o algo parecido. ¿Dónde está?

—Está en la primera planta, si sube por esas escaleras y tuerce a la derecha nada más hacerlo verá varias puertas. Cuéntelas hasta llegar a la tercera, que es la suya. Pero ahora no puede subir, está el equipo médico...

Pero Nicolás no escuchaba pues se dirigió hacia la escalera, tras enseñarle fugazmente la placa al chico, que se quedó boquiabierto al verla.

Siguió las indicaciones, aunque no le hicieron falta, dos médicos o enfermeros, no sabía muy bien qué eran, salieron de una puerta con un desfibrilador de tamaño descomunal sobre un carro y un gesto muy serio. Apenas un par de segundos después salió otro hombre con una bata blanca para, acto seguido, hacerlo también Sara. Ella lloraba desconsolada.

El hombre trataba de hablar con ella, pero no atendía a razones. Rota por el dolor, sintió que sus rodillas se doblaban e hizo el amago de caer al suelo, pero el médico la sujetó.

Nicolás, al ver eso, no pudo por más que salir corriendo hacia ella y la agarró de los brazos para evitar que se desplomara. El médico se quedó sorprendido.

—Soy el inspector Nicolás Valdés, compañero y amigo de la señorita Garmendia.

El hombre asintió y dejó que fuera él el que la sostuviera entre sus brazos.

—¿Qué ha pasado? —preguntó Nicolás.

—Lo hemos intentado, pero no hemos podido hacer nada por la vida de su madre: ha fallecido.

Nicolás sintió una especie de pulso eléctrico que recorría todo su cuerpo. No esperaba que la cosa llegara hasta tal punto y no venía preparado para algo así. Tragó saliva y respiró profundo varias veces. Ver a Sara rota, de aquella manera, le hacía sentir a él mismo ganas de llorar, pero no creía que así la pudiera ayudar, por lo que optó por aguantárselas.

Sin decir nada la abrazó fuerte y dejó que ella se desahogase todo lo que necesitara.

El médico entendió que allí sobraba y decidió dejarlos solos un rato. Ya volvería a hablar con Sara pasados unos minutos.

La inspectora jefe siguió llorando desconsolada en los brazos del inspector. Él la sujetaba fuerte, pues sentía que le faltaban fuerzas. Aquellas copas en aquel bar sirvieron para que Nicolás entendiera más o menos lo que Sara podría estar sintiendo en su interior en aquellos momentos. Tenía la certeza de que la culpabilidad la estaba devorando por dentro, que pensaba que era una mala hija por haberla internado en esa residencia. No tenía dudas de que la pobre debía de creerse la peor persona del planeta.

Nicolás no pudo calcular el tiempo que pasaron allí fuera,

tras el umbral de la puerta. Era extraño porque no quería mirar adentro. Había visto una cantidad ingente de cadáveres a lo largo de su carrera, en las más extremas condiciones, pero no quería ver a esa mujer sin vida. No fue capaz de encontrar los motivos que le impedían hacerlo, pero no podía.

Pasados unos cuantos minutos más, Sara logró calmarse un poco, aunque de sus ojos no dejaban de brotar lágrimas. Se separó del inspector y, sin mediar palabra, pasó a la habitación.

Nicolás respiró hondo e hizo acopio de valor para pasar él también adentro. Miró hacia la cama, sobre la que Sara se había echado para abrazar con todas sus fuerzas el enclenque cuerpo de la madre y allí la vio. La inspectora había heredado mucho de sus rasgos, al parecer. Ambas tenían la misma forma de ojos y nariz. La boca no, quizá la habría heredado de su padre.

Sara volvía a llorar con la misma fuerza que unos minutos antes en el pasillo. Repetía una y mil veces las palabras «por qué», sin esperar obtener una respuesta por parte de nadie. Nicolás la vio apretar en varias ocasiones sus puños de la propia rabia que sentía.

Pasaron así varios minutos más. Él permaneció callado: no sabía qué decir. La voz del mismo médico que hacía unos momentos los acompañaba los rescató del silencio en el que se había sumido de pronto la estancia.

—Perdonen. Necesitamos que nos firmen unos documentos para iniciar varios trámites; sé que es un momento duro, pero...

Sara ni se volvió. Viendo la reacción, fue Nicolás el que tomó la iniciativa.

—Sí, claro, ¿podría darnos unos minutos más? —le preguntó.

—Bueno, yo acabo mi turno en breve... Si ella no se siente capaz... ¿es usted familiar directo?

—No, no, soy compañero de trabajo.

—Vale, vale, no se preocupe. En ese caso, ¿el otro hijo no está por aquí?

Sara levantó levemente la cabeza. Nicolás se percató y no dudó en preguntar:

—¿Qué otro hijo?

El médico pareció dudar y frunció el ceño.

—A ver... ¿Qué pasa aquí? Ese chico alto y moreno. Estaba por aquí hace un rato y me preguntaba si él podría firmarlos y así...

Sara dio un brinco de la cama y, como si llevara un muelle en los pies, llegó de un salto hasta donde estaba el médico, que se asustó.

—¿Qué coño está hablando? — lo increpó—. Yo no tengo ningún hermano.

El médico no sabía qué decir. Miraba de un lado a otro sin parecer entender nada. Nicolás lo notó bastante nervioso, pues movía sus labios como queriendo decir algunas palabras, pero no le salían por la boca.

Se acercó y trató de mediar.

—A ver, tranquilicémonos. Es verdad, doctor: hasta donde yo sé, Sara no tiene hermanos. Es hija única.

—Yo solo...

—¿De quién está hablando?

—Hay un hombre que ha venido prácticamente todos los días a visitar a su madre, decía ser su hermano.

Nicolás sintió cómo si un rayo le hubiera alcanzado de pleno sobre la columna vertebral. El sudor frío hizo acto de presencia de inmediato y tardó unos segundos en procesar la información. Lo que más desazón le producía era que no podía distinguir si aquello era real o producto de la más horrible de las pesadillas.

—Doctor, por favor, necesito que describa a ese hombre. Con pelos y señales.

—Eh... ahora mismo... es que...

—¡Joder! ¡Tranquilícese! —gritó el inspector, dándose cuenta enseguida de que lo que iba a conseguir era justo lo contrario de lo que deseaba—. A ver, por favor. Necesitamos la máxima información que nos pueda dar. ¿Dice que ha estado aquí hace un rato?

El hombre asintió, bastante impresionado todavía.

—¿Y no puede describirlo? Le repito que es muy importante. No se imagina hasta qué punto.

—No... puedo... pero hay cámaras en la recepción y en las escaleras, hemos tenido algunos problemas y decidimos instalarlas para mayor seguridad...

Nicolás notó que los latidos de su corazón aumentaban en intensidad y frecuencia. Se giró y vio de nuevo a la madre de la inspectora. Sin vida. Luego la miró a ella. Aún parecía intentar asimilar lo que el médico les acababa de contar. Como si estuviera en un estado de shock que por el momento no le dejaba reaccionar. Nicolás, en realidad, tenía miedo de que lo hiciera. No sabía de qué manera explotaría... porque estaba claro que iba a explotar. Decidió seguir apretando las tuercas al médico.

—Doctor, necesito que me diga cuál cree que es la causa de la muerte de esta mujer.

—¿Se está escuchando? ¿Cómo quiere que pueda responderle a algo así?

—Bueno, a ver, alguna clase de síntomas tendría, ¿no? Según me ha contado la inspectora por teléfono, sufría convulsiones cuando la han llamado.

—Sí, claro, pero podría deberse a mil cosas distintas.

—¿Qué más?

—Aparte, tenía las pupilas muy dilatadas. Su ritmo cardíaco era endiablado. Ha llegado a superar las ciento noventa pulsaciones. Supongo que debido a esto estaba también muy fatigada a la hora de respirar. Ya le digo, ha sido ese hombre del que les he hablado el que ha salido corriendo de la habitación y nos ha dado el aviso.

—Joder... Me cago en la puta hostia —exclamó sin importarle la blasfemia, a la vez que se volvía y se acercaba a la mujer.

Hizo una inspección rápida sobre todo lo que tenía a su alrededor y vio que había un vaso con un poco de agua encima de la mesilla. Era de plástico transparente. Normalmente no hubiera reparado en él, ya que parecía normal. Pero en su afán por encontrar cualquier cosa que se saliera de lo habitual, se dio cuenta de que el agua no era tan transparente como cabría esperar. Hubiera jurado que el líquido presentaba un cierto tono amarronado que se intensificaba en el fondo del recipiente.

Por si acaso, no quiso olerlo.

Muy nervioso, incluso temblando, extrajo su teléfono móvil del bolsillo. Sara todavía seguía en shock y era incapaz de reaccionar. Cuando su interlocutora contestó, pidió que enviara al geriátrico a la Unidad de Policía Científica. También envió un whatsapp a Alfonso. Lo necesitaba cerca.

A pocos metros de la entrada, metido en el Opel Kadett gris perla, Fernando lo observaba todo intentando no perderse detalle. Como no había podido contar con el coche de alquiler tras el incidente en las oficinas, había tenido que tomarse la molestia de robar y puentear un coche. Con la cerradura de la puerta no se había complicado y la había reventado con la ayuda de un destornillador. Para hacerle el puente tan solo había tenido que pasarse por un cibercafé y buscar un tutorial en YouTube, así de sencillo. No le gustaba actuar como un vulgar ratero de tres al cuarto, pero a pesar de ello Fernando no podía borrar la sonrisa de su rostro. Su madre le había advertido mil veces de que no lo hiciera, que algo podría no salir bien, pero él había decidido tomarse un respiro dentro de su plan y darse un pequeño capricho. Uno que, por suerte, había salido a las mil maravillas. Sabía que las unidades policiales no tardarían en llegar y no debía actuar a la ligera. Esperaría a que hubieran entrado todos y saldría con la mayor tranquilidad del mundo.

Desde que había salido de aquel infierno en Alicante no hacía más que pensar, una y otra vez, si en verdad tenía tan altas capacidades como él quería creer. Necesitaba demostrárselo constantemente. Eso servía para convencerse de que sí. Hasta los planes de última hora estaban saliendo a pedir de boca.

Un coche llegó a toda velocidad y aparcó en la puerta. De él salió el compañero de Nicolás, Alfonso: el que disparó a Gala. Tuvo que calmar el impulso que se adueñó de él y que lo impelía a arrancar el coche, pisar a fondo y, a toda velocidad, llevárselo por delante.

Pero no.

Él solo era un peón más dentro de la gran partida de ajedrez que estaba jugando. Le interesaba más el rey. La pieza con la que solía acabarse el juego. Aunque, antes, tenía que derrotar a la reina.

Y creía haberlo hecho.

—Tío, parece una puta cámara oculta. Esto no puede estar pasando de verdad. No me lo creo —comentó Alfonso nada más llegar a donde se encontraba Nicolás.

Nicolás no dijo nada. No le salían las palabras. Lo más que pudo fue mirar a su amigo y mostrar la angustia por la que estaba pasando en aquellos momentos.

—¿Qué coño está pasando, tío? ¿Cómo es posible que haya sucedido una cosa así? ¿Qué puta clase de monstruo es este hijo de puta?

—El peor... —acertó a decir.

—¿Cómo puede ser tan sencillo para él hacer cosas como esta? ¿Tú te imaginas a ti o a mí planificando con esa tranquilidad que se gasta estas cosas? Bueno, la verdad es que él lo tiene más fácil que nosotros para todo.

—¿A qué te refieres?

—¿No lo has pensado nunca? Es muy sencillo, Nicolás. Es mucho más fácil hacer el mal que el bien. Lo escuché algún día, no sé dónde, pero es una puta verdad como un templo. Nosotros tenemos que andarnos con mil mierdas legales antes de dar cualquier pasito pequeño y él: ¡PUM! Hostiazo en toda la cara. De la manera que quiere, como le apetezca. No tiene que mirar por nada, ni por nadie. Tiene una ventaja del copón sobre nosotros. Es que así es imposible que podamos pillarlo. Y da gracias a que quiera matar a personas en concreto. Piensa en lo sencillo que sería para una persona como él salir a la calle con un cuchillo y rajar al primero que se cruce en su camino. Cuando no se siente, no se tienen problemas para nada.

—Ya, ya lo sé... La prueba está aquí, con esta mujer. Me preocupa mucho por qué la ha tenido que tomar con ella. Podría haberme hecho daño a mí, a ti, incluso, no sé... ¿por qué a ella?

—Porque te lo está haciendo a ti. ¿No lo ves? ¿Te acuerdas de todo eso que te contó la inspectora sobre la némesis?

Nicolás asintió.

—Sabe que Sara te importa. No sé cómo cojones lo sabe, pero lo sabe. Ha ido a hacerte daño de manera indirecta. Dicen que ese es el que más duele. Creo que todo ha sido una venganza personal por lo que pasó en el descampado ese del peñasco de Mors. Murió Gala y ha querido cobrárselo. Creo que Sara tenía razón: no me hizo responsable. Te culpa de todo a ti y va a por ti así.

Nicolás bajó la cabeza y miró al suelo. Él también lo había

considerado, aunque no quería dar esa hipótesis por válida. Quizá por miedo a lo que representaba.

Levantó la vista de nuevo y vio a los de Científica hacer su trabajo. La calma con la que se movían dentro de la sala contrastaba claramente con el estado en el que se encontraban sus nervios, aunque entendía que su trabajo fuera minucioso y no pudieran correr como a él le gustaría. La rabia por comprobar, una vez más, que Fernando tenía la sartén agarrada muy fuerte por el mango lo anegaba todo. Tenía muchas ganas de gritar, pero ni era el momento, ni el lugar, ni hubiera servido de absolutamente nada. Una voz lo sacó de su ensimismamiento.

—Valdés, ¿qué cojones está pasando? —preguntó un enfurecido el juez Pedralba, que llegaba acompañado de un forense que no había visto nunca.

Alfonso se adelantó a contestar:

—Perdone el atrevimiento, pero ¿no debería ser el juez Soria el que se debería personar aquí?

—¿Es que Brotons no les ha contado que yo le estoy ayudando con el caso todo lo que puedo? El pobre no puede más. No está tan bien de salud como le gustaría y está desbordado por tanto trabajo. Tuvo la mala suerte de cruzarse con su —recalcó esa última palabra— asesino en el peor de los momentos. Y ahora responda a lo que le he preguntado: ¿qué cojones está pasando?

—Señoría, me encantaría poder decirle más de lo que ya sabe, pero ahora mismo me es imposible.

—¿Les cuento hasta dónde estoy ya de todo este circo? ¿Me pueden contar qué le ha llevado a matar a esta pobre mujer? ¿Qué tiene que ver con el caso?

—De verdad, me encantaría poder decírselo, pero es algo que todavía no sé —mintió omitiendo la teoría de Alfonso—, lo investigaré y le contaré.

—Sí. Bla, bla, bla. Pero no hay resultados sobre la mesa.

¿A qué está jugando? ¿No era usted ese superinspector capaz de resolver cualquier caso? ¿No ve que ese loco se está meando en su cara? A mí eso me daría igual... el problema es que también se está meando sobre la nuestra y eso es lo que no voy a permitir. Estoy muy harto ya del jueguecito. O me trae la cabeza de ese psicópata pronto o moveré cielo y tierra para apartarlo del caso y poner al frente a alguien competente. Y supongo que sabrá que si hago eso usted acabará corriendo detrás de yonquis en la calle. ¿He sido claro?

Nicolás tuvo que tragarse todo su orgullo y simplemente asentir. No podía decirle lo que realmente pensaba al juez porque, si lo hacía, sus problemas iban a comenzar a ser verdaderamente serios.

Con la rabia en los ojos, el juez decidió continuar andando y entrar en la habitación. Nicolás hacía un rato que no veía a Sara. Se preguntó qué le pasaría en esos momentos por la cabeza.

—Escuche, inspector, creo que debería ver esto —le dijo una subinspectora de Científica que se había acercado hacia él sin que se percatara.

Nicolás la siguió. Cuando comenzaron a bajar las escaleras, comprendió que había sido la encargada de revisar las imágenes de las cámaras de seguridad.

Continuaron andando hasta una sala muy pequeña, en cuyo interior hacía bastante frío. Nicolás se dio cuenta de que se trataba del cuarto en el que se encontraba el servidor encargado de controlar toda la informática de la residencia. El cuarto, a su vez, también contenía un ordenador que servía, exclusivamente, para guardar las grabaciones en vídeo registradas por las cámaras de seguridad. Un armario que había al lado albergaba una gran maraña de cables, Nicolás se sorprendió de tal revoltijo.

—Mire, por favor —le pidió la subinspectora.

Le hizo caso y se fijó en las imágenes. En ellas se veía

cómo un hombre alto y moreno entraba en la residencia y hablaba con el recepcionista. A este último se lo veía sonreír e indicarle con el brazo al visitante adónde tenía que dirigirse; este se dio la vuelta y se encaminó hacia las escaleras. No se le veía bien la cara.

—Ahora fíjese. Esta cámara es la de las escaleras.

La imagen cambió y se mostró una toma de las escaleras vacías. De pronto se vio aparecer a alguien. Ese alguien no dudó en acercarse lo más que pudo a la cámara y, cuando la imagen se enfocó, saludó con una amplia sonrisa: era Fernando.

Nicolás sintió una fuerte punzada en el pecho. Ver el descaro con el que saludaba a la cámara hacía que su respiración se entrecortara, lo que le hizo experimentar una incipiente sensación de fatiga que lo obligó a dar dos pasos hacia atrás.

—¿Se encuentra bien? —preguntó preocupada la subinspectora.

Él asintió tratando de recomponerse, pero lo cierto es que estaba bastante mareado.

—Tomen las imágenes y llévenselas, el juez está arriba, pídanle permiso a él.

La policía asintió y Nicolás salió del cuarto trastornado todavía. Volvió con dificultad sobre sus pasos y de nuevo se plantó frente a la puerta donde había ocurrido el crimen.

Divisó a Sara, que no dudó en acercarse a él nada más verlo aparecer. Alfonso, que vio algo extraño en el rostro de la inspectora jefe, sintió el impulso de lanzarse hacia ella y agarrarla, pero no le dio tiempo.

—¡Eres un miserable hijo de puta! —gritó haciendo que todos se volvieran hacia ella—. Todo es por tu culpa, ¿Lo tienes claro? ¡La han matado por tu culpa! ¡Maldito cabronazo!

Nicolás sintió que las piernas le fallaban, pero aun así trató de mantener la compostura.

—Esto me pasa por tonta —continuó con sus reproches—: por acercarme a ti. Por pensar que merecería la pena.

Si no lo hubiera hecho, mi madre estaría viva, ¿sabes? Todo lo que tocas lo acabas jodiendo, pedazo de mierda.

—Sara... estás demasiado... —intentó mediar Alfonso poniéndole una mano sobre el hombro.

—¡Tú no me toques! Recoge a la mierda de tu amigo y, por mí, os podéis ir los dos a tomar por el culo. ¡Imbéciles! Mi madre está muerta y ya no puedo hacer nada, pero con suerte también acabará matándoos a vosotros. Ojalá ocurra eso. Ojalá estéis muertos mañana mismo.

Pero Nicolás ya no la escuchaba.

Sintió que su cuerpo ya no podía mantenerse en pie. Ni siquiera notaba las piernas. Todo le daba vueltas y no era capaz de mantener los ojos abiertos. La presión del pecho se tornó más intensa. Aquello le apretaba demasiado. Notó cómo la sangre le corría a una velocidad endiablada por las venas, a tanta que parecía que se le iba a salir por todos los poros de su cuerpo.

Después no sintió nada más.

Todo se apagó.

Todo se volvió negro.

42

Sábado, 1 de octubre de 2016. 7.15 horas. Madrid

El pitido se oía cada vez más fuerte. La negrura lo seguía ocupando todo. Parecía oír voces. No supo si eran reales o, simplemente, producto de su imaginación. Se oían lejos. Era extraño de explicar, pero se sentía como si no estuviera en este mundo. Como si estuviera en otra dimensión. Trató de abrir los ojos, pero no pudo. Fue en un segundo intento cuando a duras penas lo consiguió. La claridad que entraba por su lado izquierdo hizo que los tuviera que volver a cerrar de inmediato. Otro intento, un poco más despacio. En esta ocasión consiguió acostumbrarse más. El pitido que escuchaba se hizo más intenso, tanto, que le martilleaba la cabeza cada dos segundos.

Un techo de color blanco con dos pantallas de luz fue lo primero que pudo distinguir.

¿Dónde se encontraba? ¿Qué hacía allí? ¿Cómo había llegado?

—Estás en el Doce de Octubre —le informó una voz que no le costó identificar.

Era Alicia.

—¿Qué hago aquí? —preguntó el inspector con cierta dificultad. Tenía la garganta completamente seca y le dolía una barbaridad.

—Descansar, básicamente.

—Pero ¿qué ha pasado?

—¿Versión corta o larga?

—Corta, por favor.

—Que, como mi tía dice, te ha dado un tonto.

—¿Un tonto qué es? ¿Un infarto o algo de eso?

—Tampoco te pases. No, es estrés. Yo no estaba cuando te pasó, pero por lo que me ha contado Alfonso te pusiste blanco y te caíste al suelo de repente. Te atendieron rápidamente en la residencia en la que estabais para descartar algo grave. Cuando vieron que era un «simple» desmayo por tensión acumulada, llamaron a una ambulancia y te trajeron hasta aquí. Antes incluso de que te despertaras te administraron un somnífero y varios calmantes. Necesitabas descansar o entonces sí que no lo ibas a contar.

Trató de incorporarse, tenía el cuerpo entumecido.

—¿Esa era la versión corta?

—Eh... sí —contestó sonriendo la muchacha.

—¿Dónde está Alfonso? —dijo colocando una mano sobre su cabeza. Estaba bastante atontado todavía.

—Anoche mismo se marchó para el Anatómico Forense. Me dijo que te dijera, a ver... —hizo memoria— que apretaría el ojete a quien hiciera falta para que la puta autopsia se hiciera cagando leches.

—¿Tal cual? —replicó sonriendo.

—Sabes que sí. Ya lo conoces. Nos has dado un buen susto, ¿sabes?

—Lo siento. No es nada. Es todo este follón, que está machacándome.

—No hace falta que lo jures. Alfonso dice que la otra vez te pusiste igual. Que te ha visto resolver casos muy complicados, que te has jugado la vida unas cuantas veces ya, pero que a pesar de eso nunca te has puesto como te pones contra mi hermano.

—No sé, es difícil de explicar... Saber que puede seguir muriendo gente si no le doy caza rápido me está martirizando.

—Ya, pero no es culpa tuya, Nicolás. Creo que no se debería interpretar como un combate entre él y tú. Aquí se trata de que él está llevando adelante un plan y punto. Me gustaría a mí ver a otro en tu posición... No creo que hubiera llegado ni a un cuarto de lo que tú.

Nicolás rio ante el comentario.

—¿Qué? —preguntó Alicia.

—No es nada, que me has recordado hablando a alguien.

—¿Y se puede saber a quién?

—A una psiquiatra que me atendió en mi época de Mors y que también lo hizo antes en Madrid, cuando tuve unos problemas, ¿sabes? Ella también atendió a tu hermano cuando...

Se quedó callado, pensando unos instantes.

—¿Qué pasa?

—No es nada... es solo una posibilidad que se me acaba de ocurrir. ¿Dónde está mi teléfono móvil?

—Pero ¿tú no estabas medio agilipollado aún? Está escondido. El médico dijo que reposo absoluto y...

—Alicia, ¿dónde está mi móvil?

—Pero, Nicolás...

—Mira, mejor aún, me voy de aquí. No puedo quedarme en la cama tirado mientras fuera está pasando lo que está pasando.

—Pero, escucha, me han dicho que yo era la única que te podía retener aquí... No me dejes mal ahora o te voy a tener que meter dos guantazos a mano abierta.

Pero Nicolás no escuchaba ya. Había cogido la vía con el suero que tenía enganchado al brazo y había salido con ella a pedir a una enfermera que se la quitara. Iba a solicitar el alta voluntaria.

Nicolás salió del ascensor y comenzó a caminar con decisión. No se cruzó con demasiadas personas, pero con las que sí lo hizo lo miraron como si de un bicho raro se tratara. El inspector comprendió que era *vox populi* su incidente y que estaban sorprendidos de que no estuviera encamado en un hospital.

Fue directo hacia el despacho de los inspectores de Homicidios. Allí, tuvo la esperanza de encontrarse a Alfonso. Así fue.

—Pero ¿se puede saber qué cojones haces aquí? —dijo el inspector Gutiérrez nada más verlo, aunque en el fondo no le extrañó demasiado.

—¿Y tú? ¿No estabas en el Anatómico Forense?

—Tú primero.

—Es evidente, he pedido el alta. No me sermonees que demasiado he tenido ya con Alicia. Que sepas que lo ha intentado y que, en un momento u otro, me va a meter dos sopapos.

—Vale. Te lo mereces por imbécil. Yo acabo de llegar ahora. Antes he pasado por casa para ducharme. Olía demasiado a muerto ya y no pensaba venir así a trabajar. ¿Contento?

—Sí. ¿Qué has sacado en Medicina Legal?

—He sacado la promesa de que no volveré a pedirles un favor así. Están bastante mosqueados con nosotros porque han tenido que llamar de urgencias al doctor Salinas y a otro más para hacer la autopsia. Son movidas que tienen entre ellos, no sé.

—¿Y aparte?

—Que se han pasado toda la puta noche sin levantar la vista de la pantalla del ordenador y de los microscopios, pero ya tenemos algo: la madre de Sara fue envenenada con esto. Míralo tú mismo.

Nicolás leyó el informe:

El cadáver presenta una intoxicación por aconitina de 6 miligramos por litro de sangre. La aconitina es un potente neurotóxico y cardiotóxico presente en la raíz del acónito. Esta sustancia ha contribuido a provocar una fibrilación ventricular, que ha causado la muerte inmediata a la mujer.

—El forense me ha dicho que dos miligramos hubieran bastado para matarla, aunque en un poco más de tiempo. Que seguramente usó más cantidad para que no diera tiempo a un lavado de estómago ni a nada, en el improbable caso de haber sido detectado a tiempo, claro —explicó Alfonso.
—Madre mía. ¿Quién ha venido a trabajar hoy? —preguntó el inspector.
—Teniéndote aquí y con la evidente falta de Sara... creo que todos.
—Convócalos en la sala de reuniones, por favor.

Ya sentados todos, con la silla vacía de la inspectora jefe Garmendia —a la que Nicolás no podía dejar de mirar, por cierto—, el inspector Valdés comenzó a hablar.
—Primero, quiero daros las gracias a todos. Creo que es un gran detalle por vuestra parte que hayáis venido a trabajar hoy sin tener guardia ni nada por el estilo. Las cosas se están torciendo mucho y creo que los únicos que podemos dar caza a ese hijo de la gran puta somos los aquí presentes. También querría deciros que estoy bien. No es ningún secreto que el estrés me ha podido y he sufrido un desmayo sin importancia. Como sé que me vais a preguntar, os cuento ya que no ha sido nada, ¿vale?
Todos asintieron, sonriendo a Nicolás.
—Creo que está de más decir que lo último que ha pasado

nos pone contra las cuerdas. Ha atacado indirectamente a uno de los nuestros y esto hace que debamos dar más de nosotros todavía para echarnos sobre él. Está cercado. Él piensa que no. De hecho, va de sobrado por la vida, saludando a cámaras, pero está cercado. Tenemos...

De pronto la puerta de la sala se abrió y Sara entró. Tenía cara de no haber dormido en meses, pero, aun así, seguía conservando parte del encanto que estaba trastornando a Nicolás. Comenzó a andar, ante la estupefacción de todos, hacia la silla que solía ocupar. Tras ella apareció corriendo el comisario jefe.

—Garmendia, por favor, entiendo su situación personal, pero ¿puede salir y no dejarme con la palabra en la boca?

—No se lo voy a repetir más, comisario, sigo en la investigación. Ahora más que nunca. No trate de impedirme que continúe porque no lo voy a hacer. Aquí o por mi cuenta.

—Garmendia, por favor, salga y hablemos. No son las formas...

—No.

—Precisamente por estar implicada directamente no puedo dejarla que siga aquí, el juez podría...

—Comerme el coño. El juez podría comerme el coño. ¿Entendido?

El comisario jefe se quedó en el umbral de la puerta con el rostro desencajado. Fue a hablar, pero el inspector Valdés supo pedirle con la mirada que, por favor, dejara quedarse a Sara. Brotons resopló y, pegando un portazo, se marchó.

Durante unos minutos, no dijeron nada. Fonts fue la primera en hablar para romper el hielo.

—¿Cómo estás, Sara? No me malinterpretes, pero quizá no deberías estar aquí. Me refiero a que deberías estar descansando, tu madre...

—A mi madre le están vejando el cuerpo sobre una fría mesa de autopsias. Hasta que no acabe toda esa mierda no la voy a poder enterrar, así que no se me ocurre mejor sitio para estar que aquí, tratando de toparme cara a cara con ese cabrón.

Se volvió a hacer el silencio. Nadie sabía qué decir.

Fue Nicolás quien trató de reconducir la situación para volver al cauce que habían abandonado antes de la irrupción de la inspectora jefe.

—Tengo varias cosas sobre las que debemos ponernos. Este es el informe preliminar sobre la autopsia. Tenemos la causa de la muerte. Es... envenenamiento a causa de una toxina llamada aconitina... —Hizo una pausa y miró de reojo a Sara, que mantenía el tipo de una manera bastante sorprendente—. Según esto, ha sido sacada de una planta llamada acónito.

—Es una flor japonesa o algo así, ¿no? —preguntó Sonia.

—No lo sé, pero lo debemos averiguar. Si es una planta que no se encuentra con facilidad, nos puede dar alguna pista, pues no creo que sea sencillo hacerse con ella.

—Yo me encargo —intervino Alfonso—. Sé dónde puedo empezar a buscar.

—Está bien, gracias. Según he visto en el informe, llevaba toda la semana yendo a visitar a su víctima. Lo hemos podido averiguar gracias a las grabaciones de las cámaras de seguridad. Solo almacenan los registros de una semana. Por el testimonio de los recepcionistas, creemos que ese es justo el tiempo que ha estado acudiendo al hospital. He mandado un cotejo rápido de ADN para que nos confirme si los cabellos rubios tienen que ver, pero mucho me temo que no. Seguimos sin saber qué narices hacen siempre esos pelos en la escena.

—Lo que no entiendo es cómo él decía que era un hermano y, hala, ya está. ¿Así de sencillo? ¿Nadie comprobaba su identidad? —planteó Brown.

—No olvidemos que estamos hablando de una residencia de ancianos, no del Pentágono. Se presupone una buena fe en alguien que quiere visitar a otro. Supongo que un simple vistazo al informe de la interna hubiera bastado para ver que solo tenía una hija, pero no fue así. Ahora no podemos centrarnos en eso. Ya pediremos responsabilidades a la residencia cuando toque. Ahora nos ocupan otras cosas.

—¿Y el móvil del asesinato? —preguntó Sara, interviniendo por primera vez y recalcando cada una de sus palabras al pronunciarlas.

Nicolás se tensó antes de responder:

—Venganza. Personal. Sobre mí. Eligió a un miembro de mi equipo y decidió hacerle daño para hacerme daño a mí. No tengo dudas. Esta muerte no formaba parte de su plan inicial. La improvisó sobre la marcha; de ahí la falta de teatralidad en el escenario, pero también es por eso por lo que no le ha importado exhibirse en el vídeo de la cámara de seguridad. En sus otros actos quiere ser tan perfecto y meticuloso como siempre, pero en este no. Es difícil de entender, lo sé, pero no necesita cumplir un ritual para sentirse satisfecho con la muerte. Quería hacer daño y listo.

Nicolás observó cómo los nudillos de la inspectora jefe se ponían blancos de la fuerza con la que estaba apretando los puños. Una vena gruesa se dibujó sobre su cuello. Todos se percataron de que la tensión se podía cortar con un cuchillo.

Ante esto, Ramírez decidió intervenir:

—¿Se sabe algún detalle más? ¿Tenemos algo más sobre lo que trabajar?

—Sí —afirmó el inspector Valdés tratando de relajarse para no acabar de nuevo en aquella cama de hospital—. Por otro lado, se me ha ocurrido una idea que podría ponernos sobre la pista de la madre. Al menos situarla en un momento y lugar concreto. Yo fui tratado por una psiquiatra hace algunos años aquí, en Madrid, y después también en Alicante. Fue la quinta víctima de Fernando. Nos unía algo, que no era otra cosa que ser ambos pacientes de ella aquí, en la capital.

Lo supe tarde, pero no es lo que nos interesa ahora. Nos hemos preguntado varias veces cómo podría saber la madre de Fernando de su doble personalidad. Ni él mismo lo sabía. Desconozco si el padre biológico y la madre adoptiva lo sabían por medio de la doctora, pero por desgracia no se lo podemos preguntar, pues ambos están también muertos.

Hizo una pausa y se aseguró que todos lo seguían hacia donde quería llegar.

—Por eso —continuó—, es posible que la única que lo supiera en esos momentos fuera la psiquiatra. Imaginémonos algo: sois la madre de Fernando. Llegáis a Madrid después de haber fingido vuestra propia muerte. No os cuesta localizar a Fernando, quien, bajo el nombre de Carlos Lorenzo, era hijo de uno de los abogados de mayor prestigio de la ciudad. No os podéis presentar así sin más porque podéis no salir bien parados, pero decidís seguir a vuestro hijo para saber más de él. Veis cómo acude a una consulta de psiquiatría, queréis saber por qué, de modo que decidís fingir algún tipo de patología y acudir también a esa consulta. Quizá no sea la manera más adecuada de acercaros a vuestro hijo, pero una manera es, al fin y al cabo. De alguna forma, allí os enteráis de la doble personalidad de Carlos, sabéis de la existencia de Fernando. Seguramente cuando pasó, él era un crío y no podía sacarle provecho para su propia venganza, así que decidió esperar unos años, hasta que llegó el momento adecuado y entonces atacó a la bestia. Se presentó ante él, le contó la historia y... bueno, el resto ya lo sabéis.

Todos asintieron. Parecía tener hasta cierta lógica.

—Entonces... —comentó Fonts—, deberíamos averiguar dónde tenía todos esos expedientes esa psiquiatra, de la que, por cierto, no nos has dicho el nombre.

—Doctora Laura Vílchez.

—Gracias. Pues no sé, se me ocurre un par de sitios por los que empezar a mirar. Puede que tengamos suerte.

—Gracias, Fonts. Los demás sigamos con lo que estamos, con lo que quedamos ayer. No puede volver a actuar, pase lo que pase.

Todos se levantaron y comenzaron a salir. Sara se quedó para la última. Cuando iba a hacerlo, Nicolás la llamó:

—Sara, espera.

Ella dio media vuelta y lo miró con los ojos inyectados en sangre.

—Inspector Valdés, ayer le dije cosas muy feas y para que no piense que fueron producto de la ira, le diré, hoy más tranquila, que no me vuelva a dirigir nunca la palabra a no ser que sea un asunto de trabajo. ¿Entendido?

Nicolás se limitó a asentir.

—Y si puede ser, cuando terminemos con el caso, ni por trabajo.

Salió dando un portazo.

—Encontraré a ese cabrón, Sara, lo haré —aseguró en un tono casi inaudible.

43

Sábado, 1 de octubre de 2016. 10.17 horas. Madrid

Alfonso contestó al teléfono en cuanto lo notó vibrar dentro de su bolsillo. Era Nicolás.

—Tú dirás —dijo a modo de saludo.

—Sergio ya ha cotejado los perfiles de ADN de la madre de Sara con los pelos. Nada.

—¡Sorpresón en Las Gaunas!

—Se le ha ocurrido la posibilidad también de que dijera que era el hermano de Sara por algún motivo más. No lo ha pensado mal, al fin y al cabo, toda la mierda del tráfico de bebés podría salirnos por cualquier lado. Pero no, no hay parentesco alguno. Dijo que era el hermano porque era la manera más fácil de acceder a la mujer.

—Oye, ¿y Sara no será...?

—No, lo dudo mucho. Como comprenderás no la voy a hacer pasar por eso. Ya sería la hostia que, además, ella fuera un bebé de esa trama. Demasiadas casualidades, no lo creo. Lo hizo por joderme a mí. Punto.

—Bueno. No teníamos muchas esperanzas en ese frente, ¿no?

—No. Hablando de frentes, ¿estás ahí ya?

—Sí, llevo un rato esperando, o me han dejado tirado, no sé...

—Bueno, a ver si tienes suerte. Cuando sepas cualquier cosa me pegas un toque.

—Tranqui, mamá, que cuando acabe iré directo a verte. Chao.

Colgó.

Volvió a guardar su teléfono y dejó metidas las manos en los bolsillos mientras miraba a su alrededor una y otra vez. Los minutos fueron pasando y la esperanza de que viniera a ese encuentro cada vez se desvanecía más. Tendría que esperar hasta el lunes entonces y eso le fastidiaba horrores. Tiempo perdido para ellos, ganado por el Mutilador. Vio el ir y venir de la gente pasando por delante de él. Sintió envidia de esas personas, ajenas a todo lo que veían sus ojos durante las últimas semanas, sin ver el horror al que estaban, por desgracia, ya acostumbrados en la Unidad de Homicidios y Desaparecidos. Se preguntó cómo sería estar en sus mentes. Supuso que cada uno tendría sus propios problemas... pensar que unos serían más graves que otros era absurdo: para cada cual sus problemas son lo más importante. Y sí, no dudaba de que algunos de ellos tuvieran arrastraran verdaderos lastres, pero no pudo evitar lamentarse por aquellos con preocupaciones banales que pensaban que el mundo se acababa tras su propia mirada.

Cierto era que sus problemas, de algún modo, los había elegido él. Ya sabía dónde se metía cuando decidió optar al puesto de inspector de Homicidios. Bueno, más que saberlo, lo intuía, ya que lo que se encontró una vez en la unidad era digno de una auténtica pesadilla. No solo era lo del Mutilador, ojalá, aunque ya era suficiente para volverlo a uno loco. Era el horror de ver cómo la gente arreglaba sus problemas a golpe de asesinato. Era el hacerle pensar que, a pesar del paso de miles de años, el ser humano no evolucionaba como especie. Sí, había inventado un montón de mierda que le hacía la vida más fácil, supuestamente, pero seguía arreglando sus tonterías igual que cuando se descubrió el fuego. Ver esa maldad, esa mezquindad, hacía que tuviera esa clase de pensamientos tan oscuros. Negó varias veces con la cabeza al tiempo que extraía un cigarro del paquete. Hacía unos cuantos días que no encendía uno, más que nada porque ni se acordaba de la necesidad de fumar. Era extraño como su adicción iba y venía.

¡Qué ganas tenía que acabara de una vez todo aquello!

Dio un par de caladas al cigarro y lo tiró. Estaba realmente nervioso. Haber visto caer de nuevo al suelo a su amigo Nicolás lo tenía verdaderamente preocupado. Estaba volviendo por el mismo camino que la otra vez y aquello no podía traer nada bueno. Todos los integrantes del equipo eran muy buenos por separado, juntos ya eran una máquina perfectamente engrasada, pero sin Nicolás al frente, con esa capacidad de liderazgo encubierta que solo sabía mostrar él, a la mesa le faltaba una pata y, por consiguiente, estaba coja.

Esperó que la cosa no fuera a más y que no pasara de la fina línea roja que ya comenzaba a bordear.

—¿No ha visto el día que es en el calendario, inspector? —dijo una voz a sus espaldas.

Salió de sus pensamientos y se giró de inmediato.

—La verdad es que no tengo calendario. No sé ni qué día es hoy.

—Pues uno en el que no pensaba pisar, ni de coña, este lugar. Que me paso media vida aquí —contestó Noelia, la experta del Jardín Botánico—. Y dígame, inspector, ¿está estresado?

Gutiérrez hizo una mueca arrugando la nariz que no pasó desapercibida para la joven.

—¿Cómo dice?

—En nuestro primer y único encuentro, me dijo que vendría aquí si se sentía estresado. Ya sabe, los bonsáis...

Alfonso hizo memoria y recordó esas palabras. Sonrió.

—Si le digo la verdad, sí, estoy muy estresado. Tanto, que necesito más su ayuda que la de los propios bonsáis. Ellos no creo que me cuenten nada de lo que necesito saber.

—Pues usted dirá.

Alfonso dio media vuelta y miró la entrada del Real Jardín Botánico. Un estupendo sol bañaba el paseo del Prado y pensó que sería una lástima desaprovecharlo.

—Ha dicho que se pasa media vida aquí, ¿qué tal si nos vamos a dar una vuelta por el Retiro y tomamos algo fresquito? Hace un calor de mil demonios hoy.

La botánica sonrió.

—¿Me está usted proponiendo una cita?

—Se podría decir que sí, pero, por favor, tutéame.

Comenzaron a andar y bordearon el jardín por detrás hasta llegar a la que muchos consideraban la puerta principal del Jardín del Buen Retiro: la puerta de Felipe IV. Después, tomaron el paseo de Paraguay, dejando a sus espaldas el Casón del Buen Retiro, actual edificio del Museo del Prado. Caminaban despacio, sin hablar de nada en concreto, solo se limitaban a mirar a un lado y a otro haciendo como que observaban los árboles y el precioso follaje, además de a la gente pasar. A pesar de que ella sabía que Alfonso la había citado para tratar un tema para una investigación, él no quiso abordarla de buenas a primeras. Había algo de magia en ese encuentro que no quería romper de golpe y porrazo. O al menos eso le parecía. La miró un par de veces de reojo, tratando de que ella no se percatara. Iba vestida con una camiseta blanca que sorprendió muchísimo al inspector, con un Pikachu gigante en su parte frontal. Unos pantalones vaqueros ceñidos rematados y unas zapatillas de una conocida marca deportiva, de color blanco y rayas rojas, completaban el atuendo de la joven.

Llegaron hasta el estanque y Alfonso invitó a Noelia a tomar asiento en uno de los quioscos que había alrededor.

No tardaron en ser atendidos. Los dos pidieron una cerveza. Una vez el camarero les sirvió las cañas y dejó una tapa de dos pinchos de tortilla, Noelia fue la primera en hablar.

—Ambos sabemos que necesitas preguntarme algo, así que no te cortes.

—Es que ha sido raro, venía con esa intención, pero una vez te he visto no he querido hacerlo de una manera tan brusca.

—Tranquilo —contestó riendo—. Haberme traído a un lugar tan bonito, que, por cierto, me gusta muchísimo y al que vengo siempre que puedo, le resta brusquedad al asunto. Podemos tomarlo como un encuentro entre futuros amigos que se cuentan cosas sobre su trabajo.

Tomó la cerveza y le dio un sorbo sin apartar la mirada del inspector Gutiérrez.

—Sí —rio—, más o menos. Está bien, no sé si sabes que normalmente los policías no podemos contar mucho de los casos en los que estamos trabajando, pero...

—Secretos de sumario y esas cosas.

—Por llamarlo de alguna forma, sí. Pero para que entiendas lo que necesito saber, tengo que contarte más de lo que haría en circunstancias normales. Eso sí, te pediría que no saliera de aquí porque hay mucho en juego, demasiado.

—¿Y luego tendrás que matarme?

Alfonso soltó una carcajada... Le encantaba la personalidad de esa chica.

—Y tanto, pero aún falta para eso. —Volvió a ponerse serio—. Te cuento: ayer falleció una señora por envenenamiento. Sabemos, por la autopsia, que la toxina empleada es aconitina, que diluyeron en un vaso de agua. Supongo que te sonará la sustancia. Necesito que me cuentes todo lo que sepas de ella, de dónde viene, dónde puedo encontrarla y todo lo que se te pueda ocurrir.

—Vaya... fuera coñas —contestó haciendo una mueca de sorpresa ante lo que le pedía Alfonso—, gracias por ese nivel de confianza sin apenas conocerme. Lo siento mucho por la señora, su muerte debió de ser horrible, pues la aconitina actúa directamente sobre el sistema nervioso y cardiovascular de quien la ingiere. No sé con exactitud los síntomas que puede presentar una víctima, pero sé que pueden incluir vómitos, espasmos y cosas similares. No hace falta demasiada dosis para que sea letal. Creo que alrededor de dos miligramos. —Hizo una pausa—. ¿Se sabe cuánto le suministró?

—Seis miligramos en sangre. Teniendo en cuenta que no se tomó toda el agua, había más cantidad disuelta.

—Joder, eso es una barbaridad. Mortal en apenas unos minutos.

Alfonso asintió. Tenían claro que Fernando no se había andado con chiquitas para acabar con ella sin tocarla.

—La toxina se extrae de la raíz del acónito —continuó contándole la muchacha—, que es una planta de flores preciosas de color violeta. Son flores grandes y que suelen crecer hacia abajo. A ver si me explico, que yo me entiendo: no para abajo en el sentido de bajo tierra, sino que la flor parece así —hizo un gesto con las manos para mostrarlo—, como mustia en el tallo. Sé que hace muchos años se empleaba para que los guerreros mojaran las puntas de sus flechas en ella para hacerlas más mortíferas. Un flechazo en la pierna y, ¡pam!, a los pocos minutos, muerto. También sé que no existe un antídoto contra su veneno. La única solución es un lavado de estómago a fondo y rápido, además de no haber ingerido más cantidad de la que ya es mortal por necesidad. Y es muy poca, así que... Posibilidades pocas.

—Vaya, no tenía ni idea. Una de las inspectoras dijo que provenía de Japón, ¿puede ser?

—Para nada, crece aquí también, en Europa.

—¿Podríamos tener aquí en España?

—Ni de coña. Crece en zonas montañosas del centro y este de Europa. Es imposible que crezca con nuestro clima. Ni siquiera en el norte.

—Vaya, vaya... ¿es fácil hacerse con ella?

Noelia quedó pensativa por unos instantes.

—Ni fácil, ni difícil. Se pueden comprar semillas y plantarlas en casi cualquier sitio.

—¿Es legal?

—¿Lo es la marihuana? Porque semillas para plantar puedes comprar casi que en cualquier esquina.

—*Touché!*

Noelia rio.

—Vale, acepto lo de que se puedan comprar las semillas sin muchos problemas, pero entiendo que eso tendrá un proceso de germinación. Perdona, pero no tengo ni idea sobre plantas.

—Claro, no sabría decirte el tiempo exacto; aunque no te lo parezca, no lo sé todo sobre cualquier planta.

—Pero, vamos, que más de dos o tres semanas...

—Claro, te hablo de meses. Pero, como te digo, te lo tendría que mirar para afirmarlo con más exactitud.

—No, no, si no me interesa eso. Sabiendo que es imposible que haya crecido en dos o tres semanas, me vale. Ahora necesito saber si es posible comprarla como planta entera, ya florecida.

—Eso sí que es más complicado. El acónito es tóxico en toda la planta entera, letal es la raíz, pero incluso las flores provocan una importante irritación en la piel si la tocas. Algo así como una quemazón intensa. Muy pocos herboristas se atreven a trabajar con ella. Nosotros, ni de coña.

—Pues necesitaría saber si aquí, en Madrid, alguno de esos herboristas se atrevería a hacerlo.

Noelia comenzó a pensar durante unos segundos.

—Aquí, en Madrid, solo se me ocurre un lugar donde poder conseguirla por encargo. Es un tipo raro, trae todo tipo de plantas sin hacer preguntas. Pero es que, además, está convencido de los usos medicinales de todas estas plantas tóxicas. Es un tema muy discutible porque algunos expertos dicen que sí y otros que no.

—¿Y tú en qué lado estás?

—En el de los que dicen que no, faltaría más. Estoy a favor de toda medicina alternativa hecha de plantas, pero con el conocimiento de lo que uno ingiere y de sus posibles efectos secundarios. La herboristería es un campo complicado. Daría para una charla larga.

—No sé si sería un buen interlocutor sobre estos temas —comentó riendo.

—Cada uno a lo suyo, inspector. Yo no sé nada, ni quiero saber, sobre asesinatos —rio ella también.

—Entonces ¿sabes dónde se encuentra ese herborista? ¿Tiene una tienda física a la que poder ir?

Ella asintió. Él sacó su teléfono móvil y apuntó la dirección que la muchacha le dio.

Satisfecho, esbozó una sonrisa: Noelia le había sido de gran ayuda.

—No quiero que pienses mal de mí, pero entenderás el follón que tengo montado. No me gustaría que creyeses que solo te estoy utilizando para sacarte información.

—Tranquilo —comentó ella sonriendo—, sé que tienes que tener liada una grande.

—No, en serio. Puede que mi interés inicial solo fuera ese, pero me siento muy a gusto hablando contigo. No sé si podrás, pero me gustaría invitarte a cenar esta noche.

—Verás, es que tengo novio y...

—Perdona, en serio, no he dicho nada.

—Que no, tonto. No tengo a nadie. Aceptaré encantada.

Ambos intercambiaron los números de los móviles y quedaron en hablar por Whatsapp para acordar una hora y un lugar, en función de cómo transcurriera el día para el inspector. Alfonso pagó la cuenta y acompañó a la joven de nuevo hasta la entrada del Jardín Botánico. Se despidieron con dos besos y una extraña sensación de nerviosismo en el estómago de ambos.

44

Sábado, 1 de octubre de 2016. 11.12 horas. Madrid

Carraspeó antes de pulsar el timbre de la vivienda. No lo había hecho abajo, en el portal, ya que al llegar encontró a un hombre vestido con uniforme de trabajo que salía. Aprovechó que la puerta estaba abierta y se plantó frente a la entrada de la casa para tratar, cara a cara, con aquella mujer.

Sabía que esa opción era la mejor, aunque reconocía que no se le daba demasiado bien el trato con las personas ajenas a su círculo. Le costaba abrirse a la gente, tardó más de dos semanas en hablar con cierta soltura cuando comenzó a trabajar en el complejo policial de Canillas, en realidad poco tiempo, si lo comparaba con lo que lo pasó en la antigua comisaría en la que estuvo destinada, en Leganés: hubo compañeros con los que nunca intercambió más de dos palabras. Sí. Sabía que debía corregirlo y mostrarse un poco más extrovertida. De hecho, lo estaba logrando en su actual trabajo, quizá ayudada por el hecho de que sus compañeros de ahora tuvieran un carácter diferente, más abierto. Eso le permitía mostrarse tal como lo hacía, pero le seguía resultando difícil tener esa mano necesaria para hacer determinadas preguntas a testigos o familiares. Y ahora necesitaba de un tacto tremendo.

Suspiró, repasó su atuendo y pulsó. La voz inquieta de un niño sonó. Acto seguido escuchó a una mujer tranquilizarlo y dirigirse hacia la puerta. La abrió.

—¿Sí? —preguntó la mujer extrañada con un niño que no tendría más de dos años en brazos.

Fonts le echó un vistazo antes de mostrarle su placa e identificarse. Para ser un sábado a esas horas de la mañana, la mujer iba extraordinariamente arreglada. Vestía con mucha elegancia, con un traje de corte fino beige coronado con un broche en la parte superior de la solapa de la chaqueta. Su pelo, peinado de manera exquisita, no mostraba ni una sola cana, a pesar de que su mirada sí parecía mostrar el paso de, al menos, seis décadas. Su rostro parecía, en cambio, no haber superado la treintena. Y lo que más sorprendió a Fonts fue que parecía natural, sin ningún tipo de retoque. A ella no le preocupaba demasiado su forma de envejecer, quizá porque todavía era demasiado joven, pero pensó que le gustaría hacerlo como aquella señora, sin duda.

—Inspectora Fonts, de la Unidad Central de Homicidios y Desaparecidos, del Cuerpo Nacional de Policía.

—¿Qué quiere? No es un buen momento —preguntó seca la mujer.

—Verá, supongo que puede hacerse una idea, pero necesito hablarle sobre su hermana.

La mujer se volvió y miró hacia el pasillo.

—¡María! —gritó sin perder ni un ápice de elegancia.

Una muchacha apareció. También vestía elegantemente, aunque no tanto como la mujer que tenía delante.

—Llévate al niño un momento, por favor. Enseguida termino y nos vamos.

La joven obedeció y tomó al niño en sus brazos. En cuestión de segundos desapareció de la escena.

—Es mi hija. Íbamos a salir a dar un paseo con mi nieto, como comprenderá no es un buen momento. Además, he hablado ya unas cuantas veces con ustedes, no entiendo a qué viene esto ahora, habiendo pasado ya tantos años.

—Lo sé, señora. Y permítame decirle cuánto siento la nueva molestia, pero necesito su ayuda. No sé si habrá visto últimamente las noticias...

—No, no las veo. ¿Para qué? En las noticias solo se encargan de recordarnos que el mundo en el que vivimos está podrido. No necesito que estén constantemente martilleándome sobre eso porque hace ya bastantes años lo descubrí yo sola.

—Bueno, sí, en eso tiene razón, pero... es otra cosa. Perdone si le resulto brusca, pero el hombre que le quitó la vida a su hermana, a Laura, se escapó de la prisión en la que estaba recluido.

El rostro de la mujer se tornó blanco. Fonts observó cómo tragaba saliva en varias ocasiones, una señal inequívoca de la congoja que pronto le sobrevino. A pesar de lo comprensible de la situación, trató de ocultarlo y mantuvo la compostura en todo momento.

—¿Y qué es lo que quiere de mí ahora? ¿Me va a matar a mí? —planteó al fin.

—No, no es eso. Quiero que nos ayude a atraparlo.

—No veo cómo...

—Necesito echar un ojo a los informes de la consulta que tenía su hermana aquí, en Madrid. Desconozco su manera de trabajar y no sé si son archivos en papel o lo llegó a informatizar todo. Por eso esperaba su ayuda. Necesito saber por dónde empezar a buscar. En esos informes puede haber algo muy importante que nos ayude a llegar hasta él y echarle el guante.

—No, mire, no puedo ayudarla, lo siento. Además, ya le digo, me disponía a salir con mi hija y mi nieto. Tenga usted muy buenos días.

Y cerró la puerta dejando a Fonts con una mirada de incredulidad digna de ser retratada.

—¿Usted quiere a hija y a su nieto? —preguntó a voces desde el rellano sin pensarlo demasiado.

La puerta tardó apenas unos segundos en volver a abrirse.

—¿Cómo osa...? —repuso indignada la mujer desde dentro de la casa.

—Siento ser tan directa, pero no me queda más remedio. Entiendo el dolor que le pueda causar volver a escarbar en el pasado, pero le acabo de decir que el asesino de su hermana está en la calle y usted puede ayudar a detenerlo. ¿De verdad puede dormir tranquila sabiendo que su familia está en su punto de mira y que no va a hacer absolutamente nada?

—¿No acaba de decirme que no vendrá a por mí? —le espetó la mujer abriendo de golpe la puerta.

Fonts no respondió. No podía creer lo que acababa de decir. En ningún momento había considerado que ellos pudieran estar en verdadero peligro, eso sí era verdad, pero si aquello resultaba, el fin justificaba los medios.

La mujer no hablaba. Se había quedado petrificada en la entrada de la casa, como si hubiera sufrido los efectos de la mirada de Medusa. Tardó un rato en reaccionar. Cuando por fin lo hizo, dio media vuelta y comenzó a andar hacia el interior, dejando la puerta abierta.

La inspectora comprendió que eso significaba que podía pasar, por lo que ni preguntó y entró.

La casa estaba decorada con una elegancia exquisita. Un tanto recargada para el gusto de Fonts, pero al fin y al cabo ella no podía hablar demasiado de decoración, pues vivía en un piso compartido con dos amigas más en lo que lo único importante era que no faltara alcohol para sus incesantes charlas y risas nocturnas. Que su casa pareciera que hubiera sido decorada por Morticia Addams, era lo de menos.

Siguió a la mujer por un amplio pasillo hasta que se detuvo en una habitación con la puerta cerrada.

—Como supongo que sabrá, ya que ha llegado hasta aquí,

la casa era de mi hermana. Yo vivía de alquiler, pero después de un año de morir mi hermana y en vista de que el piso no iba a ocuparlo nadie, decidí venirme aquí. Mi hija se vino conmigo. Nada más nacer Hugo, mi nieto, su vida matrimonial se torció. Ya ve, el exacto reflejo de su madre: las dos desafortunadas con los hombres. Supongo que pensará que fui una aprovechada al venirme aquí y no pagar nada, no crea que no me costó.

—No la juzgo, señora; al contrario, yo hubiera hecho lo mismo. Supongo que la vida sigue y hay que tomar ciertas decisiones que no son fáciles.

—Desde luego que no lo son. La suerte que ambas tuvimos nos hizo creer que nuestro hombre era un príncipe azul. Ya ve, más bien fue morado. En el caso de ambas.

Fonts agachó la cabeza y apretó los puños, pues lamentó escuchar eso. Entendió la analogía enseguida y sintió rabia, mucha rabia.

—Aparte de nuestra fe en la vida, se llevaron todo nuestro dinero, ganado no sin esfuerzo tras una larga vida de trabajo. Como ve, la decisión de venirme aquí, con una mano delante y otra detrás, no fue sencilla, pero respeté al máximo la vida de mi hermana. Me negaba a ocupar su espacio por completo, lo que ella consiguió, sin dejarse engañar por ningún hombre. Ella fue lista y eso lo respeto al máximo. De ahí la habitación —dijo señalando con su mano hacia la puerta.

»La tengo cerrada con llave. Todo lo de Laura, lo importante, está ahí dentro. Incluido su trabajo. Como verá, hay unas cuantas carpetas dedicadas a él. Yo no podré ayudarle porque no sé qué busca. Ni siquiera sabría exactamente por dónde empezar. Lo único que le pido es que respete al máximo ese trabajo. Que tome lo que necesite y que lo vuelva a entregar cuando acabe con ello.

Fonts asintió, agradecida.

—Quiero que sepa usted también que mi respeto por su

situación es máximo. Lo normal sería haber traído una orden judicial, pero opté por hablar con usted directamente y hacerla partícipe de la situación. Esté tranquila, trataré con el máximo respeto todo lo que me comenta.

La mujer asintió. Mientras dirigía una mirada de confianza a la inspectora extrajo una llave del bolsillo y la metió en una cerradura que había sido instalada encima de la manija. Fonts comprendió que si la mujer la llevaba consigo era porque entraba más a esa habitación de lo que le gustaba admitir. Algo normal, al fin y al cabo.

Al pasar, la inspectora no pudo esconder su asombro. Lo sorprendente no eran las innumerables cajas de cartón apiladas contra la pared que había al lado de una ventana. Lo que impresionaba era la gigantesca estantería repleta de archivadores clasificadores, al parecer, ordenados por año y semestres.

Sabía que Fernando había comenzado a ir a visitar a Laura Vílchez en 1991, por lo que tendría que empezar a mirar desde esa fecha. No tenía ni idea de qué nombre debía buscar exactamente, por lo que la búsqueda podría alargarse. Buscó en el primer semestre del año 1991 hasta que localizó el expediente de Carlos Lorenzo. Lo hojeó y comprobó que estuvo yendo dos años enteros a su consulta, por lo que si esa mujer había ido a visitar a la psiquiatra como paciente, debería estar dentro de ese rango de dos años. Tomó las cuatro carpetas correspondientes y se acercó hasta la entrada de la habitación, donde la esperaba la hermana de Laura, con el rostro bastante más relajado que un rato antes.

—Con esto bastará. Si me permite, me las voy a llevar para revisarlas con tranquilidad. Cuando tenga lo que busco, se las devolveré en las mismas condiciones, tiene mi palabra.

—Confío en que así será.

—Una última cosa, ¿podría llamar a su hija un momento? Me gustaría decirles algo.

La mujer asintió extrañada y asomó la cabeza por el pasillo para llamar de nuevo a su hija, la cual no tardó en aparecer con el niño en brazos.

—Verán. No quiero meterme donde no me llaman, pero quiero que sepan que viví en casa una situación parecida a la suya, con mis propios padres. Mi madre también supo decir basta, se hizo fuerte y me enseñó a ser fuerte a mí misma. Veo ese reflejo en ustedes dos. No dejen de ser fuertes, por favor.

Ambas sonrieron muy agradecidas por las palabras.

—De igual modo, deben saber que tanto yo como cualquiera de mis compañeros estamos a su disposición. Nunca permitan que nadie las trate mal por el mero hecho de sentirse superiores. Porque no lo son. Son unos mierdas con un complejo de inferioridad bastante marcado. No suelen soportar que nosotras estemos muy por encima de ellos.

Después dio media vuelta y salió de la casa con las carpetas en la mano y la pena de haber mentido en parte a esas dos mujeres. Sí, su madre se hizo fuerte, la enseñó a ser fuerte a ella, pero eso no impidió que un día su padre se saltara la ridícula orden de alejamiento y se presentara en el portal de donde ambas vivían. Fonts estaba en el instituto. Su madre fue degollada, su padre se ahorcó.

Nunca entendió por qué.

45

Sábado, 1 de octubre de 2016. 13.07 horas. Madrid

—¿Cómo estás?

La voz de Alfonso sacó a Nicolás de sus pensamientos.

—Bien —mintió.

—Suponiendo que me tragara eso, no me refería a tu salud. Sabes que te hablo de Sara.

—¡Ah, eso! —Miró por la ventanilla del vehículo—. Bueno, supongo que es normal que esté proyectando toda su ira sobre mí. Acaba de pasar un episodio de mucha tensión y no es capaz de distinguir bien la realidad. He sido el primero con el que se ha topado y lo ha pagado conmigo. Con el tiempo irá canalizando esa ira y, con suerte, puede que lo haga en detener a ese cabronazo. Pero ahora me toca cargarme las culpas.

—Estás hablando como un puto psicólogo tú ahora. Das grima.

Nicolás sonrió levemente sin dejar de mirar a través de la ventanilla. La M-40 se extendía ante sus ojos y dibujaba una serie de formas que el inspector no conseguía moldear en su mente. La tenía demasiado ocupada como para distinguir cualquier objeto conocido. Como si nada tuviera sentido ya para él.

—No, en serio. Supongo que sí es natural que proyecte esa rabia, como tú dices, pero me preocupa que eso te afecte a ti. Tío, sé que no me lo vas a contar porque te conozco, pero te has pillado de ella, y me da a mí que no poco. Supongo que eso de que ahora esté así contigo no puede traer nada bueno para esa cabecita tuya. No quiero ponerme muy moñas, pero quiero que sepas que me tienes para lo que necesites. Aunque tampoco quiero que te me pongas a llorar en el hombro, ¿eh? Mariconadas, las justas.

—Ya... ya lo sé.

—Y, bueno, siendo egoísta, también te digo que te necesito al cien por cien para el caso. Tenemos muchas piezas de puzle, tío, y siento que todos podríamos acabar uniéndolas, pero no con la facilidad que tú lo haces. No es que los demás seamos unos inútiles, pero tú, no sé cómo coño lo haces, pero lo consigues ver antes que nadie. No es intuición de esa ni pollas, es que se te dan bien los puzles. Puede que cuando cualquiera de nosotros lo hayamos hecho, ya sea demasiado tarde, por lo que te necesitamos a tope.

—Estoy a tope, no te preocupes.

—Ya...

—Y, oye —trató de cambiar de tema—, ¿tú qué rollo llevas con la botánica esa? ¿Eso es que vas a sentar la cabeza de una vez?

—Sí, claro... ¡Ja, ja, ja! ¿Sentarla yo? No. No sé. Es raro, porque me gusta pero no sé cuánto. No pienso demasiado en ella, pero cuando esta mañana la he visto... es raro. En fin, el tiempo lo dirá. A ver si consigo por la noche aclarar algo en la cena. Estoy nervioso, ¿sabes?

Nicolás se rio. Su amigo estaba irreconocible.

—Además, hace mucho que no disparo con la pistola, no sé si me entiendes...

Estaba irreconocible, pero no perdía su esencia de capullo redomado.

Continuaron recorriendo calles hasta que llegaron a Vallecas, a la dirección que Noelia le había dado a Alfonso. Aparcaron cerca de la puerta. Bajaron del coche y lo primero que hizo Nicolás fue echar un vistazo al barrio. Humilde, en él convivían diferentes etnias, lo que hacía de él un espectáculo multicultural que al inspector le hubiera gustado conocer más a fondo.

Aunque ahora no tenía tiempo para eso.

Anduvieron hasta la entrada del negocio. Tenía aspecto de llevar muchos años al pie del cañón. Al menos, su fachada parecía haber visto pasar unas cuantas décadas. Entraron con decisión.

Las cantidad de plantas que había dentro del local impedía incluso poder ver sus paredes. Un laberinto sin pérdida, de color verde, que te llevaba hasta el mostrador. Ahí, un hombre de mediana edad, espeso bigote y cabeza redonda como una bola de billar maniobraba con unos tallos y unas tijeras. Parecía concentrado en lo que hacía.

—¡Oh! Buenas tardes —saludó el hombre al advertir la presencia de ambos.

—Buenas tardes, señor —contestó Alfonso, que había decidido llevar la batuta.

—¿En qué puedo ayudarlos?

—Somos los inspectores Valdés y Gutiérrez, de la Unidad de Homicidios y Desaparecidos, de la Policía Nacional. ¿Podría hacerle unas preguntas? Tranquilo, en principio, no tienen nada que ver con usted. Al menos de manera directa.

El hombre, que nada más escuchar que eran policías, mostró su estupefacción, aunque fue relejando gradualmente su rostro.

—Sí, claro.

—Estamos aquí porque necesitamos información sobre una planta: el acónito.

—Mmm. —El hombre se quitó los guantes y se atusó el bigote—. ¿Qué necesitan saber exactamente? ¿Propiedades?

—No, por desgracia las sabemos. Me preguntaba si usted la podría traer por encargo.

—Eh... sí... —respondió sin estar muy seguro de si eso era lo que debía decir—, pero no es ilegal hacerlo, al menos hasta donde yo sé.

—No, le repito que el asunto no va directamente con usted, sino con alguien que le hubiera podido hacer un pedido de acónito.

El hombre de repente se puso blanco.

—¿Qué pasa? —preguntó Nicolás.

—Que no sé por qué, pero me temía la visita. Se lo juro.

—Pero ¿puede decirme por qué?

—Porque desde el primer momento en que vi a ese tipo pensé que algo extraño pasaba. Es una planta que no se suele pedir demasiado, pero las veces que la he traído he sabido que no era para un mal uso. Se veía en la cara de las personas.

—¿Y en la cara de él había algún detalle que le hizo desconfiar?

—Completamente. No me pregunte qué era, porque no sabría decírselo, no sé si sus ojos, no lo sé... Pensé hasta en llamar a la policía.

—¿Y por qué no lo hizo? —inquirió Alfonso.

—¿Qué iba a decir? ¿Que acababa de vender una planta venenosa a un hombre de manera legal? ¿Que ese hombre tenía algo en el rostro que me daba mala espina? ¿Qué hay de eso de que todos somos inocentes hasta que se demuestre lo contrario?

Alfonso y Nicolás se miraron. Maldita televisión.

—De todos modos, si vio algo raro en su cara —insistió Alfonso—, ¿por qué accedió si tenía una mala corazonada sobre él?

—Porque a encargarla no vino él, sino una señora. Y si le

digo la verdad, el cien por cien de las veces que he traído un acónito ha sido porque una señora mayor la ha pedido. Y todas son de ese tipo, normales... Solo las quieren porque han visto en cualquier lugar que es una planta muy curiosa para decorar. Luego me toca a mí explicar el peligro que tiene hasta tocarla. Pero ellas, con tal de tener una planta bonita en casa...

—Así que mandó primero a su madre —le comentó Nicolás a Alfonso.

—¿Dice que el hombre que vino a recogerla —Alfonso se giró al dependiente— no dejó ningún tipo de seña?

—No. La mujer dijo que su hijo pasaría a por ella, pero en un primer momento no me pareció tan raro. Además, a ella ya la había visto en otras ocasiones, me había comprado varias plantas durante los últimos años. ¿Cómo iba a desconfiar de una clienta habitual?

El tiempo se detuvo, de pronto, para los dos inspectores. Ambos sintieron de golpe una punzada en el estómago. Que fuera clienta habitual solo podía significar una cosa, que era muy probable que la mujer residiera cerca de aquel establecimiento.

Nicolás se metió la mano en el bolsillo y extrajo su teléfono móvil. Buscó una foto de Fernando y se la mostró al florista.

—¿Es este el hombre?

El dependiente se acercó y arrugó la nariz mientras observaba la pantalla del móvil. No tardó en asentir.

—Sí, es él. Su cara se me quedó grabada a fuego. No tengo dudas.

Nicolás suspiró y se pasó la mano por el pelo, luego guardó el dispositivo.

—Está bien, nos ha sido muy útil. En un rato pasará un agente de uniforme para tomarle declaración y que usted la firme. No se preocupe, que a usted no le va a pasar nada.

El dependiente sonrió nervioso. Nicolás y Alfonso salieron de la tienda frustrados. Saber que Fernando había estado ahí, en el mismo lugar en el que ellos estaban ahora y no haber podido echarle el guante solo hacía que sus ánimos flaqueasen. Nicolás volvió a girarse sobre sí mismo, una vez fuera.

—¿Qué piensas? —preguntó Alfonso.

—Que no sería un mal lugar para esconderse.

—¿Crees que puede estar por aquí?

—¿Y por qué no?

—No sé. Hasta ahora ha sido muy cuidadoso en cuanto a no dejar ningún rastro. Haber pedido una planta en un lugar cercano a su casa... No le pega.

—Pues yo no lo veo tan disparatado —repuso Nicolás—. Hay veces que necesitamos no complicarnos tanto la vida y puede que sea una de esas. Además, según te ha contado tu botánica, aquí en Madrid, solo se le ocurre este florista para que la pueda traer. Y me temo que esto no es como lo de las empresas de alquiler de coches, algo meditado y muy elaborado. Ha sido producto de un plan rápido para conseguir descentrarnos un poquito más. Quizá acudir a la tienda haya sido necesidad y casualidad. Algo así como hacer uso de lo que tiene a mano. Y si, además, la madre vive por aquí cerca...

—¿Crees que vive con ella?

Nicolás se encogió de hombros. No sabía si esa teoría lo convencía o no del todo. Pero era más de lo que tenían hacía un rato.

—¿Nos damos una vuelta por aquí, por si acaso? —propuso el inspector Valdés.

—No perdemos nada.

Ambos se montaron en el vehículo y comenzaron a dar una vuelta por las calles del barrio. Ellos no lo supieron en ese momento, pero cuatro calles después pasaron por la puerta de la vivienda del mismísimo Mutilador de Mors.

Cuando los dos salieron del ascensor, lo primero que hicieron fue ir hacia el despacho en el que trabajaban. Allí se encontraron con Fonts, que repasaba varios informes muy concentrada.

—¿Qué tal? —preguntó a modo de saludo Nicolás.

—Estaba a punto de llamarte, Nicolás. No es que tenga mucho, es que tengo muchísimo.

Ambos inspectores se acercaron a ella a toda velocidad, ansiosos de saber.

—Lo que tengo aquí es una mina de oro en cuanto a información. Empiezo desde el principio porque es jugosísimo. Sí. Confirmamos que la madre de Fernando, entonces Carlos, fue a la consulta de la doctora Vílchez. ¿Cómo dices que se llamaba la madre? Nombre original, por favor.

—Mari Carmen Cruz.

—Mira aquí —le ordenó señalando con el dedo.

Nicolás lo hizo y se encontró con un expediente con ese nombre. El rostro del inspector reveló su sorpresa.

—Tiene su lógica. A ver. Ahora es complicadísimo perderse. Las redes sociales y demás mierdas no nos dejarían hacerlo. Incluso la señal de nuestros móviles. Pero antes no. Ella venía de un pueblo muy pequeño, de unos tres mil quinientos habitantes durante aquellos años. Si quería perderse en Madrid, al principio de los años noventa, no era demasiado complicado. Desconozco si con los años ha seguido utilizando esa identidad, aunque permitidme que lo dude. De todas maneras, ya está pedido un rastreo exhaustivo de todo lo relativo a esa identidad.

—¿Y qué dicen los informes?

—Por lo que he podido leer, y he entendido, sufría o decía que sufría una depresión muy grande. Al parecer, la doctora Vílchez la caló en ese sentido porque según veo por aquí, no creía nada de lo que le contaba. Dice que cree que tenía algún tipo de desorden, pero no del tipo que ella indicaba. Que trataría de averiguarlo, aunque desgraciadamente, no ocurrió.

—¿No?

—No. Dejó de ir a consulta tras la tercera cita.

—Porque ya habría averiguado, como fuera, lo que necesitaba saber de Fernando.

—Bueno, más que lo que necesitaba saber, lo que seguramente averiguó de chiripa —intervino Alfonso.

—Llámalo equis —contestó Nicolás.

—Posiblemente —sentenció Fonts.

—¿Tienes algo más?

—Te he dicho que era una mina de oro. Tengo una dirección.

Ambos inspectores sintieron que su suerte comenzaba a cambiar. Miraron la que venía anotada en el informe, aunque no les dijo nada en particular.

—Mete esa dirección en el Google Maps, necesito saber dónde está.

La inspectora obedeció y así lo hizo.

—Vallecas. ¡Te lo dije! —exclamó Nicolás.

—Ya, pero está al menos a un kilómetro o más de la floristería. Podría ser en cualquier sitio de allí.

—Me he perdido... —admitió Fonts.

—El dueño de esta floristería —Nicolás señaló con el dedo un punto de la pantalla— fue el que vendió, por encargo, el acónito a Fernando. Lo encargó su madre, a quien él dijo haber visto en varias ocasiones ya en la tienda. Si añadimos esa dirección, podríamos triangular un radio para encontrar el lugar en el que se esconde Fernando.

—Espera, espera, que nadie ha dicho que la madre viva ahí. Están comprobándome a nombre de quién está la casa. De esto hace veinte años, podría haber sucedido cualquier cosa.

—Si no vive ahí, no importa. No será demasiado lejos si atendemos las señas del dependiente. ¿Qué fue lo primero que hicimos tú y yo cuando empezamos a buscar una nueva vivienda cuando quisimos dejar la otra?

—Buscar una en el mismo barrio... —contestó pensativo Alfonso.

—Es el primer pensamiento que se tiene. Si se está a gusto en un lugar, ¿por qué dejarlo? Puede que sea el mismo barrio.

—¿Y piensas que Fernando vive con ella o que, de tener una casa propia, es cerca de donde ella vive?

—¿Por qué no? Conociendo a Fernando, me inclino más por la segunda. Sería una forma de tenerla cerca pero cada uno con su propio espacio.

—¿Y qué propones? —preguntó Fonts.

—Opto por movilizarnos por la zona. De manera discreta, no podemos alarmar a Fernando o se nos escapará.

—¿Y no quieres que probemos yendo a la dirección que tenemos de la madre? —planteó Alfonso.

—La vigilaremos también discretamente. Si entramos y no es, adiós a nuestro principal objetivo. Se enterará de alguna manera. Si entramos y sí es, tenemos muchas posibilidades también de que escape.

—¿Y si Fernando vive allí con ella?

—Con una vigilancia discreta pero efectiva, lo acabaremos sabiendo.

—Pues ya ves las vigilancias que mandan desde aquí lo efectivas que son. Lo sabes tú mismo con Alicia.

—¿Y quién dice que vayamos a enviar a alguien? —replicó Nicolás guiñando un ojo.

46

Sábado, 1 de octubre de 2016. 16.22 horas. Madrid

Sara miraba por la ventana de su despacho. No se fijaba en ningún punto en concreto, solo miraba, sin más. Su móvil estaba sobre la mesa y no dejaba de sonar con mensajes y llamadas que no contestaba. Había dado la orden expresa de que cualquier cosa relacionada con su madre se le comunicara al número fijo de su despacho, por lo que tanto requerimiento en el móvil solo podía ser llamadas de allegados para hacerle llegar sus condolencias que no pensaba aceptar en esos momentos.

Necesitaba estar sola con su duelo, ningún falso ánimo le haría sentirse mejor. Además, no le salía fingir nada en aquellos momentos y bien era sabido que en los pésames había una gran cantidad de interpretación por ambas partes que ahora no podía asumir. Ni ellos lo sentían tanto como mostraban sus palabras ni ella les estaba agradecida por nada. Agradecida, ¿por qué? ¿Porque su madre hubiera muerto asesinada y esa gente tuviera la obligación de decirle que la acompañaba en el sentimiento? Lo último que necesitaba en esos momentos era una escena de teatro recurrente.

Suspiró y vio cómo su aliento dibujaba una gran mancha sin una forma definida en el cristal. Cosas como esa le recordaban que seguía con vida, porque el resto de su ser se sentía muerto. No había dormido ni un solo minuto la noche anterior, tampoco sentía que su cuerpo lo reclamara. Si cerraba los ojos sería para no abrirlos más, para no volver a esa realidad que la estaba ahogando, apretando con todas sus fuerzas en el cuello.

No lamentó lo que le había dicho a Nicolás. Pensaba cada una de las palabras que conformaban las duras frases que le había dedicado. Lo culpaba de la muerte de su madre, aunque, a ratos, era ella misma la que se cargaba ese peso sobre la espalda. Aun así, no conseguía arrancar ese sentimiento de odio incipiente que experimentaba hacia el inspector. Se sentía una inútil por no haber hecho caso a la advertencia que él mismo parecía haberle hecho: todo lo que tocaba, lo acababa rompiendo. Vaya que si lo rompía.

¿Cómo pudo ser tan tonta de no haberse alejado de él a tiempo? Ella misma había elaborado la hipótesis de que el Mutilador iría a hacer daño a Nicolás y una posibilidad era hacerlo a través de la gente que le importaba. ¿Cómo no había podido verlo? ¿Esa era su capacidad de análisis de las situaciones? ¿Esa era la prevención de la criminalidad de la que tanto alardeaba y defendía?

A ver si la culpa era de ella por tonta...

¿Acaso estaba cegada por su evidente atracción hacia él?

Alguien tocó a la puerta de su despacho.

Se volvió.

Era el imbécil del amigo de Nicolás. Lo que le faltaba en esos momentos.

—Sara, ¿puedo pasar?

Ella no contestó. Se volvió de nuevo hacia el ventanal.

—No debería meterme en vuestras cosas. —Entró y cerró la puerta—. Sé que no te caigo demasiado bien, pero, bueno, no va de cómo nos llevemos tú y yo. Vengo a hablarte de cómo se ha dado la vuelta la situación y se ha puesto de cara para Fernando. Él quiere justo lo que está pasando. Tiene muy claro que sois los dos putos mejores policías que hay en el complejo y quiere enfrentaros para seguir él con sus mierdas.

—¿Te piensas que soy gilipollas o qué? —preguntó sin girarse.

—¿Cómo?

—Que ya sé lo que me dices. ¿Crees que no lo he pensado? ¿Te crees que he llegado a este despacho comiendo pollas o qué coño te crees? Sé pensar por mí misma, trozo de mierda.

Alfonso dejó pasar unos segundos antes de responder. En circunstancias normales no se habría amedrentado, pero comprendía lo que estaba pasando la inspectora jefe y no le apetecía echar más leña al fuego.

—Sara, yo no he dicho eso.

—Pues no me trates como a una imbécil. No lo soy.

Alfonso respiró y contó hasta cinco nuevamente. Actuar con mano izquierda no era lo suyo, pero tenía que hacer el esfuerzo si quería entenderse con ella.

—Perdona, Sara. Tú y yo nos podremos llevar mejor o peor, pero nunca he pensado de ti que seas imbécil o gilipollas, al contrario. Lo único que intento es hacerte ver quién se beneficia de la situación. Y, aunque me digas que lo sabes, si no cambias tu actitud, va a seguir beneficiándole. Mira, está claro que no puedo saber qué sientes con lo de la muerte de tu madre, pero supongo que si yo estuviera en tu lugar también culparía a Nicolás de todo lo que está pasando. No somos piedras, ¿no? Es lógico sentir esa ira si de verdad crees que él es la causa de todo. Pero es que no lo es. Es el puto Fernando. Nicolás no ha hecho más que querer atraparlo. ¿No ves que la única forma de defenderse que tiene el jodido Mutilador es atacando y haciendo que los demás se enfrenten? Él ha sido el que te ha llevado a que eches toda la culpa a Nicolás. Por ti misma no creo que lo hubieras pensado.

—Me estás volviendo a tratar de imbécil. ¿Crees que no soy capaz de pensar por mí misma?

—Pues mira, en este caso sí que lo creo. Creo que Fernando te ha metido toda esa rabia en el cerebro y tú no eres capaz de controlarla. Siento ser así de duro, pero si necesitas que cualquiera de los de tu equipo te ayude a ver la realidad, no tendrías que cortarte. Que luego sois los psicólogos los primeros que os llenáis la boca con que hay que pedir ayuda cuando se necesita. Eso de dar consejos pero no ponerlos en práctica está muy bien.

Sara meditó sus palabras. No se veía a sí misma dando la razón en algo al inspector Gutiérrez, pero reconoció que en eso último puede que no fuera mal encaminado.

—Y luego hay más, inspectora jefe —continuó hablando Alfonso—. Evidentemente no está enamorado de ti, pero sí es verdad que lo veo ilusionado por cómo iban las cosas entre vosotros. No sé qué te ha llegado a contar de su vida amorosa, pero desde que lo pasó muy mal con una chica, aunque él se empeñe en negarlo, no ha vuelto ni siquiera a fijarse en nadie. Y mira tú por dónde, ahora lo estaba haciendo contigo.

—¿Y qué me quieres decir? —repuso bastante seca.

—Que precisamente le duele mucho más por eso. Porque le ha costado años abrirse a una mujer y ahora llegas tú y le echas la culpa de la muerte de tu madre. ¿Es que no te das cuenta de que no hacía falta que se lo dijeras? ¿Que él ya lo piensa y con tu acusación lo estás destrozando más? Sé que no debería vendértelo así, pero Nicolás es una persona frágil, muy frágil, tanto, que podría romperse del todo y para siempre muy pronto, así que tú verás. Y si ahora quieres pensar que no tengo corazón porque vengo a recriminarte cosas así después de la muerte de tu madre, allá tú, pero Nicolás es mi mejor amigo y no pienso dejar que ese hijo de la gran puta acabe con él. Si lo quieres ver como te lo planteo, bien; si no, te puedes ir a la mierda porque me estoy empezando a cansar de todo.

Sara permaneció en silencio. Solo continuó mirando hacia el frente. Dicen que el que calla otorga, pero conociendo a Sara, Alfonso no lo tenía demasiado claro.

—Ah —continuó hablando el inspector—, quiero que tengas clara una cosa: no he venido aquí a suplicarte que vayas a darle un abrazo a mi amigo, ni a que le pidas perdón por nada. Te repito que entiendo lo que sientes. Lo único que quiero es que pongas un poco de cabeza en todo este asunto y dejes de pensar lo que no es. A ver si así podemos cortarle las alas al puto chiflado ese, que ya está bien. Por cierto, toma.

Puso una carpeta sobre la mesa.

—Fonts, Nicolás y yo hemos hecho unas averiguaciones que podrían estrechar mucho más el cerco. Lo tienes ahí, en esas fotocopias. Si lo que has dicho esta mañana es verdad y quieres que todo llegue a su fin, échanos una mano y danos lo que se espera de ti. Nosotros nos vamos a montar un dispositivo de vigilancia en la zona que verás ahí dentro. Nos vamos Fonts, Nicolás, Ramírez y yo. Por favor, déjate de tonterías y ayúdanos.

Alfonso aguardó unos instantes para ver la reacción de Sara, pero no se movió. Negó con la cabeza y habló antes de salir:

—Inspectora jefe, una cosa.

Ella esperó unos segundos antes de contestar.

—¿Qué?

—Te acompaño en el sentimiento. Siento de verdad todo lo que ha pasado.

—Gracias.

Alfonso salió del despacho y Sara estuvo un par de minutos más sin moverse. Cualquiera que se hubiera fijado en el reflejo que arrojaba el cristal de la ventana hubiera visto cómo por sus mejillas rodaban las lágrimas. No sabía si lo que le dolía era que todo lo que había dicho era verdad o que el que se lo hubiera hecho ver fuera Alfonso Gutiérrez.

Se volvió y cogió la carpeta que le había dejado el inspector. La abrió y hojeó las fotocopias.

Frunció el ceño mientras leía. Depositó otra vez la carpeta sobre la mesa y sacó su teléfono móvil. Obvió todos los mensajes y llamadas perdidas, una de las cuales era de Fátima, a quien precisamente quería llamar en ese momento.

—Fátima —dijo nada más oír que descolgaba—. Sí... gracias... pero no quiero que me hables de eso ahora. Llama a todo el equipo os espero aquí en mi despacho a los que podáis venir. Tenemos trabajo. Creo que podemos echarnos sobre él.

Sábado, 1 de octubre de 2016. 18.06 horas. Madrid

—Sabía yo que la tarde iba a acabar siendo un coñazo —comentó Ramírez tras emitir un largo bostezo.

Nicolás no contestó. Sabía que en el fondo Ramírez tenía razón. Pero al fin y al cabo los dispositivos de vigilancia eran así. Siempre habían sido así. Aburridos.

—Yo no me he comido muchos —volvió a hablar buscando conversación con Nicolás—, se podría decir que he tenido suerte. ¿Y tú?

—Unos cuantos. Cuando era agente, sobre todo. Aunque ya de inspector hice uno con Alfonso en Mors que acabó con un exsacerdote decapitado y con su cuerpo en llamas.

—Me cago en la hostia. Sí, leí el informe de lo que pasó en Mors. Te juro que se me erizó todo el pelo del cuerpo al llegar a esa parte. He visto muchas cosas a lo largo de mis años en la unidad, pero nunca una cosa así. El cabrón va a acabar con la salud de todos.

Nicolás lo miró y sonrió levemente. La verdad es que conocía desde hacía un tiempo a Ramírez, habían ido incluso a tomar algo a donde la Paqui en un par de ocasiones, pero nunca lo había llegado a tratar a fondo. Sabía de él que era un padre de familia entregado, por lo que, perder un sábado en el que podría estar con sus hijos por voluntad propia significaba que se estaba tomando el asunto muy en serio. Puede que pareciera ser un poco bocazas, pero Nicolás pensaba que, como en el caso de Alfonso, esa era una pose que ocultaba su verdadera personalidad. Quizá, después de todo, el caso que llevaban entre manos fuera una oportunidad para conocerlo más a fondo.

Habían decidido, sin apenas discusión, repartirse entre Fonts y Alfonso en un coche —que habían tomado del parque móvil para que pasara desapercibido— y Ramírez y Nicolás en otro. Nicolás había sabido por Ramírez que había estado tirando de hemeroteca tratando de encontrar cualquier dato que relacionara a las tres víctimas principales —obviando a la mujer e hija del abogado, que, por desgracia, eran víctimas colaterales—. De momento no había tenido suerte, pues las menciones al abogado siempre eran por temas de trabajo, así como las pocas en las que se hacía referencia al médico. Aun así, no desistía porque sabía por experiencia por otros casos que de forma indirecta se podían encontrar cosas sorprendentes, pero había que saber buscar bien. Seguiría intentándolo.

Daban vueltas con el coche y lo dejaban aparcado durante un tiempo para disimular. El radio de búsqueda era muy grande y, a pesar de ello, no habían querido involucrar a otros efectivos. Tenían claro que así solo conseguirían tardar más tiempo en alcanzar su objetivo, si acaso eso era posible, pero preferían pasar completamente desapercibidos, pues la más mínima sospecha por parte de Fernando acabaría dando al traste con todas sus esperanzas.

Un whatsapp llegó al teléfono de Nicolás. Lo leyó:

Aquí dando vueltas y yo tengo una cena con mi botánica a las nueve. O damos con algo o yo me las piro y que venga otro pringado. Quiero follar.

Nicolás sonrió ante el mensaje de Alfonso. Llevaban un rato aparcados enfrente de un ciberlocutorio y tocaba dar otra vuelta con el coche para ver si veían algo fuera de lo común.

Conducía Ramírez. Nicolás iba de copiloto y miraba a uno y otro lado a un ritmo frenético. Su cabeza trataba de asimilar toda la información que le llegaba, intentando separar la paja de lo que él verdaderamente consideraba importante. Pero de momento nada lo era. O, al menos, él no sabía que lo era. Pasaron hasta en tres ocasiones por delante del portal en el que se encontraba la vivienda de Fernando. Lo hicieron, lógicamente, sin percatarse de que unos ojos miraban fijamente a ambos coches cada vez que pasaban por allí.

Sábado 1 de octubre de 2016. 18.34 horas. Madrid

No pestañeaba. No lo hacía de manera voluntaria: no había dado él mismo esa orden expresa a su cerebro para que no se produjera un movimiento tan natural como involuntario. No lo hacía, sin más, como si su masa encefálica estuviera en tal estado de alerta que ella misma impidiera que se realizara.

Seguía con la frente pegada al cristal. Sentía entumecimiento en las rodillas, pero no pensaba moverse de esa posición. Desde ahí lo veía todo con una extraordinaria nitidez. Había contado ya tres veces que ambos coches habían pasado por la calle. A juzgar por el espacio de tiempo transcurrido entre un paso y otro, lo más normal sería que no tuvieran ni pajolera idea de dónde estaba su casa. Puede que hubieran cercado el barrio, tal como él había previsto, pero nada más. Eso le permitía seguir en la posición de poder que había decidido asumir. La llamada del vendedor de plantas no había tardado en llegar justo después de que ambos inspectores se hubieran marchado de su establecimiento. Él les había contado exactamente, palabra por palabra, lo que Fernando le había dicho que dijera. Sabía, por el bien propio del vendedor, que no le iba a fallar en ese cometido, por lo que estaba bastante tranquilo. Su familia podría ver un nuevo amanecer. También sabía que el inspector Valdés no tardaría en atar cabos y que pronto comenzarían las patrullas por el barrio. Los tenía justo donde quería. Cerca. Tan cerca que se iban a acabar quemando. Sacó el teléfono móvil del bolsillo. Lo encendió y aguardó unos segundos para ver si le llegaba alguna llamada procedente del único número que lo tenía y que solo utilizaba en caso de no poder hacer uso de una cabina. Al no llegar, la hizo él. Esperó unos segundos. La voz de su madre sonó al otro lado.

—¿Estás preparada? —preguntó de sopetón.

—No me parece una buena idea el que...

—¿Estás preparada? —insistió.

Su madre dudó unos instantes.

—Sí.

—No creo que tarde mucho en hacerte la llamada. Recuerda lo que hemos hablado. Cuando te avise, te vienes para acá y no mires atrás. No te detengas ante nada. Ni aunque sientas que te vigilan. Tú ven.

—Como quieras. Tú sabrás lo que estás haciendo.

Fernando colgó. Dejó el teléfono sobre el sofá y volvió a apoyar la frente sobre el cristal.

Sonrió.

—Que no, tío, que no te estoy diciendo que tú también lo dejes, pero, vamos, que yo me voy ya. No es por nada, pero no veo claro que vayamos a sacar nada en firme hoy y, qué quieres que te diga, no pienso faltar a esa cena a no ser que sea a causa de una fuerza mayor. Fonts dice que se queda —dijo Alfonso a través del teléfono.

—Bueno, haz lo que quieras, yo no me muevo de aquí hoy. Estoy seguro de que estamos en el lugar correcto.

—No he dicho otra cosa, Nicolás. Yo también creo que estamos en el lugar correcto. Pero o se lo imaginan o da la casualidad que hoy no van a salir a la calle. Si te quieres quedar, quédate, no te voy a decir nada por eso.

—Está bien. Trae si quieres a Fonts, que se monte aquí y tú llévate ese coche de vuelta.

—Un momento —intervino Ramírez, que no pudo evitar escuchar la conversación—, deberías irte tú también.

—No me pienso ir a ningún lado, no me insistas tú ahora porque no pienso ceder.

—Joder, somos un equipo, ¿sabes?

El inspector Valdés se quedó mirando a su compañero. Parecía ofendido, tanto por el tono empleado como por el gesto de su rostro.

—En ningún momento he dicho lo contrario, Ramírez.

—Pues actúas como si solo fuera contigo. Estoy empezando a hartarme de toda esta mierda, Nicolás. Tú, tú y tú. ¿Es que los demás no somos capaces de hacer nada por nuestra cuenta? Te recuerdo que tanto Fonts como yo, incluso el gracioso de tu amigo, somos inspectores, al igual que tú. Y formamos parte del mismo equipo. Un equipo que, por cierto, tú montaste, por lo que supongo que confías en nosotros.

—Y confío...

—Pues empieza a demostrarlo. ¡Joder! ¿Anoche te dio un

chungo y ahora quieres comerte esto? ¿Qué piensas, que Fonts y yo no somos capaces de hacer una labor de simples agentes? Que ya he comido mucha mierda. Demasiada. Sé de sobra hacer mi trabajo. Si no te vas y descansas, nos lastras al resto. ¿No eras ese inspector tan sagaz y la hostia de inteligente? Pues no estás actuando así. Vete y descansa. Vuelve con energía. Además, mañana te vas a tragar tú solito otro dispositivo así. O eso o le explicas tú a mi mujer por qué no voy a estar tampoco. Y te aseguro que no te apetece.

Nicolás quiso contestar, pero comprendió que no tenía sentido hacerlo. Ramírez no se iba a mover de su parecer, así que mejor hacerle caso.

—Está bien, tienes razón. Y perdona si os ha dado esa sensación, no era mi intención hacerlo. —Tomó de nuevo el teléfono y se lo llevó al oído.

—Está bien, Alfonso. Hagamos un intercambio. Si Fonts se quiere quedar, que pase a este coche y yo me voy contigo. Descansaré.

—Te merecías ese rapapolvo, por gilipollas —afirmó Alfonso antes de colgar.

47

Sábado, 1 de octubre de 2016. 20.01 horas. Madrid

Sara se levantó de su asiento. Llevaban un buen tiempo reunidos —todo el equipo, sin excepción alguna— y apenas habían logrado avanzar. Y los poquitos pasos que habían conseguido andar no eran nada esclarecedores sobre qué hacer o cómo hacerlo. Se acercó hasta la ventana y miró el lago artificial. Los patos apenas se movían sobre las tranquilas aguas. Nunca en su vida pensó algo tan estúpido como que le gustaría que sus problemas fueran los de esos animales. Suspiró. Era inevitable que su cabeza no estuviera del todo donde tenía que estar, que sintiera una y otra vez la puñalada sobre el pecho que le recordaba que su madre ya no estaba. Notó hasta en un par de ocasiones que le flaqueaban las piernas, pero decidió mantenerse firme. Necesitaba hacerlo.

Fue entonces cuando lo vio claro.

—Creo que lo estamos enfocando mal —anunció mirando a todos y cada uno de los integrantes de esa reunión.

—No entiendo a qué te refieres, Sara —comentó Fátima colocándose las gafas de nuevo sobre la nariz.

—Si queremos llegar al trasfondo de todo, debemos cambiar nuestra referencia.

—¿Te refieres a Fernando? ¿Quieres que nos centremos en su madre?

—No, bueno, no del todo. Podría ser una posibilidad, pero dado que estamos en un callejón sin salida con él, ¿qué tal si nos centramos en otros criminales?

—¿Has dicho «otros»?

—Sí. Al fin y al cabo, al parecer, lo que hacían el abogado, la enfermera y el médico era una actividad delictiva. Fernando está librando su particular batalla contra ellos por ese motivo, impartiendo lo que él piensa que es justicia. Si lo diéramos por válido, si los consideramos lo mismo que él, quizá podamos estrechar el cerco. Así que, ¿y si ponemos el foco sobre ellos? Puede que así comprendamos qué hacían, cómo lo hacían y por qué lo hacían. Pero, sobre todo, quiénes lo hacían. Si llegamos al quiénes, podremos anticiparnos a la próxima jugada de Fernando. Podríamos saber con quién quiere jugar a jueces y verdugos. ¿Qué os parece?

Las expresiones escépticas dejaron paso a otras de ligera convicción. Era posible que Sara tuviera razón y fuera la única manera de poder acercarse mínimamente al Mutilador.

—Está bien, creo que lo primero es quitarnos lo más fácil de encima. La respuesta a la pregunta «¿Por qué actuaba esta gente?» está bastante clara. Lo hacían por dinero. Sinceramente, no creo que haya otra razón de por medio. En las referencias que disponemos acerca de otros casos de tráfico de bebés siempre ha sido así. Ahora falta meternos dentro de esa organización y saber qué piezas nos faltarían para que todo saliera a pedir de boca. Vamos a reconstruir el puzle. Pero, primero, ¿alguien quiere café?

No le gustaba demasiado utilizar su teléfono móvil como reproductor de música. Se consideraba de la vieja escuela y le gustaba reproducir sus canciones en un aparato destinado, originariamente, para tal fin. Pero las pocas ganas de traerse los altavoces para conectarlos a su viejo iPod le pudieron y optó por buscar una lista de canciones en YouTube y dejar sonando el terminal.

Pensó que era masoquista al seleccionar *Grandes baladas del heavy español*. Las letras, quizá, no eran las más adecuadas para sentirse mejor por dentro, pero, a pesar de ello, necesitaba escuchar ese tipo de canciones.

La voz de José Andrea, exvocalista de Mägo de Oz, entonando la melodía de «Pensando en ti» llenaba toda la estancia.

Antes de meterse en la ducha, mientras Alfonso superaba todos los récords mundiales de velocidad para ducharse, afeitarse y arreglarse para su cita, Nicolás se cercioró de que Alicia estuviera bien. Estuvo hablando un rato con ella acerca de cómo les había ido el día a ambos y, gracias a eso, liberó parte de la tensión acumulada. Omitió las palabras que Sara le había dedicado por la mañana. No quiso hacerse más daño a sí mismo y trató de no pensarlo demasiado. Comprendía los sentimientos de la inspectora jefe y no podía reprocharle ni lo más mínimo.

Además, lo único que ella había hecho había sido ponerle palabras a la repulsa que él sentía hacia sí mismo.

Cuando su amigo salió del cuarto de baño, Nicolás se metió en la ducha y abrió el grifo. Reguló la temperatura del agua hasta que estuvo a su gusto y la dejó recorrer su cuerpo. Cerró los ojos y trató, sin éxito, de no pensar en nada aunque solo fuera por unos segundos. Estuvo un rato así, dejando que el agua cayera.

Ahora sonaba «El silencio de la noche», de Sangre Azul.

Sábado, 1 de octubre de 2016. 21.03 horas. Madrid

Recibió la ansiada llamada.

Estaba muy nerviosa, las sensaciones bullían en su estómago.

Hizo caso a su hijo y, aunque le daba la impresión de tener cientos de ojos clavados en ella, no volvía su cabeza para mirar atrás. Caminó con paso firme, decidido. Tal como le había pedido él. Quizá fuera la mejor forma para pasar desapercibida, quizá no. También hizo caso a Fernando en eso de no ocultar demasiado su rostro a los demás. Tenía toda su fe puesta en él, pero, a pesar de ello, era inevitable que notara esos rescoldos de duda y de miedo a que todo se fuera por la borda antes de tiempo. Pero si él le había dado unas instrucciones precisas, desde luego, las iba a cumplir a rajatabla. Continuó andando. El ansia le pudo un poquito y volvió la cabeza.

En verdad nadie la miraba.

Respiró aliviada.

Pensó en la de veces que su hijo le había comentado que la tensión ante diversas situaciones era más una virtud que un hándicap, pero siempre en su justa medida. A ella le encantaría poder creérselo. La tensión era una mierda. Vivir en tensión era lo único que conocía en su día a día, y lo que estaba deseando era dejar de hacerlo. Poder, por una vez en los últimos años, levantarse de la cama sin ese dolor que la acompañaba a diario. Sin esas imágenes que se le clavaban en el cerebro y no la dejaban en paz. Con esa voz que clamaba venganza en su cabeza. Estaba segura de que, cuando todo llegara a su fin, todo aquello quedaría atrás. Por fin podría decir que se alegraba por estar viva.

Ya había recorrido la mitad del camino. La distancia entre ambas vivienda no era demasiada, pero le parecía estar recorriendo decenas de kilómetros. Quería llegar cuanto antes.

No fue consciente de ello, pero saber que no le quedaba demasiado por recorrer le hizo apretar el paso. No tuvo ni idea de que en verdad era lo que quería Fernando, quien estaba seguro de que acabaría haciéndolo.

Sábado, 1 de octubre de 2016. 21.08 horas. Madrid

Ramírez volvía en esos momentos de comprar bollería en una tienda de esas que abrían las veinticuatro horas del día. Fonts, al verlo entrar en el coche, sonrió abiertamente.

—¿De veras quieres que me coma toda esa mierda? ¿Cómo te deja tu mujer comer toda esa porquería?

—Porque no lo sabe. ¿De qué iba a poder comer, si no? Pero también te digo una cosa: yo no engordo, estoy igual que cuando tenía veinte años. Lo quemo a disgustos, disgustos que me dais entre todos.

—No le tomes en cuenta nada a Nicolás. No es consciente de lo que hace. Entiende que ese puto chiflado va a por él, directo a desquiciarlo. Lo raro sería que no lo hiciera —comentó mientras tomaba un bollo relleno de chocolate y se lo llevaba a la boca—. Y eso de que lo quemas... Pareces Papá Noel con esa barba y esa barriga, ¿también eras así cuando tenías veinte años? —rio divertida.

Ramírez también lo hizo.

—Que ya lo sé, Fonts. Pero, de verdad, me fastidia que se nos haga de menos. Entiendo por lo que está pasando. Pero, joder, si confiara más en nosotros, quizá estaríamos un pasito más por delante. No sé. Además, es que tiene mucha gracia, porque él es inspector como nosotros. Si quiere mirarnos por encima del hombro, lo que debería hacer es darle una patada al inspector jefe y se acabó. Te juro que no tendría problema ninguno en acatar sus órdenes si de verdad su rango estuviera por encima del nuestro. Es muy buen líder y esas cosas, pero no me gusta que un igual venga a decirme lo que tengo que hacer. Que pille el puesto y luego que me pida lo que quiera.

—Joder, Ramírez, te creía más inteligente. Ya sabes por qué no quiere ser inspector jefe.

—Pues a mí todo eso me suena a milongas, qué quieres que te diga. ¿Te crees tú que si me propusieran a mí ser inspector jefe iba a decir que no? Menos preocupaciones y más sueldo. Lo que pasa es que a mí no me quieren en el puesto porque yo digo las cosas como las pienso. Y eso no gusta, querida. No gusta nada.

—Eso de menos preocupaciones lo habrás dicho tú. El inspector jefe se come todas las cagadas que hacemos nosotros.

Ramírez soltó una gran carcajada. Sus dientes estaban negros por el chocolate de la bollería.

—¿En serio te crees eso? Eso será en otras unidades, en la nuestra, ese capullo no responde por nada. Solo está para las fotos y las medallitas. Aunque te voy a decir una cosa, Brotons no lo traga. Bueno, ni él ni nadie.

—Mira que sois exagerados... A mí no me parece mal hombre, lo que pasa es que está acostumbrado a que Nicolás le haga el trabajo sucio, y él no es tonto y lo aprovecha. Reconoce que te jode que tienes quince años más que Valdés y parece que fuera al revés en cuanto a experiencia. No pasa nada. Yo estoy a punto de superarte también.

—Mira que eres...

Continuaron degustando los manjares prohibidos que había traído Ramírez cuando, de repente, Fonts dejó caer la rosquilla que tenía entre los dedos. Vio a una mujer andando a paso muy ligero. En circunstancias normales no le hubiera parecido nada raro. Menos aún en Madrid. Pero con los sentidos puestos en cualquier cosa fuera de lo común, tuvo que fijarse en ella por narices; además, la reconoció por la fotografía de carnet que había aportado a la doctora Vílchez para la elaboración de su ficha. Los años podían haber pasado, pero ella estaba prácticamente igual.

—¡Mira! ¿No es ella? —preguntó bastante nerviosa.

Ramírez se echó hacia delante e intentó fijarse bien.

—¡Coño! Creo que sí. ¿Qué hacemos?

—Seguirla de cerca. Bájate del puto coche, no se nos puede escapar.

—Pero, Fonts, ¿doy el aviso?

—Dalo si quieres, que vengan. Pero primero vamos nosotros. Como empiecen a llegar efectivos se nos van a asustar y la liamos. Yo voy ya a por ellos.

Salió del coche.

Ramírez maldijo a la vez que sacaba el aparato de radio oculto que había en la guantera del vehículo. Dio el aviso y nada más obtener respuesta salió a toda velocidad detrás de Fonts.

Ambos caminaron a una distancia prudencial de la mujer. Ella no miraba hacia atrás, lo que les facilitaba bastante el seguimiento. Andaba rauda, como si tuviera una prisa inmensa por llegar al lugar al que se dirigía, confirmándoles que no tenía ni idea de que la estaban siguiendo. O eso o lo disimulaba muy bien.

La siguieron durante unas cuantas calles más hasta que se detuvo frente a un portal. Habían pasado unas cuantas veces por ahí y ambos se preguntaron sin decir nada si ese no sería el lugar en el que se encontraba escondido el Mutilador.

—¿Has dado el aviso? —inquirió Fonts.

—Sí, supongo que mandarán a alguien rápido para apoyo de por aquí cerca. No tardarán demasiado.

—No podemos esperar. Imagina que nos ha visto y se lo dice a su hijo.

—Ni siquiera sabemos si él está ahí. Puede que sea la casa en la que vive ella. Puede que venga incluso del domicilio del asesino.

—Razón de más para que no esperemos y vayamos a por ella. Si se nos va, puede que perdamos la única oportunidad de acercarnos. ¿Vienes o no? —dijo mientras extraía su arma y le quitaba el seguro.

Ramírez miró a ambos lados de la calle dudando. Sin saber muy bien por qué, se dejó llevar e imitó a su compañera. Extrajo su arma. Antes de quitarle el seguro mandó un whatsapp a Nicolás con la ubicación exacta del edificio. Después se preparó.

—Joder, la que podemos liar es pequeña. Vamos.

Ambos se acercaron con cautela hasta el portal. El cristal opaco no dejaba ver nada de su interior. La luz estaba apagada, lo que tampoco ayudaba demasiado. La puerta no se había cerrado del todo. Parecía antigua, por lo que no era de extrañar que fuera así; en el portal de Fonts ocurría lo mismo.

Con miedo de qué iba a encontrarse, la inspectora empujó la puerta con sumo cuidado. Estaba oscuro, pero no quería encender la luz para no advertir de su presencia. Ni siquiera sabía a qué piso dirigirse, pero confió en su propia intuición para resolver la situación. Esperó a que Ramírez entrara y devolviera la puerta a su posición inicial. Entonces la oscuridad lo invadió todo, pero no tanto como cuando una sombra se abalanzó sobre los dos e hizo que todo se tornara mucho más oscuro, oscuro como boca de lobo.

Sábado, 1 de octubre de 2016. 22.14 horas. Madrid

—Te noto tenso —comentó ella con un evidente gesto de preocupación dibujado en su rostro—. A ver, entiendo que no nos conocemos de mucho todavía, pero supongo que algo no anda bien. No estás igual que esta mañana. Todo parecía que fluía de otro modo.

Alfonso salió de su ensimismamiento.

—¿Eh? —dijo.

—¿Lo ves? Te decía que te noto tenso.

—Sí, bueno, reconozco que no estoy en mi mejor momento.

—Si no me lo quieres contar, no pasa nada. Entiendo que tu trabajo es muy reservado. Además, también te he dicho que no nos conocemos demasiado. No sabes si soy de fiar o no.

—A ver, es verdad que no nos conocemos demasiado —convino él esbozando una sonrisa—, pero tampoco te creas que trabajo investigando expedientes X. Estoy en un caso sobre un asesino en serie que nos está volviendo a todos locos.

—¿Es el que se cargó al abogado y a su familia? ¿El que se escapó del manicomio? ¿El puto Mutilador de Mors?

—¿Debería preocuparme de que sepas todo esto?

—Sí y no. ¿Tú no ves la televisión?

—No demasiado.

—Tampoco te creas que yo... pero es inevitable ver algo. No se habla de otra cosa. Y bueno, supongo que la mitad de las cosas que cuentan se las inventan los propios medios. Pero, vamos, que sí que sé un poco sobre el caso, sí.

—¿Y qué dicen los medios?

—Que os llevan dando tumbos de un lado a otro sin que saquéis nada en claro. Eso sobre todo. Y que él es lo más parecido a una bestia que nos podríamos encontrar en el mundo.

—Entonces no se están inventando nada, es así. Aunque en la parte en la que hablan de él, se han quedado cortos.

—Bueno, también cuentan que puede que sea el autor de la muerte de una enfermera y un médico más.

—Lo que yo te diga, saben lo mismo que nosotros. Tampoco es tan extraño. Pagan bien por las exclusivas, ¿sabes?

—¿Alguna vez las has dado tú?

Alfonso la miró y sonrió.

—Demasiado preguntas tú.

—No, es mera curiosidad. Morbo, diría yo.

—¿Morbo?

—No del que tú te piensas —repuso y rio nerviosa—. Bueno, de ese también un poquito, pero no te lo creas demasiado. Es el morbo que siente la mayoría de la gente por tu trabajo y todo lo que lo rodea.

—Te aseguro que cuando estás metido en ello todo ese morbo se esfuma. Los cadáveres no tienen glamour ni nada parecido. Eso lo arregla Hollywood. Y no. Respondiendo a tu pregunta: no. No me han pagado nunca por información. Tampoco me lo han ofrecido, aunque supongo que hubiera dicho que no.

—Así que estoy cenando con un moralista.

—En absoluto —replicó y soltó una carcajada—. Te aseguro que de eso tengo poco. Para que me entiendas, ¿a ti te gusta ser la mejor en tu trabajo?

—¿Qué pregunta es esa? ¿A quién no?

—Te sorprendería, créeme. Pues, bueno, a mí también me gusta serlo. Primero quiero resolver un caso, luego, si me quieres pagar por información sobre él... A todos nos gustaría tener un coche mejor. Y el que diga que no... Pero eso. Que primero se trata de pillar a los malos. La mayoría de las veces esas filtraciones interfieren en que así sea. No sería la primera vez que alguien se ha escapado porque la televisión ha contado que estábamos al acecho.

—Joder, pero eso es una putada. ¿Y un juez no puede hacer nada?

—No, a los periodistas les ampara la Constitución. Mientras lo que digan sea verdad pueden hablar de lo que les salga de los cojones.

—¿Y el secreto de sumario?

—Eso es otra mierda peliculera. Ante el dinero no hay secretos que valgan.

—Joder, no tenía ni idea...

El teléfono de Alfonso comenzó a sonar. En un principio maldijo recibir una llamada en ese preciso instante. Cuando lo extrajo del bolsillo y vio de quién se trataba se le demudó el rostro.

—Perdona, tengo que contestar.

Ella asintió.

—Dime, Nicolás.

Noelia observó cómo el inspector fue palideciendo por momentos a medida que su interlocutor le contaba algo. Cuando colgó, apenas tenía color en el rostro.

—¿Qué ha pasado? —preguntó.

Tardó unos segundos en reaccionar, pero cuando por fin lo hizo, sacó su cartera y extrajo dos billetes de cincuenta euros. Los echó encima de la mesa.

—Lo siento. Me tengo que ir.

—Pero...

Alfonso ya no la escuchaba. Se estaba alejando de la mesa a toda velocidad.

48

Sábado, 1 de octubre de 2016. 23.06 horas. Madrid

Durante el trayecto no pudieron articular palabra. Ni querían hablar, ni les salía nada que pudiera tener cierta coherencia. Alfonso había pasado a recoger a Nicolás, que estaba demasiado nervioso como para conducir. El golpeteo constante de sus uñas contra el reposabrazos de la puerta del copiloto así lo demostraba. Sus suspiros constantes también apuntaban a lo mismo. Alfonso sentía lo mismo que él, pero intentaba serenarse lo máximo posible para no darle a Nicolás el último empujón que le faltaba para caer por el abismo.

Aparcaron cerca del cordón policial. Decenas de curiosos se agolpaban para ver qué había pasado. Lo normal. Todo tipo de teorías se tejían entre los allí presentes. Desde violencia de género hasta un ajuste de cuentas. Todos estaban desencaminados. Muy desencaminados.

Pasaron el cordón sin ni siquiera mostrar sus credenciales. La Policía Científica ya se había personado. También se encontraba allí el juez de guardia y el doctor Herrero —acompañado de un ayudante—, al que Nicolás saludó con un escueto asentimiento con la cabeza. El forense aguardó hasta que los de Científica hubieran acotado la zona segura libre de indicios para poder acercarse al cuerpo. Una vez lo hizo, extrajo una grabadora e instó a su ayudante a que fuera tomando notas de lo que él iba hablando.

—La víctima yace en posición de decúbito abdominal. Presenta, a primera vista, una laceración de gran consideración en el cuello. No se advierten otras señales de violencia. La hora de la muerte se establece entre las 21.30, hora en la que dan el aviso, y las 21.58, hora en la que los agentes con número de placa, que luego anotaré en el informe, llegan a la escena y encuentran el cuerpo sin vida del inspector Emiliano Ramírez. El estudio continuará en el Instituto Anatómico Forense una vez el juez ordene el levantamiento.

Apagó la grabadora y fue directo hacia la posición de Nicolás. No le hizo falta preguntarle nada, sus ojos eran los de una persona completamente desquiciada.

—¿Dónde cojones está Fonts? ¿Está también muerta? —preguntó respirando muy rápido.

El doctor Herrero, antes de responder, observó cómo Alfonso, que tampoco estaba demasiado sereno, agarraba del hombro a su compañero. Parecía tratar de tranquilizarlo ante un inminente estallido por parte del inspector.

—No se sabe. No hay cuerpo. Es posible que se la haya llevado. Lo siento...

Nicolás no dijo nada y comenzó a andar hacia las escaleras con cierta rapidez. Subió los escalones de dos en dos y llegó hasta el piso en el que se suponía vivía Fernando. Un agente custodiaba la puerta. Se colocó unas calzas y unos guantes —se había surtido de ambos en la propia puerta de la vivienda— y pasó al interior. Alfonso subió tras él algo rezagado y con mucho miedo ante lo que pudiera pasar a partir de ese momento.

El agente de la entrada les contó que se lo había puesto fácil, pues había dejado la puerta de la vivienda abierta de par en par.

—Joder, quería que supiéramos que ha estado aquí todo el tiempo —comentó Alfonso nada más entrar.

Nicolás andaba tembloroso, al borde del ataque de nervios. Alfonso lo sabía e intentaba evitar cualquier tipo de comentario fuera de lugar. Su salud mental peligraba. Era muy raro que no dijera nada. Que no explotara.

—¿Qué tenéis? —preguntó Valdés a los agentes de la Científica que empolvaban parte del salón.

—Está todo lleno de huellas. Supongo que es lógico que aquí, en su propia casa, no llevara unos guantes a todas horas. De todas formas no nos sirve una mierda, solo para confirmar que vivía aquí. No hay nada más, ni documentación, ni ningún tipo de papel, solo esa pila de libros de ahí encima.

Nicolás se volvió y contempló lo que el policía le indicaba. En efecto, había un gran surtido de libros. Todos de autores españoles y, en su mayoría, de novela negra. Por unos instantes llegó a pensar que esas obras le habían servido de inspiración para cometer sus crímenes, pero rápidamente descartó esa idea. Si algo le sobraba a Fernando era imaginación para llevar a cabo sus actos. Repasó uno a uno los volúmenes. Había leído algunos de ellos. Dolores Redondo, Andreu Martín, Claudio Cerdán, César Pérez Gellida, Bruno Nievas, Gabri Ródenas, Roberto López Herrero, Lorenzo Silva, Blas Ruiz Grau... la lista era extensa.

Lo único que sacaba en claro de aquello era que Fernando se había entretenido todo ese tiempo leyendo. Tampoco es que aportara nada de valor a la investigación, pero al menos sabía más de él.

—Nicolás, necesitamos centrarnos en encontrar a Fonts. Puede que Sara sea nuestra mejor arma, quizá consiga averiguar las intenciones de Fernando con ella.

El inspector Valdés se volvió hacia su amigo.

—Sara ha dejado bien clara su posición. No nos va a ayudar una mierda. Estamos solos, me cago en la hostia. No teníamos que habernos ido, ¡joder!

Se volvió y agarró la mesa redonda que presidía el centro

de la estancia. Con un rápido movimiento le dio la vuelta y la lanzó una distancia suficiente como para golpear contra el mueble que sostenía la televisión, haciendo que esta cayera al suelo y la pantalla se hiciera añicos.

—Pero ¿qué coño haces? —protestó uno de los de Científica.

—¿Qué coño hacéis vosotros? —replicó enfurecido Nicolás—. ¿Acaso pensáis que vais a encontrar algo aquí dentro? ¿Para qué cojones estáis perdiendo el tiempo? No vais a encontrar nada, ¡nada!

—Nicolás, cálmate, por favor —le pidió su amigo agarrándolo de los hombros con firmeza.

—¿Calmarme, Alfonso? —repuso con los ojos inyectados en sangre—. Se ha cargado a Ramírez, ¿es que no lo has visto? Tiene a Fonts, ¿qué cojones le estará haciendo ahora? ¿Que me calme? ¿En serio me dices que me calme? ¿Para qué coño haría caso a Ramírez? ¿Por qué hostias me he tenido que ir? Ahora, ¿quién se lo va a decir a su mujer? ¡Tendría que estar con ella y sus hijos, Alfonso! ¡Es un puto sábado por la noche! ¿Por qué coño estaba aquí y no con ellos? ¿Por qué mierda está pasando todo esto?

Alfonso tardó unos segundos en responder. Le costaba horrores encontrar las palabras adecuadas para que su amigo no reventara por dentro, como parecía que estaba a punto de suceder.

—Ya, por favor, cálmate, en serio. Si te hubieras quedado, puede que ahora estuvieras tirado al lado de Ramírez. Llámame egoísta si quieres, pero prefiero que no sea así.

—No me hubiera matado, ¿es que no lo entiendes, Alfonso? Quiere acabar conmigo, pero de otra manera, quiere que pierda la puta cabeza, los putos papeles. ¿No lo ves? Lo está consiguiendo, me cago en la puta hostia. ¡Me está volviendo loco!

—Vale, vale, sí lo entiendo, pero, joder, si tú mismo eres consciente no caigas en su trampa. Nicolás, Fonts puede que esté viva, tenemos que encontrarla y te necesito. Déjame que hable con Sara. Ella nos ayudará a encontrarla, estoy seguro. Está dolida, pero es la puta ama en lo suyo. Ante todo será profesional. Deja a los de Científica hacer su trabajo, no lo compliques más, por favor.

Nicolás respiró profundamente varias veces cerrando los ojos. Notaba cómo el corazón se le quería salir de la boca, como si quisiera escapar de su cuerpo. No le extrañaba. Él mismo quería escapar de su propio cuerpo.

—Vente para abajo. Vamos a pensar con la cabeza fría, por una vez. Por favor —le dijo a los técnicos que todavía miraban asombrados la reacción del inspector—, decid que os habéis encontrado esto así o lo que os dé la gana, pero no compliquemos más las cosas con el inspector. Que ya estamos muy jodidos.

Asintieron.

El inspector Valdés hizo caso a su amigo. Quiso disculparse con los de Científica, pero no le salían las palabras. Ya lo haría en otro momento.

Bajaron por las escaleras y salieron del edificio. Ambos evitaron mirar hacia el cuerpo sin vida de Ramírez. No necesitaban alimentar más su rabia, porque ya rebosaba.

También salieron del perímetro delimitado por el cordón policial. Alfonso sacó un paquete de cigarrillos y se puso uno a la boca. Nicolás, que habitualmente le hubiera regañado, no le dijo nada. Alfonso buscaba un mechero entre sus bolsillos sin éxito. Una mano apareció con uno y le ofreció encenderlo.

Ambos se volvieron de golpe.

—Dame uno, anda.

Era Sara.

—¿Qué haces aquí? —preguntó extrañado Nicolás.

—Vengo a contaros algo. Antes que nada dejadme deciros que siento muchísimo lo que le ha pasado a Ramírez. Y que encontraremos a Fonts. Y ahora os cuento que creo que sé quién será la próxima víctima.

Ambos la miraron asombrados, como si hubiera anunciado tener una cura definitiva para el cáncer.

—Dame el cigarro primero —insistió Sara.

Alfonso se lo dio y ella misma lo prendió. Dio una calada profunda, cerró los ojos y dejó que la nicotina se apoderara de su centro de placer. Tiró el cigarro y lo pisó mientras expulsaba el humo por la boca.

—Será el juez Pedralba.

—¿Qué dices? —dijeron ambos inspectores al unísono.

—Mi equipo y yo hemos centrado la investigación en la red de tráfico de bebés que establecieron el abogado, la enfermera y el médico. Hemos ido atando cabos sobre las personas necesarias para llevar a cabo esas operaciones. Todo esto, sin un juez, no sería posible. Bueno, no necesariamente, pero en circunstancias normales lo necesitaríamos. Con esa premisa hemos buscado información que los pudiera relacionar a los tres con un juez y, ¡bingo! Tirando de hemeroteca, ayudados por la Unidad de Información Tecnológica, hemos encontrado fotos en las que coinciden el juez con el médico y el abogado. Eran actos sociales, pero el mero hecho de aparecer juntos ya nos dice mucho. Además, al parecer eran amigos. Creo que necesitamos poco más para imaginarnos que era él.

—Ya, pero eso son conjeturas —replicó Alfonso—, no podemos, sin más, pensar que un juez está metido en toda esa mierda. Nos jugamos el cuello. Además, Pedralba siempre se ha mostrado muy participativo en el proceso, nos ha facilitado todo en cuanto a peticiones. Si estuviera metido no creo que hubiera querido que llegáramos hasta él.

—Al contrario. Piénsalo. Un juez reputado metido en un saco de mierda. Si saliera a la luz, adiós carrera, adiós todo. Incluso criminales juzgados por él podrían aprovechar la circunstancia para pedir una revisión de sus casos. ¿Imagináis el caos?

—¿Por eso piensas que no ha pedido en ningún momento

ayuda sabiendo que podrían ir a por él? —planteó Nicolás dando credibilidad a la teoría del SAC.

—Claro. Creo que ha aceptado su condición de mártir. El juez tiene una familia, sé de primera mano que sus hijos están fuera de España, pero, sorpresa, su mujer se ha ido a pasar unos días a un balneario junto a unas amigas, según hemos averiguado. ¿Casualidad? No. Sabía lo que pasaría si Fernando fuera a por él, acabaría con todo lo que hubiera a su alrededor. Ha pensado que es mejor morir que destruir la vida a su familia. Que toda su vida acabara destruida.

El inspector consideró lo que Sara decía. No era descabellado. Al contrario, parecía lógico y lícito por su parte.

—¿Tenemos una dirección? —inquirió.

Sara asintió. Metió la mano en el bolsillo y extrajo un papelito que entregó a Nicolás.

Él lo miró y consideró sus opciones. Ninguna de las que se le pasaba por la cabeza le parecía del todo acertada, pero por alguna tendría que decantarse.

—Puede que solo sea una trampa por su parte, como lo de ahora —comentó sin dejar de mirar el papel—. Puede que nos esté esperando para rematar la faena.

—Deberíamos montar un operativo para que al menos no escape con vida —sugirió Alfonso.

—Ya, pero Fonts podría estar viva. Si ve aparecer a un montón de polis la va a matar.

—Entonces ¿qué sugieres?

—Ir yo solo.

—¡Y una mierda que te comas! —protestó Alfonso.

—¡Chis! Baja la voz —pidió sereno Nicolás—. Ya conoces a Fernando, ya conoces su juego. Lo está haciendo, precisamente, para que le demos motivos para actuar de esa manera. No podemos poner en juego la vida de Fonts.

—Y la del juez... —añadió Sara.

—Siento decirlo así, pero eso para mí, ahora, es secundario. Fonts está en manos de ese cabrón por mi culpa, si el juez muere será por sus propios actos. Fonts no ha hecho nada para acabar así, solo pegarse a mí.

—Pero, Nicolás... —dijo Alfonso sin reconocer a su amigo en esas palabras que acababa de pronunciar.

—No hay peros. Iré yo solo, nada de operativos.

Alfonso se quedó mirando a los ojos del inspector. No pensaba dejar que su amigo fuera en busca de una muerte casi segura.

—No habrá operativos, pero iré contigo. No puedes hacerlo solo, no eres el puto Batman. No vivimos en una película americana en la que el héroe puede contra un ejército terrorista. No. Te enfrentas al mismísimo Satanás.

Nicolás lo consideró por unos instantes.

—Está bien, vamos.

Ambos comenzaron a andar en dirección al coche. De pronto, Nicolás se detuvo y dio media vuelta. La inspectora jefe no le quitaba ojo. Había preocupación en su mirada.

Anduvo unos pasos hasta colocarse de nuevo frente a ella.

—Sara, yo...

—No digas nada, Nicolás, ya lo sé. Te pido un favor: vuelve.

Quiso besarla, pero entendió que lo único que podría sacar tras el gesto sería un potente bofetón por parte de la inspectora jefe. Fue entonces cuando, sin esperarlo, ella se acercó hasta su cara y posó sus labios sobre los suyos.

Nicolás la miró a los ojos y después se dio media vuelta. Fue de nuevo hasta el coche, donde Alfonso lo esperaba junto a la puerta del piloto.

—Conduzco yo —afirmó Nicolás.

—Estás nervioso, déjam...

—Conduzco yo.

Alfonso apretó los labios y expulsó una gran cantidad de aire por la nariz. Negó dos veces con la cabeza y rodeó el coche hasta llegar a la puerta del copiloto. Ambos montaron y Nicolás encendió el motor.

49

Domingo, 2 de octubre de 2016. 1.13 horas. Madrid

Nicolás aparcó el vehículo a una distancia prudente de la dirección que tenía anotada en el papel que le había dado Sara. Había tratado de no pensar en ella durante el trayecto, en concentrarse en su cometido, pero le había sido imposible. Ver cómo parecía haber reculado en su odio hacia él le confería algo de esperanza. Uno que le decía que todo podría acabar saliendo bien. O más o menos, dadas las circunstancias. También había tratado de no pensar en la imagen de Ramírez tirado en el suelo, igual que en lo que ese monstruo le podría estar haciendo a Fonts —en caso de no habérselo hecho ya—. Todo eso también había sido inútil. Su cabeza era un hervidero de imágenes y pensamientos inconexos. Así no iba a resolver nada. Pero ¿cómo hacer para sacarlo todo de su mente? Sobre todo seguía pensando en esa mujer e hijos que nunca podrían comprender lo que había sucedido, esos que también lo culparían a él por lo que había pasado y que, en realidad, no iban desencaminados. Era sábado, debía estar en su casa, no de camino a la morgue.

Miró hacia su derecha, Alfonso no hablaba; de hecho, estaba pálido.

—¿Estás bien? —se interesó Nicolás.

—No sé, Fernando Alonso, dímelo tú.

En circunstancias normales, el inspector Valdés hubiera sonreído, pero no le apetecía hacerlo. Sin duda se refería a que había rebasado el límite de velocidad en un tramo de decenas de kilómetros de camino a su destino: no había tiempo que perder.

—Lo siento —se disculpó sin más.

—¿Cuál es el plan? —preguntó Alfonso sin dejar de mirar adelante—. Porque tendrás un plan, supongo.

—Sí, lo tengo.

—Pues tú me dirás, porque...

—Lo siento —repitió.

—¿Qué coño sientes?

Sin dejar que reaccionara, Nicolás dio un puñetazo a su amigo en la cara. Alfonso, tras el impacto, se golpeó en la cabeza contra el cristal de la ventanilla del coche y quedó inconsciente.

—Esto —respondió mirándolo con los ojos llenos de lágrimas.

Agarró la pistola de su amigo, el teléfono móvil y sacó dos pares de grilletes de su bolsillo. El primero se lo colocó en las muñecas; el segundo sirvió para atar a Alfonso a la puerta del copiloto sin posibilidad de escapar de allí.

—Sé que ahora no me oyes, tío. Pero no puedo dejar que también te mate a ti. No sé qué va a suceder ahí arriba, pero me temo que morirá Fernando o lo haré yo.

Suspiró profundamente mientras tomaba de nuevo las constantes de Alfonso. Solo había perdido el conocimiento por el golpe, tal como esperaba. Sabía que jamás podría perdonarle lo que había hecho, pero también sabía que no podía permitir poner su vida en riesgo, como hacía con todos los que se acercaban a él.

—Lo siento —dijo por tercera vez.

Salió del vehículo, fue hacia el maletero y guardó el arma y el móvil de Alfonso en él. Cerró el coche con llave. Sabía que la seguridad del vehículo impedía que las puertas pudieran abrirse desde dentro. Tendría que apañárselas él mismo para salir de allí si él no volvía de su destino.

Quitó el seguro de su arma y la guardó en la parte delantera de sus pantalones vaqueros. Sintió su frialdad cuando le rozó la piel, pero no dejó que esto le impresionara. Cerró los ojos antes de comenzar a andar. Contó hasta diez: el momento había llegado y necesitaba el cien por cien de sus capacidades operativas.

Pensó que casi las tenía.

Anduvo. Tras doblar un par de esquinas, con sumo cuidado de no ser visto si se lo topaba de cara en la calle, llegó hasta su destino. Observó el edificio, que parecía de reciente construcción, no más de un año. Su impecable fachada lo atestiguaba. La noche apagaba el color que emanaba, pero, aun así, presentaba unos tonos vivos que le parecieron incluso estridentes. Sacó de nuevo el papel y lo volvió a leer. Se lo había aprendido de memoria, pero más valía asegurarse del todo. El juez vivía en un primero. Nicolás iba concienciado de que Fernando ya lo estaría esperando en la vivienda, pero le resultaba inevitable plantearse si acaso todavía tendría una mínima esperanza de poder rescatar al magistrado de una muerte segura. Quizá no era el momento para ese tipo de cavilaciones. Quizá lo mejor era prepararse para lo peor, ya que casi seguro sería lo que iba a acontecer. No había momento para la indecisión. La puerta que daba acceso al edificio estaba cerrada y no tenía ni idea sobre forzar cerraduras. Si quería entrar iba a tener que usar otras capacidades.

Miro hacia el balcón que, supuestamente, pertenecía a la vivienda del juez. La altura no era demasiada, pero ni de lejos podría llegar, ni aunque midiera medio metro más. Se fijó en una farola, no estaba demasiado lejos del balcón del edificio vecino. Si trepando por ella pudiera llegar hasta él, quizá de un buen salto podría acceder al del juez. La persiana estaba levantada, si la ventana estuviera, además, abierta tendría acceso al inmueble.

Se acercó a la farola y comenzó a trepar por ella. Recuerdos de la Academia de Ávila le vinieron de manera fugaz a su cabeza. No le costó demasiado alzarse hasta la altura deseada. Psíquicamente estaba destrozado, pero físicamente seguía sintiéndose como un toro. Hizo toda la fuerza que pudo con sus muslos y gemelos para agarrarse bien a la farola, pues necesitaba soltar sus manos y doblarse sobre sí mismo para acceder al saliente del edificio. No le fue tan sencillo como había imaginado, pero, aun así, tras un intenso esfuerzo llegó hasta él. Con toda la fuerza que sus brazos pudieron desplegar, se agarró a la barandilla y tiró de su cuerpo hasta lograr subirse al balcón. Primer paso completado.

El segundo, a pesar de parecer más sencillo, era bastante más complicado. Si saltaba de un balcón a otro y se agarraba a la barandilla haría ruido, lo que podría alertar a Fernando. Eso quedaba descartado. Tenía que complicar más las cosas saltando para agarrarse al suelo en vez de la barandilla. El cálculo de fuerza que debía aplicar en el salto era fundamental. Si se quedaba corto, caería al suelo y tendría que volver a repetir el proceso. Si se pasaba, golpetazo contra el metal y el consiguiente estruendo. Respiró varias veces antes de lanzarse. Contó hasta tres y no lo pensó más. Durante lo poco que estuvo en el aire, fue capaz de visualizar el lugar exacto en el que quería que sus manos aterrizaran. No supo si eso tuvo que ver en que al final tuviera éxito, pero lo único que importaba —salvando el dolor en el hombro izquierdo al dejar caer todo el peso del cuerpo sobre los brazos— era que estaba colgado de la cornisa, tal como quería. Desestimó el dolor y volvió a emplear su fuerza para aupar su cuerpo de manera sigilosa. En una situación como esa, entendía los enormes requisitos físicos que se pedían para entrar en los cuerpos y fuerzas de seguridad del Estado. Logró estabilizarse y poner los pies sobre suelo firme. Volvió a considerar qué hacer. La parte positiva era que, si Fernando no había llegado todavía, podría excusarse con el juez y ponerlo a salvo. Su carrera como policía le daba igual en aquellos momentos. Ahora, lo único que importaba era la vida del juez —sí, había reconsiderado eso de que le importaba tres pimientos si caía o no— y, cómo no, la de Fonts. Tenía que intentar salvarlos a los dos a toda costa.

Se agachó. El hueco que había debajo de la persiana era suficiente para poder pasar si se tiraba al suelo y se arrastraba. Lo hizo sin dudarlo. Con las yemas de los dedos empujó de suavemente el cristal de la ventana, que cedió sin hacer demasiado ruido. Perfecto. La suerte lo acompañaba por el momento. Se preguntó si significaba que el Mutilador había entrado por ese mismo lugar o que el juez era más descuidado de lo que pudiera parecer. Oyó un ruido extraño proveniente de la vivienda, así que pensó que iba a ser más lo primero que lo segundo: Fernando estaba allí. Volvió a cerrar la ventana para que ningún sonido exterior alertara al asesino de que Nicolás había llegado. Se puso de pie, extrajo el arma de su pantalón y comenzó a andar con sigilo. La habitación por la que había accedido no era un dormitorio en sí. Una montaña de camisas arrugadas descansaba encima de un mueble de madera con una tabla de planchar al lado. Un armario simple, sin estridencias, completaba el resto de la decoración de la habitación. Siguió andando despacio. Vigilaba cada paso que daba, con la intención clara de parecer liviano como una pluma. Se paró de nuevo en seco, ya que oyó algo parecido a una voz que provenía de alguna otra estancia. No creía en Dios, pero se vio a sí mismo rezando para que proviniera de la televisión.

Antes de seguir andando oyó también lo que parecía ser

una voz femenina, además de unos quejidos ahogados de otra mujer. Las dudas de si Fonts se encontraba también dentro del inmueble quedaron casi disipadas. Al menos estaba viva todavía. Ya era algo. Levantó el arma, dejó el martillo en simple acción y colocó el dedo en el gatillo. Si tuviera que hacer uso de ella estaría preparado. Se humedeció los labios con la lengua, los tenía completamente secos por la tensión. Muy despacio, asomó su cabeza por el pasillo tratando de identificar el lugar del que provenían las voces. Pudo ver una puerta al fondo por la que se traslucía un poco de luz. Puede que la televisión estuviera encendida, aunque casi seguro tendría el volumen bajado.

Una de las cosas que más le preocupaban era que Fernando fuera capaz de oír los latidos de su corazón. Eran de una intensidad inusual, con unos golpeteos que resonaban brutalmente, lo que le hacía pensar que se tendrían que estar oyendo por todo el pasillo.

Obvió esto y, sin ser consciente de por qué lo hizo, asintió, como dándose a sí mismo la señal de que era el momento de actuar. Ahora o nunca. Desconocía cómo estaría el juez. Los únicos sonidos que había logrado oír los asociaba a alguien del sexo femenino, así que priorizó salvar la vida a Fonts. Pasara lo que pasase a partir de ahora, no podía permitir que ese malnacido acabara con ella. Pegó su espalda contra la pared y, poniendo un pie tras otro, comenzó a acercarse por el largo pasillo hacia la puerta de la que emanaba la luz. Evidentemente, por su cabeza pasó más de una vez la opción de que aquello pudiera ser una trampa, que pudieran estar atrayéndole allí y que, inesperadamente, Fernando saliera de cualquier habitación. Sin embargo, oyó su voz. Lo hizo con total claridad.

—Sujeta fuerte el cuchillo —escuchó Nicolás—, así, lo único que puede pasar es que solo le causes una herida superficial. Agárralo con firmeza.

Su sentido de alerta se agudizó. ¿A quién hablaba? ¿Estaría también la madre ahí? La situación se complicaba mucho. Dos asesinos, dos posibles víctimas. El factor sorpresa solo podría servir para una de las dos y, a ciegas, le era imposible saber con cuál de ellas estaba cada uno. La única opción que le quedaba era la de improvisar. Odiaba hacerlo.

De nuevo, la voz de Fernando le sacó de esos pensamientos.

—Inspector —dijo—, ¿vas a venir o no? Prometo no matarlos hasta que no hayas aparecido por aquí.

Sintió que todo el vello de su cuerpo se erizaba. Quizá no hubiera sido una buena idea haber dejado fuera de juego a Alfonso, pues tenerlo cerca hubiera incrementado sus posibilidades en aquellos momentos. Si es que acaso había alguna... Fernando lo esperaba. Nada había cambiado dentro de su cabeza, todo seguía siendo parte de su juego ya trazado. Pero si quería jugar, ahí estaba él. Jugarían.

Dejó de andar con sigilo y se encaminó hacia la puerta decididamente. Eso sí, con el arma en alto y sin dejar de apuntar. Si hubiera tenido que describir lo que se le pasaba por la cabeza en aquellos momentos le hubiera sido imposible. Era una sensación extraña. Como si sus oídos hubieran dejado de escuchar y, por consiguiente, él en vez de andar flotara hacia su destino. Supuso que eran los nervios.

Cuando llegó vio la imagen que hizo que sus piernas apenas lo sujetaran: ahí estaba su mayor obsesión, sosteniendo a Fonts del cuello. Lo hacía de una manera tal, que la tenía totalmente sometida a su voluntad. Si fuera poco, el revólver que empuñaba y que apuntaba directamente a su sien ayudaba a que no moviera ni un solo músculo de su cuerpo. A su lado se encontraba su madre. Delante de ella, sentado en una silla, atado a ella y amordazado, se encontraba el juez Pedralba. Su rostro estaba lleno de laceraciones, de las que salía sangre que caía teñía parte de ese rostro y el cuello. Y en el cuello era donde descansaba el cuchillo que la madre de Fernando empuñaba con fuerza. Ella se guarecía de un posible disparo del inspector tras el juez, dejando visible apenas una parte de su cabeza.

Nicolás estudió la situación. Desde luego se lo habían montado bien. La pesadilla que tantas veces había tenido durante su estancia en Quantico se estaba reproduciendo de manera real. El problema, sobre todo, era que él se enfrentaba a un solo psicópata, no a dos. Lo peor de todo es que tenía muy claro que de nada le valdrían todas esas técnicas aprendidas en la sede del FBI. Uno de los motivos era la desventaja numérica, pero eso no era nada con otro de ellos: Fernando no encajaba con ningún otro psicópata visto hasta el momento. Él era otra cosa, un espécimen único, para desgracia del inspector. Tenía que pensar rápidamente en cómo actuar de otro modo o muy pocos de los allí presentes iban a salir con vida. Eso, siendo optimistas.

—Esta situación me recuerda a algo, ¿a ti no, Nicolás? —fue Fernando el que rompió el hielo.

—No sé de qué me hablas.

—¿No? No me engañes, inspector. ¿No te acuerdas de Mors?

—Apenas.

—Vaya, vaya... ¿Es que de pequeño no ibas a la iglesia? ¿No recuerdas ese mandamiento de «No mentirás»?

—No he ido mucho a la iglesia, no. Pero lo conozco. También el de «Honrarás a tus padres». Apuesto a que te gusta especialmente, ¿no? —le planteó a la vez que miraba a su compinche—, aunque, viendo la que has liado, en esta ocasión yo me inclinaría más por el de «No robarás».

El psicópata rio.

—Qué bien traído, inspector. Si es que me encanta hablar contigo. No sé por qué no lo hacemos más. Hubiésemos sido grandes amigos. No hay nada como las charlas para afianzar una relación entre seres humanos.

—Si tú lo dices...

—Todavía estamos a tiempo, si quieres.

—Antes dejaría que me arrancaras los ojos.

—Cuidado con lo que deseas, Nicolás Valdés. Veo que has venido solo. ¿Y tu amigo?

—Lo he dejado noqueado en el coche, esposado a la puerta del copiloto. No subirá.

Fonts abrió los ojos como platos, sin poder creer lo que escuchaba. ¿De verdad Nicolás había hecho esa tontería?

Fernando se echó a reír.

—Tienes cojones. No te lo voy a negar. Tienes muchos cojones. Si lo has hecho por protegerlo, te advierto que aún no tengo interés en matarlo. A no ser que la cosa se tuerza, claro.

—¿Qué es para ti «torcerse»?

—Que te dé por hacer cualquier estupidez con la pistola. Sé que te importa más la vida de la inspectora que la del juez, por lo que si veo algún movimiento sospechoso por tu parte, le voy a volar la cabeza. Es engorroso, acabaré lleno de sesos y trocitos de cráneo, pero no me da mucho asco. La práctica me lo ha quitado, supongo.

Nicolás tardó unos segundos en continuar la conversación. Quizá porque no pudo evitar imaginarse la escena y sentir un fuerte dolor en el estómago.

—Fernando, ¿qué quieres demostrar?

Este último soltó una carcajada.

—¿Demostrar? ¿Así que piensas que quiero demostrar algo? ¿Esa es la clase de mierda que te ha contado tu amiguita, la del SAC? Mucha televisión habéis visto vosotros. No necesito demostrar nada. Ya lo hice hace siete años. Ya te demostré ser mucho mejor que tú.

—No serías mucho mejor si te has pasado los últimos siete años encerrado con gente que se pasa el día con un hilillo de baba en la comisura de los labios. Y, además, te recuerdo que te los pasaste porque yo te atrapé.

Volvió a carcajearse.

—Me encanta charlar contigo, en serio te lo digo. No sé por qué no me hiciste ninguna visita mientras me tenían encerrado en Fontcalent. Ninguno de los idiotas que me querían hacer hablar tenían la capacidad de poder tener una conversación medianamente sana conmigo. En cambio, contigo, me encanta. Joder. ¿De verdad piensas que me atrapaste? Si no te lo llego a poner en bandeja, hubiera matado a ese trozo de mierda que esta santa mujer parió gracias al hijo de la gran puta de mi padre. Y, además, hubiera consumado esto mucho antes mientras tú seguías dando vueltas a lo que yo quería que hicieras. Tal como ahora. ¿Te piensas que has llegado tú solo? Venga ya. Llevo esperándote más de una hora. El problema es que estoy seguro de que tienes más capacidades de las que muestras, por eso sigo insistiendo. Tú y yo podemos medirnos a la cara, pero de momento no me llegas ni a las rodillas. Espabila.

—Pareces un político hablando. Le das la vuelta a todo y no me dices por qué estás actuando así. ¿Por qué lo haces?

—Hay gente que necesita pagar ciertos actos. No hay más.

—¿Como lo que le hicieron a tu madre? —preguntó mirando directamente a la mujer. En ocasiones parecía dudar y aflojaba la fuerza con la que sujetaba el cuchillo. Otras, en cambio, trataba de mostrarse firme agarrándolo con fuerza y pareciendo dispuesta a actuar por su cuenta y cercenar el cuello del juez.

—Sí, entre otras. Dime, ¿es justo?

—Lo que no lo es, es que tú te tomes la justicia por tu mano. ¿Es por eso la alusión que hiciste a Némesis?

—Oh, Némesis... Diosa de la justicia. Por aquel entonces, en esos mundos mitológicos, todo era mucho más sencillo. Si hacías algo malo, la diosa te lo devolvía con creces. Eso sí era justo. Ahora, toda la escoria actúa a sus anchas sin que nada ni nadie haga nada al respecto. ¿Te parece bien?

—Lo que no me parece bien es que tú te pongas en la piel de un justiciero. Y mucho menos que justifiques tus actos con todo eso. ¿No te das cuenta de que te estás contradiciendo a ti mismo?

Una enésima mueca se dibujó en su rostro.

—¿Y qué esperabas, que la justicia de este país actuara? Mierda como la que tengo aquí sentada se hubiera encargado de impedírselo. No tienes ni puta idea de cuánto han sufrido personas como ella, cuántas lágrimas se han derramado por hijos que creían muertos pero que, simplemente, habían desaparecido. Sin más. ¿Puede la justicia devolver las vidas robadas de esos que, como yo, vivían en una puta mentira?

Nicolás no supo qué decir. Debía seguir manteniendo la conversación, todo ese tiempo ganado puede que no sirviera para nada, pero mejor eso a que Fernando y su madre pasaran a la acción.

—Claro que no puede devolverlas, Fernando. Pero tú no puedes ser tan básico pensando que haciéndole todo ese mal a esas personas puedes arreglarlo. ¿Es que no te quedó ya claro en Mors?

—Mors... Si yo te contara toda la verdad de Mors...

—Prueba a hacerlo. Así hasta podría entenderte mejor. Comprende que así no puedo.

—¿Por qué crees que maté a esa gente?

—Por venganza también, supongo. Ahora comprendo detalles que antes no comprendía, como que si esta mujer te contó que la violaron tras una noche de alcohol y drogas de un grupo de amigos, quisieras tomarte la ley por tu mano. Sobre todo, sabiendo que ella era tu madre.

—¿De verdad crees que es motivo suficiente para hacer lo que he hecho? ¿Que no podría haber pensado que, aunque esa violación fuera un acto deleznable, el que no supieran lo que hacían por el alcohol podría servir para que yo me calmara? Simplemente podría haber sacado a la luz el dichoso papelito de la confesión grupal y, aunque no hubieran sido juzgados, sus vidas hubieran quedado destrozadas por el escarnio público.

—Podría ser. Supongo que sí.

—¿Y por qué no lo hice, inspector? ¿Por qué?

—Fernando, no lo sé. No sé qué quieres que te diga. No estoy dentro de tu cabeza. De hecho, no querría estarlo.

—Pues déjame que te diga por qué, inspector. Déjame ponerte en situación: tienes treinta años. Has aprendido a convivir con el papel que te ha tocado. El del otro. La otra cara de una moneda. Una que tiene un lado reluciente y otro corroído y feo: el tuyo. No obstante, vives con ello. Aceptas que tú siempre serás ese otro yo que solo recoge lo que Carlos, inconscientemente te deja. La puta doctora te enseñó a ser así. Son muchos años aceptándolo y no tienes problema. De repente alguien toca a tu puerta. Es una de esas largas noches despierto en las que Carlos siempre se levanta cansado y no sabe por qué. Pero ha aprendido, sin saberlo, a sobrevivir con un par de horas de descanso y mucha cafeína durante el día. Pero no es el caso. Como decía, es una de esas largas noches y suena el timbre de tu lujosa casa. Te extrañas. Es una urbanización de lujo con vigilancia. Aun así, vas y abres la puerta. Te encuentras con una mujer rota por el dolor. Carlos no hubiera querido saber nada de ella, pensaría que quería dinero, pero no eres así. Sus ojos te dicen algo sin hablar. La invitas a pasar y no tarda en contarte quién es. Lo normal hubiera sido echarla a patadas de tu casa, pero tú ya sabías que algo no andaba bien en tu vida y eso podría explicarlo todo. Además, da sentido a la marcha de tu padre. Te enteras que se ha pasado años observándote. Queriendo acercarse pero con miedo al rechazo. De pronto te llenas de rabia al enterarte de que el hombre al que más ha querido nunca, tu padre, la engañó para darle un hijo a su esposa, ya que esta no podía tenerlos. Se dejó embaucar por un maldito hijo de puta que no solo le hizo daño esa vez. Lo peor estaba a punto de contártelo.

—Lo de la violación años después, ¿verdad?

—Efectivamente. Pero ya digo, supongo que aquello sería una desgracia más si no fuera porque le dieron una paliza y la violaron porque quería contar lo de la trama que tenían montada de bebés robados.

—Espera, ¿qué?

Nicolás no daba crédito a lo que escuchaba.

—Lo que has oído, inspector. —Ella quiso contar lo que le había pasado. Además, no sé si habrás llegado a la conclusión tú solito, pero no fue la única mujer a la que engañaron en Mors. De ello se encargaba la panda de malnacidos que maté hace siete años. ¿De verdad pensabas que me iba a tomar tanta molestia por una equivocación de un grupo de amigos hasta las cejas de drogas?

Nicolás no supo qué decir. Ya no se trataba de darle coba a Fernando para que no actuara, era que de verdad estaba alucinando con la historia. Seguía sin poder justificar nada de lo sucedido, pero al menos empezaba a comprender las motivaciones que movían al Mutilador a cometer sus actos.

—¿Y lo de la carta firmada por todos reconociendo la violación?

—Mi padre, que era muy listo. Pensó que si alguna vez aquello se les iba de las manos, siempre sería una violación ya prescrita y tras el consumo de sustancias, no un entramado de venta de recién nacidos. Mi madre tuvo que firmarla bajo amenazas de muerte. De hecho, el falso suicidio, aunque ellos pensaron que era real, les convenía. Muerto el perro se acabó la rabia. Creo que ya sabes quién es Adela, su hermana.

El inspector asintió.

—Bien, Adela accedió a formar parte de la pantomima porque no pensaba en lo que acabaría desembocando después. Mi madre le dijo que, simplemente, necesitaba desaparecer para siempre. Ella pidió un favor al médico local para que firmara su acta de defunción. Bueno, también le contó algo al jefe de la Policía Local, ¿no?

La miró. Ella seguía apretando el cuchillo contra el cuello del juez. La rabia la consumía. Más, según la historia había ido avanzando. Asintió a la pregunta.

—A él le convenía —dijo ella por fin, hablando por primera vez. Su voz temblaba—. ¿Qué mejor para salvar el cuello él mismo que si yo desaparecía? Las otras mujeres habían aceptado sumisas haber vendido a sus hijos. Se recurría a la excusa de la muerte prematura del niño cada dos por tres. Pero yo no. Yo quería estar con mi hijo y a él le venía bien perderme de vista. Así que dio fe de que me encontraron muerta. Como los velatorios se hacían en casa, no hubo problemas para montar el engaño con un ataúd sin cadáver.

Nicolás aguardó unos segundos antes de hablar.

—De todos modos no tendríais que haber actuado así. ¿De verdad era necesario? Ahora todas esas personas están muertas, ¿y qué? ¿Qué forma de pagar por todo el mal es esa? No van a sentir esa justicia porque, simplemente, ya no sienten nada.

—El miedo de los que aún no habían caído ha sido más que suficiente, inspector —sentenció Fernando—. ¿Verdad, Pedralba?

El hombre no se movió. Ni siquiera tragaba saliva con tal de no sufrir ningún corte en el gaznate.

—Ya, ¿y ahora qué? —preguntó Nicolás—. Fernando, eres un psicópata. ¿Entiendes lo que ello conlleva? Tú crees que tienes unos motivos para actuar, ahora muy justificados, según piensas. Pero ¿qué pasará cuando te levantes mañana y comprendas que no tienes suficiente? Esa frustración que sentirás, esa necesidad que solo puede calmarse con más muertes. ¿Qué harás? ¿A quién matarás y con qué pretextos?

—Lo bueno es que todavía no he acabado.

Nicolás iba a contestarle, pero de pronto lo vio. Fonts

movió en repetidas ocasiones la nariz. Lo hacía de manera sutil, pero evidente a los ojos de Nicolás. Este último no estaba de acuerdo con que ella intentara nada, pero no había forma de hacérselo saber sin que Fernando se diera cuenta. Intentó disimular todo lo que pudo tratando de mirar siempre a la cara al asesino. Ahora, más que nunca, necesitaba ganar tiempo.

—No sé qué decir. Igualmente no puedo dejar que hagas lo que te dé la gana, ¿lo entiendes? Me importa una mierda la justicia, me da igual cómo funcione. Es la que es. A mí tampoco me gusta en muchos casos, pero no hay otra. Y porque no sea la que yo quiero no voy de justiciero por la vida. No te negaré que esa gente haya hecho cosas reprobables, de hecho, lo de que pegaran y violaran a tu madre para que no hablara me da náuseas. Pero de ahí a matarlos a todos, hay un gran trecho. Joder, mataste a la mujer y a la hija del abogado. ¿Qué culpa tenían ellas?

—Daños colaterales —contestó frío.

—Matándolo a él solo lo hubieras jodido igual.

—Créeme que no.

—Lo que más me jode es que vas de justiciero por la vida y al final no eres más que otro de esos jodidos psicópatas que matan por el mero hecho de escuchar voces.

—Creo que vas muy desencaminado.

—¿De verdad? Me lo acabas de demostrar con lo que me has contestado de la madre y la hija. Hasta ahora me estaba creyendo que actuaste bajo el dolor de lo que le habían hecho a tu madre. ¿Daños colaterales? ¡Venga ya! Ni siquiera tienes un puto remordimiento por habértelas cargado. Para ti son simples objetos. ¿No te das cuenta de lo que significa? Como te he dicho, eres un psicópata. Un jodido psicópata que no siente empatía alguna con los demás. Para ti no son personas, son cosas que necesitas para llevar a cabo tus jodidas idas de cabeza. ¿Es que no eres capaz de verlo? ¿No eras tan inteligente? ¿Por qué te escudas en lo que le pasó a ella para dar rienda suelta a tus más bajos instintos? ¿Es que de verdad te lo crees? ¿Eres tan bobo como para pensar que tienes un motivo real que no sea otro que saciar tus ansias asesinas?

El Mutilador pareció dudar ante las palabras del inspector.

—¿En serio tienes las narices de provocarme con una pistola apuntando a la cabeza de la inspectora? —dijo al fin.

Fonts volvió a mover su nariz. Fuera lo que fuese lo que iba a hacer, iba a actuar ya. Nicolás vio cómo sus labios dibujaban una leve cuenta atrás, desde tres hasta uno. El inspector notó que su corazón bombeaba sangre mucho más deprisa.

Sus músculos se tensaron, aunque mantuvo la compostura en todo momento para que no se le notara nada.

—No, Fernando, lo que intento es que trates de ver la realidad. Que no te engañes a ti mismo. Porque me estoy dando cuenta de que hablas en serio, tragándote tus propias mentiras.

Fernando quitó la pistola de la cabeza de Fonts y apuntó a Nicolás, lleno de rabia. Al mismo tiempo, ocultó más su cabeza tras la de la inspectora por si a Nicolás le daba por disparar.

El inspector miró de nuevo a la inspectora. La cuenta atrás se acabó y Fonts se impulsó hacia atrás golpeando con su parietal el hueso maxilar de Fernando, que instintivamente se echó hacia el lado derecho evitando en gran parte el impacto de la cabeza de la inspectora. Nicolás reaccionó rápido y pensó que lo mejor sería aprovechar ese par de segundos de ventaja para tratar de salvar la vida del juez. Lo localizó veloz con la mirada y apuntó todo lo rápido que fue capaz para después apretar el gatillo sin pensarlo. La bala atravesó, de una forma certera, la frente de la madre de Fernando, liberando gran cantidad de astillas de hueso y sesos que se impregnaron en la pared de atrás. A pesar de que tras el disparo soltó el cuchillo, previamente, justo cuando Fonts había hecho su movimiento sorpresa, había seccionado parte del cuello del juez por instinto propio. El inspector vio que una gran cantidad de sangre salía de la herida y pensó en socorrerlo, pero ahora importaba más dar caza al asesino e impedir que a Fonts le sucediese nada malo. Raudo, Nicolás buscó con su pistola a Fernando. Estaba en cuclillas a muy poca distancia del inspector. Como si intuyera lo que iba a pasar debido al disparo que acababa de efectuar Nicolás. Ante eso, Fernando hizo uso de toda la fuerza de sus piernas para dar un salto al lado contrario del que se encontraba, golpeándose en su caída con una silla que formaba parte de un conjunto del comedor. Lo hizo sin soltar el arma, ni siquiera cuando la bala alcanzó su bíceps y sintió la quemazón que quedó en parte disimulada por la adrenalina que segregaban sus glándulas suprarrenales. Fernando evaluó con cierta rapidez la situación y, en un rápido movimiento, cambió el arma de mano mientras se colocaba en una posición más o menos idónea para hacer uso de ella. Después disparó en dirección al inspector, pero él también había rodado por el suelo, poniéndose tras el sofá que presidía el centro de la estancia, y la bala no le alcanzó. Habiéndolo perdido momentáneamente de vista, fijó un nuevo objetivo, que no fue otro que Fonts, que corría desesperada para ponerse a salvo al no tener nada a mano con lo que poder defenderse. A punto estuvo de lograr su objetivo, pero Fernando no lo dudó y dos balazos penetraron en su cuerpo por la espalda. Uno de ellos le atravesó el pulmón. El otro seccionó la aorta, haciendo que cayera de golpe al suelo sin expresión alguna en el rostro. Tardó unos pocos segundos en fallecer.

Nicolás, que vio cómo caía a cámara lenta, se cegó por la rabia y salió de su escondite. Comenzó a disparar sin importarle la dirección de las balas. Una de ellas impactó en el gemelo de Fernando, que gritó de dolor al tiempo que, a trompicones, comenzaba a correr hacia una de las ventanas de amplios cristales. No sostenía la pistola en la mano, del impacto de la bala se le había caído al suelo, por lo que su única posibilidad de escapar pasaba por lo que pretendía hacer. Nicolás trató de impedirlo con dos disparos más, dado que no quedaban más balas en el arma. Sin embargo, erró ambos tiros pues sus ojos, llenos de lágrimas, no le dejaban ver con claridad. Escuchó cómo Fernando rompía los cristales lanzando una silla contra ellos primero y con la fuerza de su propio cuerpo después tras el salto que dio contra ellos. Apenas tardó medio segundo en ponerse en pie en el balcón. Su cuerpo estaba completamente magullado, pero eso carecía de importancia en aquellos momentos. El asesino no lo pensó, saltó desde el primero piso y cayó rodando sobre el suelo de la calle. Comenzó a correr dejado un rastro de sangre que, en principio, sería fácil de seguir.

Nicolás reaccionó y corrió hacia la ventana limpiándose las lágrimas. Saltó él también, teniendo más suerte que Fernando en su aterrizaje. Corrió cegado por la ira unos metros hasta que se dio cuenta de que había perdido el rastro al llegar a un punto en concreto, dos calles más allá del lugar de los hechos. Lo más probable era que tuviera un coche preparado para darse a la fuga si las cosas se torcían y había hecho uso de él. Recordó que el juez estaba perdiendo sangre por el cuello y su primer impulso fue el de volver a toda velocidad para tratar de socorrerlo, pero sus piernas no querían hacerlo. La imagen de Fonts tirada en el suelo sin vida ocupaba toda su mente. Se dejó caer de rodillas y emitió un grito tan desgarrador que hizo que muchos vecinos se asomaran al balcón.

Lo que encontraron fue la imagen de un hombre llorando de rodillas en el suelo. No tenía consuelo.

50

Lunes, 3 de octubre de 2016. 9.41 horas. Madrid

Sara entró en el despacho. En el interior solo encontró a Alfonso. A juzgar por el incesante golpeteo de sus dedos contra la mesa de su puesto de trabajo, estaba bastante nervioso. No era para menos: la situación era crítica en aquellos mismos instantes. Fumaba un cigarro. Cierto era que le podía caer una multa, una reprimenda o quizá algo más por hacerlo, pero también supo que, con la que estaba cayendo, quizá fuera el menor de los problemas que pudieran llegar dentro de aquella unidad.

—¿Se sabe algo ya? —preguntó sin ni siquiera saludar.

Alfonso negó con la cabeza sin mirarla. Dio una nueva calada al cigarro y expulsó el humo de manera lenta, dejando que se paseara por su rostro, como si lo estuviera acariciando.

—¿Cuánto tiempo llevan ahí ya?

—Más de hora y media. No me quiero imaginar lo que está sucediendo.

—Bueno, dentro de lo malo me han dicho que están Sanz y Matías. Son los más «blandengues» —hizo un gesto de comillas con los dedos en el aire—, quizá no sea tan malo.

—¿De verdad lo piensas?

Sara entendió que se estaba engañando a sí misma. Sí. Era grave, muy grave. Era verdad que Sanz y Matías eran los menos duros de Asuntos Internos, pero ni aun así Nicolás podría escapar de lo que se le venía encima. Los hechos hablaban por sí solos, la investigación era hasta innecesaria.

—¿A ti te llaman a declarar? —preguntó la inspectora jefe.

—Supongo, pero no creo que sea hoy. Sabes que a estos les pagan por no hacer casi nada, por tanto deben alargar sus investigaciones lo máximo posible para justificar el sueldo. De todas maneras, ya no tengo nada más que declarar. Me hubiera negado de igual manera, pero ya sabes cómo ocurrió todo. No hace falta que declare nada, los hechos son los que son.

Sara pensó en ello. Sabía perfectamente cómo habían sacado a Alfonso del coche. Cuando despertó del KO debido al fuerte golpe de Nicolás se asustó y comenzó a gritar. En esos momentos pasaba una pareja de viandantes que no dudó en llamar al 112 ante lo extraño de la situación. En unos minutos se había personado una pareja de agentes de la Policía Nacional que ayudaron al inspector a salir del vehículo con ayuda de los bomberos. Aunque Alfonso se negara a declarar, no había mucho más que decir.

—También supongo que me preguntarán a mí —añadió Sara—, al fin y al cabo, fui yo quien os dio la información del juez.

—Dudo que lo hagan. Tú seguiste el procedimiento. Diste la información al inspector encargado de llevar el caso. Lo que él decidiera hacer con esa información es solo responsabilidad suya.

La inspectora jefe suspiró. Tenía razón. ¿Por qué Nicolás había decidido hacer las cosas de una manera tan errática? Él no solía actuar así, desde luego. ¿Habría sido producto de la propia desesperación? Quizá ella debía de haberse dado cuenta de que el inspector quería librar la guerra él mismo, pero estaba tan ofuscada por la muerte de su madre que era incapaz de verlo. Un nuevo error para agregar a una lista que se convirtiendo en interminable.

—El entierro será hoy, ¿no? —preguntó de sopetón Alfonso—. De tu madre, me refiero. Ya sé que esta tarde enterrarán también a Fonts y a Ramírez. Vendrá hasta el ministro de Interior, al parecer. No veas el fiestón de soplapollas que se va a liar. Iré solo por respeto a mis dos compañeros, pero no me apetece el circo que se va a montar aquí. Menuda mierda.

—Sí, sí. Pero, vamos, que lo mío será una cosa rápida. He pedido que la incineren. Nunca hablé con ella sobre el asunto, pero al tener que tomar yo la decisión, he optado por lo más rápido. Tampoco me gustan mucho las ceremonias. Quiero acabar cuanto antes con esta pesadilla.

—Haces bien. A mí también me gustaría que me incinerasen.

—Bueno, cambiemos de tema. ¿Cómo viste ayer a Nicolás?

—Ni lo vi. Después de lo que pasó en la casa del juez se vino directo para aquí. Cuando me sacaron y vine a buscarlo, ya no estaba. Ayer pasó todo el día fuera de casa. Lo llamé mil veces al teléfono, pero estaba apagado. Pensé en salir a buscarlo, pero a Nicolás es mejor a veces dejarlo a su aire.

—En este caso creo que hiciste bien.

—Esta mañana me he quedado tranquilo cuando lo he visto aparecer por aquí, pero tenía el rostro desencajado por el dolor. Mira que lo he visto mal, pero te juro que nunca así. No sé qué habrá hecho, pero te aseguro que no ha dormido ni un minuto esta noche.

—Madre mía, esto lo está matando. Entonces ¿se sab...?

—Espera —Alfonso la interrumpió levantando la mano derecha al ver pasar al comisario jefe por la puerta de su despacho—. Creo que han salido ya.

Se levantó de un salto de su asiento y corrió tras su jefe. Lo paró a mitad de pasillo.

—Comisario, ¿cómo ha ido? Ha sido muy largo.

—¿Largo? —repitió extrañado—, apenas hemos estado cinco minutos ahí dentro.

—¿Cinco minutos? Pero... antes de entrar Nicolás me dijo que pasaría por el despacho a contarme cómo le había ido...

—Eso ya es cosa de ustedes. Y, respondiendo a su pregunta: mal, evidentemente. Asuntos Internos iniciará una investigación para determinar el nivel de irresponsabilidad del inspector Valdés, pero la cosa no pinta bien. Un juez muerto por omisión de socorro; una compañera fallecida, está claro que no pensamos cargarle también el fallecimiento de Ramírez pues fue decisión de ellos quedarse; también tenemos a una testigo e implicada muerta; el principal sospechoso se ha escapado; dejarlo a usted en las condiciones en que lo dejó... La lista es grande. Lo mejor que puede pasar es una inhabilitación temporal. Ojalá así sea. No puedo quedarme tanto tiempo sin Valdés con ese hijo de puta en la calle todavía. Pero está claro que necesitamos que cambie ese chip. Ahí dentro parecía un muerto en vida.

—Tiene que entenderlo, comisario. Nicolás hizo lo que creyó mejor. Si hubiera ido con todo el equipo, no hubiera tenido alguna oportunidad de salvar a Fonts y de atrapar a Fernando.

—Y aun así no consiguió ninguna de las dos cosas, Gutiérrez. No me joda. Tenemos unos procedimientos que deben ser respetados siempre. Aunque salgan mal. Ya ha visto el resultado. Ahora, lo jodido es que no solo han muerto dos policías como la copa de un pino, sino que me quedaré un tiempo aún sin determinar sin el, probablemente, mejor inspector que ha pasado por la unidad. Es que no hay manera de que utilicemos la maldita cabeza, Gutiérrez. Que usted esté siendo más sensato que él me inquieta, se lo digo de corazón. Las decisiones se deben de tomar ateniéndose a las posibles consecuencias.

—¿Ha dicho que pierde? ¿No ha dicho que va a iniciarse la investigación ahora? ¿Ya lo dejan fuera?

—Evidentemente. La investigación empieza, pero de momento el inspector Valdés ha sido suspendido de empleo y sueldo hasta nuevo aviso. Es que es grave de cojones. Como ya le he dicho, ojalá todo quede así y que en unos meses pueda volver a su trabajo. Según me han comentado los de Asuntos Internos, la muerte del juez lo ha complicado todo demasiado y hasta podría costarle la placa para siempre. Vamos a intentar por todos los medios que no, pero no sé cómo lo vamos a hacer. Es que, coño, ¿a quién se le ocurre?

—Pero...

—Gutiérrez, sabe que es lo mínimo que le podía pasar. Puedo creer que cualquier otro lo hubiera hecho así, pero ¿Valdés? Estoy deseando poder tener una charla a solas con él y que me cuente qué narices se le pasó por la cabeza. Parece un puto novato.

Alfonso se quedó sin argumentos. Sentía cómo el estómago se le comprimía por las noticias que acababa de recibir.

Al ver que el inspector no decía nada, el comisario dio media vuelta y siguió hacia donde iba.

Alfonso reaccionó y sacó el teléfono móvil de su bolsillo. Marcó el número de Nicolás.

Apagado.

¿Otra vez?

Volvió a hacerlo.

Nada. Apagado.

Nervioso volvió a su despacho.

Al verlo entrar con esa cara, Sara se asustó.

—¿Qué ha pasado?

—Han suspendido a Nicolás de empleo y sueldo. Podrían

echarlo hasta del cuerpo. ¡Me cago en la puta! ¡Me gustaría a mí verlos a ellos en una situación así! Esto es demencial...
—se lamentó abatido.

La inspectora jefe abrió tanto los ojos que a punto estuvieron de salírsele de las cuencas y de ellos brotaron dos gruesas lágrimas. Necesitó sentarse. Cuando lo hizo, se tapó la cara y comenzó a llorar desconsolada.

—Joder... —exclamó Alfonso con los brazos en jarras y sin saber qué hacer—. Tiene el teléfono apagado. Dice el comisario que ha salido de su despacho hace más de hora y media. Tengo miedo de que haga una tontería.

—¿A qué coño te refieres con una tontería, Alfonso?

—No lo sé —respondió nervioso—. Ser policía lo es todo para él, si se lo quitas, le estás quitando la vida. Nicolás no sabe hacer otra cosa que esto. Bueno, tú me entiendes...

De pronto pensó que quizá podría haberse ido a casa, a descansar. Sacó de nuevo su teléfono móvil y marcó el número de Alicia.

—¿Sí? —dijo esta.

—Alicia, escúchame, ¿está Nicolás ahí ahora?

Tardó unos instantes en responder. El tono de Alfonso al realizar la pregunta la puso nerviosa.

—¿Ahora? —dijo al fin—. No, pero ha venido hace un buen rato. Yo estaba en mi habitación y lo he escuchado. Ha entrado en su habitación y ha vuelto a salir. No he querido molestarle. No sé cómo está y paso de ponerlo más nervioso.

—Alicia, es muy importante, ve a su habitación, por favor.

Al otro lado del teléfono se podían oír los pasos apresurados de la chica. Se escuchó cómo se abría la puerta.

—Mira en su armario, por favor —le pidió Alfonso.

—No hay nada —anunció tras unos segundos—. Se lo ha llevado todo. Alfonso, ¿qué coño está pasando?

—Se ha ido... —afirmó sin más.

—¿Adónde? En serio, ¡me estás poniendo taquicárdica!

—No lo sé, Alicia. No lo sé... —admitió abatido.

Alfonso levantó la vista y vio que Sara seguía llorando sin consuelo.

Lunes, 3 de octubre de 2016. 11.38 horas. ¿¿??

Llevaba ya un buen rato conduciendo. Ni siquiera sabía hacia dónde iba, lo único que sabía era que jamás pensaba regresar. No podía enfrentarse a todas las vidas que había destrozado con sus actos, con sus decisiones. No podía. No solo era la suya, era la de Alfonso, la de Sara, la de Alicia, la de los familiares de las víctimas a las que no pudo ayudar, la de Fonts, la mujer e hijos de Ramírez... Era tan larga la lista de afectados por su mal hacer que no lo podía soportar.

Muchos tildaban a Fernando de monstruo, lo consideraban un desalmado a quien no le importaban las consecuencias de sus actos. Se preguntó si, en verdad, el monstruo no sería él. Por sus actos, por no considerar las consecuencias que acabarían teniendo, todo estaba como estaba. El Mutilador seguía en la calle y él había sido derrotado.

Y sí, era un cobarde. Así se sentía. Un defecto más que añadir. Uno más. La lista ya era tan larga que hasta plegada pesaba. Y ese peso no era capaz de soportarlo. No sabía cómo hacerlo.

No tenía nada decidido. Conduciría hasta quedarse sin gasolina en el coche. En ese lugar, todavía sin nombre, sería donde seguiría pudriéndose por dentro, donde dejaría a su cuerpo morir como ya lo estaba haciendo su alma. Puede que fuera lo menos valiente, pero al menos no haría más daño a nadie. No habría más sufrimiento innecesario por su culpa.

Había sacado todo el dinero posible en efectivo que el banco le había permitido y con él debía subsistir hasta que se le ocurriera algo en firme. Pero todo eso no importaba. Nada lo hacía ya. Ahora tocaba desaparecer. Desaparecer para siempre.

No volvería jamás a su antigua vida.

Fernando había ganado. Él había perdido.

Fin de la partida.

La canción que sobaba por los altavoces de su coche no podía ser más idónea, aunque él ni se había parado a pensarlo. Fue justo cuando José Andrea, de Mägo de Oz, comenzó a cantar «El fin del camino» cuando fue consciente de ello.

> *Donde la lluvia nace*
> *y la luna flirtea,*
> *con mi mala estrella, aún sigo pensando en ti.*
>
> *¿Quién me vende un alma*
> *y me presta esperanza?*
> *Pues es el fin del camino*
> *y no sé adónde ir.*

51

Lunes, 3 de octubre de 2016. 15.32 horas. Madrid

Fernando abrió con dificultad la persiana. Como siempre, no había ni un alma alrededor del almacén alquilado, por lo que no debía preocuparse por ser demasiado cuidadoso.

Las cosas no habían salido exactamente como él quería. Bueno, quizá en gran parte sí, pero no del todo. El juez Pedralba estaba muerto, según había podido ver en los periódicos, la inspectora también, él mismo la había matado, y Nicolás estaría tan desquiciado como él quería que estuviera. En contrapartida, su madre había fallecido.

Eso era lo que no había salido en absoluto bien.

Reconocía que no esperaba el movimiento de Fonts, no al menos en ese momento. Su plan pasaba por herir al inspector y dejarlo fuera de combate, pero con vida. Entonces vería cómo su compañera y el juez morían ante sus ojos. Ese era el verdadero plan: hacerlo sufrir hasta que él mismo acabara implorando su propia muerte. Un deseo que no iba a complacer, si no, ¿qué sentido tendría todo lo que estaba haciendo? Ahora había pasado casi dos días llorando la muerte su madre. Cargándose de rabia para lo que venía ahora. La necesitaba. Vaya que si la necesitaba.

De todos modos, que su madre falleciera no había sido algo del todo negativo. Le había costado ver lo último, pero ahora estaba convencido de que así había sido. Las muertes se habían ido sucediendo, su venganza consumando y ella, en contrapartida, no mejoraba ni un ápice de esa tristeza que siempre arrastraba consigo. Entendió que su herida nunca quedaría curada, por muchos apósitos que le pusiera encima. Quizá, debido a esto, lo mejor que le podía haber pasado era morir. Con el trabajo casi hecho —ya que todavía faltaba una parte que él mismo había añadido—, ella podría descansar en paz. No había otra forma de acabar con su melancolía que con los ojos cerrados para siempre.

Tal vez fuera lo mejor. Pensar así fue lo que le hizo sentirse mejor y con ganas de seguir hacia delante.

Entró cojeando al local. No se arrepentía de haber matado al médico que, a punta de una pistola que tenía guardada en la guantera para emergencias, accedió a ayudarlo en las cercanías de un centro de salud. El no arrepentirse le hizo pensar en si el inspector no tendría parte de razón cuando le dijo que todo aquello solo servía de excusa para poder saciar su instinto asesino. Puede que fuera verdad, ya que no le temblaba el pulso si debía acabar con la vida de cualquier ser humano. Hasta sentía cierto alivio cuando acababa con una vida, pero él siempre lo había atribuido a su sed de venganza. Fuera como fuese, antes de cargarse al médico que lo había atendido, este le había dicho que los dos balazos que había recibido tenían doble trayectoria y, por fortuna para él, estas habían sido limpias. La suerte, de algún modo, se había aliado con él en ese sentido. Aún sentía un dolor horrible y se negaba a tomar cualquier tipo de analgésico que lo ayudara a calmarlo. Así recordaría que siempre tenía que estar con la guardia en alto, s obre todo ahora, que había ido a visitar, como cada día, a su más preciada posesión.

Abrió la trampilla y bajó al improvisado sótano. Allí estaba. Demacrada pero viva, tal como él quería. La alimentaba lo justo y necesario para no dejarla morir. Tenía dos palanganas para hacer uso de ellas si le era necesario. Una de ellas estaba llena de orina, la otra, vacía, como los días anteriores.

Antes de bajar, pistola en mano, se aseguró de que ella se pusiera en la esquina de siempre, para evitar que hiciera ninguna tontería y tuviera que acabar con su vida antes de lo previsto.

Aunque ahora las cosas iban a cambiar un poco. Sobre todo para ella.

Miró su cabello. Ya no necesitaba más de él. Desconocía si la Policía Científica habría encontrado o no los dos pelos de la muchacha sobre los muslos del juez. Con la que se montó pudieron caerse e incluso haberse mezclado entre la sangre y haberse perdido. Ya no importaba. La tercera parte de su plan había sido modificada en las últimas veinticuatro horas por la rabia que sentía tras la muerte de su madre.

El inspector Valdés no había pagado todavía ni la mitad de lo que le quedaba por pagar.

—¿Aburrida? —preguntó nada más bajar, como hacía todos los días.

Ella no contestó. Apenas le quedaban fuerzas para hablar y no las quería malgastar cruzando falacias con ese individuo.

—Todavía permanecerás un tiempo más aquí. He de reconocer que me ha sorprendido que no intentaras ninguna tontería. Eres una chica lista y eso me gusta. Quizá por esta —dijo mostrando el arma—, pero no las has cometido. Las cosas van a cambiar a partir de ahora, por portarte tan bien. La comida cambiará. No te prometo chuletones de Ávila, pero sí que se acabó la porquería que te estaba dando hasta ahora. Como se te nota a la legua la inteligencia, seguro que te gusta leer. Puedes decirme qué libros o revistas quieres que te traiga. Quiero que te sientas cómoda. Eres mi invitada, mereces todos los honores.

Ella lo miró con desprecio. Que le hablara con aquella condescendencia solo hacía que sintiera más asco por aquel ser repugnante. Cuando se puso a la luz, comprobó que estaba lleno de cortes por todos lados. Además, llevaba un aparatoso vendaje en el brazo y parecía cojear. Pensó que esa merma física podría ser una ventaja a la hora de un uno contra uno, pero ni ella se encontraba en condiciones de atacarlo, ni él lo pensaría dos veces para meterle un balazo entre las cejas a la menor tontería. Mejor no provocarlo.

Consideró que lo único que le quedaba era confiar en que todo acabara algún día. Quizá incluso su muerte no fuera tan mala opción.

—Bien. Te traeré ropa limpia, esa que llevas apesta ya. Supongo que una talla pequeña te vendrá bien. También una manta, por si por las noches hace frío. Puede que incluso una almohada. Además, traeré otra palangana con agua limpia para que te puedas lavar un poco. Sé que has usado la de beber para hacerlo y eso no está bien por mi parte.

—¿Por qué ese cambio? —preguntó con mucha dificultad, su garganta estaba seca por el asco que le daba el agua que tenía allí. Solo bebía cuando no podía más.

—Ya te lo he dicho, eres mi invitada. Además, ahora empieza lo bueno, te necesito con más fuerzas y con mejor aspecto. No solo te visitaré yo a diario, creo que ya te lo suponías.

Y tanto que sí. Todavía no había ido a verla desde su encierro, pero esperaba que en un momento u otro esa persona apareciera por allí. Sobre lo de que ahora pretendiera cuidarla mejor, no supo qué decir. Aquello tendría trampa por algún lado, pero no pensaba rechistar. Había pasado unos días allí infernales y cualquier cosa era mejor. Como sabía que, pasara lo que pasase, iba a seguir permaneciendo allí encerrada, al menos esas comodidades se lo harían más llevadero. La idea de leer hasta le gustaba. Ojalá consiguiera no perder la poca cordura que le quedaba así.

—Y ahora me tengo que marchar, guapísima. Vendré después a traerte todo lo que te he dicho. Piensa en las lecturas y me las dices luego. Sigue portándote bien, lo digo para que todo pueda salir adelante. Si no, lo sentiré mucho y acabará pronto y mal.

Después dio media vuelta y subió de nuevo al almacén. Volvió a cerrar la trampilla con el candado.

Ella se sentó de nuevo en el suelo. No podía llorar, ya no le quedaban lágrimas. No sabía qué pretendía teniéndola encerrada allí, pero sí tenía claro que la única persona en el mundo que podría sacarla de ese horrible lugar era Nicolás.

Carolina Blanco suspiró. Todavía le quedaban muchas horas ahí adentro.

Agradecimientos

Espero que todavía te quede aliento (y que, sobre todo, no quieras matarme tras el final) para leer esta última parte del libro. Es la que más me gusta de todo libro y, a la vez, la más complicada de escribir, porque siempre sale algo o alguien que se queda fuera porque tu cabeza no funciona como querrías.

Voy a intentarlo:

A Mari y a Leo. Llegados a este punto ya no sé qué deciros. Volvería a repetir que todo lo que hago, cada letra que escribo, es por y para vosotros. Porque me soportáis cuando ni yo lo hago. Porque no os creo merecer y, a pesar de ello, ahí seguís, a mi lado. Pero, sobre todo, porque no cerráis la boca para contar que soy escritor, porque os sentís orgullosos de mí como yo lo estoy de vosotros. Y porque cuando abráis los ojos, os prometo que estaré.

Al resto de mi familia, a cada uno de sus miembros, porque vuestro apoyo lo es todo. Y porque me ayudáis a que esto pueda ser posible.

A Pablo Álvarez, mi agente, y a todo el equipo de Editabundo. Porque en pocos meses he entendido lo que es la profesionalidad llevada al extremo. Y porque contigo empezó todo, Pablo. Había que cerrar el círculo.

A Carmen Romero, porque aguantarme como escritor no

es fácil. Soy un buen tío, no me entendáis mal, pero soy bastante follonero queriendo saberlo todo y con unas ideas que a veces rozan la locura. Pero, Carmen, tú siempre me escuchas y estás ahí para poner esa nota de cordura. Gracias por creer y apostar por mí.

Al resto del equipo de Penguin Random House, entre los que destacaría a Nuria Alonso, Clara Rasero, Ana Bustelo, Berta Noy, Raffaella Coia, Anna Prieto y un sinfín de profesionales como la copa de un pino. Porque sin vuestro trabajo esto cojea.

A Alicia, Juanmi y Susana, porque con vosotros todo siempre es fácil y tengo muchas ganas de que esto siga. Y seguirá.

A Roberto López-Herrero, Gabri Ródenas, Bruno Nievas, Luis Endera, Benito Olmo, Gonzalo Jerez y, por último (porque son los dos más feos), a César Pérez Gellida y Juan Gómez-Jurado; por vuestra amistad y porque sé que todos os lo haríais conmigo.

A Leandro Pérez y Arturo Pérez-Reverte, porque si no hubierais creído en mí, creo que ni yo mismo lo hubiera hecho. A todo mi Zenda querida.

A Dolores Redondo, por dejarme admirarte.

A Mariajo Alcalde, porque no me salen las palabras para hablar de ti. Sinceramente, te quiero muchísimo y te necesito cerca de mí y de mi familia. Traes luz.

A María (Torrevieja) y a Yolanda (madrileña de pro), porque sin vuestra ayuda el texto seguiría siendo el desastre que os pasé.

A Silvi Ortega, Olga Andérez, Helena Boronat, Rose Prieto, Claudio Serrano, Sonia March, Alberto Sierra, Géraldine Balme y un largo etcétera de amigos a los que quiero cada día más. Sin vosotros no sería nada.

A los inspectores (la mayoría de ellos I. J.) de la Policía Nacional: José Manuel Serna, Alberto Gonzalo (aunque no he podido aplicar todo lo que me has enseñado en este libro todavía), Carlos Javier Juárez y Juan Enrique Soto. También al comisario Pacheco. Gracias a vosotros este libro es como es. A ti, Enrique, por inspirarme el personaje de Sara.

A los agentes de la Guardia Civil: Sergio P. B., porque lo nuestro pasó de colaboración a una verdadera amistad, y eso es lo que más valoro; Mario y Jose, por exactamente lo mismo: sois geniales; Carlos G. J., porque a ver si te pongo aquí y te dignas a invitarme a una hamburguesa; al grupo de Personas de la Comandancia de Almería, por todo.

A los forenses Álvaro Herrero, por lo mismo que con Sergio. Todo empezó con unas preguntas y ahora te considero imprescindible en mi vida. A José Manuel y a Ximena, porque gracias a vosotros pude ver la realidad forense y eso no tiene precio.

A Paz Velasco de la Fuente, quizá la mejor criminóloga de este país, por tus consejos, por tu amistad y por ser como eres.

Y a todos los que me dejo fuera —sois muchísimos y esto se está volviendo interminable—, porque me habéis ayudado, creído en mí y apoyado siempre. Si tuviera corazón os llevaría ahí.

Y en definitiva a ti, querido lector, por darme una oportunidad y por pensar que te voy a sacar durante un tiempo de esta mierda de mundo a través de mis letras. Y si así ha sido, por favor, házmelo saber en cualquiera de mis redes (@blasruizgrau) o en blas@blasruizgrau.com.

Creo que nos vamos a ver antes de lo que esperas.